PATRICIA HIGHSMITH

O talentoso Ripley

PATRICIA HIGHSMITH

O talentoso Ripley

TRADUÇÃO DE JOSÉ FRANCISCO BOTELHO

intrínseca

TÍTULO ORIGINAL
The Talented Mr. Ripley

REVISÃO
Eduardo Carneiro
Isabella Pacheco
Jean Marcel Montassier
Wendell Setubal

PROJETO GRÁFICO E DIAGRAMAÇÃO
Henrique Diniz

IMAGEM DE CAPA
Michel Casarramona

CIP-BRASIL. CATALOGAÇÃO NA PUBLICAÇÃO SINDICATO
NACIONAL DOS EDITORES DE LIVROS, RJ

H541t

Highsmith, Patricia, 1921-1995
O talentoso Ripley / Patricia Highsmith ; tradução José Francisco Botelho. - [2. ed.]. - Rio de Janeiro : Intrínseca, 2025.
336 p. ; 21 cm. (Ripley ; 1)

Tradução de: The talented Mr. Ripley
ISBN 978-85-510-1363-2

1. Ficção americana. I. Botelho, José Francisco. II. Título. III. Série.

24-95613 CDD: 813
CDU: 82-3(73)

Meri Gleice Rodrigues de Souza - Bibliotecária - CRB-7/6439

[2025]
Todos os direitos desta edição reservados à
EDITORA INTRÍNSECA LTDA.
Av. das Américas, 500, bloco 12, sala 303
22640-904 – Barra da Tijuca
Rio de Janeiro – RJ
Tel./Fax: (21) 3206-7400
www.intrinseca.com.br

1

Tom deu uma olhada por cima do ombro e viu um homem saindo do Green Cage e vindo em sua direção. Tom começou a andar mais depressa. Não havia dúvida de que o homem o estava seguindo. Tom havia reparado nele cinco minutos antes, sentado à mesa, observando-o com muita atenção, como se não tivesse certeza absoluta de tê-lo reconhecido, mas quase. Essa quase certeza foi o bastante para que Tom entornasse o drinque às pressas, pagasse a conta e fosse embora.

Ao chegar à esquina, Tom se inclinou e atravessou apressado a Quinta Avenida. O Raoul's ficava ali perto. Deveria se arriscar e ir lá tomar outro drinque — brincando com o perigo, como se diz? Ou deveria seguir andando até a Park Avenue, tentando despistar o sujeito nas sombras dos umbrais? Tom entrou no Raoul's.

Enquanto se dirigia devagar até um lugar vago junto ao balcão, ele olhou automaticamente ao redor, para ver se havia alguém conhecido. Havia o ruivo grandalhão cujo nome sempre esquecia, sentado a uma mesa com uma garota loira. O ruivo acenou, e a mão de Tom se ergueu em resposta, num balanço mole. Deslizou a perna sobre um banco e se sentou virado para a porta, com ar desafiador, mas com ostensiva casualidade.

— Gim-tônica, por favor — pediu ao barman.

Era esse o tipo de homem que mandariam atrás dele? Era, não era, era? Ele não se parecia nem um pouco com um policial ou um detetive. Parecia mais um homem de negócios, um pai de família, bem-vestido, bem alimentado, grisalho nas têmporas, com um ar de hesitação. Era esse o tipo de sujeito que mandavam para um serviço como este? Talvez viesse puxar assunto no balcão do bar e então *bang!* — uma das mãos o pegaria pelo ombro, a outra mostraria o distintivo. *Tom Ripley, você está preso.* Tom olhou para a porta.

Lá vinha ele. O homem olhou ao redor, viu-o e na mesma hora desviou o olhar. Tirou o chapéu de palha e ocupou um banco na curva do balcão.

Meu Deus, o que ele quer? Definitivamente não parece um pervertido, pensou Tom pela segunda vez, mas dessa vez seu cérebro agoniado tateou o vocabulário e encontrou a palavra certa, como se a palavra pudesse protegê-lo, porque ele preferia que o homem fosse um pervertido a um policial. A um pervertido, ele poderia simplesmente dizer "Não, obrigado", sorrir e ir embora. Tom se ajeitou no banco, preparando-se para o que viesse.

Viu o homem fazer um gesto de depois para o barman e em seguida vir em sua direção, contornando o balcão do bar. Então era isso! Tom encarou-o, paralisado. *Não podem me condenar a mais de dez anos*, pensou. Talvez quinze, mas com bom comportamento... No instante em que os lábios do homem se separaram para falar, Tom sentiu uma pontada de desesperador e agoniado arrependimento.

— Com licença, você é Tom Ripley?

— Sim, sou.

— Meu nome é Herbert Greenleaf. Pai de Richard Greenleaf. — A expressão em seu rosto deixou Tom mais confuso do que se tivesse apontado uma arma para seu rosto. Era amigável, sorridente e esperançosa. — Você é amigo de Richard, não é?

As palavras despertaram uma lembrança distante. Dickie Greenleaf. Um cara alto, loiro. E muito rico, pelo que Tom lembrava.

— Ah, Dickie Greenleaf. Sou, sim.

— De qualquer forma, você conhece Charles e Marta Schriever. Foram eles que me falaram a seu respeito, disseram que você poderia... Hum... Que tal irmos para uma mesa?

— Sim — respondeu Tom afavelmente, pegando o drinque.

Seguiu o homem até uma mesa vaga no fundo do barzinho. Suspensão de sentença, pensou. Livre! Ninguém iria prendê-lo. Aquilo era sobre outra coisa. O que quer que fosse, nada tinha a ver com apropriação indébita ou violação de correspondência, ou seja lá como chamem. Talvez Richard estivesse em apuros. Talvez o Sr. Greenleaf quisesse ajuda ou conselhos. Tom sabia exatamente o que dizer a um pai na posição do Sr. Greenleaf.

— Fiquei na dúvida se você era mesmo Tom Ripley — explicou o Sr. Greenleaf. — Só o vi uma vez antes, acho. Você não veio uma vez à nossa casa, com Richard?

— Acho que sim.

— Os Schriever me deram uma descrição sua também. Faz um tempo que todos estamos tentando encontrá-lo, porque os Schriever querem que a gente se encontre na casa deles. Alguém lhes disse que você às vezes vai ao Green Cage. Esta é a primeira noite que saí para procurá-lo, então acho que devo me considerar sortudo. — Ele sorriu. — Eu lhe escrevi uma carta semana passada, mas acho que não recebeu.

— Não, não recebi. — *Marc não está me mandando a correspondência*, pensou Tom. *Desgraçado.* Talvez tia Dottie tivesse lhe enviado um cheque. — Eu me mudei há uma semana, mais ou menos — acrescentou.

— Ah, então foi isso. Não expliquei muita coisa na carta. Só disse que queria vê-lo e conversar. Pelo que entendi, os Schriever acham que você conhece Richard muito bem.

— Eu me lembro dele, sim.

— Mas vocês dois não estão trocando cartas? — O Sr. Greenleaf pareceu frustrado.

— Não. Faz uns dois anos que não vejo Dickie, acho.

— Faz dois anos que ele mora na Europa. Os Schriever falaram muito bem de você e acham que poderia influenciar Richard se escrevesse para ele. Quero que ele volte para casa. Ele tem responsabilidades aqui... mas, no momento, está ignorando tudo que eu e a mãe dele tentamos dizer.

Tom estava intrigado.

— O que os Schriever disseram exatamente?

— Disseram... e, pelo visto, estavam exagerando um pouco... que você e Richard eram muito amigos. Devem ter suposto que vocês trocaram cartas durante todo esse tempo. E, bem, a esta altura conheço pouquíssimos amigos de Richard... — Ele deu uma olhada no copo de Tom, como se quisesse ao menos lhe oferecer um drinque, mas o copo estava quase cheio.

Tom se lembrava de ter ido a um coquetel na casa dos Schriever com Dickie Greenleaf. Talvez os Greenleaf fossem mais íntimos dos Schriever do que ele, pois Tom só tinha se encontrado com eles umas três ou quatro vezes na vida. E a última vez, recordou Tom, foi quando dera um jeito no imposto de renda de Charley Schriever. Charley era diretor de TV e se metera numa enorme confusão ao tentar fazer sua contabilidade sozinho. Ele ficou convencido de que Tom era um gênio, pois conseguiu destrinçar as contas e calculou um imposto muito mais baixo — mais baixo, porém perfeitamente legítimo. Talvez por isso Charley tivesse recomendado Tom ao Sr. Greenleaf. Tendo como base aquela única noite, ele poderia ter dito ao Sr. Greenleaf que Tom era um rapaz inteligente, equilibrado, escrupulosamente honesto e muito solícito. Era uma opinião levemente errada.

— Você por acaso conhece outra pessoa próxima de Richard que tenha alguma influência sobre ele? — perguntou o Sr. Greenleaf, com uma expressão de dar pena.

Tom se lembrou de Buddy Lankenau, mas não queria jogar uma tarefa dessas nas costas de Buddy.

— Receio que não — respondeu Tom, balançando a cabeça. — Por que Richard não quer voltar?

— Ele diz que prefere viver lá. Mas a mãe dele agora está muito doente... Bem, isso é problema de família. Sinto muito por incomodá-lo com essas coisas. — Num gesto angustiado, o Sr. Greenleaf passou a mão pelos cabelos finos, grisalhos e cuidadosamente penteados. — Ele disse que está se dedicando à pintura. Não há problema algum nisso, mas ele não tem talento para ser pintor. Em contrapartida, tem grande talento para projetar barcos, só precisa focar nisso. — Ele ergueu o rosto para o garçom, que viera lhe perguntar o que desejava. — Scotch e soda, por favor. Dewar's. Já terminou seu drinque?

— Ainda não, obrigado — respondeu Tom.

O Sr. Greenleaf olhou para Tom com cara de quem pede desculpa.

— Dos amigos de Richard, você é o primeiro que aceitou me escutar. Todos os outros agem como se eu estivesse tentando me meter na vida dele.

Tom podia facilmente entender o motivo de tal atitude.

— Eu gostaria muito de ajudar se pudesse — disse de forma educada. Lembrou então que a fortuna de Dickie vinha de uma empresa fabricante de barcos. Veleiros pequenos. Com certeza, o pai dele queria que voltasse para casa e assumisse os negócios da família. Tom olhou para o Sr. Greenleaf, deu um sorriso sem qualquer significado e terminou o drinque. Tom estava na beirada da cadeira, pronto para ir embora, mas a frustração era palpável do outro lado da mesa. — Onde na Europa ele está morando? — perguntou Tom, sem dar a mínima importância à resposta.

— Numa cidadezinha chamada Mongibello, ao sul de Nápoles. Lá não tem nem uma biblioteca, pelo que Richard me contou. Ele divide o tempo entre velejar e pintar. Comprou uma casa lá. Richard tem sua própria renda; nada de gigantesco, mas, pelo visto, o bastante para se viver na Itália. Bem, gosto não se discute, mas, sinceramente, não sei o que ele vê naquele lugar. — O Sr. Greenleaf exibiu um sorriso valente. — Posso lhe oferecer um drinque, Sr. Ripley? — ofereceu quando o garçom veio lhe trazer o scotch com soda.

Tom queria ir embora, mas detestou a ideia de deixar o homem ali sozinho, com o drinque recém-preparado.

— Claro, muito obrigado — disse e entregou o copo ao garçom.

— Charley Schriever me contou que você trabalha com seguros — comentou o Sr. Greenleaf em tom agradável.

— Isso já faz um tempo. Eu... — Ele não queria revelar que trabalhava na Receita, não agora. — Estou trabalhando na Contabilidade de uma agência de publicidade.

— Ah.

Por um minuto, nenhum dos dois falou. Os olhos do Sr. Greenleaf estavam cravados nele com uma expressão patética, esfomeada. O que diabos ele poderia dizer? Tom se arrependeu por ter aceitado o drinque.

— A propósito, que idade Dickie tem agora? — perguntou.

— Vinte e cinco.

Eu também, pensou Tom, *e Dickie deve estar se divertindo pra caramba lá na Itália*. Uma renda, uma casa, um barco. Por que iria querer voltar para casa? O rosto de Dickie estava ficando mais nítido em sua memória: tinha um sorriso largo, cabelo ondulado puxando para o loiro e um rosto despreocupado. Dickie tinha sorte. O que ele, Tom, estava fazendo aos 25? Vivendo uma semana de cada vez. Sem conta bancária. E agora, pela primeira vez na vida, esquivando-se da polícia. Tinha talento para a matemática. Por que diabos alguém em algum lugar não lhe pagava para usar esse talento? Percebeu que todos os seus músculos estavam tensos, que a caixinha de fósforos entre os dedos estava torta, quase esmigalhada. Ele estava entediado, mil vezes entediado, morrendo, morrendo de tédio! Queria voltar ao balcão do bar, sozinho.

Tom bebeu um gole do drinque.

— Ficarei feliz em escrever para o Dickie se o senhor me der o endereço — disse rapidamente. — Acho que ele se recorda de mim. Lembro que passamos o fim de semana na casa de uns conhecidos em Long Island. Dickie e eu fomos colher mexilhões, e todo mundo comeu mexilhões no café da manhã. — Tom sorriu. — Alguns ficaram com dor de barriga e a festa foi meio chata. Mas lembro que, naquele fim de semana, Dickie falou que estava para viajar para a Europa. Ele deve ter partido pouco tempo de...

— Eu lembro! — cortou o Sr. Greenleaf. — Foi o último fim de semana que Dickie passou aqui. Acho que me contou dos mexilhões. — Ele riu, talvez alto demais.

— Visitei o apartamento de vocês algumas vezes também — prosseguiu Tom, pegando o jeito da coisa. — Dickie me mostrou umas maquetes de navio que estavam em uma mesa no quarto dele.

— E aqueles eram só trabalhos que ele fez durante a infância! — O Sr. Greenleaf estava radiante. — Ele lhe mostrou as maquetes de esqueletos de casco? Ou os desenhos dele?

Dickie não havia mostrado nada disso, mas Tom respondeu com entusiasmo:

— Sim! Claro que mostrou. Desenhos a bico de pena. Fascinantes, alguns deles.

Tom jamais vira os desenhos, mas podia enxergá-los agora, traçados com precisão de projetista, cada linha, ferrolho e parafuso devidamente identificado, e também enxergava Dickie sorrindo, erguendo-os para exibi-los, e Tom poderia continuar por vários minutos, descrevendo detalhes e mais detalhes para êxtase do Sr. Greenleaf, mas se controlou.

— Sim, Richard tem talento nessa área — retrucou o Sr. Greenleaf com ar satisfeito.

— Tem mesmo — concordou Tom. Seu tédio acabava de engatar a quarta marcha. Tom conhecia a sensação. Ele a experimentava às vezes quando estava numa festa, mas em geral surgia quando estava jantando com alguém com quem jamais quisera jantar e a noite se alongava e se alongava. Naquele momento, ele ainda poderia exibir uma polidez maníaca por cerca de uma hora, até que algo dentro dele explodisse e o obrigasse a sair correndo porta afora. — É uma pena eu não estar livre agora, senão ficaria feliz em viajar à Itália e convencer Richard pessoalmente. Talvez eu conseguisse influenciá-lo de alguma maneira — comentou Tom, apenas porque o Sr. Greenleaf queria que ele dissesse aquilo.

— Se você realmente acha... Quer dizer, não sei se você tem planos de viajar para a Europa em breve.

— Não, não tenho.

— Richard sempre foi muito influenciado pelos amigos. Se você, ou algum outro conhecido do Richard, pudesse tirar uma folga do trabalho, eu o enviaria lá para falar com ele. De qualquer forma, acho que seria bem mais útil do que se eu mesmo fosse à Itália. Seria demais pedir que você tentasse tirar uma folga do seu trabalho atual, não seria?

O coração de Tom deu um pulo. Assumiu uma expressão pensativa. Ele poderia tirar proveito da situação. Uma parte dele farejou a possibilidade e partiu para cima antes mesmo que o cérebro agisse. Trabalho atual: zero. Ele seria obrigado a sair da cidade em breve de qualquer forma. Queria sair de Nova York.

— Talvez eu consiga — respondeu com muito cuidado, com a mesma expressão meditativa, como se naquele exato instante estivesse avaliando os milhares de pequenos vínculos que o impediriam de partir.

— Nem preciso dizer que, se você aceitar, ficarei feliz em cobrir todas as suas despesas. Acha mesmo que consegue dar um jeito? Digamos, ainda este ano?

Já estavam em meados de setembro. Tom olhou fixamente o anel de sinete no dedo mindinho do Sr. Greenleaf, com o selo quase gasto por completo.

— Acho que consigo. Ficaria feliz em ver Richard de novo, ainda mais se o senhor acha mesmo que posso ajudar.

— Sim, eu acho! Acredito que ele lhe daria ouvidos. E o simples fato de vocês não se conhecerem muito bem... Se você falar de maneira enfática, dizendo por que acha que ele deve voltar, Richard vai saber que você não tem nenhuma segunda intenção. — O Sr. Greenleaf encostou-se no espaldar da cadeira, fitando Tom com aprovação. — Engraçado que Jim Burke e a esposa dele... Jim é meu sócio... Bem, eles foram a Mongibello ano passado, numa viagem de cruzeiro. Richard prometeu que voltaria para casa no início do ano. Deste ano. Jim desistiu. Qual menino de 25 anos daria ouvidos a um velho de 60 e tantos? Você provavelmente vai ter sucesso onde todos nós falhamos!

— Espero que sim — retrucou Tom, tentando soar modesto.

— Que tal outro drinque? Que tal um bom conhaque?

2

Já passava da meia-noite quando Tom partiu de volta para casa. O Sr. Greenleaf se oferecera para levá-lo de táxi, mas Tom não queria que visse onde morava — um prédio lúgubre, com fachada de arenito, entre a Third e a Second Avenue, com um letreiro na porta que anunciava ALUGAM-SE QUARTOS. Nas últimas duas semanas e meia, Tom estivera morando com Bob Delancey, um rapaz que ele mal conhecia, mas que, quando Tom ficou sem ter para onde ir, fora o único de todos os seus amigos e conhecidos em Nova York que se oferecera para hospedá-lo. Tom não convidara nenhum dos amigos para visitar o apartamento de Bob, nem sequer lhes dissera onde estava morando. A grande vantagem do endereço de Bob era que ali Tom podia receber a correspondência endereçada a George McAlpin com a mínima chance de ser descoberto. Mas aquele banheiro fedorento no fundo do corredor, cuja porta não trancava, aquele asqueroso quarto de solteiro, que parecia ter sido habitado por mil pessoas, com cada uma deixando para trás um tipo específico de imundície, sem que nenhuma delas erguesse a mão para limpá-las, aquelas pilhas serpeantes de revistas *Vogue* e *Harper's Bazaar*, e aquelas enormes tigelas de vidro fosco abarrotadas de emaranhados de barbantes e lápis e guimbas de cigarro e pedaços de fruta podre! Bob costumava trabalhar como decorador de vitrines freelancer em lojas de departamento, mas os únicos serviços que conseguira nos últimos tempos foram em antiquários da Third Avenue, e um desses antiquários lhe dera as tigelas como pagamento. Tom ficara chocado com a imundície do lugar, chocado até mesmo por conhecer alguém que vivesse daquele jeito, mas sempre soubera que não ficaria ali por muito tempo. E agora surgira o Sr. Greenleaf. Alguma coisa sempre surgia. Essa era a filosofia de Tom.

Antes de subir os degraus de arenito, Tom se deteve e olhou para os dois lados com cautela. Nada além de uma idosa passeando com o cachorro e um idoso cambaleante que acabava de dobrar a esquina, vindo da Third Avenue. Se havia uma sensação que ele detestava, era a de ser seguido, *não importa por quem*. E ultimamente ele tinha essa sensação o tempo inteiro. Tom subiu correndo os degraus.

Agora essa imundície toda não importava mais, pensou ao entrar no quarto. Assim que arranjasse o passaporte, embarcaria num cruzeiro rumo à Europa, provavelmente numa cabine de primeira classe. Garçons lhe trariam coisas sempre que apertasse um botão! Vestiria ternos elegantes para jantar, entraria no salão caminhando serenamente, conversaria com pessoas à mesa como um cavalheiro! Estava de parabéns pela performance daquela noite, pensou. Comportara-se à perfeição. O Sr. Greenleaf não poderia sequer desconfiar que Tom o manipulara para conseguir a viagem à Europa. Muito pelo contrário. E ele não iria decepcionar o Sr. Greenleaf. Faria o máximo possível para convencer Dickie. O Sr. Greenleaf era um sujeito tão honesto que acreditava que todo mundo também era. Tom quase tinha esquecido que gente assim existia.

Tirou o terno e desfez a gravata devagar, observando os próprios movimentos, um por um, como se observasse outra pessoa. Era incrível como estava mais empertigado agora e como a expressão em seu rosto havia mudado. Era uma das poucas vezes na vida que se sentia satisfeito consigo mesmo. Enfiou a mão no armário abarrotado de Bob e empurrou os cabides violentamente para a esquerda e a direita, abrindo espaço para o terno. Depois foi para o banheiro.

O velho chuveiro enferrujado disparou um jato na cortina e o outro jato saiu numa espiral irregular, de modo que Tom mal conseguiu molhar o corpo — mas isso ainda era melhor do que ficar sentado na banheira suja.

Ao acordar na manhã seguinte, Tom percebeu que Bob não estava em casa e bastou uma olhada na cama dele para constatar que havia passado a noite fora. Tom pulou da cama, foi até o fogão de duas bocas e colocou o café para passar. Na verdade, era ótimo que Bob não estivesse em casa. Tom não queria lhe contar sobre a viagem à Europa. Porque aquele vagabundo medíocre veria nisso apenas uma chance de ganhar uma passagem grátis. E Ed Martin também, provavelmente, e Bert Visser, e todos os outros pés-rapados que conhecia. Não contaria a nenhum deles e não deixaria que ninguém fosse se despedir. Tom começou a assoviar. Tinha sido convidado para jantar naquela noite no apartamento dos Greenleaf, na Park Avenue.

Quinze minutos depois, de banho tomado, barba feita, vestindo um terno e uma gravata listrada, que achava que cairiam bem na foto do passaporte, Tom andava de um lado a outro na sala, com uma xícara de café preto na mão, à espera do correio da manhã. Após receber a correspondência, ele iria resolver a questão do passaporte. O que faria durante a tarde? Ir a algumas exposições de arte para ter o que comentar com os Greenleaf mais tarde? Pesquisar um pouco sobre a Burke-Greenleaf Watercraft, Inc., para que o Sr. Greenleaf soubesse o quanto se interessava por seu trabalho?

Uma pancadinha na caixa de correio ressoou vagamente pela janela, e Tom desceu as escadas. Esperou até que o carteiro descesse os degraus da fachada e sumisse de vista antes de apanhar a carta endereçada a George McAlpin, que despontava na beirada da caixa, onde o carteiro a havia enfiado. Tom rasgou o envelope. Dentro havia um cheque de 119,54 dólares, nominal ao coletor de impostos do Departamento do Tesouro. Muito bem, Sra. Edith W. Superaugh! Pagou sem reclamar, sem nem mesmo um telefonema. Era um bom sinal. Ele voltou ao segundo andar, rasgou o envelope da Sra. Superaugh por completo e jogou os pedaços na lixeira.

Guardou o cheque num envelope de papel pardo no bolso interno de um de seus casacos, no armário. Pelos cálculos de cabeça de Tom, agora tinha o total de 1.863,14 dólares em cheques. Era uma pena não poder descontá-los. Uma pena também nenhum idiota ter mandado o pagamento em dinheiro nem assinado um cheque nominal a George McAlpin. Tom havia encontrado um cartão de mensageiro para serviços bancários com validade vencida e talvez conseguisse alterar a data, mas temia ser pego se tentasse descontar os cheques, mesmo com uma carta de autorização forjada contendo o valor total, fosse qual fosse. Portanto, no fim das contas aquilo tudo não passava de um grande trote. Apenas uma brincadeira inofensiva. Na prática, não estava roubando dinheiro de ninguém. Antes de viajar à Europa queimaria todos os cheques, pensou.

Havia ainda seis nomes a prospectar em sua lista. Não deveria talvez tentar mais um antes de partir? Ao voltar a pé para casa na noite anterior, após o encontro com o Sr. Greenleaf, Tom decidira que, se a Sra. Superaugh e Carlos de Sevilla pagassem todas as parcelas, ele encerraria o jogo. O Sr. De Sevilla ainda não quitara a dívida — precisava levar um bom susto pelo telefone, para relembrar o temor a Deus, pensou Tom —, mas fora tão fácil manipular a Sra. Superaugh que ele se sentia seduzido a tentar só mais *uma* vez.

Tom abriu sua mala, que estava no armário, e tirou dela uma caixa malva para artigos de papelaria. Na caixa havia alguns papéis de carta e, embaixo deles, uma pilha de formulários que Tom pegara no Departamento da Receita, onde havia trabalhado como almoxarife algumas semanas antes. E, bem no fundo, estava a lista de nomes a prospectar — pessoas escolhidas a dedo, moradores do Bronx ou do Brooklyn que dificilmente se dariam ao trabalho de ir pessoalmente ao escritório da Receita em Nova York, artistas, escritores e freelancers cujos impostos não eram retidos na fonte e que ganhavam de 7 a 12 mil dólares por ano. Tom calculara que nessa faixa de renda as pessoas raramente contratam um profissional para fazer sua contabilidade, mas, em contrapartida, ganham o bastante para que não chamasse a atenção um erro de 200 ou 300 dólares no imposto de renda. Havia William J. Slatterer, jornalista; Philip Robillard, músico; Frieda Hoehn, ilustradora; Joseph J. Gennari, fotógrafo; Frederick Reddington, artista; Frances Karnegis — Tom tinha um pressentimento sobre Reddington. Era quadrinista. E provavelmente mais perdido com dinheiro do que uma criancinha.

Escolheu dois formulários com o cabeçalho NOTIFICAÇÃO DE ERRO NO IMPOSTO DE RENDA, colocou uma folha de carbono entre os dois e começou a copiar rapidamente os dados abaixo do nome de Reddington, em sua lista. Renda: 11.250 dólares. Isenções: 1. Deduções: 600 dólares. Créditos: zero. Remessas: zero. Juros: (ele hesitou por um instante) 2,16 dólares. Saldo devedor: 233,76 dólares. Então pegou na pasta de papéis-carbono uma folha ofício carimbada com o endereço do Departamento da Receita na Avenida Lexington, rasurou o endereço com um risco oblíquo de caneta, colocou a folha na máquina de escrever e datilografou abaixo:

Prezado Senhor,

Devido a um excesso de correspondências em nosso escritório na Avenida Lexington, sua resposta deve ser endereçada a:

Departamento de Quitação de Dívidas
Aos cuidados de George McAlpin
187 E. 51 Street
Nova York 22, Nova York.

Obrigado.
Ralph F. Fischer
Dir. Ger. Dep. Quit. D.

Tom assinou o documento com um rabisco sinuoso e ilegível. Guardou os outros formulários para o caso de Bob aparecer de repente e pegou o telefone. Tinha decidido dar uma cutucada preliminar no Sr. Reddington. Conseguiu o número na lista telefônica e discou. O Sr. Reddington estava em casa. Tom explicou a situação brevemente e se mostrou surpreso ao saber que ele não havia recebido a notificação do Departamento de Quitação de Dívidas.

— A notificação deveria ter chegado alguns dias atrás — explicou Tom. — Sem dúvida, o senhor vai recebê-la amanhã. Andamos muito atarefados por aqui.

— Mas eu *paguei* meus impostos — argumentou uma voz alarmada no outro lado da linha. — Foram todos...

— Essas coisas acontecem, o senhor sabe, quando a renda provém de trabalho autônomo e o imposto não é retido na fonte. Examinamos a sua declaração com muito cuidado, Sr. Reddington. Não há erro. E não gostaríamos de acionar o escritório para o qual o senhor presta serviços, ou o seu agente, ou seja lá quem for... — Nesse ponto, ele deu uma risadinha. Uma risadinha amigável e pessoal costumava operar milagres. — Mas teremos que fazer isso a menos que o senhor pague em quarenta e oito horas. Sinto muito pela notificação não ter chegado antes. Como disse, andamos muito...

— Tem alguém com quem eu possa conversar se for aí? — perguntou o Sr. Reddington, nervoso. — É muito dinheiro!

— Ter tem, claro. — Nesse ponto da conversa, Tom sempre assumia um sotaque informal e meio interiorano. Falava como um sessentão excêntrico e afável, do tipo que trataria o Sr. Reddington com toda a paciência do mundo se ele aparecesse no escritório, mas que não recuaria em um tostão, por mais que o Sr. Reddington argumentasse e se explicasse. George McAlpin representava a Receita Federal dos Estados Unidos, ora bolas. — O senhor pode falar *comigo*, é claro — continuou Tom, numa fala arrastada, puxando as vogais. — Mas não tem erro nenhum em nosso cálculo, Sr. Reddington. Só estou tentando evitar que perca seu tempo. Pode vir, se quiser, mas tenho todos os seus registros bem aqui na minha frente.

Silêncio. O Sr. Reddington não lhe perguntaria nada sobre os registros, porque provavelmente nem sabia o que perguntar primeiro. Mas, se ele lhe pedisse que explicasse a situação, Tom tinha a resposta na ponta da língua: uma enorme baralhada sobre a diferença entre receita bruta e receita acumulada, entre declaração de renda e saldo devedor, sobre o juro de seis por cento ao ano, desde a data de vencimento até o pagamento do imposto, em qualquer balanço que represente o imposto declarado — e tudo isso ele conseguia dizer numa voz lenta e tão impossível de ser interrompida quanto um tanque de guerra. Até então, ninguém havia insistido em ir pessoalmente à Receita para ouvir o resto da explicação. O Sr. Reddington também recuaria. Tom pressentia isso no silêncio do outro lado da linha.

— Tudo bem — respondeu o Sr. Reddington, numa voz de quem desaba. — Vou ler a notificação amanhã assim que chegar.

— Certo, Sr. Reddington — disse Tom antes de desligar.

Tom ficou ali sentado por um tempo, rindo baixo, pressionando as palmas das mãos magras entre os joelhos. Então se levantou de um salto, guardou a máquina de escrever de Bob, penteou caprichosamente os cabelos castanho-claros diante do espelho e partiu para Radio City.

3

— Alô-ô, Tom, meu rapaz! — disse o Sr. Greenleaf num tom de voz que prometia boas doses de martíni, um jantar gourmet e uma cama caso ele ficasse cansado demais para voltar para casa. — Emily, este é Tom Ripley!

— Estou tão feliz em conhecê-lo! — cumprimentou ela calorosamente.

— Como vai, Sra. Greenleaf?

Ela era quase exatamente como Tom imaginara: loura, um tanto alta e esguia, com modos formais o bastante para mantê-lo bem comportado, mas com aquela ingênua e universal boa vontade que o Sr. Greenleaf também tinha. O Sr. Greenleaf os conduziu à sala de estar. Sim, Tom já estivera ali antes, com Dickie.

— O Sr. Ripley trabalha com seguros — anunciou o Sr. Greenleaf, e Tom pensou que ele já devia ter tomado uns drinques ou talvez estivesse nervoso, pois na noite anterior Tom lhe dera uma descrição bem minuciosa da agência de publicidade para a qual dizia trabalhar.

— Não é um trabalho lá muito empolgante — comentou Tom com modéstia para a Sra. Greenleaf.

Uma empregada entrou na sala com uma bandeja de martínis e canapés.

— O Sr. Ripley já esteve aqui antes — revelou o Sr. Greenleaf. — Veio com Richard.

— Ah, veio? Mas acho que não nos encontramos. — Ela sorriu. — Você é de Nova York?

— Não, sou de Boston — respondeu Tom.

Isso, ao menos, era verdade.

Cerca de trinta minutos depois — bem na hora certa, pensou Tom, pois os Greenleaf haviam insistido que ele tomasse um martíni atrás do outro —, todos foram para a sala de jantar, ao lado da sala de estar, onde a mesa estava posta para três pessoas, com velas, guardanapos azul-escuros enormes e um frango no molho aspic. Mas antes comeram *céleri rémoulade*. Tom gostava muito daquele prato. Disse isso aos anfitriões.

— Richard também gosta! — observou a Sra. Greenleaf. — Sempre amou o jeito como nosso cozinheiro prepara. É uma pena você não poder levar um pouco para ele.

— Vou colocar junto com as meias — retrucou Tom, sorrindo, e a Sra. Greenleaf deu uma risada.

Antes, ela havia dito que gostaria que Tom levasse para Richard uns pares de meias de lã preta da Brooks Brothers, do tipo que Richard sempre usava.

A conversa foi tediosa e o jantar, magnífico. Em resposta a uma pergunta da Sra. Greenleaf, Tom lhe disse que trabalhava para a agência de publicidade Rothenberg, Fleming and Barther. Quando mencionou de novo a agência, chamou-a deliberadamente de Reddington, Fleming and Parker. O Sr. Greenleaf não pareceu notar a diferença. Tom se referiu à firma pela segunda vez quando ele e o Sr. Greenleaf estavam sozinhos na sala de estar, após a refeição.

— Você fez o primário em Boston? — quis saber o Sr. Greenleaf.

— Não, senhor. Passei um tempo em Princeton, depois fui visitar outra tia em Denver, e fiz faculdade lá.

Tom ficou em silêncio, esperando que o Sr. Greenleaf perguntasse algo sobre Princeton, mas ele não perguntou. Tom poderia discorrer sobre o ensino de história, os regulamentos do campus, a atmosfera nas festas de sábado, as tendências políticas do corpo discente, qualquer coisa. No verão anterior, ele tinha feito amizade com um calouro de Princeton que não falava de outra coisa além da universidade, e depois de um tempo Tom começou a lhe dar corda e o fez falar cada vez mais, prevendo uma ocasião em que todas aquelas informações pudessem lhe ser úteis. Tom contara aos Greenleaf que fora criado pela tia Dottie em Boston. Ela o levara para Denver quando ele tinha 16 anos, por isso só terminara o ensino médio lá, mas ele conhecera um rapaz chamado Don Mizell, que havia alugado um quarto na casa de tia Bea em Denver e havia frequentado a Universidade do Colorado. Tom sentia como se também tivesse estudado lá.

— Está se especializando em alguma área? — perguntou o Sr. Greenleaf.

— Meio que me dividi entre contabilidade e escrita em língua inglesa — disse Tom com um sorriso, sabendo que a resposta era tão vaga que ninguém levaria o assunto adiante.

A Sra. Greenleaf entrou na sala com um álbum de fotografias, e Tom se sentou ao seu lado no sofá enquanto ela virava as páginas. Richard dando os primeiros passos, Richard em um hediondo retrato em cores em que posava como na pintura *Menino azul*, com as roupas correspondentes e longos cachos loiros. O álbum nada tinha de interessante até Richard fazer uns 16 anos, um garoto esbelto, de pernas longas, com os cachos se abrindo cada vez mais. Até onde Tom notava, Richard mal havia mudado entre os 16 e os 23 ou 24 anos, ponto a partir do qual não havia mais fotografias, e era impressionante como aquele sorriso radiante e ingênuo havia mudado pouco. Tom não pôde evitar a sensação de que Richard não era lá muito inteligente, ou vai ver ele adorava ser fotografado e achava que ficava melhor com a boca arregaçada de orelha a orelha — ideia que também não era muito inteligente de qualquer forma.

— Ainda não coloquei estas no álbum — disse a Sra. Greenleaf, estendendo-lhe um punhado de fotos soltas. — São todas da Europa.

Essas eram mais interessantes: Dickie no que parecia um café parisiense, Dickie na praia. Em vários dos retratos, ele estava com o cenho franzido.

— Esta aqui é em Mongibello, a propósito — explicou a Sra. Greenleaf, indicando uma foto em que Dickie puxava um barco a remo pela areia. Ao fundo da imagem, havia montanhas secas e pedregosas e uma fileira de casinhas brancas que se estendia pela costa. — E essa é a garota. Ela e Richard são os únicos americanos na cidade.

— Marge Sherwood — completou o Sr. Greenleaf, que estava sentado do outro lado da sala, com o corpo inclinado para a frente, acompanhando com atenção a exibição de fotos.

A moça estava de maiô na praia, os braços ao redor dos joelhos, com aparência saudável e pouco sofisticada, cabelos loiros, curtos e desgrenhados — a típica menina boazinha. Havia uma boa foto de Richard sentado no parapeito de um terraço. Estava sorrindo, mas não era o mesmo sorriso, Tom reparou. Richard parecia mais circunspecto nas fotos na Europa.

Tom percebeu que a Sra. Greenleaf estava olhando fixamente para o tapete à sua frente. Ele então se lembrou do momento à mesa quando ela havia exclamado "Eu queria que a Europa não existisse!" e o Sr. Greenleaf lhe lançara um olhar nervoso e depois se voltara sorrindo para Tom, como se aquele tipo de surto já tivesse acontecido antes. Agora Tom via lágrimas nos olhos dela. O Sr. Greenleaf se levantou e se aproximou da mulher.

— Sra. Greenleaf — disse Tom com delicadeza —, quero que saiba que farei tudo ao meu alcance para trazer Dickie de volta.

— Deus o abençoe, Tom. Deus o abençoe.

Ela apertou a mão de Tom, que estava pousada no joelho dele.

— Emily, não acha que está na hora de se deitar? — perguntou o Sr. Greenleaf, inclinando-se sobre ela.

Tom se levantou ao mesmo tempo que a Sra. Greenleaf.

— Espero que venha nos visitar de novo antes de partir, Tom — pediu ela. — Desde que Richard foi embora, raramente recebemos visitas de jovens. Sinto falta deles.

— Terei enorme prazer em voltar — retrucou Tom.

O Sr. Greenleaf a acompanhou para fora da sala. Tom permaneceu de pé, os braços esticados junto ao corpo, a cabeça erguida. Via a si mesmo num grande espelho de parede: era novamente um jovem digno e correto. Desviou o olhar de repente. Ele estava fazendo a coisa certa, agindo da forma certa. E, ainda assim, se sentia culpado. Quando, ainda há pouco, dissera à Sra. Greenleaf *farei tudo ao meu alcance*... Bem, estava falando sério. Não estava tentando enganar ninguém.

Sentiu que estava começando a suar e tentou relaxar. Por que estava tão preocupado? Tinha se sentido tão bem naquela noite! Aquilo que dissera sobre a tia Dottie...

Tom se endireitou, olhando a porta de relance, mas a porta seguia fechada. Aquele fora o único momento durante toda a noite em que se sentira desconfortável, irreal, como se estivesse mentindo, sendo que de todas as coisas que dissera aquela havia sido praticamente a única verdadeira. *Meus pais morreram quando eu era bem pequeno. Fui criado por minha tia em Boston.*

O Sr. Greenleaf voltou para a sala. Sua figura parecia pulsar e se dilatar. Tom pestanejou, sentindo um terror repentino, um impulso de atacar o Sr. Greenleaf antes que fosse atacado.

— Que tal bebermos um conhaque? — ofereceu o Sr. Greenleaf, abrindo um painel ao lado da lareira.

É como um filme, pensou Tom. A qualquer instante, a voz do Sr. Greenleaf ou de outra pessoa diria "Ok, corta!", e Tom voltaria a relaxar e estaria de volta ao Raoul's, bebendo uma dose de gim-tônica. Ou melhor, estaria de volta ao Green Cage.

— Não quer mais beber? — perguntou o Sr. Greenleaf. — Não precisa continuar se não quiser.

Tom mexeu vagamente a cabeça, e o Sr. Greenleaf pareceu intrigado por um instante, mas acabou servindo duas doses de conhaque.

Uma gélida onda de medo percorria o corpo de Tom. Estava se lembrando do incidente na farmácia, na semana anterior, embora repetisse para si mesmo que aquilo eram águas passadas e que ele não estava *realmente* com medo, não agora. Havia uma farmácia na Second Avenue cujo número ele dera às pessoas que insistiam em lhe telefonar para falar sobre o imposto de renda. Ele dizia que aquele era o número do Departamento de Quitação de Dívidas e que só podia atender entre as três e meia e as quatro horas nas tardes de quarta e sexta-feira. Nesses períodos, Tom ficava zanzando perto da cabine da farmácia, esperando que o telefone tocasse. Certa vez, o farmacêutico lhe lançou um olhar desconfiado, e Tom lhe disse que estava esperando um telefonema da namorada. Na sexta-feira anterior, quando atendeu ao telefone, uma voz de homem dissera:

— Você sabe do que a gente está falando, não sabe? A gente sabe onde você mora, se quiser que a gente vá aí... Temos o bagulho para lhe entregar se tiver o bagulho para a gente também. — Era uma voz insistente porém evasiva, de modo que Tom pensou que fosse uma espécie de trote e não conseguiu responder nada. E então: — Escuta, a gente está indo aí. Na *sua casa*.

Tom saiu da cabine telefônica com as pernas parecendo gelatina, mas então percebeu que o farmacêutico o olhava fixamente, com olhos arregalados e uma expressão de pânico, e de repente a conversa toda fez sentido: o farmacêutico vendia drogas e estava achando que Tom fosse um policial e que *ele* estivesse prestes a ir para a cadeia. Tom começou a rir, saiu da farmácia gargalhando estrondosamente, e foi cambaleando pela calçada, pois as pernas ainda estavam bambas por causa de seu próprio medo.

— Pensando na Europa? — perguntou a voz do Sr. Greenleaf.

Tom pegou o copo que ele lhe estendia.

— Sim, isso mesmo.

— Bem, espero que desfrute a viagem, Tom. Também espero que consiga convencer Richard. Aliás, Emily gostou muito de você. Ela me disse. Não precisei perguntar. — O Sr. Greenleaf girou o copo de conhaque entre as mãos. — Minha esposa tem leucemia, Tom.

— Ah. Isso é grave, não é?

— Sim. Talvez não tenha mais do que um ano de vida.

— Sinto muito por ouvir isso.

O Sr. Greenleaf puxou um papel do bolso.

— Tenho uma lista de navios aqui. Acho que o trajeto usual, desembarcando em Cherbourg, é o mais rápido e também o mais interessante. Você pegaria o trem que vai do porto até Paris, depois um trem noturno cruzando os Alpes, até Roma e Nápoles.

— Seria ótimo.

A coisa estava começando a parecer empolgante.

— Você terá que pegar um ônibus de Nápoles até o vilarejo de Richard. Vou escrever para ele, falando sobre você. Não vou dizer que você é um emissário meu — acrescentou, sorrindo. — Vou contar que nos conhecemos. Richard com certeza vai convidá-lo para que fique na casa dele, mas, se por algum motivo ele não puder, há alguns hotéis na cidade. Espero que você e Richard se entendam bem logo de cara. Agora, quanto ao dinheiro... — O Sr. Greenleaf exibiu seu sorriso paternal. — Proponho lhe dar 600 dólares, em cheques de viagem, além da passagem de ida e volta. Está bom para você? Seiscentos dólares devem ser o bastante para passar quase dois meses, mas, se precisar de mais, é só me mandar um telegrama, meu rapaz. Você não me parece o tipo de jovem que sai por aí jogando dinheiro fora.

— A soma parece bem ampla, senhor.

O conhaque estava deixando o Sr. Greenleaf cada vez mais alegre e à vontade, enquanto Tom ficava cada vez mais azedo e calado. Queria sair daquele apartamento, mas também queria ir à Europa e queria a aprovação do Sr. Greenleaf. O tempo no sofá foi ainda mais agoniante do que o passado no bar na noite anterior, quando ele se sentira terrivelmente entediado, porque agora ele não engatou a quarta marcha. Várias vezes Tom se levantou e foi até a lareira com o drinque na mão e voltou para o sofá, e sempre que se olhava no espelho via que os cantos de sua boca estavam caídos.

O Sr. Greenleaf estava todo animado falando sobre suas andanças com Richard em Paris quando o filho tinha 10 anos. Não era nem um pouco interessante. Enquanto isso, Tom ponderava que, se tivesse algum problema com a polícia nos próximos dez dias, o Sr. Greenleaf poderia hospedá-lo. Ele poderia alegar que havia sublocado o apartamento às pressas ou algo do tipo e então simplesmente se esconderia na casa dos Greenleaf até a partida. Tom se sentia péssimo, quase fisicamente enjoado.

— Sr. Greenleaf, acho melhor eu ir para casa.

— Já? Mas eu queria lhe mostrar… Bem, não se preocupe. Fica para outro dia.

Tom sabia que deveria perguntar "Me mostrar o quê?" e, em seguida, esperar com paciência que o Sr. Greenleaf lhe mostrasse o que quer que fosse, mas isso estava além de suas forças.

— Quero que você visite o estaleiro, é claro! — disse o Sr. Greenleaf, alegremente. — Quando pode passar lá? Só no seu horário de almoço, eu imagino. Quero que conte a Richard como o estaleiro está.

— Sim… Posso ir no horário de almoço.

— Telefone quando quiser, Tom. Já lhe dei o meu cartão com o número particular. Se me avisar com meia hora de antecedência, posso mandar o motorista buscá-lo em seu escritório e levá-lo de carro. Aí nós comemos um sanduíche durante o passeio e depois o motorista leva você de volta.

— Vou telefonar, sim — retrucou Tom.

Sentiu que iria desmaiar se ficasse mais um minuto na penumbra do vestíbulo, mas o Sr. Greenleaf estava dando uma risadinha de novo e perguntando se ele havia lido um certo livro de Henry James.

— Infelizmente não, senhor, não li esse livro — respondeu Tom.

— Bom, não tem problema. — O Sr. Greenleaf sorriu.

Então se despediram, e a mão do Sr. Greenleaf deu um aperto longo e sufocante na de Tom, e a coisa estava acabada. Mas Tom viu que a expressão de medo e sofrimento permanecia em seu rosto no elevador. Apoiou-se no canto do elevador, exausto, mesmo sabendo que, tão logo chegasse ao saguão, sairia voando porta afora e correria sem parar até chegar em casa.

4

À medida que os dias passavam, a atmosfera da cidade foi ficando estranha. Era como se Nova York tivesse perdido algo — seu aspecto de realidade ou sua importância — e a cidade agora representasse uma peça, apenas para ele, uma peça colossal com seus ônibus, táxis, transeuntes apressados pelas ruas, os programas de televisão em todos os bares da Third Avenue, as marquises dos cinemas, com as luzes acesas mesmo durante o dia, e os efeitos sonoros de milhares de buzinas de carros e vozes humanas, falando e falando sem qualquer propósito. Era como se, no sábado, quando o navio zarpasse do píer com ele a bordo, a cidade inteira fosse se desmanchar com um *puf*, como um amontoado de cartolinas num palco.

Ou talvez ele estivesse com medo. Ele odiava água. Jamais viajara de barco, exceto uma vez, de Nova York para Nova Orleans e depois de volta para Nova York, mas naquela vez ele estava trabalhando em uma embarcação turística, quase o tempo todo no porão, e mal notara que estava na água. Nas poucas ocasiões em que subira ao convés, a visão da água de início o assustara, depois o deixara enjoado, e ele sempre tinha de voltar correndo para o porão, onde, ao contrário do que as pessoas lhe diziam, ele se sentia melhor. Seus pais haviam morrido afogados no Cais de Boston, e Tom sempre achara que isso tinha algo a ver com seu problema, pois até onde se lembrava sempre tivera medo da água e jamais aprendera a nadar. Tom experimentava uma sensação oca e nauseante na boca do estômago ao pensar que, em menos de uma semana, teria apenas água sob os pés, com léguas de profundidade, e que sem dúvida teria de ficar olhando para ela a maior parte do tempo, pois passageiros de cruzeiros passavam a maior parte do tempo no convés. E ficar mareado era particularmente deselegante, ele supunha. Tom jamais ficara mareado, mas experimentou várias vezes uma sensação semelhante naqueles últimos dias simplesmente ao pensar na viagem para Cherbourg.

Contara a Bob Delancey que iria se mudar em uma semana, mas não dissera para onde. De qualquer forma, Bob não demonstrou interesse. Quase não se viam no endereço que dividiam na 51th Street. Tom tinha ido à casa de Marc Priminger na East 45th Street — ainda tinha as chaves — para pegar umas coisas que esquecera num horário em que achava que não estaria em casa, mas Marc tinha vindo para casa com seu novo hóspede, Joel, um rapaz magricela que trabalhava numa editora, e assumira um ar afetado e cortês, como às vezes fazia, dizendo "Por favor, pegue *tudo* o que quiser" e coisas do tipo, mas só estava representando aquele papel por causa de Joel, pois, se este não estivesse lá, Marc teria xingado numa linguagem que constrangeria até mesmo um marinheiro português. Marc (seu nome de batismo era Marcellus, olha só) era um homem feioso e atarracado que vivia de renda e cujo hobby era ajudar rapazes com problemas financeiros temporários, hospedando-os em sua casa de dois andares e três quartos e então bancar Deus, dizendo-lhes o que podiam e não podiam fazer na casa e lhes dando conselhos sobre vida e carreira, conselhos em geral péssimos. Tom ficara lá três meses, embora metade desse tempo Marc tenha passado na Flórida, de modo que Tom ficara sozinho na casa, mas quando voltou Marc fizera um escândalo por causa de umas vidrarias quebradas — Marc novamente bancando Deus, o Grande Pai Severo — e, pela primeira vez, Tom ficou bravo o bastante para responder no mesmo tom e se defender.

Por isso Marc o expulsou da casa, após lhe arrancar 63 dólares pelas vidrarias quebradas. Aquele velho sovina! Parecia uma velha solteirona, pensou Tom, trabalhando como diretora de um colégio para moças. Tom arrependia-se amargamente por ter um dia posto os olhos em Marc Priminger, e quanto antes esquecesse seus estúpidos olhos de porco, sua enorme mandíbula, suas mãos feias cobertas de anéis espalhafatosos (mãos que se balançavam no ar, dando ordens e mais ordens para todo mundo), mais feliz ficaria.

Dos seus amigos, a única pessoa para quem sentia vontade de contar sobre a viagem à Europa era Cleo, e ele foi visitá-la na quinta-feira anterior ao embarque. Cleo Dobelle era uma garota alta, esbelta, de cabelos escuros, que devia ter entre 23 e 30 anos, Tom não sabia ao certo, e morava com os pais em Gracie Square e fazia pinturas pequenas — *realmente* pequenas, na verdade, em pedaços de marfim mais ou menos do tamanho de selos postais, que tinham de ser observadas com uma lente de aumento, e Cleo também usava uma lente de aumento para pintá-las.

— Mas imagine como é prático poder carregar todas as minhas pinturas numa cigarreira! Outros artistas precisam de salas e mais salas para guardar suas telas! — disse Cleo certa vez.

Ela morava em um conjunto de quartos separado, com um banheiro e uma cozinha pequenos, na parte dos fundos do apartamento dos pais, e a ala de Cleo estava sempre meio escura, pois não tinha entrada de sol exceto por um minúsculo pátio atulhado de ailantos que bloqueavam a luz. Cleo sempre mantinha as luzes acesas, luzes fracas que davam ao lugar uma atmosfera noturna, fosse qual fosse a hora do dia. Exceto pela noite em que a conhecera, Tom sempre a vira usando calças de veludo justas, de diversas cores, ou saias de seda com listras vistosas. Gostaram um do outro desde a primeira noite, e Cleo o convidara para jantar na casa dela na noite seguinte. Desde então ela sempre o convidava para ir à sua casa e, por algum motivo, nenhum deles jamais achava que Tom deveria levá-la para jantar ou ir ao cinema ou qualquer uma dessas coisas que um rapaz supostamente deveria fazer com uma garota. Cleo não esperava que ele lhe trouxesse flores, livros ou bombons quando vinha jantar ou tomar um drinque com ela, mas ele às vezes lhe trazia um presentinho, porque isso a agradava. Cleo era a única pessoa a quem Tom podia contar que ia para a Europa e por quê. E ele contou.

Cleo ficou encantada, bem como ele havia previsto. Seus lábios vermelhos se entreabriram no rosto pálido e comprido, ela espalmou as mãos nas coxas aveludadas e exclamou:

— *Tom*-mie! Que coisa ma... maravilhosa! É como um enredo de Shakespeare, ou algo assim!

Era exatamente isso o que Tom achava. Era exatamente isso o que ele precisava que alguém lhe dissesse.

Cleo ficou alvoroçada pelo resto da noite, perguntando-lhe uma porção de coisas, se tinha isto ou aquilo, lenços de papel, antigripais e meias de lã, porque no outono começava a temporada de chuvas na Europa, e se estava com a carteira de vacinação em dia. Tom respondeu que se sentia bem preparado.

— Só não vá ao porto se despedir de mim, Cleo. Não quero que ninguém vá se despedir.

— Claro que não! — retrucou Cleo, entendendo-o perfeitamente. — Ah, *Tom*-mie, isso tudo é tão divertido! Promete que vai me escrever tudo o que acontecer quando estiver com Dickie? Você é a primeira pessoa que conheço que vai à Europa com um *propósito.*

Tom lhe contou sobre a visita aos estaleiros do Sr. Greenleaf em Long Island, sobre as fileiras quilométricas de mesas com máquinas fabricando brilhantes peças metálicas, esmaltando e polindo painéis de madeira, as docas secas com esqueletos de barcos de todos os tamanhos, e a impressionou com os termos que o Sr. Greenleaf usava — braçolas, aposturas, sobrequilhas e arestas. Descreveu o segundo jantar na casa dos Greenleaf, quando o anfitrião o presenteara com um relógio de pulso. Mostrou-o à amiga: não era caríssimo, mas ainda assim era um ótimo relógio e bem no estilo que Tom teria escolhido para si — com um mostrador simples e branco e numerais romanos pretos numa caixa dourada simples, com pulseira em couro de crocodilo.

— Só porque, uns dias antes, eu mencionei que não tinha relógio de pulso. Ele realmente me adotou como filho.

Essa era outra coisa que ele poderia contar só para Cleo.

Ela suspirou.

— Homens! Vocês nascem com toda a sorte do mundo. Nada assim aconteceria com uma garota. Os homens são tão *livres*!

Tom sorriu. Com frequência, tinha a impressão de que acontecia exatamente o contrário.

— As costeletas de cordeiro não estão queimando?

Cleo se levantou com um berro.

Depois do almoço, ela lhe mostrou cinco ou seis de suas últimas pinturas, um par de retratos românticos de um rapaz que ambos conheciam, vestindo uma camisa branca com o colarinho desabotoado, e três paisagens de uma selva imaginária, inspirada na vista dos ailantos da janela. Tom achou que o pelo dos macaquinhos estava realmente bem-feito. Cleo tinha vários pincéis com apenas uma cerda, sendo que essas cerdas variavam em espessura, das grossas às ultrafinas. Beberam quase duas garrafas de Medoc da adega dos pais de Cleo, e Tom ficou tão sonolento que poderia ter passado a noite ali mesmo no chão, onde estava deitado — já tinham dormido várias vezes lado a lado, nos dois tapetes de pele de urso em frente à lareira, e outra coisa maravilhosa sobre Cleo era que ela jamais dera a entender que Tom deveria flertar com ela, e ele jamais flertou — mas, às onze e trinta e cinco, Tom se levantou com dificuldade e se despediu.

— Não vamos mais nos ver, não é? — disse Cleo, tristemente, na soleira da porta.

— Ah, mas eu volto em umas seis semanas — argumentou Tom, embora não achasse que faria isso. De repente, inclinou-se e plantou um beijo firme e fraternal em sua bochecha cor de marfim. — Vou sentir sua falta, Cleo.

Ela apertou o ombro dele, o único toque físico da parte dela até então, pelo que Tom lembrava.

— Também vou sentir sua falta.

No dia seguinte, ele cuidou dos pedidos da Sra. Greenleaf na Brook Brothers: os doze pares de meias de lã preta e o roupão de banho. Ela não havia especificado a cor do roupão. Dissera que Tom poderia escolher. Ele optou por uma peça de flanela marrom-escura com cinto e lapelas em azul-marinho. Não era o roupão mais bonito da loja, na opinião de Tom, mas achou que Richard teria escolhido exatamente aquele e que ficaria encantado com o presente. Colocou as meias e o roupão na conta dos Greenleaf. Viu uma camisa de linho com botões de madeira que o agradou muito e que poderia facilmente ter colocado também na conta dos Greenleaf, mas não fez isso. Comprou-a com o próprio dinheiro.

5

A manhã do embarque, a manhã pela qual havia esperado com tanta empolgação e expectativa, começou de forma hedionda. Tom seguiu o camareiro até a cabine, parabenizando a si mesmo pela firmeza ao insistir que Bob não fosse se despedir, mas, assim que entrou no quarto, foi saudado por um horripilante grito coletivo.

— Onde está o champanhe, Tom? Estamos esperando!

— Rapaz, esse quarto fede! Por que não pede uma cabine melhor?

— Tommie, me leva junto? — soltou a namorada de Ed Martin, a quem ele não suportava sequer olhar.

Estavam todos lá: em sua maioria, os amigos nojentos de Bob, atirados na cama dele, no chão, por todos os lados. Bob havia descoberto que ele embarcaria num cruzeiro, mas Tom jamais pensou que pudesse fazer algo assim. Foi preciso muito autocontrole para não dizer, em voz glacial: "*Não* tem champanhe nenhum." Tentou cumprimentar a todos, tentou sorrir, mas poderia ter desabado em lágrimas feito uma criança. Lançou a Bob um olhar cáustico, mas este já estava bêbado. Havia pouquíssimas coisas que o tiravam do sério, refletiu Tom, justificando-se, e essa era uma delas: surpresas barulhentas, aquela gentalha grosseira e relaxada que ele julgava ter deixado para trás no momento em que subira a prancha do navio, aqueles vagabundos emporcalhando o camarote onde ele passaria os próximos cinco dias!

Tom foi até Paul Hubbard, a única pessoa respeitável no recinto, e sentou-se ao seu lado no pequeno sofá embutido.

— Olá, Paul — disse baixinho. — Sinto muito por essa confusão.

— Ora essa! — exclamou Paul, brincalhão. — Vai ficar quanto tempo fora? O que foi, Tom? Está enjoado?

Foi terrível. A coisa toda se prolongou, o barulho e as risadas das garotas apalpando a cama e espiando o banheiro. Graças a Deus os Greenleaf não tinham vindo se despedir! O Sr. Greenleaf tivera de ir a Nova Orleans a negócios, e, quando Tom ligara para a Sra. Greenleaf naquela manhã a fim de se despedir, ela dissera que não se sentia bem e não poderia ir ao embarcadouro.

Finalmente, Bob ou outra pessoa puxou uma garrafa de uísque e todos começaram a beber nos dois copos que estavam no banheiro, e então um garçom entrou no quarto com uma bandeja cheia de copos. Tom se recusou a beber. Estava suando tanto que teve de tirar o casaco para não ensopá-lo. Bob se aproximou e enfiou um copo na mão dele, e deu para ver que Bob não estava brincando, e Tom sabia por quê — porque ele havia aceitado a hospitalidade de Bob por um mês e não era pedir demais que pelo menos fizesse uma cara amigável, mas Tom não podia fazer uma cara amigável, não mais do que se sua cara fosse feita de granito. E daí se, depois daquele dia, todos ali o odiassem? O que ele perderia com isso?

— Eu caibo aqui, Tommie — disse uma garota que estava decidida a caber em algum lugar e viajar com ele.

Ela tinha se enfiado num armário estreito como um armário de vassouras.

— Eu bem que queria ver Tom pego no flagra com uma garota em seu quarto! — brincou Ed Martin, rindo.

Tom o fulminou com o olhar.

— Vamos sair daqui e pegar um ar — murmurou para Paul.

Os outros estavam fazendo tanto barulho que nem notaram sua saída. Foram até os balaústres, perto da proa. Era um dia sem sol, e a cidade à sua direita já parecia uma terra distante e cinzenta, e era como se ele a observasse do alto-mar — exceto por aqueles desgraçados no camarote.

— Por onde andou? — perguntou Paul. — Ed telefonou para avisar que você ia partir. Faz semanas que não vejo você.

Paul era uma das pessoas que achavam que Tom trabalhava para a Associated Press. Tom havia inventado uma ótima história sobre uma pauta que recebera. Possivelmente no Oriente Médio, dissera. Falava sobre o assunto como se fosse algo secreto.

— Tenho trabalhado muito à noite também — explicou Tom. — E é por isso que andei sumido. Foi muito gentil da sua parte ter vindo se despedir.

— Eu não tinha nenhuma aula hoje de manhã. — Paul tirou o cachimbo da boca e sorriu. — O que não significa que não teria vindo de qualquer forma. Daria uma desculpa qualquer!

Tom sorriu. Paul ganhava a vida dando aulas de música numa escola para moças em Nova York, mas preferia compor no tempo livre. Tom não se lembrava de como havia conhecido Paul, mas se lembrava de ter ido certa vez ao seu apartamento em Riverside Drive para um brunch de domingo e que Paul tinha tocado algumas de suas composições ao piano, das quais Tom gostara muitíssimo.

— Posso lhe oferecer um drinque? Vamos ver se encontramos o bar — ofereceu Tom.

Mas bem nesse instante um camareiro saiu para o convés, batendo um gongo e gritando:

— Visitantes, por favor, desembarcar! Todos os visitantes, por favor, desembarcar!

— Acho que ele está falando comigo — comentou Paul.

Os dois apertaram as mãos, deram tapinhas nos ombros um do outro, prometeram trocar cartões-postais. E Paul foi embora.

A gangue de Bob ficaria até o último segundo, pensou Tom, e provavelmente seria preciso escorraçá-los. De repente, Tom deu meia-volta e subiu correndo um estreito lance de escada, semelhante a uma escada de mão. Lá no topo, deparou-se com uma tabuleta pendurada em uma corrente em que se lia SEGUNDA CLASSE, mas ele passou a perna por cima da corrente e plantou os pés no outro lado. Achou que não teria problema um passageiro da primeira classe entrar na área da segunda. Mas ele não suportaria olhar novamente para os amigos de Bob. Ele tinha pagado meio mês de aluguel para Bob e lhe dera uma gravata e uma bela camisa como presente de despedida. O que mais ele queria?

O navio já estava em movimento quando Tom finalmente criou coragem para voltar ao quarto. Entrou com cautela na cabine. Estava vazia. As asseadas cobertas azuis estavam novamente esticadas. Os cinzeiros estavam limpos. Não havia sinal de que o bando tinha passado por ali. Tom relaxou e sorriu. Isso, sim, era serviço de qualidade! A boa e velha tradição da Cunard Line, da marinhagem britânica e tudo o mais! Viu uma grande cesta de frutas no assoalho perto da cama. Com ansiedade, pegou o pequeno envelope branco. Nele havia um cartão que dizia:

> *Bon voyage* e Deus o abençoe, Tom. Que nossos melhores votos o acompanhem.
>
> Emily e Herbert Greenleaf

A cesta tinha alça comprida e estava envolta em celofane amarelo — maçãs, peras, uvas, duas barras de chocolate e várias garrafinhas de licor. Tom nunca havia recebido uma cesta de boa viagem. Para ele, era o tipo de coisa que se vê nas vitrines das floriculturas por preços exorbitantes, algo que a gente olha e ri. Mas percebeu que estava com lágrimas nos olhos e de repente cobriu o rosto com as mãos e começou a soluçar.

6

Seu humor estava tranquilo e benevolente, mas nada sociável. Queria aproveitar o tempo para refletir e não fazia questão de interagir com os outros passageiros do navio, com nenhum deles mesmo, embora, ao encontrar as pessoas com as quais dividia a mesa, ele as cumprimentasse com simpatia e um sorriso no rosto. Passou a interpretar um papel no navio, o de um jovem circunspecto, com um trabalho sério a sua frente. Era cortês, equilibrado, civilizado e cheio de preocupação.

Sentiu uma súbita vontade de usar boné e comprou um a seu gosto em uma loja de miudezas: um boné tradicional, cinza-azulado, de macia lã inglesa. Ele podia abaixar a pala até cobrir quase todo o rosto quando queria tirar um cochilo em sua cadeira no convés ou quando queria fingir que estava cochilando. Concluiu que o boné é o mais versátil de todos os acessórios para a cabeça e se perguntou por que nunca havia usado um antes. Dependendo de como o usasse, podia parecer um cavalheiro do interior, um bandido, um inglês, um francês ou apenas um americano excêntrico. Agora Tom se divertia no quarto, em frente ao espelho, com o boné na cabeça. Sempre achara que tinha o rosto mais sem graça do mundo, um rosto completamente esquecível, com uma expressão de docilidade que jamais conseguira entender e também uma vaga expressão de susto que jamais conseguira apagar. O rosto de um autêntico conformista, pensava.

O boné mudou tudo isso. Deu-lhe um ar interiorano, Greenwich, Connecticut, o pitoresco interior americano. Agora ele era um jovem que vivia de renda, talvez recém-saído de Princeton. Comprou um cachimbo para combinar com o boné.

Estava começando uma nova vida. Adeus a todas aquelas pessoas de segunda categoria com quem costumava andar ou que permitira que andassem com ele nos últimos três anos em Nova York. Sentia-se como imaginava que os imigrantes se sentissem ao deixarem tudo para trás em algum país estrangeiro, ao deixarem os amigos, os parentes e os antigos erros e zarparem para os Estados Unidos. Uma página em branco! Acontecesse o que acontecesse com Dickie, Tom se sairia bem e o Sr. Greenleaf saberia de seus esforços e o respeitaria por isso. Quando o dinheiro do Sr. Greenleaf acabasse, talvez Tom não voltasse aos Estados Unidos. Talvez arranjasse um trabalho interessante em algum hotel, por exemplo, onde precisassem de alguém esperto e bem-apessoado que falasse inglês. Ou talvez fosse contratado como representante de uma firma europeia e passasse a viajar por todo o mundo. Ou talvez aparecesse alguém precisando de um rapaz exatamente como ele, um que soubesse dirigir, que fosse rápido em fazer cálculos, que fosse capaz de entreter uma velha dama ou acompanhar a filha de alguém a um baile. Ele era versátil e o mundo era vasto! Jurou para si mesmo que se agarraria no primeiro emprego que arranjasse. Paciência e perseverança! Para o alto e avante!

— Vocês têm *Os embaixadores*, de Henry James? — perguntou Tom ao funcionário encarregado da biblioteca na área da primeira classe, pois o livro não estava na estante.

— Sinto muito, senhor, não temos — informou o funcionário.

Tom ficou decepcionado. Esse era o livro que o Sr. Greenleaf lhe perguntara se havia lido. Tom sentia que devia lê-lo. Foi à biblioteca da segunda classe. Encontrou o livro na estante, mas, quando foi retirá-lo e deu o número de sua cabine, o atendente lhe disse que sentia muito, que passageiros da primeira classe não podiam retirar livros na biblioteca da segunda classe. Era o que Tom temia. Devolveu gentilmente o livro ao lugar onde o pegara, mesmo sabendo que teria sido fácil, muito fácil, passar roçando pela estante e enfiá-lo sob o casaco.

De manhã, ele dava várias voltas pelo convés, mas caminhava muito devagar, de tal forma que os outros passageiros, soltando baforadas em seus passeios matinais, sempre passavam por ele duas ou três vezes antes que Tom tivesse completado a primeira volta. Depois ele se acomodava em sua cadeira de convés para tomar um caldo de carne e refletir mais um pouco sobre o próprio destino. Após o almoço, ele ficava matando tempo na cabine, regozijando-se em sua privacidade e conforto, fazendo absolutamente nada. Às vezes, sentava-se à escrivaninha e usava o material de escrita fornecido pelo navio para compor cartas ponderadas para Marc Priminger, Cleo e os Greenleaf. A carta para os Greenleaf começou com uma polida saudação e um agradecimento pelos presentes de boa viagem e pelas acomodações confortáveis, mas ele se divertiu acrescentando um imaginário pós-escrito sobre seu encontro com Dickie, contando como passara a morar com ele em sua casa em Mongibello, sobre seu lento, porém sólido progresso em persuadi-lo a voltar para casa, sobre as tardes nadando no mar, as pescarias, a rotina dos cafés, e ficou tão empolgado com isso que prosseguiu por oito ou dez páginas, mas sabia que jamais remeteria a carta, então continuou escrevendo, contando que Dickie não tinha interesses românticos em Marge (também forneceu uma análise completa do caráter de Marge), portanto não era Marge quem estava prendendo Dickie, embora a Sra. Greenleaf achasse que talvez fosse ela etc., etc., até que a mesa ficou coberta por folhas de papel e lá fora ressoou a primeira chamada para o jantar.

Outra tarde, ele escreveu um bilhete bem-educado para tia Dottie:

Querida tia [tratamento que ele raramente lhe dispensava em uma carta e jamais pessoalmente],

Como pode ver pelo papel de carta, estou em alto-mar. Uma inesperada oferta de negócios, que não posso explicar agora. Tive de partir de repente e não houve tempo para ir até Boston, e sinto muito, pois talvez se passem meses ou até mesmo anos antes que eu possa voltar.

Apenas queria lhe avisar para que não se preocupe e que também não precisa me enviar mais nenhum cheque, muito obrigado. Muito obrigado pelo último cheque que me enviou, mais ou menos há um mês. Imagino que, desde então, não tenha enviado outros. Estou bem e extremamente feliz.

Sempre seu,
Tom.

Não havia necessidade de desejar-lhe uma boa saúde. Ela era forte como um touro. Tom acrescentou:

OBS.: Não faço ideia de onde vou ficar, por isso não tenho como lhe passar um endereço.

Isso fez com que se sentisse melhor, pois era um rompimento definitivo com a tia. Não precisava sequer lhe dizer onde estava. E nunca mais receberia aquelas cartas disfarçadamente sarcásticas, as dissimuladas comparações entre ele e o pai, os cheques mesquinhos com somas estranhas como 6,48 dólares ou 12,95 dólares, como se tivessem sobrado uns trocados após ela pagar as contas, ou como se tivesse devolvido alguma quinquilharia numa loja e agora viesse lhe jogar o dinheiro recebido, feito migalhas de pão. Levando em conta a renda de tia Dottie e o que ela poderia ter lhe enviado, os cheques eram um insulto. Ela insistia em lhe dizer que os estudos de Tom tinham custado mais do que o pai dele deixara no seguro de vida, e talvez isso fosse verdade, mas ela precisava mesmo ficar esfregando isso na sua cara? Que tipo de ser humano esfregava uma coisa dessas na cara de uma criança? Há muitos casos de tias ou até completos desconhecidos que cuidavam de uma criança sem ganhar nada em troca e ficavam muito felizes em fazê-lo.

Após escrever a carta para tia Dottie, ele se levantou e saiu andando pelo convés, para desopilar a cabeça. Escrever para ela sempre o deixava irritado. Ressentia-se da cortesia com que tinha de tratá-la. Ainda assim, até então, sempre quisera informá-la sobre onde estava, porque sempre precisava de seus cheques miseráveis. Tivera que escrever pilhas de cartas para a tia sobre suas mudanças de endereço. Mas agora não precisava mais dos trocados enviados por ela. Ficaria independente daquele dinheiro para sempre.

De repente, lembrou-se de um certo dia de verão quando tinha uns 12 anos e a tia o levara em uma viagem cruzando o país com uma amiga dela, e eles ficaram presos em uma estrada qualquer, num engarrafamento tão pesado que os para-choques dos carros se encostavam. Era um dia muito quente e tia Dottie mandou que ele saísse do carro com uma garrafa térmica e fosse buscar gelo num posto de gasolina e de repente a fila começou a andar. Lembrou-se de ter corrido entre os automóveis enormes que começavam a rodar, sempre prestes a tocar na porta do carro de tia Dottie, mas sem conseguir, porque ela mantinha o carro em movimento, indo tão depressa quanto a fila permitia, recusando-se a esperar por ele um minuto que fosse e gritando o tempo todo pela janela:

— Vamos, ande logo, sua lesma!

Quando ele finalmente alcançou o carro e entrou, com lágrimas de raiva e frustração escorrendo pelo rosto, ela se virou para a amiga e disse alegremente:

— Um maricas! É um maricas desde o dia em que nasceu. Que nem o pai dele!

Era incrível que, após ser tratado desse jeito por anos, ele tivesse saído da infância tão bem quanto saiu. Mas ele se questionava o que fazia a tia achar que o pai dele era um maricas? Tinha ela apresentado uma única evidência ou poderia apresentar? Não.

Acomodado em sua cadeira no convés, moralmente fortalecido pela vista suntuosa e internamente fortalecido pela abundância de comida bem preparada, ele tentou considerar de forma objetiva sua vida pregressa. Os últimos quatro anos haviam sido, em geral, um desperdício — não havia como negar. Uma série de empregos casuais, longos e arriscados intervalos sem trabalho nenhum, e a consequente desmoralização pela falta de dinheiro, e depois o envolvimento com pessoas fúteis e idiotas apenas para não ficar sozinho ou porque podiam lhe oferecer algo por um tempo, como Marc Priminger tinha feito. Era um histórico nada admirável, levando-se em conta que ele fora para Nova York com altas aspirações. Planejava tornar-se ator, embora, aos 20 anos, não tivesse a menor ideia de que havia tantas dificuldades envolvidas, tampouco imaginava o tipo de treinamento ou mesmo o tipo de talento necessários. Ele julgava ter o talento necessário e que bastava mostrar a um produtor alguns de seus esquetes originais — a Sra. Roosevelt escrevendo "Como Foi Meu Dia" após visitar uma clínica de mães solteiras, por exemplo —, mas as três primeiras rejeições haviam destruído sua coragem e esperança. Não tinha nenhuma reserva de dinheiro, então teve que pegar o serviço no barco turístico, o que pelo menos o afastou de Nova York. Tivera receio de que tia Dottie tivesse pedido que a polícia o procurasse em Nova York, embora ele não tivesse feito nada de errado em Boston, apenas fugira para encontrar o próprio caminho no mundo, como milhões de jovens haviam feito antes dele.

Seu grande erro fora não dar continuidade às coisas que começava, pensou, como o trabalho de contador na loja de departamentos, um serviço que um dia poderia lhe ter rendido uma posição melhor se ele não tivesse se sentido tão desencorajado pela lentidão do sistema de promoções nas lojas desse tipo. Bem, ele culpava em parte tia Dottie pela própria falta de perseverança, pois, quando era menino, ela jamais reconhecia seus esforços nas ocasiões em que ele de fato perseverava em algo — por exemplo, quando se dedicara a entregar jornais na vizinhança aos 13 anos. O próprio jornal lhe dera uma medalha de prata por "Cortesia, Préstimo e Fiabilidade". Lembrar de como era naquela época era como olhar para outra pessoa: um pobre-coitado todo magricela e ranhoso, com o nariz eternamente pingando e que ainda assim conseguira ganhar uma medalha por cortesia, préstimo e fiabilidade. Tia Dottie odiava quando ele tinha coriza, costumava puxar o próprio lenço e quase arrancava o nariz dele de tanto esfregá-lo.

Ao pensar nisso, Tom se remexeu na cadeira do convés, mas fez isso com elegância, alisando as dobras da calça.

Lembrou-se dos votos que fizera, alguns deles quando tinha apenas 8 anos, promessas de fugir de tia Dottie, as cenas violentas que imaginou — em sua fantasia, a tia tentava impedir que ele saísse de casa e Tom lhe dava socos, lançando-a ao chão e a estrangulando, para enfim arrancar o grande broche de seu vestido e apunhalá-la um milhão de vezes no pescoço. Ele tinha fugido de casa aos 17, mas foi levado de volta, e tinha fugido de novo aos 20, só que dessa vez conseguiu. E era triste e assombroso que ele tivesse sido tão ingênuo, que soubesse tão pouco sobre o funcionamento do mundo, como se tivesse passado tanto tempo odiando tia Dottie e planejando escapar dela que não lhe restara tempo para aprender e amadurecer. Ele lembrava como havia se sentido quando fora demitido do trabalho no depósito de mercadorias, em seu primeiro mês em Nova York. Ficara no trabalho por menos de duas semanas, pois não tinha força o bastante para carregar engradados cheios de laranjas por oito horas diárias, mas fez o melhor que pôde e arrebentou o corpo tentando manter o emprego, e agora ele lembrava que, ao ser demitido, achara aquilo terrivelmente injusto. Recordava que, naquele dia, chegara à conclusão de que o mundo estava cheio de Simon Legrees e que você tem de ser um animal, tão bruto quanto os gorilas que trabalhavam com ele no depósito, ou então morrer de fome. Ele recordava que, pouco depois, havia roubado um pão de forma no balcão de uma delicatéssen e o levara para casa e o devorara, sentindo que o mundo lhe devia um pão de forma e muito mais.

— Sr. Ripley? — chamou uma mulher, inclinando-se sobre ele. Era uma das inglesas que, no dia anterior, haviam se sentado no sofá com Tom, na hora do chá. — Estávamos imaginando se não gostaria de se juntar a nós em uma partida de bridge na sala de jogos? Vamos começar em uns quinze minutos.

Tom se empertigou cordialmente na cadeira.

— Muito obrigado, mas acho que prefiro ficar ao ar livre. Além do mais, não sou muito bom jogando bridge.

— Ah, mas nenhuma de nós é! Tudo bem, outra hora então. — Ela sorriu e foi embora.

Tom afundou na cadeira novamente, puxou a pala do boné por cima dos olhos e cruzou os dedos das mãos. Sabia que seu comportamento reservado vinha despertando alguns comentários entre os passageiros. Não havia dançado com nenhuma das meninas bobinhas que, toda noite, nos bailes após o jantar, ficavam olhando para ele cheias de esperança e dando risinhos. Ele imaginava as especulações dos passageiros: ele é americano? Eu *acho* que sim, mas ele não age como um americano, age? A maioria dos americanos é tão *barulhenta.* Ele é absurdamente sério, não acha?, e não pode ter mais de 23 anos. Deve ter algo muito importante na cabeça.

Sim, ele tinha. O presente e o futuro de Tom Ripley.

7

Paris não foi mais do que uma rápida imagem entrevista pela janela de uma estação ferroviária, o vislumbre de um café com a fachada iluminada, ao qual não faltavam o toldo escorrido de chuva, as mesinhas nas calçadas e as cercas vivas, como a ilustração de um pôster turístico, e, além disso, uma série de longas gares pelas quais Tom seguia cabineiros atarracados, vestidos em uniformes azuis, que carregavam sua bagagem, e, por fim, o trem noturno que o conduziria a Roma. Ele poderia voltar a Paris em outro momento, pensou. Estava ansioso para chegar a Mongibello.

Quando acordou, na manhã seguinte, estava na Itália. Algo muito agradável aconteceu naquela manhã. Tom estava apreciando a paisagem, pela janela, quando ouviu a conversa de um grupo de italianos no corredor diante da sua cabine e no meio da conversa discerniu a palavra "Pisa". Uma cidade estava deslizando lá fora, no lado oposto do trem. Tom foi para o corredor para dar uma olhada e procurou automaticamente pela torre inclinada, embora não tivesse certeza de que a cidade era Pisa ou mesmo de que a torre fosse visível daquele ponto, mas lá estava ela! — uma grossa coluna branca brotando em meio às casas cor de calcário que formavam o restante da cidade, e a coluna *se inclinava*, se inclinava num ângulo que ele jamais pensaria ser possível! Sempre acreditara que os relatos exageravam a inclinação da Torre de Pisa. Aquilo lhe parecia um bom presságio, um sinal de que a Itália seria tudo o que ele esperava e que tudo correria bem entre ele e Dickie.

Chegou a Nápoles no fim da tarde, mas o próximo ônibus para Mongibello só partia às onze horas da manhã seguinte. Um garoto de uns 16 anos, usando camisa e calças sujas e um par de coturnos grudou-se nele na estação ferroviária, quando Tom estava trocando dinheiro, e começou a lhe oferecer sabe-se lá o quê, talvez garotas, talvez drogas, e, apesar dos protestos de Tom, acabou entrando no táxi com ele, tagarelando sem parar e erguendo um dedo em riste, como quem diz deixa comigo, vou arranjar tudo, você vai ver. Tom desistiu e afundou no canto com os braços cruzados, de mau humor, até que o táxi finalmente parou em frente a um grande hotel, diante da baía. Se o Sr. Greenleaf não estivesse bancando tudo, Tom ficaria amedrontado com a imponência do prédio.

— Santa Lucia! — exclamou o garoto, triunfante, apontando para o mar.

Tom assentiu. No fim das contas o garoto parecia bem-intencionado. Tom pagou o taxista, depois deu ao garoto uma nota de 100 liras, o que, segundo seus cálculos, equivalia a 16 dólares e alguns centavos e, de acordo com um artigo sobre a Itália que lera no navio, era uma gorjeta razoável. Mas o menino pareceu escandalizado, e Tom lhe deu mais 100, mas ainda assim o menino continuou com ar de espanto, então Tom o dispensou com um gesto e entrou no hotel atrás dos carregadores que já haviam recolhido sua bagagem.

Naquela noite Tom jantou num restaurante perto do mar chamado Zi' Teresa, por recomendação do gerente do hotel, que falava inglês. Teve dificuldade para fazer o pedido e se viu diante de um prato de polvos em miniatura virulentamente roxos, como se tivessem sido cozidos na mesma tinta usada para fazer o cardápio. Provou a pontinha de um tentáculo e sentiu uma consistência repulsiva, semelhante a cartilagem. O segundo prato também foi um erro, uma travessa de peixes fritos de vários tipos. O terceiro prato — que ele esperava que fosse uma sobremesa — era composto por dois peixes avermelhados. Ah, Nápoles! A comida não importava. O vinho já o deixava meio alegre. À sua esquerda, lá longe, uma lua em quarto crescente pairava sobre a corcova alcantilada do monte Vesúvio. Tom contemplou a paisagem calmamente, como se já a tivesse visto mil vezes. Numa ponta de terra lá longe, atrás do Vesúvio, estava a aldeia de Richard.

Embarcou no ônibus na manhã seguinte, às onze. A estrada seguia a costa e enveredava por pequenos vilarejos, fazendo breves paradas — Torre del Greco, Torre Annunziata, Castellammare, Sorrento. Tom aguçava os ouvidos, ansioso, quando o motorista gritava o nome das aldeias. A partir de Sorrento, a estrada seguia por uma saliência escavada nos penhascos que Tom havia visto nas fotografias na casa dos Greenleaf. De vez em quando, tinha vislumbres de vilarejos à margem da água, casinhas semelhantes a migalhas de pão e pontinhos que eram cabeças de pessoas nadando perto da praia. No meio da estrada, Tom avistou um grande pedregulho, que obviamente se desprendera de um penhasco. O motorista desviou da pedra com uma distraída guinada no volante.

— *Mongibello!*

Tom levantou num salto e arrancou a mala do bagageiro. Ele tinha outra mala na capota do ônibus, que foi retirada pelo menino que ajudava o motorista. Então o ônibus seguiu viagem, e Tom ficou sozinho no acostamento com as duas malas aos seus pés. Havia casas lá em cima, espalhadas pela encosta da montanha, e casas lá embaixo, com a silhueta dos telhados desenhando-se contra o mar azul. De olho nas malas, Tom foi até uma casinha do outro lado da estrada assinalada com a palavra POSTA e perguntou ao homem atrás da janela onde ficava a casa de Richard Greenleaf. Sem pensar, Tom falou em inglês, mas o homem pareceu entender, pois foi até a porta e dali apontou a estrada por onde o ônibus viera e então, falando em italiano, deu o que pareciam instruções explícitas sobre o caminho a seguir.

— *Sempre sinistra, sinistra!*

Tom agradeceu e perguntou se podia deixar as duas malas na agência dos correios por um tempo, e o homem mais uma vez pareceu entender e ajudou Tom a levar a bagagem para dentro.

Teve de perguntar a mais duas pessoas onde ficava a casa de Richard Greenleaf, mas todos pareciam conhecê-la e a terceira pessoa a apontou — uma casa grande de dois andares, com um portão de ferro que dava para a estrada e um terraço que se projetava pela beira do penhasco. Tom badalou o sino de metal junto ao portão. Uma italiana saiu da casa, esfregando as mãos no avental.

— Sr. Greenleaf? — perguntou Tom, esperançoso.

A mulher lhe deu uma longa e sorridente resposta em italiano e apontou para o mar lá embaixo.

— Judeu — parecia estar dizendo. — Judeu.

Tom assentiu.

— *Grazie*.

Ele deveria descer até a praia como estava ou era melhor agir de forma mais descontraída e colocar uma roupa de banho? Ou talvez devesse esperar até a hora do chá ou do coquetel? Ou deveria telefonar para Richard antes? Não trouxera roupa de banho e ali com certeza precisaria de uma. Tom foi a uma das lojinhas perto do correio que tinham camisetas e calções de banho na minúscula vitrine e, depois de experimentar vários calções que ou não lhe serviam, ou não eram adequados para serem usados como roupa de banho, acabou comprando uma coisa preta e amarela só um pouco maior que uma tanga. Embrulhou as roupas cuidadosamente com a capa de chuva e saiu para a rua de pés descalços. Entrou de volta, num pulo. As pedras do pavimento estavam quentes como carvões em brasa.

— Sapatos? Sandálias? — perguntou ao atendente na loja.

O homem não vendia calçados.

Tom calçou os sapatos de novo e caminhou pela estrada até a agência do correio, com o intuito de deixar as roupas na mala, mas a porta do correio estava fechada. Ele tinha ouvido falar que, na Europa, os lugares às vezes fechavam do meio-dia até as quatro. Virou-se e começou a descer uma ruazinha de pedras que achava que dava para a praia. Desceu uns doze degraus de pedra, depois outra ruazinha pavimentada, passando por lojas e casas, depois mais um lance de degraus, e enfim chegou a uma calçada plana e larga, um pouco acima da praia, onde havia algumas cafeterias e um restaurante com mesas ao ar livre. Um grupo de adolescentes italianos bronzeados, sentados em bancos de madeira junto ao meio-fio, inspecionou-o enquanto passava. Sentiu uma vergonha terrível dos enormes sapatos marrons e da palidez fantasmagórica de sua pele. Não fora à praia uma única vez durante todo o verão. Odiava praia. Havia um passadiço de madeira que levava até a metade da praia, cuja areia Tom sabia que estava quente feito o inferno, pois todo mundo estava deitado em toalhas ou algo do tipo, mas mesmo assim tirou os sapatos e ficou um instante de pé no madeirame quente, examinando com calma os grupos de pessoas mais próximos. Nenhuma delas parecia Richard, e as trêmulas ondas de calor impediam que discernisse as pessoas mais afastadas. Tom pôs um pé na areia e na mesma hora recuou. Então, respirou fundo, saiu correndo pelo resto do passadiço, disparou ainda mais depressa pela areia e enfiou os pés no abençoado frescor da água rasa na beira do mar. Começou a andar.

Tom o viu a cerca de uma quadra de distância — sem dúvida era Dickie, embora o sol tivesse deixado sua pele num tom marrom-escuro e seus cabelos loiros e quebradiços parecessem mais claros do que Tom recordava. Ele estava com Marge.

— Dickie Greenleaf? — perguntou Tom, sorrindo.

Dickie ergueu o rosto.

— Sim?

— Eu sou Tom Ripley. A gente se conheceu nos Estados Unidos, faz uns anos. Lembra?

Dickie o observou sem qualquer expressão no rosto.

— Acho que seu pai disse que iria lhe escrever a meu respeito.

— Ah, claro! — disse Dickie, tocando na testa, como quem diz: burrice minha ter esquecido. Levantou-se. — Tom *o quê* mesmo?

— Ripley.

— Esta é Marge Sherwood. Marge, Tom Ripley.

— Olá, como vai? — cumprimentou Tom.

— Olá, como vai?

— Vai ficar aqui por quanto tempo? — quis saber Dickie.

— Não sei ainda — respondeu Tom. — Acabei de chegar. Preciso dar uma olhada no lugar.

Agora era Dickie quem o observava, e Tom teve a impressão de que não aprovava totalmente o que via. Dickie tinha os braços cruzados, os ágeis pés bronzeados enfiados na areia quente, que não parecia incomodá-lo nem um pouco. Tom tinha enfiado os pés nos sapatos de novo.

— Vai alugar uma casa? — questionou Dickie.

— Não sei — respondeu Tom, em tom indeciso, como se já tivesse considerado a possibilidade.

— É um bom momento para alugar uma casa se está procurando um lugar para passar o inverno — explicou a garota. — Os turistas de verão foram quase todos embora. Seria legal ter mais americanos aqui no inverno.

Dickie não disse nada. Voltara a se sentar na toalha grande ao lado da garota, e Tom sentiu que Dickie esperava que ele se despedisse e fosse embora. Tom permaneceu ali, sentindo-se pálido e nu como no dia em que nasceu. Odiava roupas de banho. Aquela sunga era reveladora demais. Tom conseguiu extrair o maço de cigarros de dentro da jaqueta, que estava enrolada na capa de chuva, e ofereceu-o a Dickie e à garota. Dickie aceitou um cigarro e Tom o acendeu com o isqueiro.

— Pelo visto, você não se lembra do nosso encontro em Nova York — comentou Tom.

— Estaria mentindo se dissesse que lembro — retrucou Dickie. — Onde nos conhecemos?

— Acho que... acho que foi na casa de Buddy Lankenau, não foi?

— Não, não tinha sido. Mas ele sabia que Dickie conhecia Buddy Lankenau e que este era um sujeito muito respeitável.

— Ah — disse Dickie, vagamente. — Espero que me perdoe. Ultimamente, minhas lembranças dos Estados Unidos estão uma porcaria.

— Estão mesmo — concordou Marge, resgatando Tom do constrangimento. — Está cada vez pior. Quando você chegou, Tom?

— Mais ou menos uma hora atrás. Acabo de deixar minha bagagem no correio. — Ele riu.

— Não quer se sentar? Aqui tem outra toalha.

Ela esticou ao seu lado na areia uma toalha branca menor do que a outra.

Tom a aceitou, grato.

— Vou dar um mergulho para refrescar — avisou Dickie, levantando-se.

— Eu também! — disse Marge. — Quer vir com a gente, Tom?

Tom os seguiu. Dickie e a garota foram bem para o fundo — ambos pareciam excelentes nadadores —, mas Tom ficou perto da areia e saiu da água bem antes deles. Quando Dickie e a garota voltaram para as toalhas, Dickie disse, meio forçado, como se atendendo à insistência de Marge:

— Vamos embora. Quer almoçar conosco na nossa casa?

— Ora, claro. Muito obrigado.

Tom os ajudou a recolher as toalhas, os óculos escuros, os jornais italianos.

Ele achou que não chegariam nunca. Dickie e Marge iam à frente, subindo os intermináveis lances de escada num ritmo lento, porém firme, galgando dois degraus de cada vez. O sol deixara Tom exausto. Nos trechos planos, os músculos de suas pernas tremiam. Os ombros já estavam vermelhos e ele teve de vestir a camisa para se proteger dos raios de sol, mas sentia o calor atravessando os cabelos, deixando-o tonto e enjoado.

— Está achando difícil? — perguntou Marge, com o fôlego intacto. — Vai acabar se acostumando se ficar aqui. Deveria ter visto este lugar durante a onda de calor em julho.

O fôlego de Tom estava tão curto que ele não conseguiu responder.

Quinze minutos depois, estava se sentindo melhor. Tomara um banho frio e agora estava sentado numa cadeira de vime no terraço da casa, com um martíni. Por sugestão de Marge, ele havia vestido o calção de banho novamente, com a camisa por cima. Enquanto estava no banho, a mesa no terraço fora posta para três pessoas, e agora Marge estava na cozinha, conversando em italiano com a empregada. Tom se perguntou se Marge estava morando ali. A casa era, sem dúvida, espaçosa o bastante para duas pessoas. Pelo que Tom tinha visto, a mobília era esparsa, uma agradável mistura de antiguidades italianas e boemia americana. Ele vira dois desenhos originais de Picasso no vestíbulo.

Marge veio para o terraço com um martíni.

— Aquela ali é a minha casa. — Ela apontou. — Está vendo? A quadrada, com o telhado vermelho, mais escuro do que os das casas ao lado.

Era inútil tentar identificar uma casa no meio das outras, mas Tom fingiu discerni-la.

— Está aqui há muito tempo?

— Um ano. Todo o último inverno, e foi um senhor inverno. Choveu todos os dias, exceto um, por três meses inteiros!

— É mesmo?

— U-hum. — Marge bebericou o martíni e contemplou seu vilarejo, feliz. Também tinha vestido de novo a roupa de banho, um maiô cor de tomate, por cima do qual usava uma camiseta listrada.

Não era feia, pensou Tom, e podia até ser bonita, para quem gosta de moças encorpadas. Tom, pessoalmente, não gostava.

— Se entendi direito, Dickie tem um barco, é isso? — perguntou Tom.

— Sim, o *Pipi*. Apelido para *Pipistrello*. Quer vê-lo?

Ela apontou outra forma indiscernível num pequeno embarcadouro que eles avistavam do canto do terraço. Os barcos eram todos muito parecidos, mas Marge disse que o de Dickie era maior do que os outros e tinha dois mastros.

Dickie veio para o terraço e se serviu de uma dose de coquetel do jarro na mesa. Usava calça de algodão branca e malpassada e uma camisa de linho cor de terracota, no mesmo tom de sua pele.

— Desculpe, não tem gelo. Não tenho congelador.

Tom sorriu.

— Eu trouxe um roupão de banho para você. Sua mãe disse que tinha pedido um. E um par de meias também.

— Você conhece minha mãe?

— Conheci seu pai por acaso pouco antes de partir de Nova York, e ele me convidou para jantar na casa dele.

— Ah, é? E como estava minha mãe?

— Naquela noite, ela saiu da cama e fez muitas coisas. Mas eu diria que ela se cansa facilmente.

Dickie assentiu.

— Recebi uma carta dizendo que ela está um pouco melhor. Pelo menos, não está passando por uma crise agora, está?

— Acho que não. Acho que seu pai estava mais preocupado algumas semanas atrás. — Tom hesitou. — Também está um pouco preocupado porque você não quer voltar para casa.

— Herbert está sempre preocupado com alguma coisa — comentou Dickie.

Marge e a empregada vieram da cozinha trazendo uma travessa fumegante de espaguete, uma tigela grande de salada e um prato com pães. Dickie e Marge começaram a conversar sobre a ampliação de um certo restaurante à beira-mar. O proprietário ia aumentar o terraço para que as pessoas tivessem espaço para dançar. Debateram o assunto em detalhe, devagar, como costumam fazer os moradores de cidades pequenas, que se interessam por cada minúscula alteração na vizinhança. Tom não tinha contribuição alguma a oferecer.

Passou o tempo observando os anéis de Dickie. Gostava de ambos: um no dedo médio da mão direita, feito de ouro, engastado com uma grande pedra verde e retangular; o outro, no dedo mindinho da mão esquerda, era um anel de sinete, maior e mais ornamentado que o do Sr. Greenleaf. Dickie tinha mãos compridas e ossudas, um pouco parecidas com as de Tom, pensou.

— Aliás, seu pai me levou para dar uma volta no estaleiro Burke-Greenleaf — revelou Tom. — Disse que fez várias mudanças desde que você partiu. Fiquei muito impressionado.

— Imagino que também tenha lhe oferecido um emprego. Está sempre no encalço de jovens promissores.

Dickie girou o garfo uma, duas vezes, depois enfiou na boca uma porção impecável de espaguete.

— Não, não me ofereceu.

As coisas estavam indo de mal a pior naquele almoço, pensou Tom. Será que o Sr. Greenleaf escrevera a Dickie dizendo que Tom viria lhe dar um sermão sobre a necessidade de voltar para casa? Ou será que Dickie estava simplesmente de mau humor? Dickie sem dúvida mudara muito desde a última vez que Tom o havia encontrado.

Dickie foi buscar uma cintilante máquina de *espresso* com meio metro de altura e a conectou a uma tomada no terraço. Logo havia quatro xicarazinhas de café, uma das quais Marge foi levar para a empregada na cozinha.

— Em que hotel você está? — quis saber Marge.

Tom sorriu.

— Ainda não escolhi um hotel. Qual você recomenda?

— O Miramare é o melhor. É um pouco melhor do que o Giorgio's. Além do Miramare, só tem o Giorgio's, mas...

— Dizem que as camas no Giorgio's têm *pulci* — interrompeu Dickie.

— Ele quis dizer pulgas. O Giorgio's é barato — explicou Marge, séria —, mas o serviço é...

— Inexistente — completou Dickie.

— Seu humor está ótimo hoje, hein? — ralhou Marge, jogando nele um pedaço de pão com gorgonzola.

— Então vou ficar no Miramare — disse Tom, levantando-se. — Acho que já vou indo.

Nenhum deles insistiu para que ficasse. Dickie o acompanhou até o portão. Marge ficou dentro de casa. Tom se perguntou se Dickie e Marge estavam tendo um caso, um à moda antiga, do tipo que se leva adiante por falta de algo melhor e que nem sempre é evidente para quem olha de fora, porque nenhum dos amantes parece muito empolgado. Marge estava apaixonada por Dickie, pensou Tom, mas Dickie não poderia ser mais indiferente nem se Marge fosse a empregada italiana de 50 anos, sentada ali à mesa.

— Um dia desses, eu gostaria de ver suas pinturas — pediu Tom a Dickie.

— Claro. Bem, acho que vamos vê-lo de novo, já que vai ficar pela aldeia.

Tom achou que ele disse isso apenas por ter lembrado do roupão de banho e das meias.

— Gostei muito do almoço. Até mais, Dickie.

— Até mais.

O portão de ferro retiniu.

8

Tom alugou um quarto no Miramare. Eram quatro da tarde quando foi buscar as malas na agência do correio e mal teve energia para pendurar seu melhor terno no cabide antes de desabar na cama. As vozes de uns meninos italianos que estavam conversando ali fora, sob a janela, flutuavam para dentro do quarto como se eles estivessem lá dentro com ele, e a risada estúpida e insolente de um deles, ressoando sem parar em meio ao matraquear de sílabas, fazia Tom se revirar e se contorcer. Imaginou-os debatendo sua expedição à casa do Signor Greenleaf e fazendo especulações nada lisonjeiras sobre o que aconteceu depois.

O que ele estava fazendo ali? Não tinha amigos no país e não falava a língua. E se ficasse doente? Quem cuidaria dele?

Tom se levantou, sabendo que ia vomitar, mas andando devagar, porque sabia exatamente o instante em que passaria mal e teria tempo para chegar ao banheiro. No banheiro, ele se desfez do almoço e também do peixe comido em Nápoles. Voltou para a cama e caiu no sono na mesma hora.

Ao acordar, débil e zonzo, o sol ainda brilhava e eram cinco e meia, de acordo com seu relógio novo. Foi até uma janela e olhou para fora, procurando automaticamente pela casa grande de Dickie com seu terraço saliente entre as casas brancas e rosadas que salpicavam a encosta à sua frente. Localizou a robusta balaustrada vermelha do terraço. Marge ainda estava lá? Estariam falando dele? Tom ouviu uma risada que se sobrepunha aos ruídos da rua, uma risada tensa e ressoante, tão claramente americana quanto uma frase em inglês americano. Por um instante, ele viu Dickie e Marge cruzando o espaço entre as casas, na rua principal. Dobraram a esquina, e Tom foi para a janela lateral a fim de ter uma vista melhor. Havia um beco ao lado do hotel, logo abaixo da janela, e Dickie e Marge enveredaram por ali, Dickie de calças brancas e camisa cor de terracota, Marge de saia e blusa. *Ela deve ter passado em casa*, pensou Tom. Ou então tinha uma muda de roupas na casa de Dickie. Ele parou para conversar com um italiano no pequeno embarcadouro de madeira, deu-lhe algum dinheiro e o italiano tocou o boné, depois desamarrou a corda que atava o barco ao píer. Tom viu Dickie ajudando Marge a subir no barco. A vela branca começou a subir pelo mastro. Atrás deles, à esquerda, o sol alaranjado mergulhava na água. Tom escutou o riso de Marge e um grito que Dickie lançou ao píer em italiano. Percebeu que os dois estavam tendo um dia típico — uma sesta após o almoço, provavelmente, depois um passeio de barco ao pôr do sol. Depois aperitivos em uma das cafeterias na praia. Estavam aproveitando um dia perfeitamente normal, como se ele não existisse. Por que Dickie iria querer voltar a um mundo de metrôs e táxis e colarinhos engomados e jornadas de trabalho que iam das nove às cinco? Até mesmo o carro com chofer e as férias no Maine — por que iria querer essas coisas? Nada disso era tão divertido quanto velejar usando roupas antiquadas sem dar satisfações a ninguém sobre a forma como passava o tempo e ter sua própria casa com uma empregada de boa índole que provavelmente cuidava de tudo para ele. E ainda lhe sobrava dinheiro para fazer viagens se quisesse. Tom sentiu inveja dele numa onda dilacerante de rancor e autopiedade.

Tom concluiu que com certeza o Sr. Greenleaf dissera em sua carta algo que fizera Dickie antipatizar com ele. Ah, teria sido muito melhor se ele tivesse apenas se sentado em uma das cafeterias à beira-mar e puxado assunto com Dickie de repente, do nada, como num ato casual! Se tudo tivesse começado daquela forma, ele provavelmente acabaria convencendo Dickie a voltar para casa, mas, do jeito como as coisas estavam, era inútil. Tom amaldiçoou a si mesmo por ter sido tão desajeitado e tedioso ao longo do dia. As coisas que ele levava desesperadamente a sério jamais funcionavam. Era algo que ele havia descoberto anos antes.

É melhor esperar uns dias, concluiu. O primeiro passo, de qualquer forma, era fazer com que Dickie gostasse dele. Ele queria isso mais do que qualquer coisa no mundo.

9

Tom esperou três dias. Na manhã do quarto dia, desceu para a praia pouco depois das onze e encontrou Dickie sozinho, no mesmo lugar onde o vira da primeira vez, em frente às rochas cinzentas que se estendiam da orla da praia até o mar.

— Bom dia! — chamou Tom. — Onde está Marge?

— Bom dia. Ela provavelmente está trabalhando mais do que o normal hoje. Logo vai descer.

— Trabalhando?

— Ela é escritora.

— Ah.

Dickie puxou uma tragada no cigarro italiano que jazia no canto de sua boca.

— Por onde andou? Achei que tivesse ido embora.

— Estava meio doente — explicou Tom casualmente, jogando a toalha enrolada na areia, mas não muito perto da toalha de Dickie.

— Ah, a boa e velha dor de barriga?

— Oscilando entre a vida e o banheiro — brincou Tom, sorrindo. — Mas agora estou bem.

Na verdade, ele estivera fraco demais para ao menos sair do hotel, mas se arrastara pelo chão do quarto seguindo as listras de sol que entravam pelas janelas, para que não estivesse tão pálido da próxima vez que fosse à praia. E gastara o restante de suas últimas energias estudando um livro de conversação em italiano que comprara no saguão do hotel.

Tom entrou no mar, foi com ousadia até a água bater na cintura e parou, jogando água nos ombros. Abaixou-se até mergulhar o queixo, ficou um tempo boiando, depois saiu devagar.

— Posso convidá-lo para um drinque no hotel antes que volte para casa? — perguntou Tom. — E Marge também se ela aparecer. É que quero lhe entregar o roupão e as meias.

— Ah, claro. Muito obrigado, seria ótimo tomar um drinque.

Então Dickie voltou a atenção para o jornal italiano.

Tom se esticou na toalha. Ouviu o relógio da aldeia bater uma da tarde.

— Pelo jeito, Marge não vem — comentou Dickie. — Acho que já vou indo.

Tom se levantou. Os dois caminharam até o Miramare sem dizer praticamente nada um ao outro, exceto pelo convite de Tom para que Dickie almoçasse com ele, mas este declinou, alegando que a empregada já havia preparado seu almoço em casa. Subiram ao quarto de Tom e Dickie experimentou o roupão e segurou as meias junto aos pés descalços. Tanto as meias quanto o roupão eram do tamanho certo, e, como Tom havia previsto, Dickie gostou muitíssimo do roupão.

— E isto — disse Tom, tirando da gaveta da cômoda um embrulho em papel de farmácia. — Sua mãe lhe mandou um remédio para o nariz.

Dickie sorriu.

— Não preciso mais disso. Era sinusite. Mas vou livrar você desse fardo.

Agora Dickie tinha tudo, pensou Tom, tudo o que ele tinha a oferecer. Sabia então que Dickie recusaria o convite para o drinque. Tom o acompanhou até a porta.

— Sabe, seu pai está muito ansioso para que você volte para casa. Pediu que eu lhe fizesse um sermão sobre o assunto, coisa que não vou fazer, é claro, mas mesmo assim tenho que dizer algo a ele. Prometi lhe mandar uma carta.

Dickie se virou, com a mão na maçaneta.

— Não sei o que meu pai pensa que estou fazendo aqui... Me matando de beber ou algo do tipo. Provavelmente eu faça uma visita a eles no inverno, por alguns dias, mas não pretendo ficar lá. Sou mais feliz aqui. Se me mudasse de volta para os Estados Unidos, meu pai pegaria no meu pé para me fazer trabalhar na Burke-Greenleaf. E eu não poderia mais pintar, de jeito nenhum. Só que gosto de pintar e acho que a forma como levo minha vida é assunto meu e de mais ninguém.

— Eu entendo. Mas ele disse que, se você voltasse, não tentaria obrigá-lo a trabalhar na empresa, a menos que quisesse trabalhar no departamento de design. Ele disse que você gostaria disso.

— Bem... Meu pai e eu já falamos sobre tudo isso. De qualquer forma, obrigado por me entregar a mensagem e as roupas, Tom. Foi muita gentileza sua — agradeceu Dickie, estendendo a mão.

Por mais que tentasse, Tom não conseguiria pegar aquela mão estendida. Este era o limiar do fracasso no que dizia respeito ao Sr. Greenleaf — e também a Dickie.

— Acho que eu devia lhe contar uma coisa — arriscou Tom, com um sorriso. — Seu pai me mandou aqui especificamente para lhe pedir que volte para casa.

— Como assim? — Dickie franziu o cenho. — Ele pagou a passagem?

— Sim.

Essa era sua última chance de dobrar Dickie ou repeli-lo, de fazê-lo cair na gargalhada ou sair batendo a porta com raiva. Mas o sorriso estava surgindo, os longos cantos da boca curvando-se para cima, bem do jeito que Tom recordava o sorriso de Dickie.

— Pagou a passagem! Por essa eu não esperava! Então ele está ficando desesperado? — Dickie fechou a porta de novo.

— Ele me abordou num bar em Nova York. Eu disse que não somos amigos íntimos, mas ele insistiu, dizendo que eu poderia ajudar se viesse à Itália. Eu lhe disse que iria tentar.

— Mas como foi que ele encontrou você?

— Pelos Schriever. Mal conheço os Schriever, mas fazer o quê? Ele estava convencido: eu sou seu amigo e posso lhe fazer muito bem.

Os dois riram.

— Não quero que pense que tentei me aproveitar do seu pai — explicou Tom. — Em breve espero arranjar um trabalho em algum lugar da Europa, então vou poder lhe pagar de volta o dinheiro da passagem. Ele me pagou a viagem completa.

— Ah, não se preocupe! A conta vai direto para a lista de despesas da Burke-Greenleaf. Consigo até ver meu pai abordando você num bar! Onde foi?

— No Raoul's. Na verdade, ele me seguiu desde o Green Cage. — Tom observou o rosto de Dickie, em busca de algum sinal de reconhecimento, pois o Green Cage era um bar muito conhecido, mas não viu sinal nenhum.

Tomaram um drinque no bar do hotel, que ficava no térreo. Brindaram em honra a Herbert Richard Greenleaf.

— Acabo de perceber que hoje é domingo — disse Dickie. — Marge foi à igreja. Acho que você devia subir e almoçar conosco. Sempre comemos frango no domingo. Você sabe, é um velho costume americano, frango no domingo.

Dickie quis passar na casa de Marge para ver se ela ainda estava lá. Subiram alguns degraus, partindo da rua principal e acompanhando um muro de pedra, depois cruzaram o jardim de alguém e continuaram subindo. A casa de Marge era uma construção meio desleixada, de um andar só, com um jardim bagunçado na lateral, um par de baldes e uma mangueira atravancando o caminho até a porta, enquanto um sutiã e o maiô cor de tomate pendiam do peitoril de uma janela, conferindo um toque feminino ao cenário. Por uma janela aberta, Tom vislumbrou uma máquina de escrever na mesa desarrumada.

— Oi! — cumprimentou ela, abrindo a porta. — Oi, Tom! Por onde andou esse tempo todo?

Ela lhes ofereceu um drinque, mas descobriu que só tinha um dedo de gim na garrafa de Gilbey's.

— Não importa, vamos todos lá para casa — anunciou Dickie. Ele vagueou um pouco pelo quarto-sala de Marge com um ar de familiaridade, como se passasse metade do tempo ali. Inclinou-se sobre um vaso de flores onde crescia uma minúscula planta de espécie incerta e tocou com delicadeza sua folha com o indicador. — Tom tem algo engraçado para lhe contar. Conte para ela, Tom.

Tom respirou fundo e começou. Contou a história de um jeito muito engraçado e Marge riu como se há anos não escutasse algo digno de uma boa risada.

— Quando o vi entrando no Raoul's atrás de mim, quase fugi pela janela dos fundos!

Sua língua matraqueava de forma quase independente do seu cérebro. Seu cérebro estava calculando a valorização vertiginosa de suas ações aos olhos de Dickie e Marge. Dava para ver em seus rostos.

Nessa segunda vez, a subida pela encosta íngreme rumo à casa de Dickie pareceu levar metade do tempo. Um delicioso aroma de frango assado pairava pelo terraço. Dickie preparou uns martínis. Tom tomou banho, depois Dickie tomou também, então foi ao terraço e serviu-se um drinque, como fizera da primeira vez, mas agora a atmosfera era totalmente diferente.

Dickie se sentou numa cadeira de vime e lançou as pernas sobre um dos braços do assento.

— Me conte mais — pediu, sorrindo. — Que tipo de trabalho você faz? Disse que talvez procure um emprego.

— Por quê? Tem um emprego para mim?

— Ah, infelizmente não.

— Bem, eu sei fazer um monte de coisas. Posso servir como criado de quarto, cuidar de crianças, fazer a contabilidade... Tenho um desafortunado talento com números. Não importa quão bêbado esteja, sempre sei quando o garçom está roubando na conta. Sei falsificar assinaturas, pilotar helicópteros, jogar dados, imitar praticamente qualquer pessoa, cozinhar... e fazer um número cômico em uma casa noturna, caso o artista da noite esteja doente. Quer que eu continue?

Tom estava inclinado para a frente, contando suas habilidades na ponta dos dedos. Poderia ter continuado.

— Que tipo de número? — quis saber Dickie.

— Bem... — Tom pôs-se de pé, num salto. — Este, por exemplo. — Fez uma pose, com a mão no quadril, estendendo um pé. — Esta é Lady Assburden andando pela primeira vez no metrô nos Estados Unidos. Ela nunca esteve no metrô em Londres, mas quer voltar com algumas experiências americanas.

Tom representou o papel em tom farsesco: meteu a mão nos bolsos em busca de uma moeda, para em seguida notar que a moeda não entrava na máquina, comprou um bilhete, ficou sem saber que escada subir, alarmou-se com o barulho e o comprimento do trem, confundiu-se outra vez, sem saber como sair dali (nesse ponto, Marge chegou no terraço e Dickie lhe explicou que aquela era uma inglesa no metrô de Nova York, mas Marge não entendeu e perguntou "O quê?"), e, por fim, Lady Assburden entrou por uma porta que só podia ser a do banheiro masculino, a julgar por suas convulsões horrorizadas enquanto protestava contra isso e aquilo, e seus espasmos foram aumentando até ela desmaiar. Tom desmaiou graciosamente no balanço do terraço.

— Que maravilha! — gritou Dickie, aplaudindo.

Marge não riu. Ficou ali parada, olhando para ele, meio sem expressão. Nenhum deles se deu ao trabalho de explicar o número a ela.

De qualquer forma, ela parecia não gostar muito daquele tipo de humor, percebeu Tom.

Tom bebeu um longo gole de martíni, satisfeitíssimo consigo mesmo.

— Faço outro show um dia desses — disse para Marge, mais para informar a Dickie de que tinha outro número para mostrar.

— O jantar está pronto? — perguntou Dickie a ela. — Estou morrendo de fome.

— Estou esperando as malditas alcachofras ficarem prontas. Você sabe como é aquela boca do fogão, a da frente. É quase impossível fazer algo ferver ali. — Ela sorriu para Tom. — Dickie é muito antiquado com algumas coisas, Tom, as coisas com as quais *ele* não tem de lidar. Ainda temos apenas um fogão a lenha e ele se recusa a comprar um congelador, nem mesmo uma geladeira.

— Uma das razões pelas quais fugi dos Estados Unidos — defendeu-se Dickie. — Essas coisas são um desperdício de dinheiro em um país com tantos empregados. O que Ermelinda faria da vida se pudesse cozinhar uma refeição em meia hora? — Ele se levantou. — Vamos ali dentro, Tom, quero lhe mostrar alguns dos meus quadros.

Dickie o conduziu ao quarto espaçoso que Tom havia espiado umas duas vezes ao ir e voltar do banheiro, o quarto com o sofá comprido entre duas janelas e o grande cavalete no meio do cômodo.

— Este é um quadro de Marge em que estou trabalhando agora — explicou Dickie, apontando a pintura no cavalete.

— Ah — comentou Tom com interesse.

Não era um quadro bom, na sua opinião, tampouco na opinião de qualquer outra pessoa provavelmente. O entusiasmo louco do sorriso dela era um pouco exagerado. Sua pele era vermelha como a de um indígena. Se Marge não fosse a única mulher loira na cidade, ele não teria notado qualquer semelhança.

— E estes aqui... Um monte de paisagens — disse Dickie com um riso depreciativo, embora obviamente esperasse que Tom fizesse algum elogio, pois era evidente que se orgulhava daqueles quadros.

Eram pinturas frenéticas e apressadas e de semelhança monótona. A combinação de terracota e azul-elétrico estava presente em quase todas: telhados e montanhas cor de terracota, brilhantes mares azul-elétricos. Era o mesmo tom de azul com que Dickie pintara os olhos de Marge.

— Minha tentativa de arte surrealista — disse Dickie, apoiando outra tela no joelho.

Tom pestanejou, sentindo-se quase pessoalmente constrangido. Era Marge de novo, sem dúvida, embora tivesse cabelos longos semelhantes a cobras e, pior ainda, dois horizontes nos olhos: num deles havia uma silhueta em miniatura das casas e montanhas de Mongibello e no outro, a praia cheia de pessoas vermelhas.

— Sim, gosto muito desse — comentou Tom.

O Sr. Greenleaf tinha razão. Ainda assim, Tom supôs que a pintura servisse para manter Dickie ocupado, para mantê-lo longe de confusões, assim como servia de ocupação a milhares de artistas amadores em todas as partes dos Estados Unidos. Contudo, sentia-se triste ao constatar que Dickie pertencia a uma categoria tão baixa como pintor, pois queria que fosse algo muito melhor na vida.

— Sei que minhas pinturas não vão conquistar o mundo — observou Dickie —, mas pintar me dá muito prazer.

— Sim. — Tom queria esquecer tudo sobre aquelas pinturas e que Dickie pintava. — Posso ver o restante da casa?

— Com certeza! Ainda não viu a sala de estar, viu?

No vestíbulo, Dickie abriu uma porta que dava para uma sala muito espaçosa, com uma lareira, sofás, estantes de livros e três saídas que davam para o terraço, para o terreno no lado oposto à casa e para o jardim da frente. Dickie disse que não costumava usar a sala no verão, preferindo guardá-la para o inverno, quando servia como uma mudança de cenário. Era mais um reduto livresco do que uma sala de estar, pensou Tom. Isso o surpreendeu. Dickie sempre lhe parecera o tipo de jovem que não gostava de ler ou estudar e preferia a agitação. Talvez estivesse enganado. Em contrapartida, tinha uma sólida e convincente impressão de que, naquele momento, Dickie estava entediado e precisava de alguém que lhe ensinasse a como se divertir de novo.

— O que tem no andar de cima? — perguntou Tom.

O andar de cima foi uma decepção: o quarto de Dickie, no ângulo da casa, acima do terraço, era soturno e praticamente vazio — uma cama, um armário com gavetas e uma cadeira de balanço, móveis que pareciam perdidos e desconectados em todo aquele espaço — e, além disso, a cama era estreita, pouco maior do que uma cama de solteiro. Os outros três cômodos do segundo andar nem sequer estavam mobiliados, ou, pelo menos, não completamente. Num deles, havia apenas uma pilha de lenha e restos de tela. Não havia sinal de Marge em lugar algum, muito menos no quarto de Dickie.

— Que tal ir a Nápoles comigo um dia desses? — convidou Tom. — Não consegui ver a cidade direito quando vim para cá.

— Tudo bem — disse Dickie. — Marge e eu vamos no sábado de tarde. Jantamos lá todo sábado à noite e voltamos de táxi ou de *carrozza*. Venha conosco.

— Eu quis dizer ir durante o dia, num dia de semana, para eu poder ver a cidade um pouco melhor — explicou Tom, esperando impedir que Marge os acompanhasse. — Ou você passa o dia pintando?

— Não. Tem um ônibus que sai ao meio-dia nas segundas, quartas e sextas-feiras. Por mim, podemos ir amanhã se você quiser.

— Combinado — retrucou Tom, embora não tivesse certeza de que Marge não seria convidada. — Marge é católica? — perguntou, enquanto desciam as escadas.

— E põe católica nisso! Ela foi convertida há uns seis meses por um italiano por quem era loucamente apaixonada. Como aquele homem falava! Ficou aqui por alguns meses, se recuperando de um acidente de esqui. Marge se consola pela perda de Eduardo praticando a religião dele.

— Achei que ela estivesse apaixonada por você.

— Por mim? Que bobagem!

Quando voltaram para o terraço, a refeição estava pronta. Havia até biscoitos amanteigados recém-assados por Marge.

— Você conhece Vic Simmons, lá de Nova York? — perguntou Tom a Dickie.

Em sua casa, em Nova York, Vic mantinha um respeitável salão de artistas, escritores e dançarinos, mas Dickie não o conhecia. Tom lhe perguntou sobre outras duas ou três pessoas, também sem sucesso.

Tom esperava que Marge fosse embora após o café, mas ela não foi. Em determinado momento, Marge saiu do terraço para fazer algo lá dentro, então Tom aproveitou para dizer:

— Posso convidá-lo para jantar no meu hotel hoje à noite?

— Obrigado. Que horas?

— Sete e meia? Assim temos tempo para tomar uns coquetéis... Afinal, é o dinheiro do seu pai — acrescentou Tom, com um sorriso.

Dickie riu.

— Tudo bem, coquetéis e uma boa garrafa de vinho. Marge! — Ela tinha acabado de voltar para o terraço. — Esta noite vamos jantar no Miramare, um oferecimento de Greenleaf sênior!

Então Marge iria com eles e não havia nada que Tom pudesse fazer a respeito disso. Afinal, o dinheiro era do pai de Dickie.

O jantar foi agradável, mas a presença de Marge impediu Tom de abordar qualquer assunto sobre o qual realmente quisesse falar, ele nem sequer sentia vontade de ser espirituoso na presença dela. Marge conhecia outras pessoas no restaurante e, após o jantar, pediu licença e levou sua xícara de café para outra mesa, ficando por lá.

— Por quanto tempo você vai ficar aqui? — quis saber Dickie.

— Ah, pelo menos uma semana, eu diria — respondeu Tom.

— É que... — Dickie estava com as maçãs do rosto meio coradas. O chianti o deixara de bom humor. — Se pretende ficar mais tempo, por que você não se hospeda comigo? Não faz sentido ficar num hotel, a menos que você prefira.

— Muito obrigado.

— Você não viu, mas tem uma cama no quarto de empregada. Ermelinda não dorme no serviço. Se você quiser, tenho certeza de que podemos montar um quarto com os móveis espalhados pela casa.

— Claro que quero. Aliás, seu pai me deu 600 dólares para despesas, e ainda tenho uns 500. Acho que nós dois devíamos usar esse dinheiro para nos divertirmos um pouco, não?

— Quinhentos! — exclamou Dickie, como se jamais tivesse visto tanto dinheiro em toda a vida. — Com esse dinheiro podemos até arranjar um carrinho!

Tom não havia atinado com a ideia de arranjar um carro. Não era essa sua ideia de diversão. Ele queria pegar um avião para Paris. Percebeu que Marge estava voltando.

Na manhã seguinte, Tom se mudou.

Dickie e Ermelinda haviam instalado um armário pequeno e duas cadeiras em um dos quartos no segundo andar e Dickie pendurou na parede algumas reproduções de mosaicos da Catedral de San Marco, prendendo-as com tachas. Tom ajudou Dickie a carregar a cama de ferro estreita que estava no quarto de empregada. Antes do meio-dia, os dois rapazes tinham terminado a tarefa, sentindo-se um tanto alegres pelas doses de *frascati* tomadas durante o serviço.

— Ainda vamos para Nápoles? — perguntou Tom.

— Com certeza. — Dickie olhou o relógio. — Faltam quinze para o meio-dia. Dá para pegar o ônibus.

Não levaram nada além dos casacos e do talão de cheques de viagem de Tom. Quando alcançaram a agência dos correios, o ônibus tinha acabado de chegar. Tom e Dickie pararam em frente à porta, esperando que os passageiros descessem. Então Dickie saltou para dentro, dando de cara com um jovem ruivo, usando uma camiseta com estampa esportiva berrante: era um americano.

— Dickie!

— Freddie! — gritou Dickie. — O que está fazendo aqui?

— Vim ver você! E os Cecchi. Vão me hospedar por uns dias.

— *Ch'elegante!* Estou indo a Nápoles com um amigo. Tom? — Dickie chamou Tom com um aceno e o apresentou.

O nome do americano era Freddie Miles. Tom o achou hediondo. Odiava cabelos ruivos, especialmente o tom de ruivo-cenoura, com pele branca e sardas. Freddie tinha olhos grandes, castanho-avermelhados, que pareciam oscilar nas órbitas como se ele fosse vesgo, ou talvez ele fosse um desses sujeitos que jamais olham para o interlocutor. Ainda por cima, Freddie estava acima do peso. Tom virou o rosto, esperando que Dickie terminasse a conversa. Percebeu que estavam atrasando a partida do ônibus. Dickie e Freddie estavam conversando sobre esqui e combinando um encontro em dezembro em alguma cidade de que Tom jamais ouvira falar.

— Seremos quinze em Cortina — revelou Freddie. — Uma festa espetacular, como no ano passado! Três semanas se nosso dinheiro aguentar!

— E se a gente aguentar! — brincou Dickie. — A gente se vê de noite, Fred!

Tom entrou no ônibus depois de Dickie. Não havia lugares vagos, e os dois ficaram espremidos entre um homem esquálido e suado que cheirava mal e uma dupla de velhas aldeãs que cheiravam ainda pior.

Bem quando estavam saindo da aldeia, Dickie lembrou que Marge iria almoçar em sua casa como de hábito, pois no dia anterior haviam pensado que a mudança de Tom cancelaria a viagem a Nápoles. Dickie gritou para que o motorista parasse. O ônibus parou, com um guincho nos freios e um solavanco que desequilibrou todos os passageiros de pé. Dickie então enfiou a cabeça para fora de uma janela e gritou:

— Gino! Gino!

Um menino veio correndo pela estrada para pegar a nota de 100 liras que Dickie lhe estendia. Dickie disse algo em italiano e o menino respondeu "*Subito, signor!*" e disparou estrada acima, então Dickie agradeceu ao motorista e o ônibus arrancou de novo.

— Eu lhe disse para avisar a Marge que voltaremos hoje de noite, mas provavelmente tarde — explicou Dickie.

— Ótimo.

O ônibus os despejou numa praça grande e atravancada em Nápoles, e os dois de repente se viram cercados por carrinhos de mão cheios de uvas, figos, bolos e melancias e alvejados por gritos de adolescentes que lhes ofereciam canetas e brinquedos mecânicos. As pessoas foram abrindo caminho para Dickie.

— Conheço um lugar bom para almoçar — disse Dickie. — Uma autêntica pizzaria napolitana. Você gosta de pizza?

— Gosto.

A pizzaria ficava no alto de uma rua tão estreita e íngreme que nenhum automóvel chegava lá. Rosários pendiam do umbral da porta, havia licoreiras com vinho em cada mesa e apenas seis mesas — era o tipo de lugar onde se podia ficar sentado por horas bebendo vinho sem ser incomodado. Ficaram lá até as cinco da tarde, quando Dickie disse que estava na hora de irem à Galleria. Ele se desculpou por não levar Tom ao museu de belas-artes, onde havia originais de Da Vinci e El Greco, mas explicou que poderiam vê-los outro dia. Dickie passara a maior parte da tarde falando sobre Freddie Miles, e Tom achara a conversa tão desinteressante quanto a cara de Freddie, que era filho do dono de uma cadeia de hotéis nos Estados Unidos, além de ser dramaturgo — título que ele conferira a si mesmo, Tom deduziu, já que só escrevera duas peças e nenhuma fora encenada na

Broadway. Freddie tinha uma casa em Cagnes-sur-Mer e Dickie se hospedara com ele por várias semanas antes de ir para a Itália.

— É disso que eu gosto — disse Dickie, expansivo, na Galleria. — Ficar sentado a uma mesa olhando as pessoas passarem. Isso muda o jeito como você encara a vida. Os anglo-saxões cometem um grande erro por não ficarem olhando as pessoas a partir de uma mesa na calçada.

Tom assentiu. Já ouvira aquilo antes. Estava esperando ouvir de Dickie algo profundo e original. Dickie era muito bonito. Havia algo de exótico nele, com o rosto comprido e delicadamente cinzelado, os olhos velozes e inteligentes, o modo altivo como se portava, não importando que roupas vestisse. Agora vestia sandálias gastas e calça branca um tanto suja, mas ali, sentado, parecia o dono da Galleria, conversando em italiano com o garçom sempre que lhes trazia os *espressos*.

— *Ciao!* — gritou em italiano para um menino que ia passando.

— *Ciao*, Dickie!

— Ele vai ao banco trocar os cheques de viagem para Marge aos sábados — explicou Dickie a Tom.

Um italiano bem-vestido cumprimentou Dickie com um caloroso aperto de mão e se sentou à mesa com eles. Tom escutou a conversa dos dois em italiano, pescando uma palavra aqui, outra ali. Tom estava começando a se sentir cansado.

— Quer ir a Roma? — sugeriu Dickie de repente.

— Claro — respondeu Tom. — Agora? — Ele se levantou, pegando dinheiro no bolso para pagar as contas que o garçom enfiara sob as xícaras de café.

O italiano tinha um Cadillac comprido cinzento equipado com cortinas venezianas, uma buzina de quatro tons e um rádio retumbante, sobre cujo estrondo Dickie e o italiano pareciam satisfeitos em conversar aos gritos. Alcançaram os arredores de Roma em cerca de duas horas. Tom se empertigou no assento enquanto cruzavam a Via Ápia, caminho escolhido especialmente para ele, conforme o italiano lhe disse, pois Tom nunca a tinha visto. Em alguns pontos, a estrada era irregular. Eram trechos com tijolos romanos originais, deixados à mostra para que as pessoas soubessem como era uma estrada romana, explicou o italiano. À luz do crepúsculo, as planuras à esquerda e à direita tinham um aspecto desolado, pensou Tom: eram como um antigo cemitério, com apenas algumas tumbas e restos de tumbas ainda de pé. O italiano os deixou no meio de uma rua em Roma e lhes deu um adeus abrupto.

— Ele está com pressa — revelou Dickie. — Precisa ver a namorada e ir embora antes que o marido dela chegue, às onze. Ali está a casa de espetáculos que eu procurava. Vamos lá.

Compraram entradas para o espetáculo da noite. Havia ainda uma hora antes da apresentação, então foram à Via Veneto, ocuparam uma mesa na calçada em uma das cafeterias e pediram cafés americanos. Tom notou que Dickie não conhecia ninguém em Roma, ou pelo menos nenhuma das pessoas que passaram por ali, e isso porque viram milhares de italianos e americanos passarem pela mesa. Tom entendeu muito pouca coisa do espetáculo, mas se esforçou ao máximo. Dickie propôs que fossem embora antes do fim. Então pegaram uma *carrozza* e passearam pela cidade, passando por fonte após fonte, por dentro do Fórum e ao redor do Coliseu. A lua tinha nascido. Tom ainda estava um pouco sonolento, mas a sonolência, sobreposta à emoção de estar em Roma pela primeira vez, deixava-o num estado de humor suave e receptivo. Estavam afundados no assento da *carrozza*, ambos com um pé escorado no joelho, ambos usando sandálias, e, quando Tom olhava para a perna e o pé de Dickie, ao seu lado, tinha a impressão de estar olhando um espelho. Tinham ambos a mesma altura e quase o mesmo peso — Dickie talvez fosse um pouco mais pesado — e vestiam o mesmo número de roupão e meias, e provavelmente também de camisetas.

Dickie chegou a dizer quando Tom pagou o condutor da *carrozza*:

— Obrigado, Sr. Greenleaf.

Isso fez Tom se sentir um pouco estranho.

À uma da manhã, os dois estavam ainda mais alegres, após dividirem uma garrafa e meia de vinho no jantar. Estavam caminhando com o braço de um no ombro do outro, cantando, quando, ao dobrarem uma esquina escura, de alguma forma trombaram com uma garota e a derrubaram no chão. Ergueram-na, pedindo desculpas, e se ofereceram para acompanhá-la até em casa. Ela protestou, os dois insistiram, flanqueando-a, um de cada lado. Ela disse que precisava pegar um bonde em algum lugar. De jeito nenhum, respondeu Dickie. Em seguida, parou um táxi. Dickie e Tom se sentaram com muito aprumo nos bancos retráteis, com os braços cruzados, como uma dupla de criados a postos, e Dickie conversou com ela e a fez rir. Tom entendeu quase tudo o que Dickie disse. Escoltaram a garota por uma rua que parecia um pedaço de Nápoles novamente, ela disse "*Grazie tante!*" e apertou a mão deles, depois desapareceu num umbral totalmente negro.

— Escutou isso? — perguntou Dickie. — Ela disse que somos os americanos mais legais que já conheceu!

— Sabe o que a maioria dos americanos, esses desgraçados, faria numa situação dessas? Estupraria a garota — comentou Tom.

— Mas e agora? Onde estamos? — questionou Dickie, virando-se.

Nenhum deles tinha a menor ideia de onde estavam. Caminharam por várias quadras sem encontrar um ponto de referência e sem reconhecer qualquer nome de rua. Urinaram numa parede escura, depois seguiram vagueando.

— Quando amanhecer, descobriremos onde estamos — disse Dickie, animadamente. Olhou o relógio. — Só faltam mais umas horas.

— Ótimo.

— Não é legal acompanhar uma garota até em casa? — perguntou Dickie, cambaleando um pouco.

— Com certeza. Eu gosto de garotas — retrucou Tom, como se protestasse. — Mas, mesmo assim, é até bom que Marge não tenha vindo. Jamais poderíamos ter levado a garota em casa se Marge estivesse conosco.

— Bem, não sei — ponderou Dickie, pensativo, olhando os próprios pés. — Marge não é...

— Só estou dizendo que, se Marge estivesse aqui, teríamos procurado um hotel para passar a noite. Ora, provavelmente já estaríamos *no* maldito hotel! Não estaríamos andando por metade de Roma!

— É verdade!

Dickie jogou o braço por cima do ombro de Tom.

Dickie sacudiu o ombro de Tom bruscamente. Tom tentou se desvencilhar e agarrar a mão dele:

— Dickie-e!

Tom abriu os olhos e viu o rosto de um policial.

Então se sentou. Estava num parque. Amanhecia. Dickie estava sentado na grama ao lado dele, conversando com muita tranquilidade com o policial, em italiano. Tom apalpou a calça, procurando a protuberância do talão de cheques. Ainda estava lá, no bolso.

— *Passaporti!* — vociferou o policial de novo, e Dickie lançou-se novamente a suas serenas explicações.

Tom sabia exatamente o que Dickie estava dizendo. Estava explicando que eles eram americanos, que tinham apenas saído para passear e olhar as estrelas, por isso estavam sem os passaportes. Tom sentiu vontade de rir, mas se controlou. Levantou-se e cambaleou, batendo a poeira das roupas. Dickie também se levantou, e os dois saíram andando, afastando-se, embora o policial ainda gritasse com eles. Dickie lhe disse algo em tom de quem se explica educadamente. Pelo menos o policial não os seguiu.

— Bem, nós realmente parecemos uns vagabundos — observou Dickie.

Tom concordou, balançando a cabeça. Havia um rasgão em sua calça, provavelmente resultado de um tombo. As roupas deles estavam amassadas, manchadas de grama e sujas de poeira e suor, mas agora os dois estavam tremendo de frio. Entraram na primeira cafeteria que encontraram e pediram café com leite e fatias de rocambole, depois tomaram várias doses de conhaque italiano, cujo gosto lhes pareceu horrível, mas que serviu para aquecê-los. Então riram. Ainda estavam bêbados.

Chegaram a Nápoles por volta das onze, bem a tempo de pegar o ônibus para Mongibello. Era delicioso imaginar a próxima viagem a Roma, dessa vez com roupas mais apresentáveis, para conhecerem todos os museus que haviam perdido, e também era delicioso imaginar que ainda naquela tarde poderiam ir à praia em Mongibello, aquecendo-se ao sol. Mas não foram à praia. Tomaram banho na casa de Dickie, depois desabaram em suas respectivas camas e dormiram até que Marge os acordou, por volta das quatro. Ela estava irritada porque Dickie não lhe enviara um telegrama avisando que passaria a noite em Roma.

— Não é que eu me importe por você passar a noite fora, mas achei que estivesse em Nápoles. E tudo pode acontecer em Nápoles.

— Ooooh — soltou Dickie, arrastando a língua e olhando de relance para Tom. Estava preparando bloody marys para todos.

Tom manteve a boca misteriosamente fechada. Não contaria a Marge nada do que haviam feito. Que ela imaginasse o que bem entendesse. Dickie deixara claro que tinham se divertido muito. No olhar que Marge lançou a Dickie, Tom percebeu que ela desaprovava sua ressaca, a barba por fazer e o drinque que ele agora estava bebendo. Quando ela ficava séria, havia algo em seus olhos que a fazia parecer sábia e velha, apesar das roupas ingênuas que usava, dos cabelos louros esvoaçantes e de sua vaga aparência de escoteira. Agora tinha ares de mãe ou irmã mais velha — a velha desaprovação feminina pelos jogos destrutivos dos homens e dos meninos. Trá lá lá! Ou será que estava com ciúmes? Parecia achar que, apenas por serem homens, Dickie e Tom haviam cultivado, em vinte e quatro horas, uma ligação mais próxima do que ela mesma jamais teria com ele, ainda que Dickie a amasse — e ele não amava. Contudo, após uns minutos ela relaxou, e a expressão desapareceu do seu olhar. Dickie deixou Tom e Marge no terraço por um tempo. Tom lhe perguntou sobre o livro que estava escrevendo. Era um livro sobre Mongibello ilustrado com suas próprias fotografias. Ela lhe contou que era de Ohio e lhe mostrou uma foto que carregava na carteira: a casa de sua família.

— Só uma casa simples, de madeira, mas é meu lar — disse Marge com um sorriso.

Ela pronunciou o adjetivo "batido", que Tom achou muito engraçado e que era a palavra que ela usava para descrever alguém bêbado, pois poucos minutos antes dissera a Dickie "Você parece completamente batido!", e Tom havia pensado que jeito horrível de falar, que pronúncia péssima, que abominável escolha de palavras. Tentou ser especialmente simpático com ela. Sentiu que não perderia nada fazendo isso. Acompanhou-a até o portão e se despediram de forma amigável, mas nenhum deles disse algo sobre se encontrarem mais tarde naquele mesmo dia ou no seguinte. Não havia dúvida de que Marge estava um pouco zangada com Dickie.

10

Por três ou quatro dias, eles quase não viram Marge, exceto na praia, e mesmo ali ela os tratou de forma perceptivelmente mais fria. Sorria e conversava tanto quanto antes, ou talvez ainda mais, porém agora havia um toque de polidez, e aí se manifestava a frieza. Tom notou que Dickie estava preocupado, embora não preocupado o bastante para falar com ela a sós, pelo visto — pois Dickie e Marge não conversavam sozinhos desde que Tom se mudara para a casa, já que ele estivera com Dickie o tempo todo desde então.

Por fim, só para mostrar que sabia o que estava acontecendo, Tom comentou com Dickie que Marge parecia estar se comportando de forma estranha.

— Ah, ela tem um humor oscilante — retrucou Dickie. — Talvez esteja num surto de criatividade. Não gosta muito de interagir quando está num fluxo de escrita.

Tom concluiu que a relação entre Dickie e Marge era evidentemente o que supusera desde o início. Marge gostava muito mais de Dickie do que ele gostava dela.

De qualquer forma, Tom continuava entretendo Dickie. Contava-lhe muitas histórias engraçadas sobre gente que conhecia em Nova York, algumas verdadeiras, outras inventadas. Todos os dias, iam velejar no barco de Dickie. Não havia menção alguma sobre uma possível data para a partida de Tom. Obviamente, Dickie estava desfrutando sua companhia. Tom respeitava a solidão de Dickie quando ele queria pintar e estava sempre pronto para largar o que estivesse fazendo e sair com Dickie para uma caminhada ou um passeio de barco ou apenas para sentar e conversar. Dickie também parecia apreciar a seriedade com que Tom se dedicava ao estudo da língua italiana: todos os dias, passava umas duas horas com sua gramática e os livros de conversação.

Tom escreveu para o Sr. Greenleaf dizendo que ficaria hospedado com Dickie por alguns dias, que Dickie mencionara a possibilidade de visitar os Estados Unidos no inverno e que, até lá, provavelmente conseguiria persuadi-lo a ficar mais tempo em casa. Essa carta, escrita já na casa de Dickie, lhe soou muito melhor do que a outra, enviada quando estava no hotel em Mongibello. Tom também explicou que, se o dinheiro acabasse, ele pretendia arranjar um trabalho, talvez em um dos hotéis da aldeia — um comentário casual com propósito duplo: lembrar ao Sr. Greenleaf que 600 dólares podem acabar e também deixar claro que ele era um homem jovem e disposto a trabalhar para ganhar a vida. Tom queria transmitir a mesma impressão a Dickie, por isso lhe deu a carta para ler, antes de selar o envelope.

Outra semana passou — outra semana de tempo perfeitamente agradável e dias perfeitamente ociosos, em que o maior esforço físico de Tom era subir os degraus de pedra ao sair da praia todas as tardes e seu maior esforço mental era conversar em italiano com Fausto, o rapaz de 23 anos que Dickie encontrara na aldeia e com quem combinara de dar aulas de italiano a Tom três vezes por semana.

Certo dia, foram a Capri no veleiro de Dickie. Capri ficava perto, mas não tão perto que pudesse ser avistada de Mongibello. Tom estava cheio de expectativa, mas Dickie entrou em uma de suas fases de humor preocupado, recusando-se a demonstrar entusiasmo por qualquer coisa. Discutiu com o vigia das docas onde atracaram o *Pipistrello*. Dickie não quis nem mesmo fazer um passeio pelas maravilhosas ruazinhas que se irradiavam da *piazza* em todas as direções. Sentaram-se em uma cafeteria na *piazza* e tomaram duas doses de Fernet-Brancas, depois Dickie resolveu voltar para casa antes que escurecesse, embora Tom estivesse disposto a pagar a conta do hotel se ele aceitasse passar a noite. Tom ponderou que poderia voltar a Capri em outra ocasião, por isso resolveu riscar aquele dia e apagá-lo da lembrança.

Uma carta do Sr. Greenleaf chegou à cidade antes que Tom postasse a dele: o Sr. Greenleaf reiterava seus argumentos pelo retorno de Dickie, desejava sucesso a Tom e solicitava um relatório imediato sobre seus resultados. Mais uma vez, Tom apanhou zelosamente a caneta e respondeu. A carta do Sr. Greenleaf tinha um tom de negócios tão espantosamente pragmático — como se estivesse verificando o envio de peças para navios, pensou Tom — que não foi difícil responder no mesmo estilo. Tom estava um pouco alto quando escreveu a resposta, pois isso foi logo depois do almoço, e eles sempre estavam levemente altos depois do almoço por causa do vinho, uma sensação que podia ser corrigida com uns dois *espressos* ou um breve passeio, mas que também podia se prolongar com outra taça de vinho, bebericada enquanto ambos se entregavam a sua rotina indolente. Tom se divertiu ao injetar vagas esperanças na carta. Escreveu no estilo do próprio Sr. Greenleaf:

... A menos que esteja muito enganado, Richard está titubeando sobre passar o inverno aqui. Como prometi ao senhor, farei tudo o que estiver ao meu alcance para dissuadi-lo de passar mais um inverno na Itália, e com o tempo — embora isso possa demorar até o Natal — talvez consiga convencê-lo a permanecer nos Estados Unidos quando for visitá-los.

Tom sorriu ao escrever isso, pois ele e Dickie vinham conversando sobre fazer um cruzeiro pelas ilhas gregas no próximo inverno e Dickie abandonara a ideia de visitar os pais, mesmo que fosse por uns poucos dias, a menos que a mãe ficasse gravemente doente nos próximos meses. Também haviam conversado sobre ficar em Majorca durante janeiro e fevereiro — os piores meses para se estar em Mongibello. E Marge não iria com eles, disso Tom tinha certeza. Tanto ele quanto Dickie a excluíam de seus planos de viagem sempre que debatiam o assunto, embora Dickie, durante uma conversa com Marge, tenha cometido o erro de sugerir que pretendiam fazer um cruzeiro de inverno em algum lugar. Droga, Dickie era sempre tão aberto sobre tudo! E agora, embora Tom soubesse que ele ainda estava decidido a viajarem só os dois, Dickie vinha se mostrando especialmente atencioso com Marge, só porque notava que ela ficaria solitária na aldeia, sem nenhum amigo, e que basicamente era uma falta de gentileza não convidá-la. Tanto Dickie quanto Tom tentavam acobertar a situação, tratando de lhe passar a impressão de que viajariam pela Grécia da forma mais barata e desconfortável possível, navegando em barcos que carregavam gado, dormindo com os camponeses no convés e coisas do tipo — ou seja, não seria uma viagem apropriada a uma garota. Ainda assim Marge parecia desolada, e Dickie tentava compensar, convidando-a para almoçar e jantar com frequência. Às vezes, quando voltavam da praia, ele pegava na mão de Marge, porém ela nem sempre o deixava segurá-la por muito tempo. Marge às vezes desprendia a mão após alguns segundos, mas Tom achava que, pelo jeito como o fazia, ela estava morrendo de vontade de andar de mãos dadas.

E quando a convidaram a ir com eles a Herculanum, ela recusou.

— Acho que vou ficar em casa. Divirtam-se por lá, garotos — respondeu, esforçando-se para esboçar um sorriso alegre.

— Bem, se você não quer ir, não quer ir — disse Tom a Dickie antes de se afastar diplomaticamente, entrando na casa e deixando Dickie e Marge no terraço, para que pudessem conversar a sós se quisessem.

Tom se sentou no amplo peitoril da janela do ateliê de Dickie e olhou para o mar, cruzando os braços bronzeados no peito. Adorava olhar o azul do Mediterrâneo e imaginar a si mesmo e Dickie velejando aonde bem entendessem. Tânger, Sófia, Cairo, Sebastopol... Tom achava que, quando o dinheiro acabasse, Dickie provavelmente estaria tão afeiçoado a ele, tão acostumado à sua companhia, que nem sequer lhe passaria pela cabeça separar-se de Tom, e os dois seguiriam vivendo juntos. Ambos poderiam facilmente sobreviver com os 500 dólares que Dickie recebia todo mês. Tom escutou a voz de Dickie vinda lá do terraço em tom de súplica e as respostas monossilábicas de Marge. Então ouviu o portão ressoar. Marge tinha ido embora. O combinado era que ficaria para o almoço. Tom saltou do peitoril e foi encontrar Dickie no terraço.

— Ela ficou brava com alguma coisa?

— Não. Acho que está se sentindo meio abandonada.

— Mas nós tentamos incluí-la.

— Não é só isso. — Dickie estava caminhando devagar pelo terraço de um lado para outro. — Agora ela me disse que já nem quer mais ir a Cortina comigo.

— Ah, ela provavelmente vai mudar de ideia quanto a Cortina, antes de dezembro.

— Duvido muito.

Tom deduziu que Marge não queria mais ir a Cortina porque descobrira que ele também iria. Dickie o convidara na semana anterior. Freddie Miles já tinha ido embora quando os dois voltaram da viagem a Roma: Marge lhes contou que ele tivera de ir a Londres de repente. Mas Dickie dissera que escreveria a Freddie, avisando que levaria um amigo na viagem.

— Quer que eu vá embora, Dickie? — perguntou Tom, certo de que Dickie não queria que ele partisse. — Acho que estou me intrometendo entre você e Marge.

— Claro que não! Se intrometendo? Em quê?

— Bem, do ponto de vista dela.

— Não. É só que devo algo a ela. E não tenho sido muito legal com ela nos últimos tempos. *Nós* não temos sido legais.

Tom sabia o que isso significava: Dickie e Marge tinham feito companhia um ao outro durante o longo e tenebroso inverno, quando eram os únicos americanos na aldeia, e agora Dickie não podia abandoná-la só porque havia outra pessoa junto.

— E se eu tentar convencê-la a ir conosco a Cortina?

— Aí mesmo é que ela não vai — respondeu Dickie secamente, entrando depois em casa.

Tom o ouviu dizendo a Ermelinda que segurasse o almoço, porque ainda não estava com vontade de comer. Mesmo tendo falado em italiano, Tom notou que Dickie dissera que *ele* não estava com fome, no tom de quem é o dono da casa. Dickie foi ao terraço, abrigando na mão o isqueiro enquanto tentava acender um cigarro. Ele tinha um belo isqueiro de prata, mas a chama se apagava à menor brisa. Tom por fim puxou o próprio isqueiro chamejante, feio e eficiente como um artefato militar e acendeu o cigarro para Dickie. Ia convidá-lo para um drinque, mas desistiu: a casa não era dele, embora, para falar a verdade, ele tivesse comprado as três garrafas de Gilbey's que agora estavam na cozinha.

— Já passa das duas — disse Tom. — Quer dar uma caminhada até a agência do correio?

Às vezes Luigi abria a agência às duas e meia, às vezes só às quatro, não dava para saber com certeza.

Desceram a colina em silêncio. Tom se perguntou o que afinal Marge *tinha dito* sobre ele. O súbito peso da culpa fez com que suor brotasse na testa dele, uma sensação de culpa amorfa, porém muito forte, como se Marge tivesse contado especificamente a Dickie que Tom roubara ou cometera outro ato vergonhoso. Dickie não podia estar se comportando daquele jeito só porque Marge o tratara com frieza, pensou Tom. Dickie avançava à sua maneira desleixada, os ombros caídos, fazendo os joelhos se projetarem à frente — um jeito de andar que Tom inconscientemente adotara também. Mas agora o queixo de Dickie estava enfiado no peito e as mãos, enterradas nos bolsos do calção. Só quebrou o silêncio para cumprimentar Luigi e agradecer pela carta recebida. Não havia nenhuma correspondência para Tom. A carta para Dickie era de um banco em Nápoles, um formulário no qual Tom viu um valor datilografado numa lacuna: 500 dólares. Dickie enfiou o papel no bolso de qualquer jeito e jogou o envelope na cesta de lixo. Era o aviso mensal de que o dinheiro de Dickie chegara a Nápoles, deduziu Tom — Dickie lhe dissera que um agente fiduciário enviava seu dinheiro a um banco em Nápoles. Continuaram descendo a colina, e Tom achou que caminhariam pela estrada principal até a curva que contornava o penhasco, no outro lado da aldeia, como tinham feito antes, mas Dickie parou nos degraus que levavam à casa de Marge.

— Acho que vou subir para falar com Marge. Não vou demorar, mas não faz sentido você ficar esperando.

— Tudo bem — disse Tom, de repente se sentindo devastado.

Ficou um tempo observando enquanto Dickie subia uns poucos degraus esculpidos no paredão de pedra, depois se virou e saiu andando em direção à casa.

Mais ou menos na metade do caminho, parou, com um impulso de ir ao Giorgio's tomar um drinque (mas os martínis do Giorgio's eram terríveis) e outro impulso de ir à casa de Marge e, sob o pretexto de pedir desculpas, usar a ocasião para descarregar sua raiva, flagrando-os e incomodando-os. De repente pressentiu que Dickie estava abraçando Marge naquele exato instante ou pelo menos tocando nela: por um lado, sentiu vontade de ver a cena, por outro, sentiu aversão ante a mera ideia. Deu meia-volta e voltou ao portão de

Marge. Fechou cuidadosamente o portão atrás de si, embora a casa dela ficasse num ponto tão elevado que com certeza não poderiam ouvi-lo, depois correu pelas escadas, subindo dois degraus de cada vez. Desacelerou à medida que percorreu o último lance. Planejava dizer: "Olha, Marge, sinto muito se sou *eu* quem está causando toda essa tensão. Hoje convidamos você para viajar conosco, e estávamos falando sério. *Eu* estava falando sério."

Tom parou ao ver a janela de Marge: o braço de Dickie envolvia a cintura dela. Ele a estava beijando, uma série de beijinhos na bochecha, e sorrindo para ela. Os dois estavam a apenas uns sete metros dele, mas a sala parecia escura, em contraste com a claridade dos raios de sol em que Tom se encontrava, e ele teve de estreitar os olhos para enxergar. Agora o rosto de Marge estava empinado para o de Dickie, como se ela estivesse totalmente perdida num êxtase, e o que repugnou Tom era saber que Dickie não queria beijá-la, que estava apenas usando esse truque fácil e óbvio para preservar a amizade dela. O que o repugnou era a grande protuberância do traseiro dela, sob a camisa de camponesa, abaixo do braço de Dickie, que circundava sua cintura. E Dickie! — ah, Tom jamais imaginara que Dickie pudesse fazer algo assim!

Tom se virou e desceu correndo os degraus, com vontade de gritar. Bateu o portão com força. Correu por todo o caminho colina acima, até chegar em casa, ofegante, apoiando-se no parapeito após atravessar o portão de Dickie. Ficou uns minutos sentado no sofá do ateliê, com a mente perplexa e vazia. Aquele beijo — não parecia um primeiro beijo. Tom foi até o cavalete de Dickie, inconscientemente evitando olhar a pintura ruim que estava ali, pegou a borracha amassada que estava na paleta e atirou-a com violência pela janela, vendo-a descrever um arco e desaparecer na direção do mar. Pegou outras borrachas na mesa de Dickie, canetas esferográficas, bastões para borrar contornos, carvões e pedaços de giz pastel e jogou-os um por um pelos cantos da sala ou pelas janelas. Tinha a estranha sensação de que seu cérebro permanecia calmo e racional enquanto seu corpo estava fora de controle. Correu para o terraço com o intuito de pular no parapeito e fazer uma dança ou ficar de ponta-cabeça, mas a visão do espaço vazio além do parapeito o deteve.

Foi ao quarto de Dickie e ficou andando para lá e para cá por um tempo, com as mãos no bolso. Perguntou-se por que Dickie estava demorando tanto. Será que iria passar a tarde inteira fazendo aquilo, será que iria mesmo levá-la para a cama? Tom abriu o armário de Dickie com um safanão e olhou lá para dentro. Havia um conjunto cinza recém-passado, com aparência de novo, que ele jamais vira Dickie usar. Tom o tirou do cabide. Despiu o calção, que chegava ao joelho, e pôs a calça de flanela cinza. Calçou um par de sapatos de Dickie. Depois abriu a última gaveta do armário e pegou uma camisa com listras brancas e azuis.

Escolheu uma gravata de seda azul-escura e atou-a com cuidado. O terno serviu. Tom repartiu os cabelos, transferindo a linha um pouco para o lado, como Dickie costumava se pentear.

— Marge, você precisa entender que eu *não amo* você — disse Tom para o espelho com a voz de Dickie, com o tom agudo que este usava para enfatizar certas palavras, com o leve grunhido no fundo da garganta ao fim de cada frase, que podia ser agradável ou desagradável, íntimo ou frio, dependendo do humor de Dickie. — Marge, chega! — Tom virou-se de repente e agarrou o ar como se pegasse o pescoço de Marge. Sacudiu-a, retorceu-a, enquanto ela se abaixava cada vez mais, até largá-la mole no chão. Ele estava ofegando. Passou a mão na testa, como Dickie costumava fazer, procurou um lenço no bolso e, ao não encontrar, pegou um na gaveta de cima do armário, depois voltou para a frente do espelho. Até sua boca entreaberta parecia a boca de Dickie quando ele estava sem fôlego após nadar, os lábios um pouco afastados dos dentes inferiores. — Você sabe por que tive de fazer isso — disse, ainda sem fôlego, dirigindo-se a Marge, embora olhasse a si mesmo no espelho. — Você estava se metendo entre mim e Tom... Não, não é isso! Mas *há* uma ligação entre nós!

Ele se virou, passou por cima do cadáver imaginário e caminhou furtivamente até a janela. Além da curva da estrada, viu o borrado aclive de degraus que davam no patamar onde ficava a casa de Marge. Dickie não estava nos degraus nem nas partes da estrada que Tom enxergava dali. Talvez estivessem dormindo juntos, pensou, sentindo o asco comprimir ainda mais sua garganta. Imaginou o ato, constrangedor e desajeitado, insatisfatório para Dickie, e Marge adorando cada segundo. Ela adoraria mesmo que Dickie a torturasse! Tom disparou de volta ao armário e pegou um chapéu da prateleira superior. Era um pequeno chapéu tirolês com uma pluma verde e branca na aba. Colocou-o na cabeça, com ar dissoluto. Ficou surpreso com a própria semelhança com Dickie, agora com o topo da cabeça encoberto. Realmente, a única grande diferença entre os dois era o cabelo de Tom, mais escuro. De resto, o nariz — ou pelo menos o formato geral do nariz —, o maxilar estreito, as sobrancelhas, quando ele as erguia do jeito certo...

— O que você está *fazendo*?

Tom se virou de supetão. Dickie estava no umbral da porta. Ele então percebeu que, no momento em que havia olhado pela janela, Dickie deveria estar logo ali embaixo, no portão.

— Ah... Só me divertindo um pouco — disse no tom de voz grave que usava quando estava constrangido. — Me desculpe, Dickie.

Dickie abriu a boca, depois a fechou, como se a raiva embaralhasse suas palavras de tal maneira que não conseguisse pronunciá-las. Para Tom, foi tão ruim quanto se ele tivesse falado. Dickie marchou para dentro do quarto.

— Dickie, sinto muito se eu...

A porta bateu com um estrondo, cortando-o. Dickie começou a desabotoar a camisa, franzindo o rosto, como se Tom não estivesse ali, porque aquele era o seu quarto e o que Tom estava fazendo ali? Tom estava petrificado de medo.

— Gostaria que você tirasse as minhas roupas — disse Dickie.

Tom começou a se despir, os dedos desajeitados pelo constrangimento e pelo choque, pois até então Dickie sempre lhe dissera use isto, use aquilo, oferecendo-lhe as roupas. Ele jamais diria aquilo de novo.

Dickie olhou os pés de Tom.

— Sapatos também? Você está maluco?

— Não. — Tom tentou se recompor enquanto pendurava o terno e a calça, depois perguntou: — Fez as pazes com Marge?

— Marge e eu estamos ótimos — retrucou Dickie com uma secura cortante que isolava Tom e os separava deles. — Outra coisa que quero dizer, mas com toda a clareza do mundo — continuou, encarando Tom. — Eu não sou bicha. Não sei se por acaso está achando que eu sou.

— Bicha? — Tom sorriu meio sem graça. — Nunca achei que você fosse bicha.

Dickie ia dizer algo, mas desistiu. Endireitou-se, as costelas desenhando-se no peito bronzeado.

— Bem, Marge acha que você é.

— Por quê? — Tom sentiu o sangue esvair-se do rosto. Descalçou o segundo sapato de Dickie com um chute fraco e guardou o par de calçados no armário. — Por que ela pensaria isso? O que foi que eu fiz?

Sentiu-se tonto. Ninguém jamais lhe dissera aquilo daquele jeito, na cara.

— É simplesmente o jeito como você age — explicou Dickie num tom gutural e saiu do quarto.

Tom vestiu o calção às pressas. Durante a conversa, meio que se escondera de Dickie atrás da porta do armário, embora estivesse de cueca. Só porque Dickie gostava dele, refletiu Tom, Marge havia lançado aquelas acusações imundas. E Dickie não tivera a coragem de contrariá-la!

Tom desceu as escadas e encontrou Dickie preparando um drinque junto à prateleira do bar, no terraço.

— Dickie, quero deixar uma coisa clara. Eu também não sou bicha e não quero que ninguém ache que sou.

— Tudo bem — grunhiu Dickie.

A inflexão da voz lembrou a Tom as respostas que Dickie lhe dera quando perguntou se conhecia esta ou aquela pessoa em Nova York. Algumas das pessoas que Tom mencionara eram mesmo gays e ele suspeitava que Dickie na verdade as conhecesse e estivesse apenas negando de propósito. Muito bem! Quem estava fazendo drama, então? Era Dickie. Tom hesitou enquanto sua mente mergulhava numa algazarra de coisas que poderia ter dito, coisas amargas, coisas conciliatórias, palavras de gratidão, palavras hostis. Sua mente retrocedeu a certos grupos de pessoas que conhecera em Nova York, pessoas que ele conhecera e finalmente abandonara, abandonara todas elas, mas agora se arrependia por nem sequer ter andado com elas. Acolheram-no porque ele as divertia, mas *ele* nunca teve nada a ver com nenhuma delas! É verdade que umas poucas pessoas daquele círculo tinham lhe dado umas cantadas, mas ele as rejeitara — embora lembrasse, agora, que tentara compensá-las pela recusa, buscando gelo para seus drinques ou parando o que estava fazendo para acompanhá-las até o táxi, pois temia que antipatizassem com ele. Ele tinha sido um idiota! E se lembrava também do momento humilhante em que Vic Simmons tinha lhe dito *Ah, pelo amor de Deus, Tommie, cala a boca!* quando ele fizera certa brincadeira diante de um grupo de pessoas, uma piada que já repetira umas duas ou três vezes na presença de Vic: "Não consigo decidir se gosto de homens ou de mulheres, então estou pensando em desistir de *ambos*." Tom costumava fingir que estava indo ao analista porque todo mundo estava indo ao analista, e costumava inventar histórias totalmente malucas sobre suas sessões só para divertir as pessoas nas festas, e aquela piada sobre desistir tanto dos homens quanto das mulheres sempre tinha gerado risadas por causa do jeito com que ele falava, até que Vic lhe disse *Pelo amor de Deus, cala a boca* — depois disso Tom nunca mais repetira a brincadeira e também nunca mais mencionara seu analista. Mas o fato é que havia muita verdade naquela frase, pensou Tom. Comparado com a humanidade em geral, ele era uma das pessoas mais inocentes e de cabeça pura que já conhecera. Essa era a ironia da atual situação com Dickie.

— Sinto como se... — começou a falar, mas Dickie não estava ouvindo. Este se virou com uma expressão sinistra e foi com seu drinque para um canto do terraço. Tom se aproximou, um pouco receoso, sem saber se Dickie iria atirá-lo do terraço ou simplesmente virar-se e lhe dizer que desse o fora da sua casa. Tom perguntou baixinho: — Você está apaixonado pela Marge, Dickie?

— Não, mas tenho pena dela. Me importo com ela. Ela foi muito legal comigo. Tivemos alguns bons momentos juntos. Você parece não entender isso.

— Entendo, sim. Essa foi minha primeira impressão sobre você e ela: que, da sua parte, era algo meio platônico, mas que ela provavelmente estava apaixonada por você.

— Ela está. E, você sabe, devemos fazer o máximo para não magoar quem está apaixonada por nós.

— Claro. — Tom hesitou mais uma vez, tentando escolher bem as palavras. Ainda estava num estado de trêmula apreensão, embora Dickie já não estivesse zangado com ele. Não iria expulsá-lo de casa. Tom disse numa voz mais controlada: — Imagino que, se vocês dois estivessem em Nova York, você não a encontraria com tanta frequência, talvez não a encontrasse nunca, mas nesta aldeia, tão pequena e solitária...

— É exatamente isso. Não dormi com ela nem pretendo dormir, mas quero preservar nossa amizade.

— Bem, mas eu fiz algo para impedi-lo? Eu lhe disse: Dickie, prefiro ir embora a estragar sua amizade com Marge.

Dickie o olhou de soslaio.

— Não, você não fez nada específico, mas é óbvio que não gosta de tê-la por perto. Sempre que você diz algo legal a ela, o esforço fica muito óbvio.

— Sinto muito — disse Tom, contrito.

Se arrependia por não ter se esforçado mais, por ter feito um trabalho ruim quando poderia ter feito um trabalho bom.

— Bem, vamos deixar isso para lá. Marge e eu estamos bem — disse Dickie, em tom desafiador. Então virou o rosto e ficou contemplando as águas.

Tom foi à cozinha para passar um café coado. Não queria usar a máquina de *espresso*, porque Dickie era muito meticuloso com o aparelho e não gostava que mexessem nele. Decidiu levar o café para o quarto e estudar um pouco de italiano antes que Fausto chegasse. Não era a hora certa para fazer as pazes com Dickie. Ele era orgulhoso. Ficaria em silêncio pela maior parte da tarde, depois viria falar com ele por volta das cinco, após pintar um pouco no ateliê, e seria como se o episódio com as roupas jamais tivesse acontecido. De uma coisa Tom tinha certeza: Dickie gostava de tê-lo em casa. Estava entediado por morar sozinho, e Marge o entediava também. Tom ainda tinha 300 dólares do dinheiro que o Sr. Greenleaf lhe dera, e ele e Dickie iriam usá-lo em uma grande farra em Paris. Sem Marge. Dickie se espantara ao saber que Tom só tivera um rápido vislumbre de Paris pela janela de uma estação ferroviária.

Enquanto esperava pelo café, Tom guardou a comida preparada para o almoço. Colocou dois potes de comida dentro de dois potes maiores, cheios de água, para afugentar as formigas. Também havia o pacote de manteiga fresca, dois ovos e o embrulho com quatro pãezinhos que Ermelinda trouxera para o desjejum do dia seguinte. Todos os dias, tinham de comprar tudo em pequena quantidade, porque não tinham geladeira. Dickie queria comprar uma com parte do dinheiro do pai. Já dissera isso umas duas vezes. Tom esperava que mudasse de ideia, pois a compra do eletrodoméstico cortaria pela metade o dinheiro da viagem, e Dickie já tinha um orçamento bem enxuto com os seus 500 dólares mensais. De certa forma, Dickie costumava usar seu dinheiro com cautela — mas, quando estava no embarcadouro ou nos bares da cidade, distribuía gorjetas generosas por todo lado e dava notas de 500 liras a qualquer mendigo que o abordasse.

Mais ou menos às cinco horas, Dickie tinha voltado ao normal. Tom deduziu que ele havia passado a tarde pintando, pois, ao longo da última hora, dava para escutá-lo assoviando no ateliê. Dickie foi para o terraço, onde Tom estava folheando a gramática de italiano e lhe deu algumas dicas de pronúncia.

— Eles nem sempre dizem "*voglio*" assim com tanta clareza — explicou. — Dizem "*io vo presentare mia amica Marge, per esempio*". — Dickie fez um gesto com a longa mão, fazendo-a deslizar pelo espaço, da frente para trás. Sempre gesticulava ao falar em italiano, gestos elegantes, como se estivesse regendo uma orquestra em um legato. — Você devia escutar mais o que o Fausto diz e ler menos essa gramática. Eu aprendi italiano nas ruas. — Dickie sorriu e saiu andando pela aleia do jardim. Fausto tinha acabado de atravessar o portão.

Tom escutou atentamente a conversa bem-humorada que os dois travaram em italiano, esforçando-se para compreender cada palavra.

Fausto entrou no terraço, sorrindo, afundou numa cadeira e apoiou os pés no parapeito. Seu rosto estava sempre sorridente ou franzido, e podia mudar de uma hora para outra. Dickie explicara que Fausto era uma das únicas pessoas na aldeia que não falava em um dialeto do sul da Itália. Ele morava em Milão e estava visitando uma tia em Mongibello por alguns meses. Ia à casa três vezes por semana, pontualmente, sem jamais atrasar o compromisso, entre as cinco e as cinco e meia, então se sentavam no terraço e bebericavam café ou vinho e conversavam por cerca de uma hora. Tom tentava memorizar tudo o que Fausto dizia sobre os penhascos, a água, a política (Fausto era comunista, tinha até carteira do partido, que carregava consigo e, segundo Dickie, mostrava-a para os turistas americanos sempre que podia, pois achava graça na cara de espanto que eles faziam) e a frenética vida sexual de alguns habitantes da aldeia, que copulavam feito gatos. Às vezes Fausto ficava sem assunto, então só olhava fixamente para Tom e de repente começava a rir. Mas Tom estava fazendo grandes avanços. Das coisas que ele havia estudado, a língua italiana era a única de que ele realmente gostava e que se achava capaz de seguir até o fim. Tom queria falar italiano tão bem quanto Dickie e achava que conseguiria alcançar o objetivo dentro de um mês se continuasse se esforçando.

11

Tom atravessou o terraço depressa e entrou no ateliê de Dickie.

— Quer viajar para Paris dentro de um caixão? — perguntou.

— *O quê?*

Dickie, que estava debruçado sobre uma aquarela, ergueu o rosto.

— Tenho conversado com um italiano no Giorgio's. A viagem começaria em Trieste, ficaríamos num caixão no trem de carga, que vai ser acompanhado por um francês, e ganharíamos mil liras cada um. Imagino que tenha a ver com drogas.

— Drogas em caixões? Esse truque não é meio velho?

— Conversamos em italiano, por isso não entendi tudo, mas ele disse que terá três caixões, e o terceiro talvez leve mesmo um cadáver, e talvez eles planejem colocar a droga dentro do corpo. Seja como for, faríamos a viagem de graça, além da experiência. — Tom esvaziou os bolsos, onde carregava vários maços de Lucky Strike tirados do estoque de um cruzeiro, que ele havia comprado de um vendedor ambulante para Dickie. — O que acha?

— Acho que é uma ideia incrível. Viajar para Paris num caixão!

Havia um sorriso brincalhão no rosto de Dickie, como se ele estivesse fingindo aceitar a ideia apenas para tirar sarro, quando na verdade não tinha intenção alguma de concretizá-la.

— Estou falando sério — salientou Tom. — O cara está realmente procurando dois jovens dispostos a se aventurar. Em tese, os caixões deveriam levar os corpos de uns franceses mortos na Indochina. O acompanhante francês vai se passar por parente de um dos mortos ou dos dois.

Isso não era exatamente o que o homem tinha dito, mas era uma versão bastante aproximada. E, afinal, 2 mil liras equivaliam a mais de 300 dólares, o bastante para uma farra em Paris. Dickie ainda titubeava sobre a viagem a Paris.

Dickie lhe lançou um olhar penetrante, apagou a guimba torta de Nazionale que estava fumando e abriu um dos maços de Lucky Strike.

— Tem certeza de que esse tal cara com quem você andou conversando não estava drogado?

— Você anda tão cauteloso ultimamente! — disse Tom, rindo. — Onde está a sua coragem? Parece que nem acredita em mim! Venha comigo e vou lhe mostrar o sujeito. Ele ainda está lá no bar, me esperando. O nome dele é Carlo.

Dickie não fez menção de se mexer.

— Um cara que faz uma proposta dessas não vai lhe explicar todos os detalhes. Muito bem, digamos que eles queiram dois caras durões para viajar de Trieste a Paris, mas mesmo assim a coisa não faz sentido para mim.

— Por que não vem comigo e fala com ele? Se não acredita em mim, pelo menos fale com ele.

— Claro. — Dickie se levantou de repente. — Talvez até aceite fazer o serviço por 100 mil liras.

Antes de seguir Tom para fora do ateliê, ele fechou um livro de poemas que estava aberto no sofá. Marge tinha muitos livros de poemas. Nos últimos tempos, Dickie vinha pegando vários deles emprestados.

Quando eles entraram no Giorgio's, o homem ainda estava sentado a um canto da mesa. Tom sorriu para ele e fez um aceno com a cabeça.

— Oi, Carlo — disse Tom. — Posso *sedermi*?

— *Sì, sì* — respondeu o homem, indicando as cadeiras junto à mesa.

— Este é meu amigo — disse Tom devagar, em italiano. — Ele quer saber se o trabalho com o trem está certo. — Tom observou enquanto Carlo observava Dickie, avaliando-o, e achou admirável o fato de aqueles olhos duros, sombrios e implacáveis não revelarem nada além de um interesse educado, analisando numa fração de segundo a expressão de Dickie, vagamente sorridente, mas ainda assim desconfiada, e seu bronzeado, que só poderia ser adquirido após vários meses de ócio sob o sol, e suas roupas italianas gastas e os anéis americanos.

Um lento sorriso se espalhou pelos lábios pálidos e finos do homem, que olhou de relance para Tom.

— *Allora?* — insistiu Tom, impaciente.

O homem ergueu a dose de martíni doce e tomou um gole.

— O trabalho é pra valer, mas não acho que seu amigo seja o homem certo.

Tom olhou para Dickie, que estava encarando o homem com atenção, com aquele mesmo sorriso neutro — um sorriso que Tom de repente achou desdenhoso.

— Bem, pelo menos é verdade, viu só! — disse para Dickie.

— U-hum — retrucou Dickie, ainda encarando o homem como se fosse um tipo de animal que o interessava e poderia matar caso quisesse. Dickie poderia ter falado em italiano com o homem. Dickie não disse uma única palavra. Três semanas antes, pensou Tom, Dickie teria aceitado a oferta. Precisava mesmo ficar ali parado, encarando, feito um pombo num banco de praça ou um inspetor de polícia esperando por reforços para prender um suspeito?

— Bem, você acredita em mim, não acredita? — perguntou Tom.

Dickie olhou-o brevemente.

— Sobre o trabalho? Como vou saber?

Tom olhou para o homem, com expectativa.

O italiano deu de ombros.

— Não há mais razão para discutir o assunto, há? — perguntou em italiano.

— Não — concordou Tom.

Uma fúria louca e desnorteada fervia em seu sangue e o fazia tremer. Estava furioso com Dickie, que ainda encarava o homem, suas unhas sujas, o colarinho sujo de sua camisa, seu rosto escuro e feio, recentemente barbeado, mas não lavado, de modo que onde antes havia barba estava muito mais claro do que as áreas acima e abaixo. Mas os olhos escuros do italiano eram frios e mais fortes do que os de Dickie. Tom se sentiu sufocado. Percebeu que não conseguiria se expressar em italiano. Queria falar com Dickie e com o homem ao mesmo tempo.

— *Niente, grazie, Berto* — disse Dickie calmamente ao garçom que viera perguntar o que desejavam. Dickie olhou para Tom. — Já podemos ir embora?

Tom deu um pulo tão repentino que a cadeira tombou para trás. Ele a endireitou e se despediu do italiano com uma inclinação do corpo. Sentiu que lhe devia um pedido de desculpas, mas não conseguia sequer abrir a boca para pronunciar um adeus convencional. O italiano fez uma mesura com a cabeça e sorriu. Tom seguiu as longas pernas de Dickie, cobertas por uma calça branca, para fora do bar.

Lá fora, Tom disse:

— Só queria que você visse que eu estava falando a verdade. Espero que tenha visto.

— Tudo bem, era verdade. Qual é o problema com você?

— Qual é o problema com *você*? — devolveu Tom.

— Aquele sujeito é um vigarista. É isso que você quer que eu admita? Ok!

— Você tem mesmo que agir assim, como se fosse superior? O que ele fez contra você?

— E eu por acaso deveria me ajoelhar aos pés dele? Já conheci vigaristas antes. Essa aldeia atrai muitos deles. — As sobrancelhas louras de Dickie se franziram. — Qual é o problema com *você*? Por acaso quer aceitar essa proposta maluca? Vá em frente!

— Agora não posso mais, nem se eu quisesse. Não depois do que você fez.

Dickie parou na rua, encarando-o. Estavam discutindo num tom de voz tão alto que algumas pessoas ao redor pararam para olhá-los.

— Podia ter sido divertido — argumentou Tom —, mas não do jeito que você agiu. Um mês atrás, em Roma, você teria aproveitado a chance para se divertir.

— Ah, não — disse Dickie, balançando a cabeça. — Duvido muito.

O sentimento de fracasso e desarticulação era uma tortura agonizante para Tom. E o fato de estarem sendo observados. Forçou-se a continuar andando, primeiro em passos curtos e tensos, até ter certeza de que Dickie o acompanhava. Ainda havia desconfiança e assombro no rosto de Dickie, e Tom sabia que ele estava perplexo com sua reação. Tom queria explicar, queria chegar até Dickie e fazê-lo entender tudo, e assim os dois pensariam e sentiriam as mesmas coisas, do mesmo jeito. Dickie havia se sentido do mesmo jeito que ele se sentira um mês antes.

— Foi o jeito como você agiu — reclamou Tom. — Não precisava agir daquele jeito. O sujeito não estava lhe fazendo mal algum.

— Ele parecia um vigarista imundo! — retrucou Dickie. — Pelo amor de Deus, volte para ele se o adora tanto assim. Você não tem obrigação nenhuma de fazer o que eu faço!

Tom parou. Teve o impulso de dar meia-volta, não necessariamente com a intenção de voltar para o italiano, mas simplesmente para se afastar de Dickie. Então, de repente, a tensão eclodiu. Os ombros caíram, doloridos, e a respiração acelerou, o ar entrando e saindo pela boca. Ele queria dizer, pelo menos, "Tudo bem, Dickie", queria se redimir, fazer Dickie esquecer tudo. Sentia a língua paralisada. Fitou os olhos azuis de Dickie, franzidos ainda, as sobrancelhas brancas de sol e os próprios olhos brilhantes e vazios, nada além de dois pedacinhos de geleia azul com um pontinho preto no meio, coisas sem sentido, sem qualquer relação com ele. As pessoas, supostamente, deveriam enxergar a alma nos olhos das outras, enxergar o amor através dos olhos, o único ponto de um ser humano onde é possível enxergar o que realmente está acontecendo lá dentro, mas, nos olhos de Dickie, Tom não enxergou nada além daquilo que teria visto ao contemplar a superfície dura e vazia de um espelho. Tom sentiu um solavanco no peito e cobriu o rosto com as mãos. Era como se Dickie tivesse sido subitamente arrancado dele. Não eram amigos. Não conheciam um ao outro. Aquela revelação atingiu Tom como uma terrível verdade, uma verdade que valia por toda a eternidade e que abrangia todas as pessoas que havia conhecido no passado e as que iria conhecer no futuro: cada uma daquelas pessoas estivera diante dele, ou estaria um dia, e de tempos em tempos ele teria certeza de que jamais poderia conhecê-las, e o pior era que sempre haveria também aquela ilusão temporária de que de fato as conhecia e que formava com elas um conjunto de seres semelhantes e harmoniosos. Por um instante, o impacto mudo dessa compreensão pareceu um choque mais forte do que ele poderia suportar. Sentia-se à beira de um ataque, como se estivesse prestes a desabar no chão. Era demais: a sensação de que tudo ao seu redor lhe era estrangeiro, a língua diferente, seu próprio fracasso e o fato de que Dickie o odiava. Sentia-se cercado de estranheza e hostilidade. De repente, sentiu Dickie puxando suas mãos, descobrindo seus olhos.

— Qual é o problema com você? — quis saber Dickie. — Aquele cara lhe deu uma dose de droga ou algo assim?

— Não.

— Tem certeza? Não pôs algo na sua bebida?

— Não. — Sentiu na cabeça as primeiras gotas da chuva do entardecer. Ouviu-se um ronco de trovão. A hostilidade vinha do céu também. — Quero morrer — disse Tom bem baixinho.

Dickie o puxou com força. Tom tropeçou no degrau de uma porta. Estavam no barzinho que ficava em frente à agência do correio. Tom ouviu Dickie pedindo um conhaque, e especificando: um italiano — provavelmente porque não mereço um conhaque francês, deduziu Tom. Tom bebeu tudo, sentiu o gosto levemente adocicado e medicinal, bebeu três doses como se fosse uma poção mágica para trazê-lo de volta àquilo que sua mente sabia que em geral se chamava realidade: o cheiro do Nazionale na mão de Dickie, os traços floreados na madeira do balcão sob seus dedos, o fato de que havia uma pressão em sua barriga, como se alguém estivesse pressionando o punho contra o umbigo, a vívida antevisão da caminhada íngreme dali até a casa, a leve dor que sentiria nas pernas após o trajeto.

— Estou bem — disse Tom numa voz profunda e baixa. — Não sei o que me deu. O calor deve ter me deixado tonto por um momento. — Ele riu um pouco.

Isso era a realidade, rindo da coisa toda, tornando-a uma tolice, a coisa mais importante que lhe acontecera nas cinco semanas desde que conhecera Dickie, talvez a coisa mais importante que acontecera em toda a sua vida.

Dickie não disse nada, só pôs o cigarro na boca, abriu a carteira preta de couro de crocodilo, tirou duas notas de 100 liras e largou-as no balcão. Tom se sentiu magoado por ele não ter dito nada, magoado como uma criança que esteve enjoada e que talvez tenha incomodado os adultos, mas que mesmo assim espera pelo menos uma palavra gentil quando o enjoo passa. Mas Dickie estava indiferente. Dickie lhe trouxe os conhaques com a mesma frieza que dispensaria a um estranho que tivesse acabado de conhecer e que estivesse passando mal e sem dinheiro no bolso. Tom pensou de repente: *Dickie não quer que eu vá a Cortina.* Não era a primeira vez que pensava isso. Agora Marge também iria a Cortina. Da última vez que foram a Nápoles, ela e Dickie tinham comprado uma nova e gigantesca garrafa térmica para levarem na viagem a Cortina. Não perguntaram a Tom se ele havia gostado da garrafa, na verdade não lhe perguntaram nada. Tom pressentia que Dickie esperava que ele fosse embora pouco antes da viagem a Cortina. Algumas semanas antes, Dickie ficara de lhe mostrar algumas trilhas de esqui ao redor de Cortina em um mapa que havia comprado. Certa noite, Dickie havia examinado o mapa, mas não falara com Tom.

— Podemos ir? — perguntou Dickie.

Tom o seguiu para fora do bar como um cachorro.

— Se você conseguir chegar em casa sozinho, acho que vou subir e conversar um pouco com a Marge — disse Dickie na rua.

— Estou bem.

— Ótimo. — Então ele disse por cima do ombro, enquanto se afastava: — Que tal pegar a correspondência? Pode ser que eu esqueça.

Tom assentiu. Foi à agência do correio. Havia duas cartas, uma para ele, do Sr. Greenleaf, outra para Dickie, de alguém em Nova York que Tom não conhecia. Ele parou no umbral da porta e abriu a carta do Sr. Greenleaf, desdobrando-a respeitosamente. No alto da folha, via-se o impressionante cabeçalho verde-claro da Burke-Greenleaf Watercraft, Inc., exibindo bem no centro um timão de navio, marca registrada da empresa.

10 de novembro de 19**

Caro Tom,

Tendo em vista que você já passou mais de um mês na companhia de Dickie e que ele se mostra tão avesso a voltar para casa quanto antes de sua partida, só me resta concluir que você não teve sucesso. Compreendo que você tinha as melhores intenções ao relatar que ele pretende nos fazer uma visita, mas, francamente, não vejo sinal disso na carta que ele nos enviou no dia 26 de outubro. Na verdade, ele parece mais determinado do que nunca a ficar onde está.

Gostaria que soubesse que minha esposa e eu reconhecemos quaisquer esforços que tenha feito em nosso benefício e em benefício de Dickie. Não precisa mais considerar que tem obrigações para comigo de forma alguma. Imagino que seus esforços no mês passado não tenham lhe causado grande inconveniência e espero sinceramente que a viagem tenha lhe proporcionado algum prazer, apesar do fracasso de seu objetivo principal.

Tanto minha esposa quanto eu lhe enviamos nossas saudações e nossos agradecimentos.

Atenciosamente,
H. R. Greenleaf

Era o golpe final. Naquele estilo gélido — ainda mais gélido do que sua costumeira frieza comercial, pois aquilo era um rompimento, e o autor havia injetado nele um toque de agradecimento cordial —, o Sr. Greenleaf simplesmente o cortara de sua vida. Tom havia falhado. "Imagino que seus esforços no mês passado não tenham lhe causado grande inconveniência…" Não era sarcástico? O Sr. Greenleaf nem sequer disse que gostaria de revê-lo quando voltasse aos Estados Unidos.

Tom subiu mecanicamente pela encosta da colina. Agora imaginava Dickie na casa de Marge, contando-lhe tudo sobre o encontro com Carlo no bar e o estranho comportamento de Tom na rua logo depois. Sabia o que Marge diria: "Por que você não se *livra* dele, Dickie?" Deveria dar a volta e explicar tudo a eles, obrigá-los a escutar? Virou-se, fitando o inescrutável quadrado que era a fachada da casa de Marge lá no alto da colina, com suas janelas escuras e vazias. A chuva começava a molhar sua jaqueta jeans. Ele virou a gola para cima. Então começou a subir depressa a colina em direção à casa de Dickie. Pelo menos, pensou Tom com orgulho, não tentara arrancar mais dinheiro do Sr. Greenleaf. Poderia ter feito isso, inclusive com a cooperação de Dickie, se lhe tivesse feito a proposta nos tempos em que estava de bom humor. Qualquer outra pessoa teria feito isso, pensou Tom. Mas ele não fizera e isso tinha de valer *alguma* coisa.

Ficou parado num canto do terraço, com os olhos fixos na linha vaga e vazia do horizonte, sem pensar em nada, sem sentir nada, exceto uma solidão e perda fantasmagórica, como se estivesse perdido num sonho. Até Dickie e Marge pareciam muito distantes e o que poderiam estar dizendo pareceu sem importância. Ele estava sozinho. Essa era a única coisa que importava. Começou a experimentar uma sensação formigante na base da espinha, um formigamento logo acima das nádegas.

Virou-se ao ouvir o ranger do portão que se abria. Dickie subiu caminhando pela trilha, sorrindo, mas Tom teve a impressão de que era um sorriso de polidez forçada.

— O que está fazendo aí, parado na chuva? — perguntou Dickie ao atravessar a porta do vestíbulo.

— É refrescante — respondeu Tom, simulando um ar brincalhão. — Aqui está uma carta para você. — Entregou a Dickie a correspondência que lhe era endereçada e enfiou a carta do Sr. Greenleaf no bolso.

Tom pendurou o casaco no armário do vestíbulo. Quando Dickie terminou de ler a carta — leitura que, aliás, o fez gargalhar —, Tom perguntou:

— Acha que Marge gostaria de ir a Paris conosco?

Dickie pareceu surpreso.

— Acho que sim.

— Bem, pergunte a ela — sugeriu Tom, animadamente.

— Não sei se eu deveria ir a Paris — comentou Dickie. — Até gostaria de dar uma fugida para algum lugar por uns dias, mas Paris... — Acendeu um cigarro. — Acho que prefiro ir a San Remo ou até mesmo Gênova. É uma cidade e tanto.

— Mas Paris... Gênova não se compara com Paris, certo?

— Não, claro que não, mas fica muito mais perto.

— Mas quando *vamos* para Paris?

— Não sei. Um dia desses. Paris não vai sair do lugar.

Tom escutou o eco das palavras em seus ouvidos, tentando decifrar sua entonação. Dois dias antes, Dickie tinha recebido uma carta do pai. Tinha lido algumas frases em voz alta e os dois riram de algumas passagens; mas, ao contrário do que fizera algumas vezes, não leu a carta inteira. Tom tinha certeza de que o Sr. Greenleaf dissera ao filho que estava de saco cheio de Tom Ripley e suspeitava que ele estivesse usando o dinheiro da família para se divertir. Um mês antes, Dickie também teria achado graça numa coisa dessas, mas não agora, pensou Tom.

— Só achei que devíamos fazer a viagem a Paris enquanto ainda tenho um pouco de dinheiro — insistiu Tom.

— Vá você. Não estou a fim agora. Preciso economizar dinheiro para Cortina.

— Bem... Acho que podemos ir a San Remo, então — disse Tom, tentando soar agradável, embora estivesse com vontade de chorar.

— Tudo bem.

Tom saiu andando rápido do vestíbulo para a cozinha, onde deparou com o enorme vulto branco da geladeira, que se erguia num canto, confrontando-o. Foi para lá porque queria um drinque com um pouco de gelo. Mas agora não queria mais tocar naquela coisa. Ele havia passado um dia inteiro em Nápoles com Dickie e Marge, procurando por geladeiras, inspecionando bandejas de gelo, contando o número de itens internos e penduricalhos, até que Tom já não conseguia distinguir uma geladeira de outra, mas Dickie e Marge seguiram em frente com o entusiasmo de recém-casados. Depois passaram algumas horas numa cafeteria debatendo os respectivos méritos de todas as geladeiras que haviam visto, antes de enfim decidirem qual queriam comprar. E agora Marge aparecia na casa com mais frequência do que nunca, porque usava a geladeira nova para guardar um pouco da própria comida e também porque muitas vezes vinha pegar gelo. De repente, Tom percebeu por que odiava tanto a geladeira. O eletrodoméstico significava que Dickie ficaria na aldeia. A geladeira não apenas era a pá de cal em sua viagem à Grécia no inverno, mas também significava que Dickie provavelmente jamais se mudaria para Roma ou Paris, como ele e Tom haviam cogitado nas primeiras semanas de Tom em Mongibello. Não, Dickie não deixaria a aldeia, não agora que tinha aquela coisa, ornada pela distinção de ser uma das quatro únicas geladeiras na aldeia, uma com seis bandejas de gelo e tantas prateleiras na porta que parecia um supermercado inteiro balançando na sua cara sempre que você a abria.

Tom preparou um drinque sem gelo. Suas mãos estavam tremendo. No dia anterior, Dickie perguntara:

— Está pensando em ir para casa no Natal?

Fizera essa pergunta de forma bem casual, no meio de uma conversa, mas ele sabia muito bem que Tom não iria para casa no Natal. Ele não tinha casa, e Dickie sabia disso. Tom lhe contara tudo sobre tia Dottie em Boston. Aquela pergunta tinha sido uma grande indireta, isso sim. Marge estava cheia de planos para o Natal. Tinha comprado uma lata de pudim de ameixa, que estava guardando para a ocasião, e iria arranjar um peru com algum *contadino*. Tom já podia imaginar a festa melosa e enjoativa que Marge prepararia com seu sentimentalismo sacarino. Uma árvore de Natal, claro, provavelmente feita com recortes de cartolina. "Noite Feliz". *Eggnog*. Presentinhos piegas para Dickie. Marge tricotava. Estava sempre levando as meias de Dickie para cerzir. E, de forma polida e sutil, os dois cortariam Tom e o deixariam isolado. Cada frase amigável que lhe dissessem seria um esforço doloroso. Tom mal aguentava imaginar aquilo. Muito bem, ele iria embora. Preferia fazer qualquer coisa a suportar uma festa de Natal com eles.

12

Marge disse que não queria ir com eles a San Remo. Ela estava no meio de um "surto" criativo. Marge trabalhava no livro de maneira irregular, às vezes muito rápido, às vezes muito devagar, e sempre falava do assunto com muito bom humor, embora Tom achasse que ficava atolada (como ela mesma costumava dizer) durante uns setenta e cinco por cento do tempo — condição essa que ela sempre anunciava com uma risadinha. *Esse livro deve ser uma porcaria*, pensava Tom. Ele já conhecera escritores antes. Não se escreve um livro desse jeito, com a ponta do mindinho, enquanto se passa metade do dia vagabundeando na praia e imaginando o que vamos comer no jantar. Mas Tom ficou contente ao saber que Marge estava tendo um "surto" bem na época em que ele e Dickie planejavam ir a San Remo.

— Dickie, eu agradeceria muito se tentasse achar aquela água-de-colônia — pediu ela. — Você sabe, a Stradivari, que não achei em Nápoles. Em San Remo deve dar para achar, lá tem muitas lojas de artigos franceses.

Tom logo imaginou: ele e Dickie passariam o dia inteiro atrás da água-de-colônia em San Remo, assim como a haviam procurado por horas e horas em Nápoles num sábado.

A única bagagem que levaram foi uma das malas de Dickie, porque planejavam ficar fora por apenas três noites e quatro dias. O humor de Dickie estava um pouco melhor, porém persistia a impressão de uma ruptura iminente, a sensação de que aquela seria a última viagem que fariam. Aos olhos de Tom, a animação cordial de Dickie no trem era como a jovialidade de um anfitrião que odiou seu hóspede e teme que este perceba e por isso tenta se redimir no último instante. Em toda sua vida, Tom jamais havia se sentido um hóspede chato e indesejado. No trem, Dickie falou sobre San Remo e a semana que passara lá com Freddie Miles, logo após sua chegada à Itália. San Remo era uma cidade minúscula, mas tinha fama de ser um centro de compras internacional, explicou Dickie, e as pessoas atravessavam a fronteira francesa para fazer compras lá. Ocorreu a Tom que Dickie estava tentando lhe fazer propaganda da cidade e talvez tentasse persuadi-lo a ficar lá, sozinho, em vez de retornar a Mongibello. Tom passou a sentir aversão pelo local antes mesmo de chegar lá.

Então, quase no exato instante em que o trem deslizava para dentro da estação de San Remo, Dickie disse:

— Aliás, Tom... odeio lhe dizer isso, e espero que não fique ofendido, mas, realmente, eu prefiro ir a Cortina d'Ampezzo com Marge, só nós dois. Acho que ela prefere assim, e afinal devo algo a ela, nem que seja uma viagem agradável no feriado. E você não parece um grande entusiasta do esqui.

Tom ficou rígido e frio, mas tentou não mover um único músculo. Dickie estava pondo a culpa em Marge!

— Tudo bem. Claro.

Olhou, nervoso, o mapa que tinha nas mãos, procurando com desespero um lugar nas redondezas de San Remo aonde pudesse ir, embora Dickie já estivesse puxando a mala do bagageiro.

— Não estamos muito longe de Nice, estamos? — perguntou Tom.

— Não.

— E Cannes. Eu gostaria de conhecer Cannes, já que viemos até aqui. Pelo menos Cannes é na França — acrescentou em tom de reprovação.

— Bem, acho que podemos ir, sim. Você trouxe o passaporte, não trouxe?

Sim, Tom trouxera o passaporte. Embarcaram num trem para Cannes e chegaram lá por volta das onze da noite.

Tom achou a cidade linda — a longa e curva extensão do embarcadouro que ia se afilando, pontuada por luzinhas, até formar pontas delgadas como as de um crescente lunar; o bulevar central, de aparência elegante, porém tropical, estendendo-se à beira-mar com suas fileiras de palmeiras e hotéis caros. França! Era um lugar mais sossegado do que a Itália, além de mais chique, dava para notar mesmo no escuro. Na primeira rua lateral que lhes apareceu pela frente, os dois entraram num hotel, o Gray d'Albion, que era muito chique, mas não lhes custaria o fígado, segundo Dickie — embora Tom estivesse disposto a pagar qualquer diária nos melhores hotéis à beira-mar. Deixaram a bagagem no Gray d'Albion e foram para o bar do Hotel Carlton, que Dickie dizia ser o bar mais elegante de Cannes. Como ele tinha previsto, não havia muitas pessoas lá, porque não havia muitas pessoas em Cannes naquela época do ano. Tom propôs uma segunda rodada de drinques, mas Dickie declinou.

Na manhã seguinte, fizeram o desjejum numa cafeteria, depois foram até a praia. Estavam com os calções de banho por baixo da calça. O dia estava frio, mas não frio demais para nadar. Eles já tinham nadado em dias mais frios em Mongibello. A praia estava praticamente deserta — exceto por alguns casais isolados, aqui e ali, e um grupo de homens envolvidos em algum tipo de jogo num talude. As ondas se curvavam e estouravam na areia com violência invernal. Então Tom notou que o grupo de homens estava fazendo acrobacias.

— Devem ser profissionais — comentou. — Estão todos usando sunga amarela.

Tom olhou com interesse enquanto uma pirâmide humana começava a se erguer, pés apoiados em coxas salientes, mãos agarrando antebraços. Tom escutava os gritos de "*Allez!*" e "*Un... deux!*".

— Olhe! — disse Tom. — O topo da pirâmide! — Ficou parado, olhando, enquanto o menor dos rapazes, um menino de uns 17 anos, era erguido até os ombros do homem que estava no centro do andar superior, formado por três acrobatas. O menino ficou ali, equilibrado, com os braços abertos, como que recebendo aplausos. — Bravo! — gritou Tom.

O menino sorriu para Tom antes de pular na água, flexível como um tigre.

Tom olhou para Dickie, que estava olhando para um casal de homens sentados na areia, ali perto.

— E avistei dez mil flores delicadas, em suas estranhas danças agitadas — disse Dickie para Tom, de um jeito azedo.

Ao ouvir aquilo, Tom teve um sobressalto, depois uma pontada penetrante de vergonha, a mesma vergonha que sentira em Mongibello quando Dickie dissera "Marge acha que você é". *Muito bem*, pensou Tom, *então os acrobatas são florzinhas. Talvez Cannes esteja cheia de florzinhas. E daí?* Os punhos de Tom estavam fechados com força nos bolsos da calça. Recordou a provocação de tia Dottie: "Um maricas! É um maricas desde o dia em que nasceu. Que nem o pai!" Dickie estava imóvel, com os braços cruzados, olhando o mar. Tom evitou deliberadamente lançar uma nova espiadela aos acrobatas, embora fosse muito mais divertido olhar para eles do que para o mar.

— Vai entrar na água? — quis saber Tom, desabotoando arrojadamente a camisa, embora a água agora lhe parecesse gelada como o último círculo do inferno.

— Acho que não. Por que não fica aí, olhando os acrobatas? Vou voltar.

Ele se virou e saiu andando antes que Tom pudesse responder.

Tom abotoou as roupas, às pressas, com os olhos fixos em Dickie, que agora ia andando na diagonal, dando uma volta para se afastar ao máximo da pirâmide humana, em direção a uma escada que conduzia à calçada — embora houvesse outra escada, duas vezes mais próxima, em frente ao grupo de acrobatas. *Ah, ele que se dane*, pensou Tom. *Precisa agir sempre assim, todo cheio de si, como se fosse superior ao resto do mundo? Parece até que nunca viu uma bicha! O problema do Dickie é bem óbvio! Por que ele não abaixa a guarda nunca? O que ele tem de tão importante que está sempre com medo de perder?* Meia dúzia de provocações brotaram em sua mente enquanto ele corria atrás de Dickie. Então Dickie o olhou por cima do ombro, friamente, com asco, e a primeira provocação morreu em sua boca.

Partiram rumo a San Remo naquela tarde, pouco antes das três, para não terem que pagar outra diária no hotel. Foi Dickie quem propôs partirem às três, embora tenha sido Tom quem pagou a conta de 3.430 francos, 10 dólares americanos e 8 centavos, por uma noite. Tom também comprou as passagens de trem para San Remo, embora Dickie estivesse com os bolsos recheados de francos. Dickie trouxera da Itália seu cheque mensal e o descontara em francos, calculando que seria mais lucrativo converter os francos em liras mais tarde, por causa de uma súbita e recente valorização da moeda francesa.

No trem, Dickie não disse absolutamente nada. Fingindo estar com sono, cruzou os braços e fechou os olhos. Tom sentou-se bem à sua frente, analisando seu rosto ossudo, arrogante e bonito, suas mãos com o anel verde e o anel de sinete dourado. Tom teve a ideia repentina de roubar o anel verde antes de partir. Seria fácil: Dickie o tirava quando ia nadar. Às vezes, tirava-o até para tomar banho em casa. Roubaria a joia no último dia, pensou Tom. Fitou as pálpebras fechadas de Dickie. Uma sensação desvairada de ódio, de afeto, de frustração e de impaciência fervia dentro dele, atrapalhando sua respiração. Queria matar Dickie. Não era a primeira vez que pensava nisso. Em outras ocasiões, uma, duas ou três vezes, ele já experimentara aquele impulso, causado pela raiva e pela decepção, um impulso que desaparecia quase de imediato, deixando-o com uma sensação de vergonha. Agora ele ficou um minuto inteiro pensando no assunto, ou até dois minutos — porque, afinal, já que ia se separar de Dickie, que razões teria ainda para sentir vergonha? Falhara com Dickie em todos os sentidos. Odiava Dickie, porque, de qualquer ponto de vista, seu fracasso não fora sua culpa, não era resultado de nada que tivesse feito, mas se devia apenas à teimosia desumana de Dickie. E à sua ostensiva grosseria! Tom tinha lhe oferecido sua amizade, seu respeito e seu companheirismo, mas Dickie respondera com ingratidão e, agora, com hostilidade. Dickie estava simplesmente escorraçando-o, jogando-o na sarjeta. Tom ponderou que, se o matasse durante a viagem, poderia simplesmente dizer que um acidente acontecera. Poderia... sim, acabava de ter uma ideia brilhante: ele poderia se transformar em Dickie Greenleaf. Poderia fazer tudo o que Dickie fazia. Podia voltar a Mongibello, primeiro, e juntar as coisas de Dickie, inventar uma história qualquer para Marge, alugar um apartamento em Roma ou Paris, retirar todo mês a remessa de Dickie e falsificar sua assinatura. Poderia viver a vida de Dickie. Poderia enganar o Sr. Greenleaf, fazê-lo comer em sua mão. Tom compreendia vagamente os riscos envolvidos naquela farsa, compreendia que ela não poderia durar muito tempo, mas isso só aumentava seu entusiasmo. Começou a pensar em *como* pôr o plano em ação.

A água. Mas Dickie era um ótimo nadador. Os penhascos. Seria fácil empurrar Dickie de algum despenhadeiro quando estivessem dando uma caminhada, mas Tom pensou que, no último instante, Dickie poderia agarrá-lo e puxá-lo, então imaginou *a si mesmo* caindo pela beirada do penhasco, e seu corpo endureceu no assento até as coxas doerem e as unhas deixarem marcas vermelhas nos polegares. Teria de pegar o outro anel também. Teria de clarear um pouco o cabelo. Mas, claro, não poderia morar num lugar onde houvesse algum conhecido de Dickie. Tudo de que precisava era parecer-se com Dickie o bastante para usar seu passaporte. Bem, ele se parecia. Se conseguisse...

Dickie ergueu as pálpebras, olhando diretamente para ele, e Tom amoleceu de repente, espremendo-se num canto com a cabeça para trás e os olhos fechados, tudo isso tão depressa como se tivesse desmaiado.

— Tom, você está bem? — perguntou Dickie, sacudindo o joelho de Tom.

— Estou bem — respondeu Tom, dando um leve sorriso.

Viu Dickie encostar no assento com um ar irritado, e Tom sabia o motivo: é que Dickie odiava ter de lhe dar qualquer atenção, mesmo que fosse um gesto mínimo como aquele. Tom sorriu para si mesmo, apreciando a rapidez dos próprios reflexos ao fingir o desmaio, pois aquela fora a única maneira de impedir que visse a estranhíssima expressão em seu rosto.

San Remo. Flores. Mais uma calçada à beira-mar, lojas e mais lojas, e turistas franceses e ingleses e italianos. Outro hotel, com flores nas varandas. Onde? Em uma dessas ruazinhas, hoje à noite? A cidade estaria escura e silenciosa por volta da uma da madrugada se Tom conseguisse manter Dickie acordado até lá. Na água? O tempo estava levemente nublado, embora não fizesse frio. Tom torturava o próprio cérebro em busca de uma solução. Seria fácil no quarto do hotel, mas como ele se livraria do corpo? O corpo tinha que *desaparecer* completamente. Isso deixava uma única opção: a água. Mas a água era o elemento de Dickie. Havia veleiros, barcos a remo e pequenas lanchas a motor que podiam ser alugadas na praia. Tom percebeu que em cada lancha havia um peso redondo de cimento, atado a uma corda, para ancorar o barco.

— O que acha de alugarmos um barco, Dickie? — sugeriu Tom, tentando em vão não soar ansioso, e Dickie olhou para ele, intrigado, pois Tom não se mostrara ansioso em relação a nada desde que haviam chegado à cidade.

Havia vários barcos a motor, uns dez, alguns pintados de azul e branco, outros de branco e verde, alinhados junto ao píer de madeira, e o italiano estava ansioso por arranjar clientes, pois a manhã estava fria e um tanto soturna. Dickie olhou o Mediterrâneo, que estava levemente nebuloso, embora não houvesse presságio de chuva. Era o tipo de nebulosidade cinzenta que dura o dia inteiro, logo, não haveria sol. Eram cerca de dez e meia — aquela hora preguiçosa após o desjejum quando a longa manhã italiana ainda se estendia diante deles.

— Bem, vamos, sim. Podemos navegar durante uma hora nos arredores do porto — aceitou Dickie, saltando quase na mesma hora para dentro de um barco, e, pelo leve sorriso no rosto, Tom percebeu que ele já tinha feito aquilo antes e que agora tinha vontade de relembrar, sentimentalmente, outras manhãs ou alguma manhã específica, passadas naquele mesmo lugar, talvez com Freddie, talvez com Marge.

No casaco de veludo cotelê de Dickie havia uma protuberância no bolso: a água-de-colônia de Marge. Eles a haviam comprado alguns minutos antes, em uma loja muito parecida com uma farmácia americana, na rua principal.

O barqueiro italiano deu partida no motor puxando uma corda e perguntou a Dickie se ele sabia como fazer aquilo, e Dickie respondeu que sim. E havia um remo, um único remo no chão do barco, Tom viu. Dickie pegou o timão. O barco partiu em linha reta, afastando-se da cidade.

— Que legal! — gritou Dickie, sorrindo. Seu cabelo voava ao vento.

Tom olhou para a direita e a esquerda. Num lado, um penhasco vertical, muito parecido com o de Mongibello, e, do lado oposto, uma extensão de terra achatada, velada por uma penugem de neblina que pairava sobre a água. Assim de improviso, não saberia dizer em que direção era melhor seguir.

— Você conhece as terras aqui no entorno? — gritou Tom por cima do rugido do motor.

— Não! — respondeu Dickie alegremente. Estava gostando do passeio.

— É difícil guiar essa coisa?

— Nem um pouco! Quer tentar?

Tom hesitou. Dickie ainda estava mantendo o barco numa linha reta, em direção ao alto-mar.

— Não, obrigado. — Olhou para a direita e a esquerda. Havia um veleiro à esquerda. — Aonde está indo? — gritou Tom.

— E isso importa? — Dickie sorriu.

Não, não importava.

Dickie deu uma guinada para a direita tão repentina que os dois tiveram de se abaixar e se inclinar para que o barco se endireitasse. À esquerda de Tom, ergueu-se uma muralha de borrifos brancos, que começou a tombar aos poucos, revelando o horizonte vazio. Estavam novamente rasgando o deserto das águas, rumo ao nada. Dickie estava experimentando várias velocidades, sorrindo, os olhos azuis sorrindo para o vazio.

— Num barco pequeno, a velocidade sempre parece muito maior! — gritou Dickie.

Tom assentiu, deixando que seu sorriso de compreensão falasse por ele. Na verdade, estava aterrorizado. Só Deus sabia quão funda era a água naquele ponto. Se de repente algo acontecesse ao barco, eles não teriam a menor chance de voltar vivos à costa — ou, pelo menos, *ele* não teria. Mas também não havia a menor possibilidade de que alguém visse o que estavam fazendo ali. Dickie estava novamente desviando o barco para a direita, muito devagar, em direção à longa e enevoada ponta de terra cinzenta, mas Tom poderia golpeá-lo, saltar sobre ele, ou beijá-lo, ou atirá-lo na água, e ninguém poderia ver nada àquela distância. Tom suava, sentia calor por baixo das roupas e frio na testa. Sentia medo, mas não era medo da água, era medo de Dickie. Agora ele sabia que iria fazer o que planejara, que já não iria deter a si mesmo, talvez *não pudesse* deter a si mesmo, e que talvez não tivesse sucesso.

— Duvida eu mergulhar? — gritou Tom, começando a desabotoar o casaco.

Dickie apenas riu diante daquela proposta, abrindo muito a boca, mantendo os olhos fixos nas águas distantes, lá na frente. Tom continuou tirando a roupa. Descalçou os sapatos e as meias. Por baixo das calças, usava o calção de banho, como Dickie.

— Mergulho se você mergulhar! — gritou Tom. — Tem coragem?

Ele queria que Dickie desacelerasse.

— Se tenho? É claro que tenho! — Dickie fez o motor desacelerar abruptamente. Soltou o leme e tirou o casaco. O barco estremeceu, perdendo o ímpeto. — Vamos lá — disse Dickie, indicando com um gesto de cabeça a calça de Tom, que ele ainda estava vestindo.

Tom lançou um olhar à terra. San Remo era um borrão de manchas rosadas e branco-calcário. Pegou o remo, num movimento casual, quase como se estivesse brincando com o objeto entre os joelhos, e, quando Dickie se abaixou para tirar as calças, ergueu-o e o fez descer com força na cabeça de Dickie, bem no topo do crânio.

— Ei! — berrou Dickie, retorcendo o rosto, escorregando do banco e ficando meio que para fora do assento.

Suas sobrancelhas pálidas se ergueram numa atordoada surpresa.

Tom se levantou e desferiu outro golpe com o remo, um golpe fulminante no qual aplicou toda a sua força, como uma borracha que se arrebenta.

— Pelo amor de Deus! — murmurou Dickie com ferocidade, os olhos cintilando de fúria, embora as pupilas azuis já se revirassem, perdendo a consciência.

Tom desferiu outro golpe de remo com a mão esquerda na têmpora de Dickie. A borda do remo abriu um rombo que foi se enchendo de sangue enquanto Tom observava. Dickie estava no chão do barco, contorcido, contorcendo-se. Soltou um rugido gutural de protesto tão alto e forte que Tom se assustou. Tom acertou-o três vezes na lateral do pescoço, golpes cortantes com a borda do remo, como se o remo fosse um machado e o pescoço de Dickie, uma árvore. O barco balançou e um borrifo de água molhou seu pé, que estava apoiado contra a amurada. Os golpes de Tom retalharam a testa de Dickie, e uma tira larga de sangue começou a escorrer lentamente dos rasgões feitos pelo remo. Por um instante, Tom percebeu que estava ficando cansado, enquanto seguia erguendo e abaixando o remo, e ainda assim as mãos de Dickie rastejavam em sua direção no chão do barco e as pernas longas de Dickie se esticavam para impulsioná-lo para a frente. Tom empunhou o remo como se fosse uma baioneta e enterrou o cabo no flanco de Dickie. Então o corpo prostrado amoleceu e ficou imóvel. Tom se empertigou, recuperando o fôlego dolorosamente. Olhou ao redor. Não havia nenhum barco, nada, exceto um pontinho muito, muito distante, que se movia da direita para a esquerda, um barco a motor dirigindo-se à costa.

Tom se inclinou e arrancou o anel verde de Dickie. Enfiou-o no bolso. O outro anel estava mais justo, porém saiu mesmo assim, espremendo a pele lanhada dos nós dos dedos. Tom vasculhou os bolsos das calças. Moedas francesas e italianas. Deixou-as onde estavam. Pegou um chaveiro com três chaves. Então apanhou o casaco de Dickie e tirou do bolso o embrulho com a água-de-colônia de Marge. No bolso interno do peito, os cigarros e o isqueiro prateado de Dickie, um toco de lápis, a carteira de couro de crocodilo e vários cartões pequenos. Tom enfiou tudo na própria jaqueta de veludo cotelê. Então esticou a mão para pegar a corda que estava enrodilhada sobre o peso de cimento branco. A ponta da corda estava atada a um anel de metal na proa. Tom tentou desatá-la. Era um nó infernal, encharcado de água, inamovível, que decerto estava ali havia anos. Esmurrou o nó com as mãos. Deveria ter trazido uma faca.

Olhou para Dickie. Estava morto? Agachou-se na parte estreita da proa e observou Dickie em busca de sinais de vida. Tinha medo de tocá-lo, medo de tocar em seu peito ou seu pulso para sentir se o sangue latejava. Tom remexeu e puxou a corda freneticamente, até perceber que só estava deixando o nó ainda mais apertado.

Seu isqueiro. Procurou por ele no bolso da calça, que estava no chão do barco. Acendeu-o, depois aproximou a chama a um pedaço seco da corda, que tinha cerca de quatro centímetros de espessura. Foi um processo lento, muito lento, e Tom aproveitou aqueles minutos para olhar tudo ao redor. Será que o barqueiro italiano poderia vê-lo àquela distância? A corda dura e cinzenta recusava-se a pegar fogo, limitando-se a formar pequenas brasas fumegantes, rasgando-se devagar, fibra por fibra. Tom deu-lhe um repuxão, e o isqueiro se apagou. Ele acendeu-o de novo e continuou dando puxadas na corda. Quando a corda se rompeu, ele conseguiu enrolá-la quatro vezes nas canelas nuas de Dickie, antes que o medo de tocar o corpo o dominasse, depois fez um nó enorme e desajeitado, atando-o duas vezes para não haver risco de que se desfizesse, porque Tom não era muito bom em dar nós. Calculou que a corda tivesse entre onze e quatorze metros. Começava a se sentir mais calmo, controlado e metódico. O peso de cimento seria o suficiente para manter um corpo no fundo, pensou. O cadáver talvez ficasse se mexendo com as correntes, mas não viria à tona.

Tom arremessou o peso por cima da amurada. Houve um chape estrondoso, o peso rasgou a água transparente, deixando um rastro de borbulhas, desapareceu e afundou até a corda se esticar nos tornozelos de Dickie. Àquela altura Tom havia erguido os calcanhares até a lateral do barco e estava puxando o cadáver pelo braço, para erguer a parte mais pesada, o ombro, por cima da amurada. A mão amolecida de Dickie estava morna e escorregadia. Os ombros permaneciam no chão do barco e, quando Tom puxou, o braço pareceu se estender como uma borracha e o corpo não se ergueu nem um centímetro. Tom se apoiou num joelho e tentou levantar o cadáver pelo flanco. O movimento fez com que o barco balançasse. Tom tinha se esquecido da água. Era a única coisa que o assustava. Teria de arrastar o corpo até a popa, pensou, porque a popa estava mais afundada na água.

Puxou o corpo mole em direção à popa, fazendo a corda deslizar junto à amurada. Pela flutuação do peso dentro da água, Tom notou que o bloco de cimento ainda não chegara ao leito do mar. Pegou a cabeça e os ombros de Dickie, virando o corpo de barriga para baixo e empurrando-o aos poucos para fora do barco. A cabeça de Dickie estava na água, a borda da amurada pressionando sua cintura e dobrando seu corpo em dois, e as pernas eram um peso morto, resistindo à força de Tom, como havia ocorrido com os ombros, e pareciam ter um peso extraordinário, como se estivessem imantadas ao chão do barco. Tom respirou fundo e içou o fardo. Dickie desabou na água, mas Tom perdeu o equilíbrio e tombou contra a cana do leme. O motor ocioso soltou um rugido súbito.

Tom se precipitou em direção à alavanca de controle, mas, no mesmo instante, o barco deu uma guinada e começou a girar num arco enlouquecido. Por um instante, Tom viu a água sob seu corpo e sua mão estendida em direção ao mar, pois ele tentara agarrar a amurada, e a amurada já não estava lá.

Ele estava na água.

Tom arquejou, contraindo o corpo num impulso para cima, tentando se agarrar ao barco. Não conseguiu. O barco tinha começado a rodopiar. Tom emergiu de novo, depois mergulhou mais fundo, tão fundo que a água se fechou sobre sua cabeça com lentidão mortífera e fatal, e ainda assim depressa demais para que ele conseguisse pegar fôlego, e as narinas de Tom se encheram de água no mesmo instante em que os olhos afundaram. O barco agora estava mais longe. Tom já vira barcos girando assim antes: só paravam quando alguém subia a bordo e desligava o motor, e agora, no vazio letal das águas, ele sofreu de antemão as sensações da morte, e afundou outra vez esperneando sob a superfície, e o motor enlouquecido se esvanecia à medida que a água *dava baques surdos* em seus ouvidos, borrando todos os sons, exceto os ruídos que ele fazia dentro de si mesmo, respirando, se debatendo, o desesperado pulsar de seu sangue. Veio à tona outra vez e começou a se debater em direção ao barco, pois era a única coisa que flutuava, embora continuasse girando e fosse impossível de tocar, e a proa pontuda passou zunindo perto de Tom duas, três, quatro vezes, no tempo que ele levou para encher os pulmões de ar.

Gritou por socorro. Só conseguiu encher a boca de água. Sua mão tocou o barco sob a água e foi repelida pelo ímpeto animalesco da proa. Tentou desesperadamente agarrar-se à ponta oposta, sem prestar atenção nas hélices. Os dedos tocaram o leme. Ele se abaixou, mas tarde demais. A quilha acertou-o no topo da cabeça, passando por cima dele. Agora a proa estava se aproximando outra vez, e ele tentou agarrá-la, os dedos escorregando no leme. A outra mão agarrou a amurada da proa. Deixou o braço esticado, mantendo-se longe da hélice. Num surto de energia não premeditada, projetou-se para o canto da proa e conseguiu lançar o braço pela amurada. Então se projetou para a frente e tocou a alavanca.

O motor começou a desacelerar.

Tom se aferrou à amurada com as duas mãos, e sua mente ficou vazia exceto por uma sensação de alívio e incredulidade, até perceber a dor chamejante na garganta, a punhalada que lhe acertava o peito a cada inspiração. Descansou por um tempo indefinido, que talvez fossem dois ou dez minutos, sem pensar em nada exceto na necessidade de recuperar força suficiente para içar o próprio corpo a bordo, e finalmente começou a mover o corpo dentro d'água, para cima e para baixo, até projetar o próprio peso para cima e cair de cara dentro do barco, os pés balançando por cima da amurada. Descansou, vagamente consciente da gosma escorregadia formada pelo sangue de Dickie sob seus dedos, uma poça a que agora se misturava a água escorrendo de sua boca e seu nariz. Antes que pudesse se mexer, começou a pensar sobre o barco coberto de sangue, que não podia ser devolvido no porto, e sobre o motor que ele teria de acionar em alguns minutos. E sobre a direção que deveria seguir.

E sobre os anéis de Dickie. Procurou-os no bolso do casaco. Ainda estavam ali, após tudo o que poderia ter lhes acontecido? Tom teve um acesso de tosse, e lágrimas borraram sua visão enquanto ele olhava ao redor tentando divisar algum barco próximo ou se aproximando. Esfregou os olhos. Não havia embarcação alguma além da lancha jovial que continuava descrevendo arcos velozes e amplos a distância, ignorando-o completamente. Tom olhou para o chão do barco. *Conseguiria* lavar aquilo tudo? Mas sangue era terrivelmente difícil de limpar, ele sempre ouvira dizer. Antes, planejava devolver o barco e, se o barqueiro lhe perguntasse onde estava seu amigo, diria que tinha desembarcado em outro ponto da costa. Agora já não poderia dizer isso.

Tom moveu a alavanca com cuidado. O motor ronronante começou a ganhar ímpeto, e até isso o assustou, mas ainda assim o motor parecia mais humano e manejável do que o mar, e, portanto, menos apavorante. Dirigiu-se ao litoral numa linha oblíqua, para o norte de San Remo. Talvez encontrasse um lugar, uma angra deserta onde pudesse encalhar o barco e ir embora. Mas e se alguém encontrasse o barco? O problema parecia imenso. Tentou recuperar a frieza, raciocinando, mas a mente parecia bloqueada e não conseguia atinar um modo de se livrar do barco.

Então viu pinheiros, um trecho longo, seco e aparentemente deserto de praia, com areias castanhas e o borrão verde de um olival. Tom navegou lentamente à esquerda e à direita do local, procurando pessoas. Não havia ninguém. Dirigiu-se à praia curta e rasa, manejando com cautela a alavanca da válvula reguladora, pois não tinha receio de que o motor enlouquecesse outra vez. Sentiu uma arranhadela e um solavanco sob a proa: era terra. Empurrou a alavanca para o lado onde se lia FERMA e abaixou outra alavanca que parou o motor. Saiu com cuidado, mergulhando os pés em cerca de vinte e cinco centímetros de água, puxou o barco o máximo que conseguiu, então pegou as duas jaquetas, as sandálias, a água-de-colônia de Marge e as colocou na areia da praia. A pequena angra onde se encontrava — que não tinha mais de cinco metros de largura — dava-lhe uma sensação de segurança e privacidade. Não havia sinal de que algum ser humano já tivesse pisado aquele lugar. Tom decidiu tentar afundar o barco.

Começou a recolher pedras, todas mais ou menos do tamanho de uma cabeça humana, pois era o máximo que sua força permitia, e a jogá-las uma por uma dentro do barco, mas acabou tendo de usar rochas menores, já que não restavam mais pedras grandes nas redondezas. Trabalhou sem um único intervalo, porque temia desmaiar de exaustão caso se permitisse um único instante de relaxamento — e, se desmaiasse, talvez ficasse ali na areia até alguém encontrá-lo. Quando as pedras já quase chegavam à borda da amurada, ele deu um empurrão no barco e o balançou várias vezes com força crescente, até que a água começou a entrar pelos bordos. O barco começou a afundar e ele empurrou-o de novo em direção às águas profundas, empurrou-o e andou ao seu lado até que a água chegasse à sua cintura, e o barco foi sumindo até que Tom já não podia tocá-lo. Então ele chapinhou de volta à praia e ficou um tempo deitado na areia, de barriga para baixo. Começou a planejar seu retorno ao hotel, e a história que contaria, e os próximos passos: a partida de San Remo antes do anoitecer, a volta a Mongibello. E a história que contaria lá.

13

Ao pôr do sol — justamente na hora em que os italianos e todas as outras pessoas na aldeia, bem-vestidos e recém-saídos do banho, se reuniam às mesas das cafeterias nas calçadas a fim de observar tudo e todos que passavam por ali, ansiosos por qualquer entretenimento que a cidade pudesse oferecer —, Tom entrou na aldeia usando apenas o calção de banho, as sandálias e a jaqueta de veludo cotelê de Dickie, e carregando sob o braço a calça e seu casaco, levemente manchados de sangue. Caminhou com lânguida casualidade porque estava exausto, embora mantivesse a cabeça erguida por causa das centenas de pessoas que o fitavam enquanto passava diante das cafeterias, o único trajeto até seu hotel à beira-mar. Fortalecera-se com cinco *espressos* cheios de açúcar e três conhaques num bar à beira da estradinha que levava a San Remo. Agora estava desempenhando o papel de um jovem atlético que passara a tarde entrando e saindo da água porque, sendo um bom nadador e indiferente ao frio, tinha esse gosto excêntrico de ficar nadando até o fim da tarde em dias frios. Chegou ao hotel, pegou as chaves na recepção, subiu para o quarto e desabou na cama. Decidiu que se permitiria uma hora de descanso, mas não podia cair no sono, pois, se o fizesse, poderia acabar dormindo mais do que devia. Descansou e, quando sentiu que estava adormecendo, levantou-se, foi ao lavatório, molhou o rosto e levou uma toalha úmida para a cama, apenas para apertá-la na mão e assim evitar adormecer.

Por fim, ele se levantou e se pôs a trabalhar na mancha de sangue em uma das pernas da calça de veludo cotelê. Esfregou e esfregou com sabão e uma escova de limpar as unhas, cansou e fez uma pausa para arrumar a mala. Arrumou-a como Dickie sempre fazia, colocando a pasta e a escova de dentes no bolso esquerdo. Depois voltou à mancha na calça. A jaqueta estava tão ensanguentada que jamais poderia ser usada novamente, e ele teria que se livrar dela, mas podia vestir a jaqueta de Dickie, que tinha a mesma cor bege e quase o mesmo tamanho. Tom encomendara uma jaqueta idêntica à de Dickie no mesmo alfaiate, em Mongibello. Guardou o próprio casaco na mala. Depois desceu com ela e pediu a conta na recepção.

O homem atrás do balcão perguntou onde estava seu amigo, e Tom respondeu que iria encontrá-lo na estação ferroviária. O recepcionista sorriu, afável, e desejou-lhe um "*Buon viaggio*".

Tom parou num restaurante duas quadras à frente e se forçou a tomar uma tigela de minestrone a fim de recuperar as forças. Ficou atento, para o caso de avistar o italiano que alugava os barcos. O principal, pensou, era partir de San Remo naquela noite: se não houvesse trem ou ônibus, pegaria um táxi até a cidade mais próxima.

Na estação ferroviária, Tom descobriu que um trem noturno partiria para o sul às dez e vinte e quatro. Era só acordar no dia seguinte em Roma e pegar outro trem em Nápoles. A coisa de repente lhe pareceu tão absurdamente simples e fácil que, numa explosão de autoconfiança, ele pensou em ficar em Paris por alguns dias.

— *'Spetta un momento* — disse ao balconista, que estava prestes a lhe entregar a passagem. Tom caminhou um pouco ao redor da mala, ponderando sobre Paris. Podia viajar à noite. Só para ver a cidade, por uns dois dias, por exemplo. Não faria diferença alguma se não contasse a Marge. Mas de repente decidiu não ir a Paris. Não conseguiria relaxar. Estava muito ansioso por chegar a Mongibello e ver o que faria com os pertences de Dickie.

Os lençóis brancos e bem passados da cabine no trem lhe pareceram a coisa mais prodigiosamente luxuosa que já vira na vida. Acariciou-os antes de apagar a luz. E os cobertores cinza-azulados, a suprema eficiência da pequena rede preta acima de sua cabeça — Tom experimentou um momento de êxtase ao imaginar todos os prazeres que o futuro lhe reservava, agora que tinha o dinheiro de Dickie: outras camas, outras mesas, mares, navios, malas, camisas, anos de liberdade, anos de prazer. Então apagou a luz, encostou a cabeça no travesseiro e adormeceu quase de imediato, feliz, satisfeito e totalmente confiante, como jamais se sentira.

Na estação ferroviária de Nápoles, Tom foi ao banheiro masculino, tirou da mala a escova de dentes e a escova de cabelo de Dickie, enrolou-as na jaqueta de Dickie, junto a sua própria jaqueta e às calças ensanguentadas de Dickie. Saiu da estação, atravessou a rua e enfiou o embrulho num saco de aniagem enorme, encostado a uma parede. Então fez o desjejum — café com leite e rocambole em uma cafeteria na praça junto ao ponto de ônibus —, depois embarcou num ônibus velho que partiu às onze horas para Mongibello.

Logo ao descer do ônibus, deu de cara com Marge, vestida no maiô e na jaqueta branca larga que sempre usava na praia.

— Onde está Dickie?

— Está em Roma. — Tom sorriu com naturalidade, já preparado para aquela pergunta. — Vai ficar lá por uns dias. Vim buscar algumas coisas dele.

— Está hospedado na casa de alguém?

— Não, está num hotel mesmo. — Com outro sorriso, que era meio que uma despedida, Tom começou a subir a colina, carregando a mala. Um minuto depois, ouviu atrás dele as sandálias de Marge, com suas solas de corda. Tom esperou. — Como estão as coisas em nosso lar, doce lar?

— Ah, um tédio. Como sempre. — Marge sorriu.

Não se sentia à vontade com ele. Mas seguiu-o até a casa (o portão estava destrancado, e Tom pegou a chave de ferro grande que abria a porta do terraço, que ficava sempre escondida atrás de uma tina de madeira apodrecida, contendo terra e um arbusto meio morto), depois os dois entraram juntos no terraço. Alguém tinha mudado levemente a posição da mesa. Havia um livro no balanço. Marge estivera ali durante a viagem deles, pensou Tom. Tinha se ausentado por apenas três dias e três noites, mas parecia que estivera fora durante um mês inteiro.

— Como está Skippy? — perguntou Tom animadamente, abrindo a geladeira para pegar a bandeja de gelo.

Skippy era um cão de rua que Marge tinha adotado uns dias antes, uma criatura feiosa, preta e branca, que Marge paparicava e alimentava como se fosse uma solteirona velha e babona.

— Fugiu. Não achei mesmo que fosse ficar.

— Ah.

— Pelo visto, vocês se divertiram bastante — comentou Marge, com uma ponta de melancolia.

— Nos divertimos, sim. — Tom sorriu. — Quer que eu prepare um drinque pra você?

— Não, obrigada. Quanto tempo acha que Dickie vai ficar fora?

— Olha... — Tom franziu o cenho, pensativo. — Não sei mesmo. Ele disse que queria ver várias exposições de arte lá. Acho que estava querendo mudar de ares. — Tom se serviu de uma generosa dose de gim, depois acrescentou água com gás e uma fatia de limão. — Imagino que ele vá voltar em uma semana. Ah, por falar nisso! — Tom pegou a mala e tirou dela a caixa com a água-de-colônia. Tinha removido o papel do embrulho, que estava sujo de sangue. — Sua Stradivari. Achamos em San Remo.

— Ah, obrigada... Muito obrigada. — Marge pegou a caixinha, sorrindo, e começou a abri-la cuidadosamente, com ar sonhador.

Tom começou a andar pelo terraço, num vaguear tenso, com o drinque na mão, sem falar com Marge, esperando que ela fosse embora.

— Bem... — disse Marge finalmente, saindo para o terraço também. — Quanto tempo você vai ficar?

— Onde?

— Aqui.

— Só esta noite. Amanhã vou para Roma. Provavelmente de tarde — acrescentou, porque só conseguiria pegar a correspondência depois das duas da tarde, no dia seguinte.

— Acho que não vou mais vê-lo, a menos que desça até a praia — observou Marge, esforçando-se para soar amigável. — Divirta-se, então, caso não nos vejamos mais. E diga a Dickie para mandar um cartão-postal. Em que hotel ele está?

— Ah... Hum... Como se chama? Perto da Piazza di Spagna?

— O Inghilterra?

— Isso mesmo. Mas acho que ele disse que era melhor usar o American Express como endereço de correspondência. — Ela não tentaria telefonar para Dickie, pensou Tom. E, se enviasse uma carta, ele já estaria no hotel para recebê-la. — Provavelmente irei à praia amanhã de manhã.

— Tudo bem. Obrigada pela colônia.

— Não há de quê!

Ela desceu pela trilha que levava ao portão de ferro e saiu.

Tom pegou a mala e correu para o quarto de Dickie no andar de cima. Puxou a gaveta superior do armário: cartas, duas agendas de endereços, dois caderninhos, uma corrente de relógio, chaves soltas e um documento que parecia uma apólice de seguro. Puxou as outras gavetas, uma por uma, e deixou-as abertas. Camisas, calções, suéteres dobrados e meias bagunçadas. Num canto do cômodo, uma montanha desmazelada de portfólios e blocos de desenho velhos. Havia muito a ser feito. Tom despiu toda a roupa, desceu as escadas, nu e correndo, tomou um banho rápido, depois vestiu a calça de brim branco de Dickie, que estava pendurada num prego no armário.

Começou pela gaveta de cima por duas razões: as cartas mais recentes eram importantes caso houvesse situações que exigissem alguma atitude imediata e também para não dar a impressão de que já estava desmontando a casa se por acaso Marge aparecesse ainda naquela tarde. Mas pelo menos poderia começar a guardar as melhores roupas de Dickie nas malas maiores, pensou Tom.

À meia-noite, Tom ainda estava zanzando pela casa. As malas de Dickie já estavam cheias e agora Tom estava calculando quanto os móveis da casa valeriam, quais ele daria a Marge e o que faria com o restante. Marge podia ficar com a maldita geladeira. Isso com certeza a agradaria. Tom calculou que o pesado baú de madeira entalhada, que Dickie usava para guardar as toalhas de linho, no vestíbulo, sem dúvida valeria algumas centenas de dólares. Quando Tom lhe perguntara a idade do baú, Dickie dissera que tinha uns quatrocentos anos. *Cinquecento*. Tom pretendia falar com o Signor Pucci, o subgerente do hotel Miramare, e pedir que atuasse como agente na venda da casa e da mobília. E do barco também. Dickie lhe dissera que o Signor Pucci fazia serviços desse tipo para os moradores da aldeia.

Sua ideia original era levar logo todos os pertences de Dickie para Roma, mas depois percebeu que Marge acharia estranho se tantas coisas fossem levadas para uma viagem supostamente tão curta. Por isso Tom decidiu fingir que Dickie mais tarde decidira se mudar para Roma.

No dia seguinte, agindo de acordo com o plano, Tom foi à agência do correio por volta das três da tarde e, não achando correspondência alguma para si mesmo, pegou uma interessante carta endereçada a Dickie enviada por um amigo dele dos Estados Unidos, mas, enquanto caminhava lentamente em direção à casa, Tom imaginou que estava lendo uma carta assinada pelo próprio Dickie. Imaginou as palavras exatas, para que pudesse repeti-las a Marge se fosse preciso, e até obrigou-se a sentir a leve surpresa que teria de fato sentido diante daquela súbita decisão de Dickie.

Assim que chegou em casa, começou a guardar os melhores desenhos e as melhores toalhas na grande caixa de papelão que conseguira com Aldo, na mercearia, ao subir a encosta da colina. Trabalhou de forma calma e metódica, esperando que Marge aparecesse a qualquer minuto, mas ela só veio depois das quatro.

— Ainda está aqui? — perguntou ela ao entrar no quarto de Dickie.

— Sim. Recebi uma carta de Dickie hoje. Ele decidiu se mudar para Roma. — Tom se empertigou e sorriu levemente, como se aquilo fosse uma surpresa para ele também. — Quer que eu leve para ele todas as coisas que puder carregar.

— Se *mudar* para Roma? Por quanto tempo?

— Não sei. Pelo restante do inverno, aparentemente. — Tom continuou amarrando telas.

— Ele vai ficar fora todo o inverno? — A voz de Marge já parecia totalmente perdida.

— Sim. Disse que talvez até venda a casa. Disse que ainda não se decidiu.

— Meu Deus! O que aconteceu?

Tom deu de ombros.

— Pelo visto, ele quer passar o inverno em Roma. Disse que vai mandar uma carta para você. Achei que você já tivesse recebido uma carta dele hoje, na verdade.

— Não recebi.

Silêncio. Tom continuou trabalhando. Ocorreu-lhe que ainda não havia começado a empacotar suas próprias coisas. Nem sequer entrara em seu quarto.

— Mas ele vai a Cortina mesmo assim, não vai? — quis saber Marge.

— Não, não vai. Disse que vai escrever para Freddie, cancelando a viagem. Mas isso não impede que você vá. — Tom observou o rosto dela. — Aliás, Dickie disse que quer que você fique com a geladeira. Na aldeia você com certeza encontrará alguém que a ajude a carregá-la.

A dádiva da geladeira não teve efeito algum no rosto estarrecido de Marge. Tom sabia que ela estava se perguntando se ele iria morar com Dickie, e, por causa da expressão alegre de Tom, ela provavelmente concluía que sim, os dois iriam morar juntos. Tom sentiu a pergunta aflorando aos lábios dela — Marge era transparente como uma criança —, e então ela perguntou:

— Você vai ficar com ele em Roma?

— Talvez por um tempo. Vou ajudá-lo a se instalar. Quero ir a Paris este mês, depois acho que, lá pela metade de dezembro, vou voltar para os Estados Unidos.

Marge parecia abatida. Tom sabia que ela estava imaginando as semanas solitárias que a aguardavam — mesmo se Dickie fizesse visitas periódicas a Mongibello para vê-la —, o vazio das manhãs de domingo, os jantares solitários.

— E o que ele vai fazer no Natal? Acha que vai querer passar aqui ou em Roma?

Tom respondeu com um traço de irritação:

— Olha, acho que aqui não vai ser. Tenho a impressão de que ele quer ficar sozinho.

Agora ela ficou tão perplexa que não conseguiu falar nada — perplexa e magoada. *Espere até receber a carta que vou lhe mandar de Roma*, pensou Tom. Ele seria gentil, claro, tão gentil quanto Dickie, mas não haveria qualquer dúvida de que Dickie não queria mais vê-la.

Poucos minutos depois, Marge se levantou e se despediu com ar abstraído. Tom teve a súbita impressão de que ela telefonaria para Dickie ainda naquele dia. Ou talvez até decidisse viajar até lá. Mas e daí? Dickie poderia ter mudado de hotel. E havia hotéis o bastante em Roma para ocupá-la por vários dias, mesmo se fosse até lá atrás dele. E ao não encontrá-lo, nem por telefone nem indo pessoalmente a Roma, ela suporia que Dickie tinha ido a Paris ou a alguma outra cidade com Tom Ripley.

Tom deu uma olhada nos jornais de Nápoles, procurando alguma notícia sobre um barco afundado nas vizinhanças de San Remo. *Barca affondata vicino San Remo*, a legenda provavelmente diria. E fariam um grande estardalhaço sobre as manchas de sangue no barco se ainda estivessem lá. Era o tipo de coisa que os jornais italianos adoravam alardear em seu dialeto melodramático: "Ontem, às três da tarde, Giorgio Stefani, um jovem pescador de San Remo, fez uma terrível descoberta sob dois metros de água. Um pequeno barco a motor com o interior coberto por terríveis manchas de sangue..." Mas Tom não encontrou nada no jornal. Também não houvera notícia alguma no dia anterior. *Talvez leve meses até acharem o barco*, pensou. *Talvez jamais o encontrem. E, mesmo que o encontrem, como poderiam saber que Dickie Greenleaf e Tom Ripley embarcaram juntos?* Não tinham dito seus nomes ao barqueiro em San Remo. O barqueiro lhes dera apenas um bilhetinho laranja, que Tom guardara no bolso e depois fora destruído.

Tom partiu de Mongibello de táxi por volta das seis da tarde, após tomar um *espresso* no Giorgio's, onde disse adeus a Giorgio, Fausto e vários outros conhecidos seus e de Dickie. Contou a todos a mesma história: que o Signor Greenleaf passaria o inverno em Roma e mandava saudações a todos eles, até o dia em que se encontrassem novamente. Tom disse que Dickie com certeza iria visitá-los em breve.

Naquela mesma tarde, Tom chamou os funcionários da American Express para encaixotar as pinturas e as toalhas de Dickie, depois enviou as caixas a Roma com o baú e duas malas mais pesadas, que deveriam ser retiradas em seu destino pelo próprio Dickie Greenleaf. Quanto a sua própria bagagem, Tom levou-a de táxi, junto com uma terceira mala de Dickie. Fora conversar com o Signor Pucci no Miramare e lhe falara sobre a possibilidade de o Signor Greenleaf querer vender a casa e a mobília, será que o Signor Pucci podia cuidar do assunto? O Signor Pucci disse que seria um prazer fazê-lo. Tom também falara com Pietro, o vigia das docas, e lhe pediu que ficasse de olho em possíveis compradores para o *Pipistrello*, pois havia boas chances de que o Signor Greenleaf quisesse se desfazer dele no inverno. Tom disse que o Signor Greenleaf aceitaria vendê-lo por umas 500 liras, mais ou menos 800 dólares, sem dúvida uma pechincha por um barco com leitos para duas pessoas. Pietro achava que conseguiria vendê-lo em algumas semanas.

No trem para Roma, Tom compôs mentalmente a carta para Marge, e o fez de forma tão cuidadosa que acabou memorizando-a — assim, tão logo chegou ao Hotel Hassler, sentou-se diante da máquina de escrever de Dickie, uma Hermes Baby, que ele trouxera em uma das malas, e escreveu a carta de uma sentada só:

Roma
28 de novembro de 19**

Querida Marge,

Decidi alugar um apartamento em Roma para passar o inverno, pois estava com vontade de mudar de ares e sair um pouco de nossa boa e velha Mongibello. Sinto um desejo tremendo de ficar sozinho. Sinto muito por tomar essa decisão repentina e por não me despedir pessoalmente, mas a verdade é que não estou assim tão longe e espero que possamos nos encontrar de vez em quando. Mas não estava com vontade alguma de empacotar minhas coisas, por isso joguei o trabalho nas costas de Tom.

Quanto a nós dois, acho que o melhor é ficarmos um tempo sem nos vermos — isso não fará mal algum e possivelmente melhorará as coisas. Tenho a terrível impressão de que eu a estava entediando, embora você não estivesse me entediando. Por favor, não pense que estou fugindo de alguma coisa. Pelo contrário, Roma vai me colocar em contato mais próximo com a realidade. Coisa que Mongibello não fazia. Minha inquietude na aldeia se devia, em parte, a você. Minha partida não resolve coisa alguma, é claro, mas vai me ajudar a descobrir o que realmente sinto por você. Por esse motivo, prefiro não vê-la por um tempo, querida, e espero que entenda. Se não entender — bem, nesse caso, não há o que fazer, e é um risco que devo assumir. Talvez eu vá a Paris por algumas semanas com Tom, pois ele está louco para ir. Quer dizer, a menos que eu comece a pintar imediatamente. Conheci um pintor chamado Di Massimo, cujo trabalho aprecio muito, um sujeito de certa idade e sem muito dinheiro, que parece animado em me ter como aluno, desde que eu lhe pague alguma coisa. Vou pintar com ele em seu ateliê.

A cidade está linda, com as fontes borbulhando e as ruas cheias a noite inteira, ao contrário da velha Mongibello. Você estava enganada sobre Tom. Ele vai voltar aos Estados Unidos, não sei quando, nem me importa saber, embora ele não seja um mau sujeito e eu não tenha nada contra ele. Tom não tem nada a ver com nós dois, ou com nossa separação, e espero que você entenda isso.

Se quiser me escrever, envie as cartas para American Express, Roma, até eu saber meu endereço. Vou lhe dizer quando encontrar um apartamento. Enquanto isso, mantenha as lareiras acesas, a geladeira funcionando e a sua máquina de escrever também. Sinto muito quanto ao Natal, querida, mas acho cedo demais para nos encontrarmos, e sinta-se livre para me odiar por isso.

Com todo o meu amor,
Dickie

Tom não havia tirado o boné da cabeça desde que entrara no hotel e, na recepção, em vez de mostrar o próprio passaporte, apresentara o de Dickie, embora tivesse notado que os funcionários dos hotéis nunca olhavam a foto do passaporte, só copiavam o número que estava na primeira folha. Assinara o registro com a assinatura apressada e um tanto extravagante de Dickie, com grandes floreios nas maiúsculas R e G. Ao sair para postar a carta, entrou numa farmácia a várias quadras de distância e comprou alguns artigos de maquiagem de que talvez precisasse. Divertiu-se à custa da balconista italiana, fazendo-a acreditar que ele estava comprando aquelas coisas para a esposa, que havia perdido a bolsa de maquiagem e agora se encontrava no quarto do hotel, indisposta, com sua habitual dor de estômago.

Passou a tarde treinando a assinatura de Dickie para os recibos. A remessa mensal de dinheiro para Dickie deveria chegar dos Estados Unidos em menos de dez dias.

14

Tom se mudou no dia seguinte para o Hotel Europa, um hotel de preço mediano, perto da Via Veneto, pois achava que o Hassler era chamativo demais, o tipo de hotel frequentado por atores de cinema e onde Freddie Miles e outras pessoas semelhantes a ele — e que talvez conhecessem Dickie — poderiam se hospedar caso visitassem Roma.

No quarto de hotel, Tom tinha conversas imaginárias com Marge, Fausto e Freddie. Marge era quem estaria mais propensa a vir a Roma, pensou. Quando imaginava uma conversa por telefone, falava com ela como se fosse Dickie e, quando imaginava uma conversa cara a cara, falava como se fosse Tom. Talvez um dia, por exemplo, Marge aparecesse em Roma e encontrasse o hotel em que ele estava hospedado e insistisse em subir ao seu quarto — nesse caso, ele teria de remover os anéis de Dickie e trocar de roupa.

— Não sei — diria com a voz de Tom. — Você sabe como ele é... Gosta de sentir que está escapando do mundo inteiro. Disse que eu podia ficar no quarto dele por uns dias, porque o aquecimento do meu hotel está muito ruim... Ah, ele vai voltar em alguns dias, ou talvez mande um cartão-postal dizendo que está tudo bem. Foi para um vilarejo com Di Massimo para olhar uns afrescos numa igreja.

— Mas você não sabe se ele foi para o norte ou para o sul? — questionaria Marge.

— Não sei mesmo. Acho que foi para o sul. Mas que diferença isso faz para nós?

— É que parece muito azar eu chegar justamente quando ele saiu, não acha? Por que ele não disse aonde ia, pelo menos? Não custava nada.

— Eu sei. Aliás, perguntei a ele. Vasculhei o quarto atrás de um mapa ou algo que pudesse indicar aonde ele foi. Ele simplesmente me telefonou uns três dias atrás e disse que eu podia ficar no quarto dele, se quisesse.

Era uma boa ideia acostumar-se a incorporar depressa seu próprio personagem, pois talvez um dia tivesse de fazer isso em questão de segundos, e era estranhamente fácil esquecer o timbre exato da voz de Tom Ripley. Continuou conversando com Marge até que a própria voz soasse em seus ouvidos como ele se recordava.

Mas, na maior parte do tempo, ele era Dickie, debatendo em tom grave com Freddie e Marge, ou conversando por telefone com a Sra. Greenleaf, ou falando com Fausto ou um desconhecido em um jantar, em inglês e italiano, e, durante todas essas conversas, ele mantinha ligado o rádio de Dickie, para que os funcionários do hotel não pensassem que o Sr. Greenleaf era um excêntrico caso passassem pelo corredor e por acaso soubessem que ele estava sozinho no quarto. Às vezes, se o rádio estivesse tocando uma música de que Tom gostasse, ele ficava simplesmente dançando sozinho, mas dançava como Dickie dançaria com uma garota — Tom vira Dickie dançando com Marge certa vez, no terraço do Giorgio's, e outra vez no Giardino degli Orangi em Nápoles — em grandes passadas, porém de forma um tanto rígida, movimentos que não eram exatamente os de um bom dançarino. Para Tom, cada instante era uma reserva de prazer: deliciava-se sozinho no quarto do hotel ou andando pelas ruas de Roma, enquanto procurava um apartamento para alugar e aproveitava para fazer turismo. Era impossível ficar sozinho ou entediado, pensou, enquanto ele fosse Dickie Greenleaf.

Quando foi pegar a correspondência na American Express, os funcionários o cumprimentaram, chamando-o de Signor Greenleaf. A primeira carta de Marge dizia:

Dickie,

Bem, confesso que foi uma surpresa. Fico me perguntando o que terá acontecido assim tão de repente em Roma ou em San Remo ou onde quer que seja. Tom fez um grande mistério sobre a situação, exceto ao dizer que ficaria hospedado com você. Só vou acreditar que ele pretende voltar aos Estados Unidos quando o vir partindo. Correndo o risco de me intrometer, meu caro, me permita dizer que eu não gosto desse cara. Na minha opinião, ou na de qualquer outra pessoa, ele está se aproveitando de você. Se deseja fazer mudanças em sua vida, para seu próprio bem, então, pelo amor de Deus, é dele que você deve se afastar. Muito bem, talvez ele não seja bicha. Ele não é nada, o que é ainda pior. Ele não é normal o bastante para ter qualquer tipo de vida sexual, se entende o que estou dizendo. No entanto, não estou interessada em Tom, mas em você. Sim, posso suportar algumas semanas sem você, querido, e até mesmo o Natal, embora eu prefira não pensar sobre o Natal. Prefiro não pensar em você e também prefiro deixar que os sentimentos apareçam ou não naturalmente — como você mesmo disse. Mas é impossível não pensar em você aqui, pois, no que me diz respeito, cada pedaço da aldeia é assombrada por sua presença, e aqui, nesta casa, onde quer que eu olhe, há um sinal de você: a sebe que plantamos, a cerca que começamos a consertar e não terminamos, os livros que peguei emprestados e nunca devolvi. E sua cadeira vazia junto à mesa, que é o pior de tudo.

Ainda me intrometendo: não digo que Tom vai lhe fazer algo de ruim, não diretamente, mas sei que ele exerce uma influência sutil e negativa sobre você. Sempre que está perto dele, na companhia dele, você parece vagamente envergonhado, sabia? Já tentou analisar isso alguma vez? Achei que você tivesse começado a perceber essas coisas nas últimas semanas, mas agora você está com ele de novo e, francamente, meu caro, não sei o que pensar a respeito disso. Se você realmente "não se importa" em saber quando ele vai embora, então dê-lhe um chute de uma vez! Ele jamais vai ajudar você, ou qualquer outra pessoa, a dar um jeito na vida ou a fazer qualquer coisa de bom. Na verdade, ele tem todo o interesse em mantê-lo atrapalhado e em continuar enrolando você e o seu pai também.

Muito obrigada pela colônia, querido. Vou guardá-la — ou a maior parte dela — para quando nos encontrarmos. Ainda não trouxe a geladeira para minha casa. Você pode pegá-la de volta quando quiser, é claro.

Talvez Tom tenha lhe contado que Skippy fugiu. Devo apanhar um lagarto e atar uma coleira em seu pescoço? Preciso dar um jeito na casa imediatamente, antes que ela fique toda mofada e desabe na minha cabeça. Queria que você estivesse aqui, meu querido — é claro.

Com todo o meu amor, e, por favor, escreva.

Beijos,

Marge

A/C American Express
Roma
12 de dezembro de 19**

Querida mãe, querido pai,

Estou em Roma, procurando um apartamento, embora ainda não tenha encontrado exatamente o que desejo. Os apartamentos são ou muito grandes ou pequenos demais, e, no caso dos grandes, é preciso trancar todos os cômodos exceto um, durante o inverno, para aquecer o lugar direito. Estou tentando encontrar um de tamanho e preço médios, que eu possa aquecer completamente sem gastar uma fortuna.

Perdoem-me por ter escrito tão pouco nos últimos tempos. Espero escrever com mais frequência em Roma, pois aqui vou levar uma vida mais tranquila. Senti que precisava sair de Mongibello — algo que vocês mesmos vinham me dizendo há muito tempo —, por isso me mudei de mala e cuia, e talvez até venda a casa e o barco. Conheci um pintor incrível chamado Di

Massimo, que se dispôs a me dar aulas em seu ateliê. Vou trabalhar como um louco por alguns meses e ver o que acontece. Um período de teste, podemos dizer. Sei que nada disso lhe interessa, pai, mas, como está sempre me perguntando como uso meu tempo, eis aí a resposta. Pretendo levar uma vida muito pacata e estudiosa até o próximo verão.

A propósito, você poderia me enviar os últimos folhetos da Burke-Greenleaf? Também quero me atualizar sobre o que você anda fazendo, e já faz um tempo que não leio nada sobre as coisas da firma.

Mamãe, espero que não tenha se incomodado em me comprar muitos presentes de Natal. Não consigo pensar em nada de que precise agora. Como está se sentindo? Tem conseguido sair de casa? Tem ido ao teatro etc.? Como está tio Edward agora? Mande-lhe lembranças e me mantenha informado.

Com amor,
Dickie

Tom leu a carta, achou que talvez estivesse com vírgulas demais, datilografou-a de novo, pacientemente, e a assinou. Certa vez encontrara na máquina de escrever uma carta de Dickie para os pais, ainda inacabada, e conhecia o estilo geral da escrita de Dickie. Sabia que ele jamais levava mais de dez minutos para escrever qualquer carta. Se havia algo de diferente naquela, pensou Tom, era apenas sua entonação, mais alegre e íntima do que a habitual. Sentiu-se contente com a carta e releu-a novamente. Tio Edward era irmão da

Sra. Greenleaf e estava internado havia um tempo em um hospital de Illinois, com algum tipo de câncer — isso Tom havia descoberto na última carta que a Sra. Greenleaf enviara a Dickie.

Alguns dias depois, Tom pegou um avião para Paris. Antes de partir de Roma, havia telefonado para o Inghilterra: não havia cartas nem houvera telefonemas para Richard Greenleaf. Pousou em Orly às cinco da tarde. O funcionário da alfândega carimbou seu passaporte após lhe lançar uma olhadela rápida, embora Tom tivesse clareado o cabelo e ondulado as mechas com um pouco de óleo — além de imitar a expressão um tanto tensa e carrancuda que Dickie exibia na fotografia do passaporte. Tom se registrou no Hôtel du Quai-Voltaire, que lhe fora recomendado por um grupo de americanos que conhecera numa cafeteria de Roma, que o descreveram como uma alternativa bem localizada e com poucos hóspedes americanos, em comparação com outros lugares. Depois saiu para dar um passeio na noite gelada e nebulosa de dezembro. Caminhava com a cabeça erguida e um sorriso no rosto. O que ele amou foi a atmosfera da cidade, a atmosfera de que sempre ouvira falar, ruas enviesadas, casas de fachada cinzenta com claraboias, buzinas barulhentas e, por todos os lados, urinóis e colunas cobertas por anúncios de teatro em cores vivas. Queria banhar-se naquela atmosfera, absorvê-la, talvez por vários dias, antes de visitar o Louvre ou subir à Torre Eiffel, ou qualquer coisa do gênero. Comprou uma edição do *Figaro*, sentou-se a uma mesa no Dôme e pediu um *fine à l'eau*, pois Dickie certa vez lhe dissera que esse era o drinque que tomava quando estava na França. Tom não falava muito bem francês, mas sabia que Dickie também não era fluente. Algumas pessoas interessantes o fitaram através da fachada envidraçada da cafeteria, mas ninguém veio falar com ele. Tom estava preparado para o caso de alguém se levantar, de repente, de uma mesa e vir até ele exclamando:

— Dickie Greenleaf! É mesmo você?

Fizera muito pouco para alterar sua aparência — mas agora sua própria expressão era idêntica à de Dickie, pensou Tom. Exibia um sorriso que era perigosamente acolhedor para um estranho, um sorriso mais adequado para saudar um velho amigo ou um antigo amor. Era o sorriso mais cativante e mais típico de Dickie quando estava de bom humor. E Tom estava de bom humor. Estava em Paris. *Que maravilha* era se sentar numa cafeteria famosa e pensar no amanhã, no amanhã, no amanhã, sendo Dickie Greenleaf! As abotoaduras, as camisas de seda branca, até as roupas velhas — o cinto gasto e marrom com a fivela de latão, os velhos sapatos marrons, do tipo que aparecia em propagandas na *Punch* e que supostamente duravam a vida inteira, o velho suéter mostarda com bolsos pendentes, todas essas coisas lhe pertenciam, e ele as amava. E a caneta preta com as iniciais em ouro. E a carteira, uma carteira em couro de crocodilo já bastante usada da Gucci. E havia muito dinheiro para enchê-la.

Ao entardecer do dia seguinte, ele já fora convidado para uma festa na Avenue Kléber por um casal — uma garota francesa e um jovem americano — com quem conversara em um grande café-restaurante no Boulevard Saint-Germain. A festa era composta por trinta ou quarenta pessoas, a maioria de meia-idade, paradas com ar um tanto frígido, em um apartamento enorme, gelado e formal. Tom chegou à conclusão de que, na Europa, a calefação inadequada era sinal de elegância no inverno, assim como os martínis sem gelo no verão. Ele finalmente se mudara para um hotel mais caro em Roma, com a intenção de passar menos frio, mas descobrira que o hotel mais caro era também ainda mais frio. Dava para se dizer que o apartamento era chique, pensou Tom — chique num sentido soturno e antiquado. Havia um mordomo e uma criada, uma vasta mesa de *pâtés en croûte*, peru fatiado, *petits fours* e uma quantidade considerável de champanhe, embora o estofamento do sofá e as cortinas longas nas janelas estivessem puídos e desfeitos pela idade, e Tom avistara buracos de rato no corredor, junto ao elevador. Pelo menos meia dúzia dos convivas a que fora apresentado eram condes e condessas. Um americano informou a Tom que os dois jovens que o haviam convidado planejavam se casar, mas os pais dela não estavam muito entusiasmados. Havia uma atmosfera de tensão na sala de estar, e Tom se esforçou para ser o mais agradável possível com todos, até mesmo os franceses, de aparência mais severa do que os outros e aos quais ele não conseguia dizer muita coisa além de "*C'est très agréable, n'est-ce pas?*". Tom fez o melhor que pôde e acabou conseguindo ao menos extrair um sorriso da garota francesa que o convidara. Tom considerava-se sortudo por simplesmente estar ali. Quantos americanos, durante uma estada solitária em Paris, seriam convidados para visitar um lar francês depois de apenas uma semana na cidade? Tom sempre ouvira dizer que os franceses eram especialmente lentos em convidar estranhos a visitar suas casas. Nem um único dos americanos presentes parecia saber seu nome. Tom se sentiu completamente confortável, como jamais se sentira antes em nenhuma festa que pudesse recordar. Comportou-se como sempre quis comportar-se numa festa. Essa era a página em branco sobre a qual ele pensara na viagem de navio dos Estados Unidos à Europa. Essa era a verdadeira aniquilação de seu passado e de si mesmo, Tom Ripley, que era um fruto daquele passado, e seu renascimento como uma pessoa completamente nova. Uma francesa e dois americanos o convidaram para festas, mas Tom deu a todos a mesma resposta:

— Muito obrigado, mas vou embora de Paris amanhã.

Era melhor não fazer amizade com nenhuma daquelas pessoas, pensou Tom. Uma delas poderia conhecer alguém que conhecia Dickie muito bem, alguém que talvez aparecesse na próxima festa.

Às onze e quinze, ele se despediu da anfitriã e de seus pais, que pareceram tristes em vê-lo partir. Mas ele queria dar uma passada na Catedral de Notre-Dame à meia-noite. Era véspera de Natal.

A mãe da garota perguntou seu nome novamente.

— Monsieur Granelafe — repetiu a garota. — Deekie Granelafe. Certo?

— Certo — disse Tom, sorrindo.

Bem quando chegou ao vestíbulo do andar térreo, lembrou-se da festa de Freddie Miles em Cortina. Dois de dezembro. Quase um mês atrás! A intenção original era escrever para Freddie avisando que não poderia ir. Será que Marge tinha ido?, perguntou-se. Freddie devia ter achado muito estranho Dickie não ter mandado uma carta explicando que não iria, e Tom esperava que Marge tivesse avisado Freddie, pelo menos. Tinha que escrever para Freddie imediatamente. Na agenda de endereços de Dickie, havia um endereço de Freddie em Florença. Isso foi um deslize, mas nada muito grave, pensou Tom. Apenas precisava tomar cuidado para que não se repetisse.

Saiu andando em meio à escuridão e foi na direção do Arco do Triunfo, iluminado, com uma brancura de osso. Era estranho sentir-se tão sozinho e, ainda assim, tão integrado às coisas, como sentira-se na festa. E agora sentia-se da mesma forma, parado na orla da multidão que enchia a praça em frente à Notre-Dame. A multidão era tão apinhada que não haveria jeito de chegar até a catedral, mas os amplificadores projetavam a música claramente para toda a praça. Cânticos natalinos franceses, que ele não conhecia. "Noite Feliz". Um cântico solene, depois uma canção vivaz e desconjuntada. Cantos entoados por vozes masculinas. Perto dele, homens franceses tiraram os chapéus. Tom também tirou o dele. Ficou ali parado, alto, reto, de rosto sóbrio, mas ainda assim pronto a sorrir a qualquer um que o abordasse. Sentia-se agora como se sentira no navio, apenas de maneira mais intensa, cheio de boa vontade, um cavalheiro, com nada em seu passado que lhe maculasse a personalidade. Ele era Dickie, o ingênuo e agradável Dickie, sempre com um sorriso para quem encontrasse e mil francos para quem pedisse. E, de fato, um idoso lhe pediu dinheiro quando Tom estava saindo da praça, e ele lhe deu uma nota de mil francos, novinha e azul. O rosto do idoso rasgou-se num sorriso, e ele ergueu a mão à aba do chapéu.

Tom estava com um pouco de fome, mas a ideia de dormir de barriga vazia naquela noite o agradava. Pensou em passar mais ou menos uma hora estudando com sua gramática de italiano e depois se deitar. Então lembrou que havia decidido ganhar uns dois quilos, pois as roupas de Dickie estavam um pouco largas e o rosto de Dickie parecia mais cheio do que o dele nas fotos, por isso parou em um bar-tabacaria e pediu um sanduíche de presunto, feito com um pão longo e crocante, e um copo de leite quente, porque um homem sentado perto dele no balcão estava bebendo leite quente. O leite praticamente não tinha gosto, era puro e edificante, como Tom imaginava que fosse o gosto de uma hóstia na igreja.

De Paris, foi descendo pelo mapa da França num ritmo despreocupado, pernoitando em Lyon e Arles para conhecer os pontos da cidade que foram pintados por Van Gogh. Manteve-se em bem-disposta tranquilidade perante as condições climáticas atrozes. Em Arles, a chuva arrastada pelo mistral encharcou suas roupas enquanto ele tentava descobrir os lugares exatos em que Van Gogh se posicionara para pintar. Comprara em Paris um lindo livro sobre o pintor, mas não podia levar o livro na chuva e teve de voltar ao hotel uma dúzia de vezes para consultar as imagens. Deu uma olhada em Marselha, achou-a entediante exceto pela Canebière, e seguiu de trem para o leste, fazendo paradas de um dia em St.-Tropez, Cannes, Nice, Monte Carlo, cidades sobre as quais ouvira falar muitas vezes e que lhe despertaram grande afinidade assim que as viu, embora naquele mês — dezembro — estivessem cobertas pelas nuvens cinzentas do inverno e não houvesse multidões alegres pelas ruas, nem mesmo em Menton na véspera do Ano-Novo. Em sua imaginação, Tom encheu a cidade de gente, homens e mulheres em roupas elegantes descendo os amplos degraus do cassino de Monte Carlo, gente em roupas de banho brilhantes, leves e luminosas como as aquarelas de Dufy, andando sob as copas das palmeiras do Boulevard des Anglais em Nice. Gente — americanos, ingleses, franceses, alemães, suecos, italianos. Romance, decepção, brigas, reconciliações, assassinato. A Côte d'Azur o fascinou mais do que qualquer outro lugar que já vira no mundo. E era realmente tão minúscula essa curva da costa mediterrânea com aqueles nomes maravilhosos enfileirados feito contas num colar — Toulon, Fréjus, St.-Rafael, Cannes, Nice, Menton e, finalmente, San Remo.

Quando Tom voltou a Roma, no dia 4 de janeiro, havia duas cartas de Marge. Ela ia entregar sua casa no dia 1º de março, dizia a carta. Ainda não havia terminado a primeira versão do livro, mas enviaria três quartos da obra com todas as fotografias ao editor americano que demonstrara interesse na sua ideia no verão anterior, quando ela lhe enviara uma carta. Marge dizia:

> Quando voltarei a ver você? Detesto a ideia de passar o verão na Europa, após ter aguentado mais um inverno horroroso, mas acho que vou voltar para casa no início de março. Sim, finalmente estou com saudades de casa, mesmo. Querido, seria maravilhoso se pudéssemos voltar para casa no mesmo navio, juntos. Há alguma chance? Suponho que não. Você não vai voltar para os Estados Unidos nem mesmo para uma visita breve neste inverno?
>
> Estou pensando em mandar todas as minhas coisas (oito malas, dois baús, três caixas de livros e mais um monte de coisas!) por um barco a vela, saindo de Nápoles e subindo até Roma, e, se a ideia lhe agradar, poderíamos pelo

menos navegar pela costa e visitar Forte dei Marmi e Viareggio e os outros lugares de que gostamos — uma última visita. Não estou me importando muito com o clima, que, tenho certeza, vai estar horroroso. Não lhe pediria que me acompanhasse até Marselha, onde posso pegar o navio, mas e de Gênova??? O que acha?...

A carta seguinte era mais reservada. Tom sabia o motivo: fazia quase um mês que ele não lhe enviava nem sequer um cartão-postal. Ela dizia:

Mudei de ideia sobre a Riviera. Talvez esse clima úmido tenha acabado com minha proatividade, ou talvez o livro tenha me esgotado. Seja como for, vou partir de Nápoles num barco que zarpa em breve — o *Constitution*, em 28 de fevereiro. Imagine — estarei de volta aos Estados Unidos assim que pisar a bordo. Comida americana, gente americana, e vou poder pagar as bebidas em dólares, e acompanhar as corridas de cavalos — querido, me entristece que não voltemos a nos ver, pois seu silêncio me faz supor que ainda não quer me encontrar, então não se preocupe mais com o assunto. Pode me considerar coisa do passado.

Claro, ainda espero que voltemos a nos ver, nos Estados Unidos ou em qualquer outro lugar. Se por acaso sentir uma vontade súbita de visitar Mongibello antes do dia 28, sabe muito bem que será bem-vindo.

Como sempre,
Marge

P.S.: Não sei sequer se ainda está em Roma.

Tom podia imaginar Marge chorando ao escrever tais palavras. Teve o impulso de lhe enviar uma carta muito atenciosa, dizendo que havia acabado de voltar da Grécia e perguntando se ela não tinha recebido seus cartões-postais. Contudo, achou que seria mais seguro deixá-la partir sem ter certeza sobre o paradeiro dele. Não lhe escreveu nada.

A única coisa que o deixava preocupado — uma coisa, aliás, não muito difícil de acontecer — era a possibilidade de Marge procurá-lo em Roma antes que ele se tivesse se instalado num apartamento. Se percorresse os hotéis atrás dele enquanto estivesse hospedado em um, ela fatalmente o encontraria, o que não ocorreria se ele já estivesse em um apartamento. Americanos abastados não tinham de informar seus locais de residência à *questura*, embora, de acordo com o estipulado em Permesso di Soggiorno, os estrangeiros devessem registrar todas as suas mudanças de endereço à polícia. Tom havia conversado com um americano que tinha um apartamento em Roma, este lhe dissera que jamais se preocupava com a *questura* e a *questura* jamais se preocupava com ele. Tom tinha várias roupas suas penduradas no armário para o caso de Marge aparecer de repente. A única mudança física que efetuara em si mesmo era o cabelo, o que sempre podia ser explicado como um efeito do sol. Na verdade, ele não estava preocupado. Primeiro, Tom tinha se divertido usando um lápis de sobrancelha — as sobrancelhas de Dickie eram mais longas e arrebitadas nas pontas — e aplicando um pouco de massa de vidraceiro à ponta do nariz, para torná-lo mais longo e pontudo, mas abandonou esses recursos, por achar que seriam fáceis de notar. A coisa mais importante em uma imitação, acreditava Tom, era reproduzir o humor e o temperamento do imitado e assumir as expressões faciais que os acompanhava. O resto ia se encaixando.

No dia 10 de janeiro, Tom escreveu para Marge dizendo que estava de volta a Roma após três semanas sozinho em Paris, que Tom fora embora de Roma um mês antes, dizendo que iria a Paris e dali para os Estados Unidos, embora não tivesse se encontrado com Tom em Paris, e também lhe disse que não havia encontrado um apartamento em Roma, mas estava procurando e daria a ela seu novo endereço assim que o tivesse. Agradeceu-lhe de forma extravagante pelo presente de Natal que ela enviara: o suéter branco com listras vermelhas em V que ela estivera tricotando e fazendo Dickie experimentar desde outubro, assim como um livro ilustrado sobre a pintura do *Quattrocento* e um conjunto de barbear num estojo de couro com suas iniciais, H. R. G., na tampa. A remessa só havia chegado no dia 6 de janeiro, e esse era o principal motivo para a carta de Tom: não queria que ela pensasse que não a tinha recebido, pois nesse caso Marge poderia achar que ele desaparecera e, então, talvez começasse a procurar por ele. Na carta, Tom perguntou se ela recebera o presente enviado por ele. Disse que o tinha remetido de Paris, talvez tarde demais. Pediu desculpas. Escreveu:

> Voltei a pintar com Di Massimo e estou razoavelmente satisfeito. Também sinto sua falta, mas, se você puder ter um pouco mais de paciência com meu experimento, prefiro ficar sem vê-la por mais algumas semanas (a menos que, de fato, volte de repente para casa em fevereiro, coisa de que duvido muito!), e após esse período você talvez nem queira mais me ver. Mande lembranças a Giorgio e sua esposa, e a Fausto se ele ainda estiver aí, e a Pietro lá nas docas...

Era uma carta no tom distraído e vagamente lúgubre que caracterizava todas as cartas de Dickie, uma que não podia ser chamada de calorosa nem de fria e que não dizia essencialmente nada.

Na verdade, ele encontrara um apartamento em um grande prédio residencial na Via Imperiale, perto da Porta Pinciana, e assinara um contrato de aluguel por um ano, embora não tivesse intenção de passar o tempo todo em Roma, muito menos o inverno. Queria apenas ter um lar, uma base em algum lugar, após anos sem ter nada parecido com isso. E Roma era chique. Roma era parte de sua nova vida. Ele queria poder dizer em Majorca ou Atenas, ou no Cairo, ou onde quer que estivesse: "Sim, moro em Roma. Mantenho um apartamento lá." "Manter" era a palavra que se usava em relação a apartamentos no *high society* internacional. Pessoas elegantes mantêm apartamentos na Europa assim como outras mantêm garagens nos Estados Unidos. Tom também queria que seu apartamento fosse elegante, embora pretendesse receber o mínimo possível de visitantes, e odiava a ideia de ter um telefone, mesmo que o número não constasse na lista telefônica, mas decidiu que era mais uma medida de segurança do que uma ameaça, por isso acabou instalando uma linha. O apartamento tinha uma sala de estar espaçosa, um quarto, uma espécie de sala de visitas, uma cozinha e um banheiro. A mobília era um tanto floreada, mas combinava com a natureza respeitável do bairro e também com a vida respeitável que ele pretendia levar. O aluguel era o equivalente a 175 dólares por mês no inverno, incluindo o aquecimento, e 125 no verão.

Marge respondeu com uma carta embevecida contando que acabara de receber uma linda blusa de seda de Paris, que ela não estava esperando *mesmo* e que servira perfeitamente. Contou ainda que recebera Fausto e os Cecchi para a ceia de Natal na casa dela, e o peru assado ficou incrível, com castanhas cristalizadas e molho de miúdos e pudim de ameixa e blá-blá-blá e não faltou nada exceto *ele*. E o que ele andava fazendo e no que andava pensando? Estava mais feliz? E também lhe disse que Fausto estava indo para Milão e gostaria de lhe fazer uma visita no caminho, se Dickie lhe mandasse seu endereço nos próximos dias, ou então deixasse uma mensagem para Fausto na American Express dizendo onde podia encontrá-lo.

Tom deduziu que Marge estivesse de bom humor por acreditar que Tom havia partido de Paris para os Estados Unidos. Junto com a carta de Marge veio outra, a do Signor Pucci, dizendo que vendera três peças de mobília por 115 mil liras em Nápoles e que havia encontrado um possível comprador para o barco, um tal Anastasio Martino, de Mongibello, que se comprometera em dar uma entrada dali a uma semana, mas a casa provavelmente só seria vendida no verão, quando os americanos começassem a aparecer de novo. Tirando os quinze por cento da comissão do Signor Pucci, a venda da mobília renderia 210 dólares, e, para celebrar o lucro, Tom foi a um clube noturno romano e pediu um jantar soberbo que comeu em elegante solidão à luz de velas a uma mesa para dois. Não se importava nem um pouco em sair sozinho. Assim, podia se concentrar apenas em ser Dickie Greenleaf. Partiu seu pedaço de pão como Dickie fazia, enfiou o garfo na boca com a mão esquerda como Dickie fazia e em certo momento ficou contemplando as outras mesas e as dançarinas num transe tão profundo e benevolente que o garçom teve de chamá-lo duas vezes para conseguir sua atenção. Duas pessoas fizeram sinal para ele de uma mesa vizinha, e Tom as reconheceu como um dos casais americanos que conhecera na véspera de Natal em Paris. Respondeu-lhes com um gesto de saudação. Lembrava-se até do sobrenome deles: Souders. Não voltou a olhar para eles, mas o casal terminou de jantar antes de Tom e foi até sua mesa cumprimentá-lo.

— Jantando sozinho? — questionou o homem, que parecia meio grogue.

— Sim. Uma vez por ano, tenho um encontro comigo mesmo aqui — respondeu Tom. — Venho comemorar uma certa data.

O americano assentiu, com expressão vazia, e Tom percebeu que ele procurava algo inteligente para dizer, mas estava bloqueado e inquieto, como ficava qualquer americano de cidade pequena diante de uma combinação de atitude cosmopolita, sobriedade, dinheiro e roupas elegantes, mesmo quando a pessoa vestida em tais roupas era outro americano.

— Você disse que estava morando em Roma, não? — perguntou a esposa. — Sabe, acho que esquecemos seu nome, mas nos lembramos muito bem de você, da ceia de Natal.

— Greenleaf. Richard Greenleaf.

— Ah, *sim*! — disse ela, aliviada. — Você tem um apartamento aqui?

Ela já estava pronta para decorar o endereço dele.

— Estou hospedado num hotel por enquanto, mas pretendo me mudar para um apartamento assim que a decoração estiver pronta. Estou no Elisio. Por que não me telefonam?

— Nós adoraríamos. Iremos para Majorca daqui a três dias, mas ainda temos bastante tempo!

— Foi um prazer vê-los — disse Tom. — *Buona sera!*

Novamente a sós, Tom voltou a seus devaneios. Tinha que abrir uma conta em nome de Tom Ripley, pensou, e de tempos em tempos depositar uns 100 dólares nela. Dickie Greenleaf tinha duas contas bancárias, uma em Nápoles e outra em Nova York, e em cada uma havia cerca de 5 mil dólares. Uns 2 mil seriam o bastante para abrir a conta de Ripley e em seguida ele poderia depositar nela as 150 mil liras da mobília vendida em Mongibello. Afinal, agora ele tinha que cuidar de duas pessoas.

15

Ele visitou o Capitolino e a Villa Borghese, explorou o Fórum de ponta a ponta e teve seis lições de italiano com um idoso que morava no bairro, que tinha uma placa anunciando aulas particulares na janela, e a quem Tom deu um nome falso. Após a sexta lição, achou que seu italiano já estava tão bom quanto o de Dickie. Recordava-se de várias frases que Dickie lhe dissera e que agora ele sabia estarem incorretas. Por exemplo, "*Ho paura che non c'è arrivata, Giorgio*", frase que Dickie dissera tarde da noite no Giorgio's, após esperarem algumas horas por Marge. O correto era "*sia arrivata*", no subjuntivo após uma expressão de receio. Dickie sempre usara o subjuntivo com muito menos frequência do que a gramática italiana exigia. Tom diligentemente evitou aprender os usos corretos do subjuntivo.

Tom comprou veludo vermelho-escuro para as novas cortinas da sala de estar, pois as originais do apartamento o ofendiam. Quando perguntou à Signora Buffi, esposa do síndico, se ela conhecia uma costureira que pudesse fazer as cortinas, ela se ofereceu para fazê-las. Custariam 2 mil liras, pouco mais de 3 dólares. Tom a obrigou a aceitar 5 mil. Comprou várias miudezas para embelezar o apartamento, embora jamais convidasse ninguém para visitá-lo — com a exceção de um jovem americano, atraente, mas não muito esperto, que conheceu no café Greco e que lhe perguntara como ir dali até o Hotel

Excelsior. O Excelsior ficava no caminho para o apartamento de Tom, por isso ele o convidou para subir e tomar um drinque. Queria apenas impressioná-lo por uma hora e depois se despedir para sempre, e foi exatamente o que fez, após lhe servir uma dose de seu melhor conhaque e passear pelo apartamento discorrendo sobre os prazeres de morar em Roma. O jovem partiria para Munique no dia seguinte.

Tom cuidadosamente evitava os americanos que moravam em Roma, pois poderiam esperar que ele frequentasse suas festas ou que os convidasse a visitá-lo, embora adorasse conversar com americanos e italianos no café Greco e nos restaurantes estudantis da Via Margutta. Disse seu nome apenas para um pintor italiano chamado Carlino, que conheceu em uma taverna na Via Margutta, também lhe disse que pintava e que estava estudando com um pintor chamado Di Massimo. Se a polícia um dia investigasse as atividades de Dickie em Roma — talvez muito tempo depois que Dickie desaparecesse e se transformasse em Tom Ripley de novo —, haveria pelo menos aquele pintor italiano para testemunhar que Dickie Greenleaf estivera pintando em Roma em janeiro. Carlino jamais ouvira falar de Di Massimo, mas Tom o descreveu de forma tão vívida que ele provavelmente jamais o esqueceria.

Sentia-se sozinho, mas nem um pouco solitário. Era muito semelhante ao que sentira na véspera de Natal em Paris, um sentimento de que todos o observavam, como se ele tivesse uma audiência formada pelo mundo inteiro, e esse sentimento o mantinha sempre alerta, pois cometer um erro seria catastrófico. Ainda assim, ele tinha plena confiança de que não cometeria nenhum erro. Isso conferia à sua existência uma peculiar e deliciosa atmosfera de pureza, provavelmente, pensava Tom, a mesma sensação que um bom ator experimentava ao interpretar um papel importante no palco, com a convicção de que ninguém poderia se sair melhor naquele papel. Ele era ele mesmo e ainda assim era outro. Sentia-se livre e sem culpa, apesar do fato de que controlava conscientemente cada movimento que fazia. Mas agora já não se sentia cansado após várias horas de interpretação, como ocorrera no início. Não precisava relaxar quando estava sozinho. Agora, desde o instante em que saía da cama e ia escovar os dentes, ele era Dickie, segurando a escova com o cotovelo empinado, era Dickie girando a casca de ovo na colher para a última mordida. Dickie invariavelmente devolvendo a primeira gravata que pegara do cabide e escolhendo uma segunda. Chegou até a fazer uma pintura no estilo de Dickie.

Janeiro estava chegando ao fim, e Tom calculou que Fausto decerto já viera a Roma e já partira, embora as últimas cartas de Marge não o mencionassem. Ela escrevia geralmente uma vez por semana, aos cuidados da American Express. Perguntou-lhe se ele precisava de meias ou de um cachecol, pois estava com tempo de sobra para tricotar, além de trabalhar em seu livro. Nas cartas, sempre incluía alguma anedota engraçada sobre um conhecido deles na aldeia, só para que Dickie não pensasse que ela estava sofrendo feito uma condenada, embora obviamente estivesse, e também era óbvio que ela não voltaria para os Estados Unidos em fevereiro sem fazer pelo menos mais uma tentativa desesperada de encontrá-lo, pensou Tom, daí as investidas das longas cartas e as meias e o cachecol de tricô que Tom com certeza sabia que estavam a caminho, embora não houvesse respondido às últimas cartas. As cartas dela o repugnavam. Sentia asco até de tocar nelas, e, após dar uma olhada, jogava-as no lixo.

Finalmente, ele escreveu:

> Por enquanto deixei de lado a ideia de um apartamento em Roma. Di Massimo vai passar vários meses na Sicília, e talvez eu o acompanhe e dali vá para outro lugar. Meus planos são vagos, mas têm a virtude da liberdade e se ajustam ao meu presente estado de espírito.

Não me envie meias, Marge. Realmente não estou precisando de nada. Desejo-lhe muita sorte com "Mongibello".

Tinha uma passagem para Majorca — de trem até Nápoles, depois de barco entre Nápoles e Palma, durante a noite de 31 de janeiro e 1º de fevereiro. Também comprara duas malas novas na Gucci, a melhor loja de artigos de couro em Roma — uma delas era grande e macia, feita de couro de antílope, e a outra, uma simples e elegante mala de lona marrom com tiras de couro. Ambas tinham as iniciais de Dickie. Ele jogara fora a mais puída das suas malas e guardara a outra em um armário no apartamento, após enchê-la com suas roupas, para o caso de uma emergência. Mas Tom não esperava emergência alguma. O barco afundado em San Remo nunca fora encontrado. Tom vasculhava os jornais todos os dias em busca de alguma notícia.

Certa manhã, enquanto Tom arrumava as malas, o interfone tocou. Imaginou que fosse algum vendedor, ou um pedinte, ou engano. Não havia nome no interfone — ele dissera ao síndico que não queria pôr seu nome em lugar algum porque não desejava visitas inesperadas. A campainha tocou de novo e Tom mais uma vez a ignorou, prosseguindo com a lânguida arrumação de malas. Adorava arrumá-las e fazia isso bem devagar, levando às vezes um dia inteiro ou até dois, depositando afetuosamente as roupas de Dickie nas malas, às vezes experimentando na frente do espelho um casaco ou uma camisa especialmente bonita. Agora estava parado em frente ao espelho, abotoando uma camisa com estampa de cavalo-marinho — uma camisa de Dickie que ele nunca havia usado — quando alguém bateu na porta.

Passou pela sua cabeça que talvez fosse Fausto, que seria bem típico de Fausto rastreá-lo em Roma e tentar lhe fazer uma surpresa. Que coisa boba, disse Tom a si mesmo. Mas, quando se aproximou da porta, suas mãos estavam úmidas de suor. Sentia-se tonto e o absurdo de sua própria tontura, combinado com o perigo de desmaiar e depois ser encontrado no chão, sem consciência, fez com que desse uma puxada brusca na porta, com ambas as mãos, embora a abrisse apenas alguns centímetros.

— Oi! — disse a voz americana na semiescuridão do corredor. — Dickie? Sou eu, Freddie.

Tom recuou um passo, segurando a porta aberta.

— Ele... Não quer entrar? Ele não está aqui agora. Deve voltar mais tarde.

Freddie Miles entrou, olhando ao redor. Seu rosto feio e sardento virou-se em todas as direções, com a boca semiaberta. Como será que ele havia descoberto o endereço, perguntou-se Tom. Tirou depressa os anéis e enfiou-os no bolso. O que mais devia esconder? Lançou um olhar pela sala.

— Você está hospedado com ele? — perguntou Freddie com aquele olhar estrábico que lhe dava uma aparência idiota e um tanto assustada.

— Ah, não. Só vou ficar aqui por algumas horas — explicou Tom, casualmente tirando a camisa com os cavalos-marinhos. Estava usando outra camisa por baixo. — Dickie saiu para almoçar. No Otello, acho que ele disse. Deve estar de volta lá pelas três, no máximo. — Tom deduziu o que havia acontecido: um dos Buffi deixara Freddie entrar, dissera-lhe qual campainha apertar e também que o Signor Greenleaf estava em casa. Freddie provavelmente lhes dissera que era um velho amigo de Dickie. Agora Tom teria de levar Freddie para fora do prédio sem topar com a Signora Buffi no térreo, pois ela sempre exclamava ao vê-lo: "*Buon giorno*, Signor Greenleaf!"

— Conheci você em Mongibello, não foi? Você é o Tom, certo? Achei que fosse nos encontrar em Cortina.

— Não consegui, mas muito obrigado. Como foram as coisas em Cortina?

— Ah, ótimas. O que houve com Dickie?

— Ele não lhe escreveu? Dickie decidiu passar o inverno em Roma. Ele me disse que ia escrever para você.

— Nenhuma palavra, nada. A menos que tenha mandado uma carta para Florença. Mas eu estava em Salzburgo e ele tinha meu endereço. — Freddie meio que se sentou na mesa de Tom, amarfanhando a tira de seda verde. Sorriu. — Marge me disse que ele tinha se mudado para Roma, mas ela não soube me dar nenhum endereço, exceto a American Express. Só encontrei este apartamento porque tive uma sorte inacreditável. Noite passada, no Greco, topei com alguém que, por acaso, sabia o endereço de Dickie. Que ideia é essa de...

— Quem? — perguntou Tom. — Um americano?

— Não, um italiano. Um rapaz bem jovem. — Freddie estava olhando para os sapatos de Tom. — Você está usando o mesmo tipo de sapatos que Dickie e eu usamos. São firmes como ferro, não são? Comprei os meus em Londres, oito anos atrás.

Eram os sapatos marrons de Dickie.

— Estes vieram dos Estados Unidos — disse Tom. — Posso lhe oferecer um drinque? Ou prefere encontrar Dickie no Otello? Sabe onde fica? Não faz muito sentido você esperar aqui, porque ele costuma almoçar até as três. E eu vou sair daqui a pouco.

Freddie havia caminhado casualmente até o quarto e ali parou, olhando as malas sobre a cama.

— Dickie vai viajar ou acabou de chegar? — quis saber Freddie, virando-se.

— Vai viajar. Marge não lhe contou? Ele vai passar um tempo na Sicília.

— Quando?

— Amanhã. Ou hoje à noite, não tenho certeza.

— Me diz uma coisa, o que deu no Dickie ultimamente? — perguntou Freddie, franzindo o cenho. — De onde veio essa ideia de ficar isolado?

— Ele disse que tem trabalhado demais desde o início do inverno — explicou Tom com voz descontraída. — Acho que quer um pouco de privacidade, mas, até onde sei, está de bem com todo mundo, inclusive Marge.

Freddie sorriu de novo, desabotoando o casaco polo.

— Ele e eu não vamos continuar de bem se ele me der bolo de novo. Tem certeza de que Dickie está de bem com a Marge? Tive a impressão de que os dois se desentenderam. Achei que esse fosse o motivo para não terem ido a Cortina. — Freddie fitou-o, com expectativa.

— Não que eu saiba.

Tom foi ao armário pegar o paletó para que Freddie entendesse que queria sair, mas então percebeu, em cima da hora, que Freddie talvez já tivesse visto aquele conjunto de Dickie e, nesse caso, poderia reconhecer o terno de flanela cinza. Tom desviou a mão e pegou um de seus paletós e seu sobretudo, que estavam pendurados na extremidade esquerda do armário. Os ombros do sobretudo estavam marcados, como se estivesse pendurado no cabide fazia semanas — o que era verdade. Tom se virou e viu Freddie olhando fixamente o bracelete de prata em seu pulso esquerdo. Era o bracelete de Dickie, que Tom nunca o vira usando, mas que encontrara no porta-joias dele. Freddie olhava o bracelete como se o tivesse visto antes. Tom vestiu o sobretudo, com ar casual.

Freddie agora o olhava com uma expressão diferente, com certa surpresa. Tom sabia o que Freddie estava pensando. Empertigou-se, pressentindo perigo. Você ainda não está a salvo, disse a si mesmo. Você ainda não saiu do prédio.

— Já está indo? — perguntou Tom.

— Você está mesmo morando aqui, não está?

— Não! — protestou Tom, sorrindo. Aquele rosto feio e manchado de sardas o fitava sob a desgrenhada cobertura de cabelos ruivos. *Só precisamos sair sem topar com a Signora Buffi*, pensou Tom. — Vamos.

— Dickie cobriu você com todas as joias dele, pelo que vejo.

Tom não conseguiu pensar em uma única coisa para dizer, uma única piada a fazer.

— Ah, ele me emprestou — disse Tom em seu timbre mais grave. — Dickie se cansou de usar, então me disse para ficar com isso por um tempo.

Estava se referindo ao bracelete, mas também havia o grampo prateado na gravata com a letra G. Fora Tom quem comprara o grampo. Agora dava para sentir a beligerância crescendo em Freddie Miles, como se aquele corpanzil gerasse uma espécie de calor que se projetava até o outro lado do cômodo. Freddie era o tipo de grosseirão que não se importaria em dar uma surra em alguém apenas por achar que o sujeito fosse maricas se as circunstâncias fossem propícias, como eram naquele momento. Tom tinha medo daqueles olhos.

— Sim, já estou indo — disse em voz soturna, levantando-se. Foi até a porta e se virou com um giro brusco dos ombros largos. — Esse restaurante é o Otello perto do Inghilterra?

— Sim. Ele disse que estaria lá por volta da uma.

Freddie assentiu.

— Foi um prazer vê-lo de novo — disse em voz antipática e fechou a porta.

Tom xingou num sussurro. Entreabriu a porta e ficou escutando o rápido *tap-tap-tap* dos sapatos de Freddie descendo as escadas. Queria se certificar de que ele iria embora sem falar com os Buffi novamente. Então ouviu Freddie dizendo:

— *Buon giorno, signora.*

Tom se debruçou no poço da escadaria. Três andares abaixo, viu a manga do casaco de Freddie. Estava conversando em italiano com a Signora Buffi. A voz da mulher soava mais nítida.

— ... só o Signor Greenleaf — estava ela dizendo. — Não, não, só um. Signor Chi?... Não, *signor*... Acho que ele não saiu hoje, nenhuma vez, mas posso estar enganada! — Ela riu.

Tom fechou as mãos no corrimão e o apertou como se fosse o pescoço de Freddie. Então ouviu os passos de Freddie correndo escadas acima. Tom voltou ao apartamento e fechou a porta. Poderia continuar insistindo que não morava lá, que Dickie estava no Otello ou que não sabia onde Dickie estava, mas Freddie não se daria por satisfeito até encontrar Dickie. Ou Freddie o arrastaria escada abaixo e perguntaria a Signora Buffi quem ele era.

Freddie bateu na porta. A maçaneta girou. Estava trancada. Tom pegou um pesado cinzeiro de vidro. Não conseguia agarrá-lo inteiro, por isso teve de segurá-lo pela borda. Tentou pensar por apenas mais dois segundos: não havia outra saída? O que faria com o corpo? Não conseguia pensar. Essa era a única saída. Abriu a porta com a mão esquerda. A mão direita, que segurava o cinzeiro, estava baixada, às costas.

Freddie entrou na sala.

— Escuta aqui, pode por favor me explicar...

A borda curva do cinzeiro o atingiu no meio da testa. Freddie pareceu desorientado. Então seus joelhos se dobraram e ele caiu como um touro acertado por um martelo entre os olhos. Tom fechou a porta com um chute. Acertou a borda do cinzeiro na nuca de Freddie. Golpeou o pescoço mais uma, duas vezes, horrorizado com a possibilidade de que Freddie estivesse apenas fingindo e que um de seus braços enormes de repente lhe agarrasse as pernas e o derrubasse no chão. Tom lhe desferiu um golpe diagonal na cabeça e o sangue brotou. Tom xingou e correu até o banheiro, pegou uma toalha e colocou-a sob a cabeça de Freddie. Depois segurou o pulso dele. Ainda havia uma pulsação, mas muito fraca, que parecia esmorecer sob seu toque, como se a pressão de seus dedos a detivesse. Então ela parou. Tom aguçou os ouvidos, atento a qualquer som lá fora. Imaginou a Signora Buffi atrás da porta, com aquele sorriso hesitante que sempre esboçava quando julgava estar interrompendo alguma coisa. Mas não havia som algum. Tampouco no apartamento houvera qualquer barulho alto, nem por causa do cinzeiro nem pela queda de Freddie, pensou Tom. Olhou a forma montanhosa de Freddie no chão e foi invadido por uma súbita repugnância e uma sensação de desamparo.

Era só meio-dia e quarenta, faltavam horas para escurecer. Tom se perguntou se haveria gente esperando por Freddie em algum lugar. Talvez em um carro, ali embaixo? Revirou os bolsos de Freddie. Uma carteira. O passaporte americano no bolso interno do sobretudo. Algumas moedas italianas e de outros países. Um porta-chaves. Havia duas chaves de carro num chaveiro onde se lia FIAT. Tom vasculhou a carteira em busca da matrícula do automóvel. Lá estava ela, com todos os pormenores: FIAT 1400 nero — conversível — 1955. Poderia encontrá-lo se estivesse na vizinhança. Vasculhou cada bolso e os bolsos do colete bege, em busca de algum tíquete de garagem, mas não encontrou. Foi até a janela da frente, então quase sorriu, pois agora tudo parecia tão simples: lá estava o conversível preto do outro lado da rua, quase na frente do prédio. Não podia ter certeza, mas achava que não havia ninguém no carro.

De repente, soube o que fazer. Começou a arrumar a sala, pegando as garrafas de gim e vermute da cristaleira de bebidas — depois pensou melhor e pegou o Pernod, porque tinha um cheiro muito mais forte. Pôs as garrafas na mesa comprida e preparou um martíni em um copo alto com dois cubos de gelo, bebeu um pouco para deixar o vidro marcado, depois verteu um pouco da bebida em outro copo, levou-o até Freddie e pressionou seus dedos moles no vidro, para em seguida trazê-lo de volta à mesa. Olhou a ferida e descobriu que parara de sangrar ou estava parando e o sangue não tinha atravessado a toalha nem pingado no chão. Apoiou o corpo de Freddie contra a parede e verteu um pouco de gim puro da garrafa em sua boca. A bebida não desceu muito bem e a maior parte escorreu no peito da camisa, mas Tom não achava que a polícia italiana fosse mesmo fazer um teste de sangue para saber quão bêbado Freddie estivera. Em um momento de distração, Tom deixou que seu olhar pousasse no rosto amolecido e disforme de Freddie, mas seu estômago se contraiu numa náusea e ele desviou depressa o olhar. Não devia fazer isso de novo. Sua cabeça começara a retinir como se fosse desmaiar.

Isso, sim, é que seria ótimo, pensou Tom, cambaleando pela sala, em direção à janela, *desmaiar numa hora dessas!* Franziu o cenho fitando o carro preto ali embaixo e inspirou profundamente o ar fresco. Não iria desmaiar, disse a si mesmo. Sabia exatamente o que fazer. No último instante, umas doses de Pernod, para ambos. E os cinzeiros tinham de estar cheios. Freddie fumava Chesterfields. Depois, a Via Ápia. Um daqueles lugares escuros atrás das tumbas. Havia longos trechos da Via Ápia sem qualquer iluminação. O corpo de Freddie seria encontrado sem a carteira. Objetivo: roubo.

Ainda tinha horas pela frente, mas não parou até que a sala estivesse pronta, acendendo mais ou menos uma dúzia de Chesterfields e ainda uma dúzia de Lucky Strikes, deixando-os queimar até o filtro e espetando-os nos cinzeiros, e também quebrou um copo de Pernod nas lajotas do banheiro e limpou só metade dos cacos, e o mais curioso de tudo era que, enquanto montava esse cenário cuidadosamente, imaginava ter ainda horas e horas para limpar tudo — digamos, entre as nove daquela noite, quando o corpo talvez fosse encontrado, e a meia-noite, quando a polícia talvez resolvesse interrogá-lo, porque alguém podia saber que Freddie Miles tinha ido visitar Dickie Greenleaf — e ele sabia que teria limpado tudo até as oito, pois, de acordo com a história que iria contar, Freddie teria saído de seu apartamento às sete (e, de fato, Freddie iria sair dali às sete), e Dickie Greenleaf era um jovem muito asseado, mesmo depois de tomar uns drinques. Mas o sentido de bagunçar a casa era que a bagunça meramente confirmava para ele mesmo a história que iria contar e na qual, portanto, ele próprio tinha de acreditar.

E, de qualquer maneira, ele partiria para Nápoles e Palma às dez e meia da manhã seguinte, a menos que, por alguma razão, a polícia o detivesse. Se no dia seguinte ele lesse no jornal que o corpo fora encontrado e se até então a polícia não tivesse entrado em contato com ele, a coisa mais decente a se fazer, pensou Tom, seria procurar as autoridades voluntariamente e lhes informar que Freddie Miles estivera em sua casa até o fim da tarde. Mas de repente lhe ocorreu que um legista talvez revelasse à polícia que Freddie estivera morto desde o meio-dia. E ele não podia tirar Freddie do prédio agora, não em plena luz do dia. Não, sua única esperança era que o corpo passasse várias horas sem ser encontrado, de forma que nenhum legista pudesse dizer com certeza há quanto tempo estava morto. E tinha de tentar sair do prédio sem que *ninguém* o visse — ainda que conseguisse carregar o corpo como se Freddie estivesse bêbado e desmaiado —, de forma que, se fosse preciso fazer alguma declaração, poderia dizer que ele saíra do prédio por volta das cinco da tarde.

A necessidade de esperar cinco ou seis horas até o anoitecer o apavorava de tal maneira que, por alguns momentos, achou que *não conseguiria* esperar. Aquela montanha no chão! E, na verdade, nem quisera matá-lo. Aquilo foi tão desnecessário. Freddie e suas suspeitas fétidas e imundas. Tom estava tremendo, sentado na beirada da cadeira, estalando os nós dos dedos. Queria sair para dar uma caminhada, mas temia deixar o corpo ali no chão. Tinha de haver algum barulho, é claro, se pretendia dizer que ele e Freddie passaram a tarde conversando e bebendo. Tom ligou o rádio e sintonizou-o numa estação que tocava música de discoteca. Poderia tomar um drinque, pelo menos. Isso fazia parte da encenação. Preparou mais dois martínis com gelo. Não estava com vontade alguma, mas mesmo assim bebeu.

O gim apenas intensificou os pensamentos que já tinha. Ficou de pé olhando o corpanzil pesado de Freddie com casaco polo amarfanhado por baixo do tronco, pois Tom não tivera energia para endireitá-lo, embora a visão o incomodasse, e agora pensava em como aquela morte fora triste, estúpida, atrapalhada, perigosa, desnecessária, além de ser uma brutal injustiça com Freddie. Claro, também era possível detestar Freddie pelo que acontecera. Um imbecil egoísta e estúpido que desprezara um de seus melhores amigos — Dickie com certeza era um de seus melhores amigos — só por suspeitar que tinha um desvio sexual. Tom riu da própria expressão: "desvio sexual". Onde estava o sexo? Onde estava o desvio? Olhou para Freddie e disse em voz baixa e amarga:

— Freddie Miles, você é uma vítima da própria mente suja.

16

Tom acabou esperando até as oito, porque sempre havia mais gente entrando e saindo do prédio por volta das sete horas do que em qualquer outro período do dia. Às sete e cinquenta, desceu as escadas para se certificar de que a Signora Buffi não estava perambulando no térreo e a porta da casa dela não estava aberta, além de se assegurar de que não havia ninguém no carro de Freddie, embora já tivesse descido no meio da tarde para dar uma olhada no carro e ver se era mesmo de Freddie. Jogou o casaco polo de Freddie no banco de trás. Subiu as escadas, ajoelhou-se, puxou o braço de Freddie ao redor do próprio pescoço, apertou os dentes para aguentar o esforço e levantou o corpo do chão. Cambaleou, dando um puxão na carcaça flácida a fim de redistribuir o peso em cima do ombro. Já tinha levantado Freddie antes naquela tarde só para ver se era possível, mas se sentira incapaz de dar dois passos pela sala com o peso pressionando seus pés contra o chão, e Freddie continuava exatamente com o mesmo peso, mas a diferença era que agora Tom sabia que teria de carregá-lo até a rua. Deixou que os pés de Freddie se arrastassem pelo chão para aliviar um pouco do peso, conseguiu fechar a porta do apartamento com o cotovelo, então começou a descer as escadas. Na metade do primeiro lance, deteve-se ao escutar alguém sair do apartamento no segundo andar. Esperou até que a pessoa tivesse descido as escadas e saído pela porta da frente, então recomeçou a descida lenta e sacolejante. Tom enfiara um chapéu de Dickie na cabeça de Freddie para esconder os cabelos ensanguentados. Com uma mistura de gim e Pernod, que bebera ao longo da última meia hora, Tom pusera-se num nível de embriaguez rigorosamente calculado, um estado em que, segundo sua previsão, poderia se mover com uma certa leveza e descontração e, ao mesmo tempo, ser corajoso ou temerário o bastante para assumir riscos sem pestanejar. O primeiro risco, a pior coisa que poderia lhe acontecer, era simplesmente desabar sob o peso de Freddie antes que chegasse ao carro. Tom havia jurado que não pararia para descansar enquanto descia as escadas. E não parou. E ninguém saiu de nenhum dos apartamentos nem entrou pela portaria. Ao longo das horas passadas no apartamento, Tom havia pensado de forma tão tortuosa em todas as coisas que poderiam acontecer — imaginou a Signora Buffi ou o marido saindo do apartamento bem na hora em que ele descia o último degrau e desmaiava, de forma que ele e Freddie acabavam encontrados juntos, atirados nas escadas, ou talvez ele simplesmente não conseguisse reerguer Freddie se o colocasse no chão para poder descansar —, e imaginou todas essas coisas com tanta intensidade, contorcendo-se na sala do apartamento, que, ao descer as escadas, sem que nada do que havia imaginado acontecesse, sentiu-se deslizar sob algum tipo de proteção mágica, movendo-se com desembaraço apesar do peso morto sobre o ombro.

Olhou pelo vidro das duas portas principais. A rua parecia normal: um homem estava caminhando na outra calçada, mas sempre havia alguém caminhando em alguma das calçadas. Tom abriu uma das portas, chutou-a para o lado e arrastou os pés de Freddie pelo umbral. Entre as duas portas, transferiu Freddie de um ombro para o outro, passando a cabeça por baixo do corpo de Freddie, e por um segundo se sentiu orgulhoso da própria força, até que uma dor estonteante se espalhou pelo braço que acabara de livrar. O braço estava cansado demais até para envolver o corpo de Freddie. Tom apertou ainda mais os dentes e cambaleou pelos quatro degraus da fachada, batendo o quadril contra o pilar do corrimão.

Um homem que vinha em sua direção desacelerou o passo como se fosse parar, mas seguiu andando.

Tom decidiu que, se alguém o abordasse, soltaria um bafo de Pernod tão forte que não haveria motivo para questionamentos. Malditos, malditos, malditos, malditos sejam todos eles, disse Tom para si mesmo enquanto descia o meio-fio, aos solavancos. Transeuntes, inocentes transeuntes. Quatro deles agora. Mas Tom teve a impressão de que só dois o notaram, olhando-o brevemente. Fez uma pausa para deixar um carro passar. Então, avançou com passos rápidos, ergueu o cadáver e enfiou a cabeça e o ombro de Freddie pela janela do carro, o bastante para conseguir equilibrar a carcaça com seu próprio corpo e recuperar o fôlego. Olhou ao redor, sob o clarão da lâmpada no outro lado da rua, perscrutando as sombras do seu prédio.

Naquele instante, o filho mais novo dos Buffi saiu pela portaria e desceu a calçada sem olhar na direção de Tom. Então um homem que vinha cruzando a rua passou a cerca de um metro do carro lançando apenas um olhar breve e vagamente surpreso para a figura encurvada de Freddie, que aos olhos de Tom já parecia quase natural, praticamente como se Freddie estivesse somente debruçado na janela para conversar com alguém, mas a verdade era que a cena não era *nem um pouco* natural, e Tom sabia disso. Mas essa era a vantagem da Europa, pensou. Ninguém ajudava ninguém, ninguém pedia favor algum. Se estivessem nos Estados Unidos…

— Querem alguma ajuda? — perguntou uma voz em italiano.

— Ah, *no, no, grazie* — respondeu Tom com a jovialidade típica de bêbado. — Sei onde ele mora — acrescentou em inglês, num murmúrio.

O homem assentiu, sorrindo um pouco também, e seguiu adiante. Um homem alto e magro em um sobretudo fino, sem chapéu, com bigode. Tom esperava que o estranho esquecesse o que vira. Ou que esquecesse o carro.

Tom puxou o cadáver com força, rodeou a porta com ele e colocou-o no assento do motorista, depois deu a volta no carro e puxou Freddie para o banco do carona. Então calçou as luvas de couro marrom que havia enfiado nos bolsos do sobretudo. Enfiou a chave na ignição. O carro deu a partida, obediente. Partiram. Desceram a colina até a Via Veneto, passando pela Biblioteca Americana, até a Piazza Venezia, depois passaram pela sacada de onde Mussolini costumava proferir seus discursos, pelo pantagruélico monumento a Vítor Emanuel, pelo Fórum e pelo Coliseu, um grande tour por Roma, que Freddie não pôde aproveitar nem um pouco. Era como se ele tivesse adormecido ao seu lado, como certas pessoas às vezes adormecem quando alguém está tentando lhes mostrar uma paisagem.

A Via Ápia Antiga se estendia à sua frente, cinzenta e vetusta à luz suave de suas infrequentes lâmpadas. Fragmentos de tumbas pretos se erguiam em ambos os lados da estrada, recortados contra o céu ainda não totalmente escuro. Havia mais trevas do que luz. E apenas um carro à frente, indo nessa direção. Poucas pessoas escolheriam dar uma volta em uma estrada lúgubre e esburacada como aquela num anoitecer de janeiro. Exceto talvez amantes. O carro que se aproximava passou por eles. Tom olhou ao redor, procurando um local adequado. Freddie merecia jazer atrás de um túmulo bonito, pensou. Havia um ponto mais à frente em que três ou quatro árvores ladeavam a estrada, e atrás delas com certeza havia uma tumba ou os restos de uma tumba. Tom estacionou fora da estrada, junto às árvores, e desligou os faróis. Esperou um instante, olhando para os dois lados da estrada reta e deserta.

Freddie continuava mole como um boneco de borracha. E aquela história de *rigor mortis* seria só lenda? Tom agora arrastava toscamente o corpo mole, arranhando o rosto de Freddie na terra, puxando-o para trás da última árvore e além do pequeno vestígio da tumba, que era apenas um arco de parede, meio quebrado, com menos de um metro e meio de altura, provavelmente o vestígio do túmulo de um patrício que, na opinião de Tom, era mais do que suficiente para aquele porco. Tom xingou aquele peso morto e chutou-o de repente no queixo. Estava cansado, tão cansado que tinha vontade de chorar: não aguentava mais olhar a cara de Freddie Miles e sentia que a hora de lhe dar as costas e ir embora nunca chegaria. E ainda havia o maldito casaco! Tom voltou ao carro para pegá-lo. Enquanto voltava ao carro, notou que o solo era duro e seco e tinha que ter cuidado para não deixar pegadas. Jogou o casaco ao lado do cadáver, virou-se depressa e caminhou até o carro, as pernas anestesiadas e titubeantes, então deu meia-volta com o carro e partiu em direção a Roma.

Enquanto dirigia, pôs o braço para fora da janela e esfregou a parte exterior da porta com a mão enluvada para apagar as impressões digitais, pois aquela era a única parte do carro em que tocara antes de calçar as luvas, ou pelo menos era o que pensava. Na rua que faz uma curva em direção à American Express, em frente à boate Florida, estacionou o carro e saiu, deixando as chaves no painel. A carteira de Freddie ainda estava em seu bolso, embora Tom já tivesse transferido o dinheiro italiano para a própria carteira, além de queimar uma nota de 20 francos suíços e alguns xelins austríacos no apartamento. Ele tirou a carteira do bolso e, ao passar por um bueiro, inclinou-se e jogou-a lá dentro.

Só havia duas coisas erradas, pensou enquanto voltava a pé para casa: ladrões teriam obviamente levado o casaco polo, porque era um belo casaco, e também o passaporte, que tinha ficado no bolso do sobretudo. Mas nem todos os assaltantes agem de forma lógica, ponderou, o que talvez se aplicasse especialmente aos ladrões italianos. E nem todos os assassinatos eram lógicos. Seus pensamentos ficavam voltando à conversa com Freddie... *Um italiano. Um rapaz bem jovem...*

Em algum momento, pensou Tom, alguém o seguira até em casa, pois ele não dissera *a ninguém* onde morava. Sentiu-se envergonhado. Talvez dois ou três entregadores soubessem onde morava, mas um entregador não frequentaria um lugar como o café Greco. Sentiu-se envergonhado e se encolheu dentro do sobretudo. Imaginou um rosto jovem, escuro e ofegante seguindo-o até o prédio, erguendo os olhos para ver qual janela se iluminaria depois que ele entrasse. Tom curvou as costas sob o sobretudo e acelerou o passo, como se estivesse fugindo de um perseguidor doentio e apaixonado.

17

Tom saiu antes das oito da manhã para comprar os jornais. Não havia nada. O corpo talvez só fosse encontrado dali a vários dias, pensou. Era improvável que alguém passasse por trás de um túmulo sem importância, como aquele atrás do qual escondera Freddie. Tom se convenceu de que estava seguro, mas fisicamente se sentia horrível. Estava de ressaca, uma ressaca terrível e cheia de solavancos, do tipo que o fazia interromper pela metade tudo o que começasse, e chegou até a interromper a escovação dos dentes para conferir se o trem partia mesmo às dez e meia ou se era às dez e quarenta e cinco. Era às dez e meia.

Às nove, ele estava pronto, vestido, com o sobretudo e a capa de chuva na cama. Até já falara com a Signora Buffi para avisar que estaria viajando por pelo menos três semanas e talvez por ainda mais tempo. Tom achou que a Signora Buffi agira normalmente e não mencionara o visitante americano do dia anterior. Ele tentou pensar em algo para lhe perguntar, algo que soasse normal, sobre as perguntas que Freddie lhe fizera no dia anterior, pois queria descobrir o que a Signora Buffi realmente pensava sobre tais questionamentos, mas não conseguiu pensar em nada e decidiu não mexer no que estava dando certo. Tudo corria bem. Tom tentou convencer a si mesmo, racionalmente, de que não podia estar de ressaca, pois só tinha bebido o equivalente a três martínis e três Pernods, no máximo. Sabia que era uma questão de sugestão mental e que estava de ressaca porque planejara fingir que tomara uma bebedeira com Freddie. E agora, quando já não havia necessidade, ele continuava fingindo incontrolavelmente.

O telefone tocou e Tom atendeu, dizendo emburrado:

— Pronto.

— Signor Greenleaf? — perguntou a voz em italiano.

— *Sì.*

— *Qui parla la stazione polizia numero ottantarre. Lei è un amico di un' americano chi se chiama Fred-derick Miiliis?*

— Frederick Miles? *Sì.*

A voz tensa e rápida anunciou que o cadáver de Fred-derick Mii-lis tinha sido encontrado aquela manhã na Via Ápia Antiga e que o Signor Mii-lis o visitara em algum momento do dia anterior, não era verdade?

— Sim, é verdade.

— A que horas exatamente?

— Chegou mais ou menos ao meio-dia e ficou até... as cinco ou seis da tarde, não tenho certeza.

— O senhor se incomodaria de responder a algumas perguntas?... Não, não precisa se dar ao trabalho de vir até a delegacia. O policial irá a sua casa. Hoje, às onze da manhã, seria um horário conveniente?

— Ficarei muito feliz em ajudar se puder — respondeu Tom, em voz apropriadamente nervosa. — Mas o policial poderia vir agora? É que preciso sair às dez.

A voz soltou um pequeno gemido e disse que era difícil, mas iriam tentar. Se não conseguissem chegar antes das dez, era muito importante que ele não saísse de casa.

— *Va bene* — retrucou Tom, complacente.

Desgraçados! Agora ele perderia o trem *e* o barco. Tudo o que queria era ir embora, sair de Roma e sair do apartamento. Repassou mentalmente o que diria à polícia. Era tudo tão simples que o deixava entediado. Era a mais pura verdade. Haviam tomado alguns drinques, Freddie falara sobre Cortina, conversaram muito e então Freddie foi embora, talvez um pouco grogue, mas de ótimo humor. Não, ele não sabia aonde Freddie tinha ido. Imaginara que tivesse um encontro no fim da tarde.

Tom foi ao quarto, pegou uma tela, que começara a pintar alguns dias antes, e colocou-a no cavalete. A tinta na paleta ainda estava fresca porque ele a deixara dentro d'água, numa panela. Misturou um pouco mais de azul e branco e começou a retocar o céu azul-acinzentado. A pintura ainda era dominada pelos brilhantes tons marrom-avermelhados de Dickie — os telhados e paredes de Roma, que ele via pela janela. O céu era o único desvio, porque o céu invernal de Roma estava tão lúgubre que até mesmo Dickie o teria pintado de azul-acinzentado, em vez de azul-celeste, pensou Tom. Franziu o cenho, exatamente como Dickie franzia quando pintava.

O telefone tocou de novo.

— Que inferno! — murmurou Tom, então atendeu. — Pronto!

— Pronto! Fausto! — disse a voz. — *Come sta?* — E aquela risada familiar, borbulhante e juvenil.

— Oh-h! Fausto! *Bene, grazie!* Me desculpe. — Tom continuou em italiano, falando no tom distraído e risonho de Dickie. — Estava pintando... ou tentando pintar. — Usou uma entonação calculada para soar como a voz de Dickie após perder um amigo como Freddie e também a voz com que Dickie falaria se estivesse absorto no trabalho, em uma manhã normal.

— Pode almoçar? — convidou Fausto. — Meu trem sai às quatro e quinze para Milão.

Tom grunhiu, como Dickie.

— Estou indo para Nápoles. Sim, imediatamente, em vinte minutos! — Se conseguisse escapar de Fausto agora, pensou Tom, não precisaria dizer a ele que a polícia telefonara. As notícias sobre Freddie só chegariam às bancas de jornal ao meio-dia ou depois.

— Mas estou aqui! Em Roma! Onde é a sua casa? Estou na estação ferroviária! — disse Fausto com animação, rindo.

— Onde conseguiu meu número?

— Ah!, *allora*, liguei para o centro de informações. Me disseram que você não informava seu número, mas contei à garota uma longa história sobre uma loteria que você ganhou em Mongibello. Não sei se ela acreditou em mim, mas fiz a coisa soar muito importante. Uma casa e uma vaca, e um poço e até uma geladeira! Tive que telefonar para ela outras três vezes, mas ela acabou me dando o número. *Allora*, Diiiqui, onde você está?

— Não é essa a questão. Eu almoçaria com você se não tivesse que pegar esse trem, mas…

— *Va bene*, vou lhe ajudar a carregar as malas! Me diga onde está e vou até aí com um táxi para você!

— Não vai dar tempo. Por que a gente não se encontra na estação, em meia hora? É o trem das dez e meia para Nápoles.

— Ok!

— Como está Marge?

— Ah… *innamorata di te* — respondeu Fausto, rindo. — Vai encontrá-la em Nápoles?

— Acho que não. Vejo você em alguns minutos, Fausto. Tenho que me apressar. *Arrivederch*.

— *Rivederch*, Diiqui! *Addio!*

Ele desligou.

Quando visse os jornais à tarde, Fausto entenderia por que Dickie não fora encontrá-lo na estação ou então acabaria se convencendo de que os dois de alguma forma haviam se perdido um do outro. Mas Fausto provavelmente veria a notícia ao meio-dia, pensou Tom, porque os jornais italianos fariam um grande estardalhaço — o assassinato de um americano na Via Ápia. Após a conversa com a polícia, ele pegaria o trem para Nápoles — depois das quatro da tarde, de forma que Fausto não estivesse mais na estação — e esperaria em Nápoles pelo próximo barco para Majorca.

Tom só esperava que Fausto não conseguisse arrancar também seu endereço do centro de informações e que não decidisse vir vê-lo antes das quatro da tarde. Esperava que Fausto não aparecesse no apartamento justo durante a visita da polícia.

Tom enfiou duas malas sob a cama e colocou a outra no armário e fechou a porta. Não queria que a polícia notasse que estava prestes a deixar a cidade. Mas por que estava tão nervoso? Provavelmente não tinham pista alguma. Talvez um amigo de Freddie soubesse que ele fora visitá-lo ontem e nada mais. Tom pegou um pincel e o molhou no pote de terebintina. Tudo fazia parte de sua encenação para a polícia: queria dar a impressão de que a notícia do assassinato não o deixara tão perturbado a ponto de não conseguir pintar um pouco enquanto esperava pelos agentes, embora estivesse vestido para sair, pois dissera a eles que pretendia sair. Agiria como amigo de Freddie, mas não um amigo muito íntimo.

Às dez e meia, a Signora Buffi abriu a porta para os policiais. Tom espiou pelo poço da escadaria e os observou. Não pararam para conversar com a Signora Buffi nem lhe fizeram perguntas. Tom voltou ao apartamento. O cheiro forte de terebintina enchia a sala.

Eram dois policiais: um homem mais velho em uniforme de oficial e um mais novo em uniforme de agente comum. O mais velho o cumprimentou educadamente e pediu para ver seu passaporte. Tom o mostrou e o homem lançou um olhar penetrante para o rosto de Tom, depois para a fotografia de Dickie — mais penetrante do que o olhar de qualquer outra pessoa ao examinar aquele passaporte antes, e Tom preparou-se para ser confrontado, mas não foi. O oficial lhe devolveu o passaporte com uma pequena mesura e um sorriso. Era um homem baixo, de meia-idade, semelhante a milhares de outros italianos de meia-idade, com farfalhudas sobrancelhas grisalhas e um bigode curto, cerrado, entre preto e cinzento. Não parecia particularmente esperto nem estúpido.

— Como ele foi morto? — perguntou Tom.

— Foi golpeado na cabeça e no pescoço com algum instrumento pesado e, depois, foi roubado. Achamos que estava bêbado. Por acaso ele estava bêbado ao sair do seu apartamento ontem à tarde?

— Bem... Um pouco. Nós dois bebemos um pouco. Tomamos uns martínis e uns Pernods.

O oficial anotou essa informação num caderninho, além do período durante o qual Freddie estivera no apartamento, segundo Tom: entre o meio-dia e as seis, mais ou menos.

O policial mais jovem, um rapaz bonito e de rosto inexpressivo, andava ao léu pelo apartamento, com as mãos às costas, debruçando-se para olhar o cavalete, com ar despreocupado, como se estivesse num museu.

— Sabe aonde ele pretendia ir quando saiu? — perguntou o oficial.

— Não, não sei.

— Mas achou que ele estava em condições de dirigir?

— Ah, sim. Não estava bêbado demais para dirigir. Se estivesse, eu teria ido com ele.

O oficial lhe fez outra pergunta, que Tom fingiu não entender direito. O oficial repetiu a pergunta, escolhendo palavras diferentes, e trocou um sorriso com o policial mais jovem. Tom olhou para um, depois para outro, com expressão um pouco rancorosa. O oficial queria saber qual era a natureza de sua relação com Freddie.

— Éramos amigos — respondeu Tom. — Amigos não muito próximos. Fazia uns dois meses que não o encontrava nem ouvia notícias dele. Fiquei terrivelmente triste ao saber do desastre, hoje de manhã. — Tom deixou que sua expressão transtornada compensasse o vocabulário primitivo. Teve a impressão de que a estratégia funcionara. Também achou que o interrogatório era apenas uma formalidade e que os dois agentes iriam embora em alguns minutos. — A que horas ele foi morto, exatamente?

O oficial ainda estava escrevendo. Ergueu as sobrancelhas cerradas.

— Pelo visto, logo após deixar sua casa, porque os legistas acreditam que, ao ser encontrado, ele estava morto havia doze horas, pelo menos, talvez mais.

— A que horas ele foi encontrado?

— De manhã cedo, ao raiar do sol. Por um grupo de operários que estava andando pela estrada.

— *Dio mio!* — murmurou Tom.

— Ele falou algo sobre dar um passeio na Via Ápia ao sair do seu apartamento ontem?

— Não.

— O que você fez ontem, depois que o Signor Mii-lis foi embora?

— Fiquei aqui — respondeu Tom, gesticulando com as mãos, como Dickie teria feito —, depois tirei um cochilo e mais tarde fui dar uma caminhada, por volta das oito, oito e meia. — Um homem que morava no prédio e cujo nome Tom ignorava o vira entrar na portaria na noite anterior, por volta de quinze para as nove, e eles disseram "Boa noite" um ao outro.

— Deu uma caminhada sozinho?

— Sim.

— E o Signor Mii-lis foi embora sozinho? Sabe se ele planejava encontrar alguém?

— Não. Não me disse nada.

Tom se perguntou se Freddie estaria acompanhado por amigos no hotel ou onde quer que estivesse hospedado. Esperava que a polícia não o confrontasse com algum amigo de Freddie que talvez conhecesse Dickie. Tom pensou que seu nome, Richard Greenleaf, agora apareceria nos jornais italianos, assim como seu endereço. Teria de se mudar. Era um inferno. Amaldiçoou a si mesmo. O oficial de polícia ouviu a imprecação, mas, pensou Tom, as palavras com certeza soaram como um murmúrio de raiva contra o triste fado de seu amigo Freddie.

— Então... — disse o oficial, sorrindo, e fechou o caderno.

— Você acha que foi... — Tom tentou achar uma palavra em italiano para "vagabundo" — ... um bando de rapazes violentos, é isso? Tem alguma pista?

— No momento, estamos procurando impressões digitais no carro. O assassino talvez seja alguém que o Signor Mii-lis deixou entrar no carro para dar uma carona. O automóvel foi encontrado hoje de manhã nas vizinhanças da Piazza di Spagna. Até hoje de noite, creio que já teremos algumas pistas. Muito obrigado, Signor Greenleaf.

— *Di niente!* Se eu puder ajudar em alguma outra coisa...

No umbral da porta, o oficial se virou.

— Poderemos encontrá-lo aqui nos próximos dias, caso precisemos fazer mais algumas perguntas?

Tom hesitou.

— Eu planejava viajar a Majorca amanhã.

— Mas as perguntas talvez sejam do tipo quem é este, quem é aquele, a respeito de possíveis suspeitos — explicou o oficial. — Você talvez possa nos ajudar a identificar alguém relacionado ao falecido. — Ele gesticulou.

— Tudo bem. Mas realmente acho que não conhecia o Signor Miles tão bem assim. É provável que ele tivesse amigos bem mais próximos aqui em Roma.

— Que amigos? — questionou o oficial, fechando a porta e puxando o caderno.

— Não sei. Só sei que ele devia ter vários amigos na cidade, pessoas que o conheciam melhor do que eu.

— Sinto muito, mas temos de pedir que fique disponível nos próximos dias — repetiu o oficial calmamente, como se não houvesse a menor margem para discussão, mesmo com Tom sendo americano.

— Assim que puder partir, nós o avisaremos. Sinto muito se você tinha uma viagem planejada. Talvez ainda dê tempo para cancelá-la. Tenha um bom dia, Signor Greenleaf.

— Bom dia. — Depois que os policiais fecharam a porta, Tom ficou ali parado por alguns instantes. Poderia se mudar para um hotel, pensou, desde que informasse o nome do hotel à polícia. Não queria que nenhum amigo de Freddie ou Dickie viesse procurá-lo após ler seu endereço nos jornais. Tentou analisar o próprio comportamento do ponto de vista da polícia. Não o haviam confrontado a respeito de coisa alguma. Não se mostrara horrorizado ante a notícia da morte de Freddie, mas isso se encaixava em sua alegação de que os dois não eram amigos especialmente próximos. Não, as coisas não estavam indo tão mal, exceto pelo fato de que ele tinha de ficar à disposição da polícia.

O telefone tocou, mas Tom não atendeu, pois tinha o pressentimento de que era Fausto telefonando da estação ferroviária. Eram onze e quinze e, àquela hora, o trem para Nápoles já teria partido. Quando o telefone parou de tocar, Tom o pegou e discou o número do Inghilterra. Reservou um quarto e disse que chegaria em meia hora. Depois ligou para a delegacia — lembrava que o número era oitenta e três — e, após cerca de dez minutos de dificuldades porque não conseguia encontrar ninguém que soubesse quem era Richard Greenleaf ou que simplesmente se importasse com o assunto, finalmente conseguiu deixar uma mensagem dizendo que o Signor Richard Greenleaf poderia ser encontrado no Albergo Inghilterra, caso a polícia quisesse falar com ele.

Antes que uma hora tivesse passado, ele já estava no Inghilterra. As três malas — duas de Dickie e uma dele — o deixavam deprimido: ele as havia feito para um propósito tão diferente. E agora aquilo!

Ao meio-dia, saiu para comprar jornais. A notícia estava em todas as manchetes: AMERICANO ASSASSINADO NA VIA ÁPIA ANTIGA... ASSASSINATO CHOCANTE DE AMERICANO RIQUÍSSIMO FREDERICK MILES NOITE PASSADA NA VIA ÁPIA... ASSASSINATO DE AMERICANO NA VIA ÁPIA

AINDA SEM PISTAS... Tom leu cada palavra. De fato não havia pistas — *ainda* não, pelo menos —, nenhum rastro, nenhuma impressão digital, nenhum suspeito. Mas todos os jornais revelavam o nome de Herbert Richard Greenleaf e seu endereço, informando que naquele lugar Freddie fora visto pela última vez. Contudo, nenhum dos jornais sugeria que Herbert Richard Greenleaf estivesse sob suspeita. Diziam que Miles aparentemente tomara alguns drinques — e os drinques eram todos enumerados, no estilo típico do jornalismo italiano, incluindo coquetéis americanos, diversas doses de scotch, conhaque, champanhe e até grappa. Tudo menos gim e Pernod.

Na hora do almoço, Tom ficou no quarto do hotel, andando de um lado para outro e se sentindo deprimido e encurralado. Telefonou para a agência de turismo que lhe vendera a passagem para Palma e tentou cancelá-la. Disseram-lhe que podia recuperar vinte por cento do dinheiro. Só haveria outro barco para Palma dali a cinco dias.

Por volta das duas da tarde, seu telefone tocou.

— Alô — disse Tom, imitando o jeito como Dickie falava quando estava nervoso ou irritado.

— Alô, Dick. Aqui é Van Houston.

— Oh-h — retrucou Tom como se o conhecesse, mas sem permitir que a palavra solitária transmitisse demasiada surpresa ou simpatia.

— Como está? Faz tempo que a gente não se fala, não é? — perguntou a voz rouca e tensa.

— Faz, com certeza. Onde você está?

— No Hassler. Estive mostrando as malas de Freddie para a polícia. Escute, quero encontrar você. O que houve com Freddie ontem? Tentei encontrar vocês dois ontem de noite, sabe, porque Freddie deveria ter voltado ao hotel às seis. Eu não tinha o seu endereço. O que aconteceu ontem?

— Bem que eu queria saber! Freddie saiu da minha casa lá pelas seis. Nós dois tomamos umas boas doses de martíni, mas ele parecia capaz de dirigir, do contrário, naturalmente, eu não o teria deixado partir. Ele me disse que o carro dele estava estacionado aqui em frente. Não consigo imaginar o que aconteceu, a menos que ele tenha dado carona para algum desconhecido e aí o carona puxou uma arma ou algo assim.

— Mas ele não foi morto por um tiro. Concordo com você sobre o resto, alguém deve tê-lo forçado a dirigir até lá, deve ter ameaçado matá-lo, porque ele teria que cruzar a cidade inteira para chegar à Via Ápia. O Hassler fica a apenas algumas quadras de onde você mora.

— Ele já havia desmaiado alguma vez antes? Ao volante do carro?

— Escute, Dickie, a gente pode se encontrar? Estou livre agora, embora a polícia tenha me dito para não sair do hotel hoje.

— Também não posso sair.

— Ah, não venha com essa. Deixe um bilhete no hotel e venha me encontrar.

— Não posso, Van. A polícia vem me encontrar daqui a uma hora e tenho que estar aqui quando chegarem. Por que não me telefona mais tarde? Talvez a gente possa se encontrar hoje à noite.

— Tudo bem. A que horas?

— Me ligue lá pelas seis.

— Combinado. Não abaixe a cabeça, Dickie.

— Você também.

— A gente se vê — disse a voz, em tom fraco.

Tom desligou. No final da conversa, Van parecia prestes a chorar.

— Pronto? — disse Tom, apertando o botão do telefone para chamar o telefonista do hotel. Deixou uma mensagem dizendo que não iria receber ninguém exceto a polícia e que a recepção não deveria deixar ninguém subir ao seu quarto. Absolutamente ninguém.

Depois disso, o telefone não voltou a tocar durante toda a tarde. Por volta das oito, quando já estava escuro, Tom desceu as escadas para comprar a edição noturna dos jornais. Deu uma olhada no pequeno saguão e espiou o bar do hotel, cuja entrada ficava na extremidade oposta do salão principal, em busca de qualquer um que pudesse ser Van. Estava preparado para qualquer coisa, até mesmo para ver Marge ali sentada, esperando por ele, mas não viu ninguém que se parecesse com um agente policial. Comprou os jornais e sentou-se à mesa de um pequeno restaurante a algumas quadras de distância para lê-los. Ainda não havia pistas. Descobriu que Van Houston era um amigo próximo de Freddie, com 28 anos de idade, e estavam viajando juntos da Áustria para Roma, uma viagem de férias que deveria acabar em Florença, onde tanto Miles quanto Houston tinham residência, informavam os jornais. A polícia havia interrogado três rapazes italianos, dois com 18 anos, um com 16, sob suspeita de haverem cometido o "ato horrendo", mas os rapazes acabaram sendo soltos. Tom ficou aliviado ao descobrir que nenhuma impressão digital fresca ou identificável fora encontrada no "belíssimo Fiat 1400 conversível" de Freddie.

Tom comeu a *costoletta di vitello* lentamente, bebericou o vinho e olhou cada uma das colunas de cada um dos jornais em busca de notícias de última hora que às vezes entravam nos jornais italianos pouco antes de serem impressos. Não achou mais nada sobre o caso Miles. Mas, na última página do último jornal, leu:

BARCA AFFONDATA COM MACCHIE DI SANGUE TROVATA NELL' ACQUA POCA FONDO VICINO SAN REMO

Tom leu depressa, com mais terror no coração do que sentira ao descer as escadas carregando o corpo de Freddie ou quando a polícia viera interrogá-lo. Era como uma nêmesis, como um pesadelo que se tornava real, até mesmo o fraseado da manchete. O barco era descrito em detalhes e o texto lhe trouxe de volta aquela cena, Dickie sentado à proa junto ao afogador, Dickie sorrindo para ele, o corpo de Dickie afundando na água e deixando um rastro de borbulhas. A notícia dizia que as manchas pareciam ser de sangue, mas não dizia que *eram* de sangue. Não dizia o que a polícia ou qualquer outra autoridade pretendia fazer a respeito do assunto. Mas a polícia faria alguma coisa, pensou Tom. O barqueiro talvez pudesse dizer à polícia até mesmo o dia exato em que o barco desaparecera. A polícia poderia então ir de hotel em hotel verificando os registros relativos àquele dia. O barqueiro italiano talvez recordasse até mesmo que dois americanos haviam alugado aquele barco e não o devolveram. Se, a essa altura, a polícia se desse mesmo ao trabalho de verificar os registros dos hotéis, o nome de Richard Greenleaf saltaria aos olhos feito uma bandeira vermelha. E nesse caso, naturalmente, Tom Ripley é que seria dado como desaparecido, ele é que seria a possível vítima de assassinato. A imaginação de Tom disparou em várias direções: digamos que a polícia fizesse uma busca ao corpo de Dickie e o encontrasse? A polícia suporia que o cadáver era de Tom Ripley. Dickie se tornaria suspeito de assassinato. Portanto, Dickie se tornaria suspeito de ter assassinado Freddie também. Do dia para a noite, Dickie se transformaria em um "tipo homicida". Em contrapartida, o barqueiro italiano talvez não se lembrasse do dia exato em que um de seus barcos não fora devolvido. Mesmo se ele se lembrasse, a polícia talvez não verificasse os registros dos hotéis. A polícia italiana talvez não se interessasse pelo caso. Talvez, talvez, *talvez* não.

Tom dobrou o jornal, pagou a conta e foi embora.

Na recepção do hotel, perguntou se havia algum recado para ele.

— *Sì, signor. Questo e questo e questo...*

O recepcionista dispôs os bilhetes no tampo à sua frente como um jogador de pôquer baixando uma mão vencedora.

Dois recados de Van. Um de Robert Gilbertson. (Não tinha um Robert Gilbertson na agenda de endereços de Dickie? Tenho de checar isso.) Um de Marge. Tom pegou esse último e leu com extrema atenção as palavras em italiano: Signorina Sherwood havia telefonado às três e trinta e cinco da tarde e voltaria a telefonar. Foi uma chamada interurbana, de Mongibello.

Tom assentiu, pegando todos os recados.

— Muito obrigado.

Não gostou do jeito como o recepcionista o olhou. Esses italianos eram sempre tão curiosos!

Já no quarto, sentou-se na poltrona, com as costas curvadas, fumando e pensando. Tentava usar a lógica para calcular o que aconteceria se não fizesse nada e que acontecimentos poderia precipitar com as próprias ações. Era muito provável que Marge viesse a Roma. Obviamente telefonara à polícia romana para obter o endereço dele. Se ela viesse à cidade, ele teria de encontrá-la como Tom e tentaria convencê-la de que Dickie estava viajando, como fizera com Freddie. E se isso não funcionasse... Tom esfregou as mãos, nervoso. Não, ele não podia encontrar Marge e ponto. Não agora que o problema com o barco estava fervilhando. Tudo iria pelos ares se ele a encontrasse. Seria o fim de tudo! Mas, se ele pudesse ficar quieto, nada aconteceria. Isso era apenas uma fase, pensou, apenas uma pequena crise por causa do barco recém-encontrado e o assassinato de Freddie Miles ainda sem solução, era isso que tornava as coisas tão difíceis. E absolutamente nada lhe aconteceria se continuasse fazendo e dizendo as coisas certas a todo mundo. Depois, ele poderia voltar a viajar tranquilamente. Grécia ou Índia. Ceilão. Algum lugar muito, muito distante, onde nenhum velho amigo pudesse bater em sua porta. Como ele fora tolo, achando que poderia ficar em Roma! Daria na mesma ir à Grand Central Station de Manhattan ou se expor no Louvre!

Telefonou para a Stazione Termini e perguntou sobre os trens para Nápoles que partiriam no dia seguinte. Havia quatro ou cinco. Tom anotou os horários de todos. O próximo barco para Majorca só partiria dali a cinco dias, então ele decidiu que passaria esse tempo bem quieto em Nápoles. Tudo o que precisava era de uma permissão da polícia, e, se nada acontecesse no dia seguinte, eles tinham que autorizá-lo a viajar. Não podiam segurar um homem para sempre, sem qualquer base para suspeitas, só para poderem lhe fazer algumas perguntas ocasionais! Teve a sensação de que seria liberado no dia seguinte, de que era absolutamente lógico que o liberassem.

Pegou o telefone novamente e disse ao recepcionista que se a Srta. Marjorie Sherwood telefonasse outra vez ele atenderia. Tom calculou que se Marge ligasse de novo ele poderia convencê-la em dois minutos de que estava tudo bem, que não tinha nada a ver com o assassinato de Freddie, que se hospedara num hotel apenas para evitar telefonemas irritantes de totais desconhecidos e, ao mesmo tempo, continuar disponível para a polícia, caso precisassem que ele identificasse algum suspeito detido. Diria que iria pegar um avião para a Grécia no dia seguinte ou depois do dia seguinte, então era inútil que ela viesse a Roma. E, sinceramente, ele achou que poderia mesmo pegar um avião de Roma até Palma. Isso nem sequer lhe ocorrera antes.

Deitou-se na cama, cansado, mas sem trocar de roupa, pois sentia que aconteceria mais alguma coisa naquela noite. Tentou se concentrar em Marge. Imaginou-a naquele exato momento, sentada no Giorgio's, ou regalando-se com um longo e vagaroso Tom Collins no Miramare, perguntando-se se deveria telefonar para ele outra vez. Tom podia ver suas sobrancelhas transtornadas, seu cabelo desgrenhado, enquanto ela ponderava, soturna, sobre o que teria acontecido em Roma. Estaria sozinha à mesa, sem conversar com ninguém. Tom viu-a levantando-se e indo para casa, apanhando a mala e pegando o ônibus do meio-dia no dia seguinte. E lá estava ele, na rua em frente aos correios, gritando para que ela não fosse, tentando deter o ônibus, mas o ônibus se afastava pela estrada...

A cena dissolveu-se num redemoinho de amarelidão cinzento, a cor da areia em Mongibello. Tom viu Dickie sorrindo para ele, vestido no terno de veludo cotelê que ele usara em San Remo. O terno estava encharcado e a gravata era uma tira gotejante. Dickie debruçou-se sobre Tom, sacudindo-o.

— Eu nadei! Tom, acorde! Estou bem! Eu nadei! Estou vivo!

Tom se contorceu, fugindo ao seu toque. Ouviu Dickie rir dele, com aquele seu riso feliz e grave.

— *Tom!* — O timbre de sua voz era mais profundo, com mais nuances, *melhor* do que Tom já tinha conseguido fazer em suas imitações. Tom levantou-se com dificuldade. Seu corpo parecia pesado como chumbo e muito lento, como se estivesse tentando se erguer no fundo do mar.

— *Eu nadei!* — gritou a voz de Dickie, reverberando nos ouvidos de Tom como se a escutasse do fim de um longo túnel.

Tom olhou ao redor, procurando Dickie pelo cômodo, à luz amarela do abajur de chão, ou no canto escuro atrás do armário alto. Tom sentiu os próprios olhos se arregalarem e se dilatarem, aterrorizados, e, embora soubesse que seu medo era sem sentido, continuou procurando Dickie por todos os lados, sob as sombras mal desenhadas na janela e no chão do outro lado da cama. Ergueu-se com muito custo da cama, cambaleou pelo cômodo e abriu uma das janelas. Depois a outra. Sentia-se drogado. *Alguém colocou alguma coisa no meu vinho*, pensou de repente. Ajoelhou-se junto à janela, inspirando o ar frio, lutando contra a tontura, como se fosse um inimigo que poderia subjugá-lo a qualquer momento se não se esforçasse ao máximo. Finalmente, foi ao banheiro e molhou o rosto na pia. A tontura estava passando. Agora sabia que não fora drogado. Deixara sua imaginação dominá-lo. Tinha perdido o controle.

Endireitou-se e tirou a gravata calmamente. Movia-se agora como Dickie teria feito: despiu-se, tomou um banho, vestiu o pijama e deitou-se na cama. Tentou pensar no que Dickie estaria pensando naquele momento. Na mãe. A última carta continha uma fotografia dela com o Sr. Greenleaf, os dois sentados na sala de estar tomando café, a mesma foto que ele recordava ter visto naquela noite em que tomara café com eles, após o jantar. A Sra. Greenleaf dissera que o próprio Herbert havia tirado as fotografias apertando uma lâmpada incandescente. Tom começou a escrever sua próxima carta para o Sr. e a Sra. Greenleaf. Ele passara a escrever com frequência, e isso os deixava bastante contentes. Agora ele precisava tranquilizá-los quanto ao assassinato de Freddie, pois eles o conheciam. A Sra. Greenleaf tinha perguntado por Freddie em uma de suas cartas. Mas Tom estava com os ouvidos atentos ao telefone enquanto tentava compor a carta e não conseguiu se concentrar.

18

A primeira coisa em que pensou ao acordar foi em Marge. Esticou-se para pegar o telefone e perguntou se ela havia telefonado durante a noite. Não, ela não telefonara. Ele teve um pressentimento terrível de que Marge estava vindo para Roma. A premonição o fez saltar da cama, mas, enquanto realizava suas ações rotineiras, barbeando-se e tomando banho, seus sentimentos mudaram. Por que deveria se preocupar tanto com Marge? Sempre conseguira lidar com ela. De qualquer maneira, ela não poderia chegar antes das cinco ou seis da tarde, pois o ônibus partia de Mongibello ao meio-dia, e era improvável que ela pegasse um táxi até Nápoles.

Talvez ele conseguisse sair de Roma ainda naquele dia. Às dez horas, ligaria para a polícia e tentaria descobrir.

Ligou para a recepção e pediu que lhe mandassem café com leite, pão doce e os jornais matutinos. Era estranho, muito estranho, mas nenhum dos jornais trazia qualquer notícia sobre o caso Miles ou o barco de San Remo. Isso fez com que se sentisse inquieto e assustado, o mesmo temor que experimentara na noite anterior ao imaginar que Dickie estava de pé na sala. Com um safanão, atirou os jornais em uma cadeira.

O telefone tocou e ele foi correndo atendê-lo, obediente. Devia ser Marge ou a polícia.

— Pronto?

— Pronto. Há dois *signori* da polícia no saguão querendo vê-lo, *signore.*

— Muito bem. Pode pedir que subam?

Um minuto depois, ouviu os passos deles no carpete do corredor. Era o mesmo oficial de meia-idade que viera no dia anterior, mas agora acompanhado por outro agente jovem.

— *Buon giorno* — cumprimentou o oficial, educadamente, com uma pequena mesura.

— *Buon giorno* — retribuiu Tom. — Descobriram alguma coisa?

— Não — respondeu o oficial com um vago tom de interrogação. Sentou-se na cadeira que Tom lhe ofereceu e abriu sua maleta de couro marrom. — Surgiu uma outra questão. O senhor também é amigo do americano Thomas Reepley?

— Sim, sou.

— Sabe onde ele está?

— Acho que voltou para os Estados Unidos há cerca de um mês.

O oficial consultou alguns documentos em sua mão.

— Entendo. Teremos de confirmar isso com o Departamento de Informações dos Estados Unidos. Ocorre que estamos tentando localizar Thomas Reepley. Achamos que ele está morto.

— Morto? Por quê?

Entre uma frase e outra, os lábios do oficial se comprimiam suavemente sob o bigode cerrado cinza-ferroso, de modo que parecia estar sorrindo. Tom também se sentira um pouco incomodado por aquele sorriso no dia anterior.

— O senhor fez uma viagem com ele a San Remo em novembro, não fez?

Haviam verificado os registros dos hotéis.

— Sim.

— Onde o viu pela última vez? Em San Remo?

— Não. Voltei a vê-lo em Roma.

Tom lembrou-se de que Marge sabia que ele voltara a Roma após Mongibello, pois ele lhe dissera que iria ajudar Dickie a se instalar em Roma.

— Quando o viu pela última vez?

— Não sei se posso lhe dar uma data exata. Foi uns dois meses atrás, acho. Acho que recebi um cartão-postal de... de Gênova, dizendo que ele iria voltar para os Estados Unidos.

— Acha?

— Tenho certeza — disse Tom. — Por que vocês acham que ele está morto?

O oficial lançou um olhar dúbio ao papel que segurava. Tom deu uma olhadela no policial mais jovem, que estava apoiado contra a cômoda, de braços cruzados, fitando-o com expressão fixa e impessoal.

— O senhor fez um passeio de barco com Thomas Reepley em San Remo?

— Um passeio de barco? Onde?

— Num pequeno barco a motor? Ao redor do porto? — perguntou o oficial calmamente, olhando para Tom.

— Acho que sim. Sim, eu me lembro. Por quê?

— Porque um barco a motor pequeno foi tirado de dentro do mar com algumas manchas que talvez sejam de sangue. Esse barco desapareceu no dia 25 de novembro. Quer dizer, não foi devolvido às docas, onde tinha sido alugado. No dia 25 de novembro, o senhor estava em San Remo com o Signor Reepley. — Os olhos do oficial o fitavam, sem se mexer.

A própria brandura daquele olhar ofendia Tom. Sentiu que era uma benevolência desonesta. Mas Tom fez um esforço tremendo para agir da maneira apropriada. Viu a si mesmo como se estivesse fora do próprio corpo, um observador externo contemplando a cena de fora. Chegou até mesmo a corrigir a postura, repousando a mão no pilar da cama, para parecer mais relaxado.

— Mas nada nos aconteceu naquele passeio de barco. Não houve nenhum acidente.

— Devolveu o barco às docas?

— Claro.

O oficial continuava a encará-lo.

— Não conseguimos encontrar registros do Signor Reepley em nenhum hotel após 25 de novembro.

— É mesmo? Estão procurando há quanto tempo?

— Bem, ainda não tivemos tempo de procurar em cada vilarejo da Itália, mas já verificamos os hotéis em todas as cidades maiores. Descobrimos que o senhor se registrou no Hassler entre 28 e 30 de novembro, e depois...

— Tom... o Signor Ripley... não se hospedou comigo em Roma. Foi para Mongibello nessa mesma época e ficou lá por alguns dias.

— Onde ele se hospedou quando veio para Roma?

— Em algum hotel pequeno. Não me lembro qual. Não fui visitá-lo.

— E onde o senhor estava?

— Quando?

— Nos dias 26 e 27 de novembro. Ou seja, logo após a viagem a San Remo.

— Em Forte dei Marmi — respondeu Tom. — Fiz uma parada ali, enquanto viajava para o sul. Fiquei numa pensão.

— Qual pensão?

Tom balançou a cabeça.

— Não me lembro do nome. Um lugar muito pequeno. — Afinal, pensou, Marge poderia testemunhar que Tom estava vivo e que passara por Mongibello após a viagem a San Remo. Então por que a polícia investigaria em qual pensão Dickie Greenleaf se hospedara nos dias 26 e 27 de novembro? Tom sentou-se na beirada da cama. — Ainda não entendo por que acham que Tom Ripley está morto.

— Achamos que *alguém* está morto — argumentou o oficial — em San Remo. Alguém foi morto naquele barco. Por isso o barco foi afundado: para esconder as manchas.

Tom franziu o cenho.

— Têm certeza de que são manchas de sangue?

O oficial deu de ombros.

Tom deu de ombros também.

— Com certeza havia umas duzentas pessoas alugando barcos em San Remo naquele dia.

— Não tantas. Em torno de trinta. Mas é verdade, poderia ter sido qualquer uma dessas trinta pessoas... ou qualquer uma das quinze duplas — acrescentou com um sorriso. — Nem sequer sabemos os nomes de todos. Mas começamos a achar que Thomas Reepley desapareceu.

O policial desviou então o olhar, fitando um canto do quarto, e, a julgar pela expressão em seu rosto, Tom achou que estivesse pensando em algo além do que dissera. Ou estava apenas desfrutando do calor do aquecedor atrás de sua cadeira?

Tom descruzou as pernas e voltou a cruzá-las, impaciente. O que se passava pela cabeça do italiano era óbvio: Dickie Greenleaf estivera em duas cenas de assassinato ou passara bem perto. O desaparecido Thomas Ripley fizera um passeio de barco no dia 25 de novembro com Dickie Greenleaf. Logo... Tom se empertigou, franzindo a testa.

— Está dizendo que não acredita em mim quando afirmo que vi Tom Ripley em Roma no dia 1º de dezembro?

— Ah, não, eu não disse nada disso, de forma alguma! — O oficial fez um gesto apaziguador. — Só queria saber o que o senhor diria sobre sua... sobre suas andanças com o Signor Ripley após San Remo, porque não conseguimos encontrá-lo. — Sorriu novamente, um sorriso largo e conciliatório que revelava dentes amarelados.

Tom encolheu os ombros, exasperado, e seu corpo relaxou. Obviamente, a polícia italiana não queria acusar de forma tão aberta um americano de assassinato.

— Sinto muito não poder lhes informar exatamente onde ele está agora. Por que não tentam achá-lo em Paris? Ou Gênova? Ele sempre se hospeda em hotéis pequenos, porque prefere lugares simples.

— Ainda tem o cartão-postal que ele lhe mandou de Gênova?

— Não, não tenho.

Tom passou os dedos nos cabelos, como Dickie às vezes fazia quando estava irritado. Sentia-se melhor agora, concentrando-se em ser Dickie Greenleaf por alguns segundos e dando uma ou duas voltas pelo quarto.

— Conhece algum amigo de Thomas Reepley?

Tom balançou a cabeça.

— Não, na verdade não conheço Tom muito bem, ou, pelo menos, não o conheço há muito tempo. Não sei se ele tem muitos amigos na Europa. Acho que disse conhecer alguém em Faenza. E também em Florença. Mas não me recordo dos nomes deles.

Talvez o italiano achasse que ele estava protegendo os amigos de Tom, evitando que a polícia fosse incomodá-los com um monte de perguntas. Bem, que ele pense o que bem entender, ponderou Tom.

— *Va bene*, vamos investigar — disse o policial. Guardou os papéis. Fizera neles pelo menos uma dúzia de anotações.

— Antes de saírem — pediu Tom, na mesma entonação franca e nervosa —, quero lhes perguntar quando poderei sair da cidade. Estava planejando ir à Sicília. Gostaria muito de partir hoje, se for possível. Pretendo me hospedar no hotel Palma di Palermo. Vocês podem me encontrar lá com facilidade se for preciso.

— Palermo — repetiu o oficial. — *Ebbene*, isso talvez seja possível. Posso usar o telefone?

Tom acendeu o cigarro italiano e escutou a conversa do policial com alguém da delegacia, pedindo para falar com o *capitano* Anlicino. Em seguida, o policial disse em tom impassível que o Signor Greenleaf não conhecia o paradeiro do Signor Ripley e que ele talvez tivesse retornado aos Estados Unidos, ou talvez estivesse em Florença ou Faenza, na opinião do Signor Greenleaf.

— Faenza — repetiu, cuidadosamente —, *vicino Bologna.*

Depois que o capitão anotou essa informação, o policial disse que o Signor Greenleaf desejava viajar a Palermo ainda naquele dia.

— *Va bene. Benone.* — O policial se virou para Tom, sorrindo. — Sim, o senhor pode ir para Palermo hoje.

— *Benone. Grazie.* — Tom acompanhou os dois até a porta. — Caso descubram onde Tom Ripley está, gostaria que me informassem — pediu em tom inocente.

— Claro! Vamos mantê-lo informado, *signore. Bon giorno!*

Sozinho, Tom começou a assoviar enquanto guardava as coisas que havia tirado da mala. Sentia-se orgulhoso de si mesmo por ter falado em uma viagem à Sicília em vez de Majorca, pois a Sicília ainda era parte da Itália, enquanto Majorca não era, e era natural que a polícia italiana se mostrasse mais inclinada a deixá-lo sair de Roma se permanecesse em território italiano. Tivera essa ideia após perceber que o passaporte de Tom Ripley não mostrava uma segunda viagem à França após o passeio por San Remo e Cannes. Lembrava-se de ter dito a Marge que iria a Paris e, de lá, voltaria para os Estados Unidos. Caso a polícia um dia perguntasse a Marge se Tom Ripley estivera em Mongibello após ter estado em San Remo, ela talvez acrescentasse que ele fora a Paris logo em seguida. E se um dia ele tivesse de se transformar em Tom Ripley de novo e se fosse necessário mostrar seu passaporte à polícia, veriam que ele não voltara à França após a viagem a Cannes. Teria de lhes dizer que, embora tivesse dito a Dickie que iria a Paris, acabara mudando de ideia e resolvera ficar na Itália. Isso não tinha importância.

Tom se empertigou de repente, em meio à arrumação da mala. E se tudo aquilo fosse um truque? Será que, ao permitirem sua viagem à Sicília, sem suspeitas aparentes, estavam apenas dando corda para que se enforcasse? Era um canalha astucioso aquele inspetor. Dissera seu nome em algum momento. Como era mesmo? Ravini? Roverini? Bem, mas por que a polícia tentaria enganá-lo? Ele dissera exatamente aonde iria. Não tinha intenção alguma de fugir. Tudo o que desejava era sair de Roma. Estava desesperado para sair da cidade! Jogou os últimos pertences na mala, fechou a tampa com um safanão e trancou-a.

O telefone tocou de novo! Tom o puxou bruscamente.

— Pronto?

— Oh, Dickie! — disse uma voz sem fôlego.

Era Marge e ela estava no saguão do hotel — dava para notar pelos sons ao fundo. Aturdido, ele respondeu na voz de Tom:

— Quem fala?

— É o Tom?

— Marge! Ora, ora, alô! Onde você está?

— Estou aqui embaixo. Dickie está com você? Posso subir?

— Pode subir daqui a uns cinco minutos — disse Tom, com uma risada. — Ainda não estou totalmente vestido.

Os recepcionistas sempre encaminhavam as pessoas a uma cabine telefônica no saguão, pensou. Ou seja, nenhum recepcionista estaria entreouvindo a conversa.

— Dickie está com você?

— No momento, não. Saiu faz uma meia hora, mas vai voltar logo. Sei onde ele está se você quiser encontrá-lo.

— Onde?

— Na octogésima terceira delegacia de polícia. Não, me desculpe, é na octogésima sétima.

— Ele está encrencado?

— Não, não, só está respondendo a algumas perguntas. Pediram que chegasse lá às dez. Quer que eu passe o endereço para você? — Agora se arrependia de ter começado a falar na voz de Tom: poderia ter se passado facilmente por um funcionário do hotel, um amigo de Dickie, qualquer pessoa, e poderia então dizer que Dickie estava na rua e só voltaria dali a várias horas.

Marge estava gemendo.

— Não... não, eu vou esperar por ele.

— Aqui está! — disse Tom, como se tivesse acabado de encontrar o endereço. — Via Perugia, 21. Sabe onde fica? — Tom não sabia, mas planejava mandá-la na direção oposta à American Express, onde pretendia passar para pegar sua correspondência antes de deixar a cidade.

— Não quero ir lá — disse Marge. — Vou subir e esperar com você no quarto se não houver problema.

— Bem, é que... — Ele riu, seu próprio e inconfundível riso, que Marge conhecia muito bem. — O problema é o seguinte, estou esperando alguém, que vai chegar a qualquer momento. É uma entrevista. De emprego. Acredite se quiser, mas o inacreditável Ripley está tentando arranjar um trabalho.

— Ah — disse Marge, sem o menor interesse. — Bem, como o Dickie está? Por que a polícia o chamou?

— Ah, só porque tomou uns drinques com Freddie naquele dia. Você leu as notícias, não leu? Os jornais fazem a coisa parecer muito mais importante do que realmente é, mas isso é porque os idiotas não têm a menor ideia sobre o que está acontecendo.

— Há quanto tempo Dickie está morando aqui?

— Aqui? Ah, só passou a noite. Eu estava no Norte. Quando ouvi as notícias sobre Freddie, vim para Roma encontrá-lo. Se não fosse pela polícia, eu nunca o teria encontrado!

— Digo o mesmo! Acabei indo à polícia por puro desespero! Quase morri de preocupação, Tom. Ele podia pelo menos ter me ligado... para o Giorgio's, ou algum outro lugar...

— Estou muito contente que tenha vindo, Marge. Dickie vai adorar vê-la. Ficou muito preocupado com o que você estaria pensando ao ler as notícias.

— Ah, ele ficou preocupado, é? — Marge soou ao mesmo tempo incrédula e feliz.

— Por que não me espera no Angelo's? É aquele bar logo em frente ao hotel, na rua que dá para os degraus da Piazza di Spagna. Em uns cinco minutos vou ver se consigo dar uma escapada e ir tomar um drinque ou um café, ok?

— Ok. Mas tem um bar aqui no hotel.

— Não quero que meu futuro chefe me veja num bar.

— Ah… tudo bem. No Angelo's?

— Não tem como errar. Na rua bem em frente ao hotel. Até.

Virou-se bruscamente para terminar a arrumação das malas. Na verdade, já havia acabado, exceto pelos casacos no armário. Ligou para a recepção e pediu que fechassem sua conta e mandassem alguém para carregar a bagagem. Depois empilhou as malas numa pilha perfeita para os carregadores e desceu pelas escadas. Queria ver se Marge ainda estava no saguão esperando por ele ou, talvez, fazendo outra ligação. Não era possível que ela já estivesse no saguão quando a polícia foi fazer o interrogatório, pensou Tom. Cerca de cinco minutos se passaram entre a partida dos policiais e o telefonema de Marge. Ele pusera o chapéu, para esconder os cabelos mais loiros, uma capa de chuva nova e estampou uma expressão tímida, levemente assustada, típica de Tom Ripley.

Ela não estava no saguão. Tom pagou a conta. O recepcionista lhe entregou outro recado: Van Houston passara por ali. Escrevera o recado de próprio punho e anotara a hora: dez minutos antes.

> Esperei por você durante meia hora. Nunca sai para caminhar? O pessoal da recepção não me deixou subir. Me telefone depois, para o Hassler.
>
> Van

Talvez Van e Marge tivessem se visto no saguão caso já se conhecessem. Talvez estivessem agora no Angelo's, juntos.

— Se mais alguém perguntar por mim, pode dizer que saí da cidade? — pediu ao recepcionista.

— *Va bene, signore.*

Tom saiu do hotel e entrou no táxi que o esperava.

— Pode fazer uma parada na American Express, por favor? — pediu ao taxista.

O taxista não pegou a rua onde ficava o Angelo's. Tom relaxou e parabenizou-se. Parabenizou-se principalmente por ter decidido alugar um quarto de hotel na noite anterior, já que estava nervoso demais para ficar em casa. Jamais conseguiria escapar de Marge se tivesse permanecido no apartamento. Ela havia encontrado o endereço nos jornais. Se ele tivesse tentado aplicar o mesmo truque, ela teria insistido em subir e esperar por Dickie no apartamento. A sorte estava com ele!

Havia correspondência para ele na American Express — três cartas, uma do Sr. Greenleaf.

— Como está hoje? — perguntou a jovem italiana que lhe entregou a correspondência.

Ela também leu as notícias, pensou Tom. Sorriu de volta, olhando o rosto ingenuamente curioso da garota. Chamava-se Maria.

— Estou ótimo, obrigado. E você?

Ao dar meia-volta, ocorreu-lhe que jamais poderia usar a American Express de Roma como endereço de Tom Ripley. Dois ou três funcionários o conheciam de vista. Por enquanto, estava usando a American Express de Nápoles como endereço de Tom Ripley, embora não tivesse ido buscar nenhuma correspondência lá, tampouco escrevera pedindo que lhe remetessem coisa alguma, uma vez que não estava esperando nada de importante para Tom Ripley, nem mesmo outra bordoada do Sr. Greenleaf. Um dia, quando as coisas se acalmassem um pouco, pensou Tom, ele simplesmente entraria na American Express de Nápoles, mostraria o passaporte de Tom Ripley e pediria sua correspondência.

Ele não podia se apresentar como Tom Ripley ao usar a American Express de Roma, mas tinha de seguir na companhia de Tom Ripley, com seu passaporte e suas roupas, para emergências como o telefonema de Marge naquela manhã. Por muito pouco Marge não parara bem dentro do quarto, com ele. Enquanto a inocência de Dickie Greenleaf fosse algo discutível na opinião da polícia, seria suicídio pensar em sair do país sob o nome de Dickie, pois, se de repente tivesse que se transformar em Tom Ripley, o passaporte de Tom Ripley não mostraria sua saída da Itália. Se quisesse sair da Itália para afastar Dickie Greenleaf da polícia, teria de sair sob o nome de Tom Ripley e voltar mais tarde também como Tom Ripley, para só então se transformar em Dickie novamente, quando a investigação terminasse. Era uma possibilidade.

O plano parecia simples e seguro. Ele só precisava aguentar firme durante os próximos dias.

19

O barco se aproximou do ancoradouro de Palermo bem devagar, com prudência, a proa abrindo caminho cautelosamente entre as cascas de laranja, as palhas e os estilhaços de caixotes de frutas. Era exatamente assim que Tom se sentia ao se aproximar de Palermo. Passara dois dias em Nápoles, e os jornais não haviam publicado nada de importante sobre o caso Miles e nenhuma notícia sobre o barco de San Remo; além disso, pelo que Tom sabia, a polícia não tentara entrar em contato com ele. Mas talvez não tivessem se dado ao trabalho de procurá-lo em Nápoles, pensava Tom agora, e talvez o esperassem em Palermo, no hotel.

De qualquer maneira, nenhum policial o esperava nas docas. Tom procurou-os com o olhar. Comprou dois jornais, então entrou num táxi com a bagagem e foi para o Hotel Palma. Também não havia policiais no saguão do hotel. Era um saguão velho e ornamentado, com imensas colunas de mármore, circundadas por grandes vasos com palmeiras. O recepcionista lhe disse o número do quarto reservado e entregou a chave a um carregador. Tom se sentiu tão aliviado que foi ao balcão de correspondência e perguntou ousadamente se havia alguma mensagem para o Signor Richard Greenleaf. O atendente lhe disse que não.

Então ele começou a relaxar. Aquilo significava que nem mesmo Marge lhe enviara um recado. Àquela altura, Marge com certeza já teria ido à polícia para descobrir onde Dickie estava. Tom imaginara coisas terríveis durante a viagem de barco: Marge chegando de avião a Palermo antes dele, Marge deixando uma mensagem para ele no Hotel Palma, avisando que chegaria no próximo barco. Tom chegara até a procurar por Marge no barco ao embarcar em Nápoles.

Agora ele começava a achar que, após o último episódio, talvez Marge tivesse desistido de Dickie. Talvez tivesse captado a ideia de que Dickie estava fugindo dela e que preferia ficar sozinho com Tom. Talvez aquilo tivesse finalmente penetrado *até mesmo* na cabeça dura de Marge. Naquela noite, enquanto tomava um banho quente na banheira, Tom cogitou mandar uma carta para ela dizendo exatamente isso, enquanto espalhava espuma pelos braços para cima e para baixo voluptuosamente. Tom Ripley é quem deveria escrever a carta, pensou. Já estava na hora. Ele diria que, durante todo o tempo, tentara agir de forma diplomática, que não quisera dizer tudo pelo telefone de qualquer jeito em Roma, mas agora ele tinha a impressão de que Marge havia entendido as coisas. Ele e Dickie estavam felizes juntos, e isso era tudo. Tom começou a soltar uma risadinha deliciada, incontrolável, e chapinhou na água, afundando o corpo inteiro e tapando o nariz com os dedos.

Escreveria: querida Marge, estou escrevendo esta carta porque acho que Dickie jamais a escreverá, embora eu tenha lhe pedido muitas vezes. Você é uma ótima pessoa e não merece ser enrolada desse jeito, por tanto tempo...

Tom soltou outra risadinha, depois ficou sério, concentrando-se deliberadamente no pequeno problema que ainda faltava resolver: Marge provavelmente dissera à polícia italiana que havia conversado com Tom Ripley no Inghilterra. A polícia ficaria se perguntando aonde diabos ele teria ido. Talvez estivesse procurando por ele em Roma agora. Com certeza a polícia procuraria Tom Ripley nas proximidades de Dickie Greenleaf. Era um risco a mais — poderiam, por exemplo, estar convencidos de que ele era Tom Ripley, com base na descrição que Marge fizera dele, e então talvez o revistassem e encontrassem tanto o seu passaporte quanto o de Dickie. Mas o que ele próprio havia dito sobre riscos? Os riscos são o que tornam as coisas divertidas. Começou a cantar em voz reverberante:

Papa non vuole, Mama ne meno,
Come faremo far' l'amor?

A canção ribombou no banheiro enquanto ele se secava. Cantou na voz de barítono de Dickie, um timbre que jamais escutara dele, mas tinha certeza de que Dickie adoraria ouvir sua entonação ressoante.

Vestiu-se, pôs o novo terno de viagem que nunca ficava amassado e saiu andando no lusco-fusco de Palermo. Logo ali, do outro lado da praça, erguia-se a catedral de influência normanda construída pelo arcebispo inglês Walter-of-the-Mill, conforme havia lido em um guia de viagem. Depois havia Siracusa, mais ao sul, cenário de uma grandiosa batalha naval entre os latinos e os gregos. E a Orelha de Dionísio. E Taormina. E o Etna! Era uma ilha grande, e tudo ali era novo para ele. Sicília! Fortaleza de Giuliano! Colonizada pelos antigos gregos, invadida pelos normandos e os sarracenos! No dia seguinte começaria a fazer turismo da forma apropriada, mas naquele momento tudo era glorioso, pensou, detendo-se para contemplar a alta catedral a sua frente, cheia de torres. Era maravilhoso olhar os arcos empoeirados de sua fachada e imaginar-se entrando na nave, no dia seguinte, sentindo aquele cheiro de igreja antiga, um cheiro levemente doce, encorpado por incontáveis velas e incensos queimados durante centenas e centenas de anos. Expectativa! De repente lhe ocorreu que seus momentos de expectativa lhe eram mais aprazíveis do que a própria experiência. Será que sempre seria assim? Quando ele passava as noites sozinho, mexendo nos pertences de Dickie, simplesmente olhando os anéis em seus dedos, ou as gravatas de lã, ou a carteira preta de couro de crocodilo, isso era experiência ou expectativa?

Além da Sicília, havia a Grécia. Definitivamente ele queria conhecer a Grécia. Queria conhecer a Grécia como Dickie Greenleaf, com o dinheiro de Dickie, as roupas de Dickie, o jeito como Dickie se comportava diante de estranhos. Será que algo o impediria de conhecer a Grécia como Dickie Greenleaf? Será que os obstáculos continuariam se sucedendo para atravancar seu caminho — assassinato, suspeitas, *pessoas*? Jamais quisera cometer um assassinato, mas foi uma necessidade. A ideia de ir para a Grécia e caminhar pela Acrópole como Tom Ripley, turista americano, não tinha para ele charme algum. Preferia nem ir. Seus olhos se encheram de lágrimas enquanto fitava o campanário da catedral, então deu meia-volta e começou a descer uma rua desconhecida.

Na manhã seguinte, havia uma carta para ele na recepção, uma longa carta de Marge, com várias páginas. Tom pressionou-a entre os dedos e sorriu. A carta era o que ele esperava, com certeza — do contrário, não seria tão longa. Leu-a durante o desjejum. Saboreou-a linha por linha, junto com o rocambole e o café com canela. Sim, era tudo o que ele esperava, e ainda mais.

> [...] Se você realmente não sabia que estive em seu hotel, isso só pode significar que Tom não lhe contou, e isso me leva à mesma conclusão. É bastante óbvio agora que você está fugindo e não consegue me encarar. Por que não admite que não consegue viver sem seu amiguinho? Só posso lamentar, meu rapaz, que você não tenha demonstrado coragem o suficiente para me dizer isso antes, na minha cara. Acha que sou o quê, uma provinciana saída de alguma cidadezinha do interior, que não sabe nada dessas coisas?

É você quem está agindo de forma provinciana. De qualquer forma, espero que, ao lhe dizer o que você não teve coragem de dizer a mim, eu o ajude a aliviar um pouco sua consciência e que, assim, você possa andar de cabeça erguida. Não há nada melhor do que sentir orgulho da pessoa que amamos, não é mesmo? E por acaso nós dois não conversamos uma vez sobre isso?

A Proeza Número Dois do meu Feriado Romano foi informar à polícia que Tom Ripley está com você. Pareciam afoitos por encontrá-lo. (Eu fico me perguntando: o que foi que ele aprontou agora?) Também informei à polícia, usando como pude meus conhecimentos do italiano, que você e Tom são inseparáveis e que não conseguia imaginar como podiam ter encontrado você sem encontrar Tom.

Mudei a data da minha viagem e voltarei para os Estados Unidos no fim de março, após uma breve visita a Kate em Munique, e, depois disso, creio que nossos caminhos nunca mais voltarão a se cruzar. Sem rancores, Dickie, meu garoto. Mas achei que você tivesse mais coragem.

Obrigada pelas lembranças maravilhosas. Elas agora já são como artefatos num museu ou objetos preservados em âmbar, um tanto irreais, como sempre foram, decerto, suas próprias sensações em relação a mim. Meus melhores votos para seu futuro,

Marge

Argh! Aquele desfecho meloso! Ah, que Menina-Margarina! Tom dobrou a carta e enfiou-a no bolso do casaco. Olhou para as duas portas do restaurante do hotel, automaticamente procurando pela polícia. Se a polícia acreditava que Dickie Greenleaf e Tom Ripley estavam viajando juntos, sem dúvida já havia verificado os hotéis de Palermo em busca de Tom Ripley. Mas ele não notara nenhum policial observando-o ou seguindo-o. Ou talvez tivessem deixado de lado todo aquele estardalhaço sobre o barco, já que agora tinham certeza de que Tom Ripley estava vivo. Por que diabos continuariam a investigação? Talvez as suspeitas contra Dickie em relação ao caso de San Remo e ao assassinato de Miles também tivessem se esgotado. Talvez.

Tom subiu para o quarto e começou a escrever uma carta para o Sr. Greenleaf na máquina de escrever portátil de Dickie. Começou explicando o caso Freddie Miles de maneira muito sóbria e lógica, pois àquela altura o Sr. Greenleaf com certeza já estaria muito alarmado. Disse que o interrogatório acabara e que agora só havia uma coisa que a polícia poderia querer dele: que identificasse quaisquer suspeitos encontrados, pois o suspeito poderia ser um conhecido comum de Dickie e Freddie.

O telefone tocou enquanto ele datilografava. Uma voz masculina apresentou-se como Tenente Fulano, da polícia de Palermo.

— Estamos procurando Thomas Phelps Ripley. Ele está com o senhor neste hotel? — perguntou o tenente, educadamente.

— Não, não está — respondeu Tom.

— Sabe onde ele está?

— Acho que está em Roma. Eu o encontrei uns três ou quatro dias atrás em Roma.

— Ele não foi encontrado em Roma. Sabe aonde ele pode ter ido, após deixar Roma?

— Lamento, mas não tenho a menor ideia.

— *Peccato* — suspirou a voz, com frustração. — *Grazie tante, signor.*

— *Di niente.* — Tom desligou e voltou à carta.

A prosa monótona de Dickie agora brotava com mais fluência do que já tinha acontecido com as cartas do próprio Tom. A maior parte da carta dirigia-se à mãe de Dickie, falando-lhe sobre o estado de seu guarda-roupa, que era excelente, e sua saúde, que também estava ótima, e lhe perguntando se recebera o tríptico de laca que ele comprara em um antiquário em Roma e lhe enviara algumas semanas antes. Enquanto escrevia, ponderou sobre o que deveria fazer em relação a Tom Ripley. Por enquanto a investigação parecia um tanto cautelosa e morna, mas era melhor não arriscar. Não deveria andar com o passaporte de Tom no bolso da mala, ainda que estivesse escondido no meio de um calhamaço de velhas declarações de imposto de renda de Dickie, para que os funcionários da alfândega não o vissem. Tinha que escondê-lo no forro da nova mala de couro de antílope, de modo que permanecesse invisível mesmo que a mala fosse esvaziada, mas ainda assim ficasse à mão caso ele tivesse de pegá-lo de repente. Porque um dia talvez precisasse fazer isso. Talvez chegasse o dia em que fosse mais perigoso ser Dickie Greenleaf do que Tom Ripley.

Tom passou metade da manhã escrevendo a carta para os Greenleaf. Tinha a impressão de que o Sr. Greenleaf estava ficando inquieto e impaciente com o filho, um tipo de impaciência diferente da que Tom vira em Nova York e muito mais séria. Sabia que o Sr. Greenleaf considerava a mudança de Mongibello para Roma apenas um capricho errático. As tentativas de apresentar seus estudos e suas pinturas em Roma como algo construtivo foram um fracasso. O Sr. Greenleaf havia descartado tudo aquilo com uma observação cáustica: dissera que lamentava a insistência de Dickie em estudar pintura, pois àquela altura Dickie já deveria ter compreendido que uma mudança de ares ou uma paisagem mais bonita não transformavam um leigo em um pintor — ou algo do tipo. O Sr. Greenleaf também não parecia impressionado com o interesse de Tom nos folhetos da Burke-Greenleaf, que o próprio Sr. Greenleaf lhe enviara. Era uma situação muito, muito diferente do que ele havia planejado: àquela altura, esperava que o Sr. Greenleaf já estivesse comendo em sua mão e que suas cartas tivessem compensado a negligência e a indiferença de Dickie pelos pais e que já pudesse pedir ao Sr. Greenleaf um dinheiro a mais. Mas agora não podia pedir nada ao Sr. Greenleaf.

> Cuide-se, Mãe [escreveu ele]. Cuidado com esses resfriados. [Ela lhe contara que havia pegado quatro resfriados naquele inverno e que passara o Natal de cama, com umas almofadas sob as costas e usando o cachecol cor-de-rosa que ele lhe mandara como um de seus presentes de Natal.] Se estivesse usando um dos maravilhosos pares de meias que me enviou, não ficaria resfriada nenhuma vez. Não peguei nenhum resfriado neste inverno, e isso é algo para se orgulhar no inverno europeu... Mãe, posso lhe mandar alguma coisa daqui? Adoro comprar coisas para você...

20

Cinco dias se passaram, dias calmos e solitários, mas muito agradáveis, durante os quais ele perambulou por Palermo, parando aqui e ali, numa cafeteria ou num restaurante, para passar uma hora lendo guias de viagem e jornais, sentado à mesa. Num dia sombrio e melancólico, pegou uma *carrozza* que o levou até Monte Pellegrino para visitar a fantástica tumba de Santa Rosalia, a santa padroeira de Palermo, representada em uma famosa estátua, que Tom conhecia por várias fotografias vistas em Roma e que a mostrava num daqueles estados de êxtase congelado que os psiquiatras chamavam por nomes específicos. Tom achou a tumba muito engraçada. Mal conseguiu reprimir uma risadinha ao ver a estátua: aquele suculento corpo feminino, reclinado, com as mãos crispadas, os olhos translumbrados, os lábios entreabertos. Estava tudo ali, exceto o som da respiração ofegante. Tom pensou em Marge. Ele visitou um palácio bizantino, a biblioteca de Palermo, com suas pinturas e velhos pergaminhos quebradiços guardados em caixas de vidro e estudou a formação do ancoradouro, representado por um minucioso diagrama em seu guia. Sem nenhum motivo especial, fez um esboço baseado numa pintura de Guido Reni e memorizou uma longa citação de Tasso inscrita em um prédio público. Escreveu duas cartas endereçadas a Nova York, uma para Bob Delancey, outra para Cleo — a carta para Cleo era bem longa, descrevendo suas viagens, seus prazeres e seus multifários encontros pessoais, tudo narrado com o verossímil ardor de um Marco Polo descrevendo a China.

Mas ele se sentia sozinho. Imaginara-se cultivando um brilhante círculo de novos amigos, junto aos quais iniciaria uma nova vida, com novas atitudes, padrões e hábitos, melhores e mais límpidos do que ele já tivera em toda a vida. Agora compreendia que isso jamais seria possível. Sempre teria de se manter distante das outras pessoas. Poderia adquirir os novos padrões e os novos hábitos, mas jamais iria cultivar um novo círculo de amigos — a menos que fosse para Istambul ou o Ceilão, e de que servia cultivar amizades entre o tipo de gente que encontraria naqueles lugares? Ele estava só e jogava um jogo solitário. Os amigos que poderia conhecer eram justamente um dos maiores perigos que o ameaçavam. Se tivesse de vaguear pelo mundo totalmente sozinho, tanto melhor: assim haveria menos riscos de ser descoberto. Ou seja: de toda forma, havia ao menos um lado bom em ficar só, e ele se sentiu melhor por ter pensado nisso.

Alterou levemente seu comportamento, para adequá-lo ao papel de alguém que observa a vida de forma mais imparcial. Continuava tratando todo mundo de maneira cortês e sorridente — as pessoas que pediam seu jornal emprestado nos restaurantes, os recepcionistas com quem falava no hotel. Mas agora andava com a cabeça um pouco mais erguida e, quando falava, falava um pouco menos do que antes. Agora havia uma vaga aura de tristeza ao seu redor. A mudança o agradou. Imaginou que agora parecesse um jovem marcado por um amor infeliz ou algum tipo de tragédia emocional e que estava tentando se recuperar de forma civilizada, visitando alguns dos lugares mais belos da Terra.

Isso o fez pensar em Capri. O clima ainda estava ruim, mas Capri ficava na Itália. O vislumbre de Capri que tivera com Dickie servira apenas para aguçar seu apetite. Meu Deus, como Dickie estava *chato* naquele dia! Talvez devesse esperar até o verão, ponderou, esquivando-se da polícia até lá. No entanto, ainda mais do que a Grécia e a Acrópole, ele queria passar uns dias em Capri, e a cultura que se danasse por um tempo. Lera sobre o inverno em Capri — vento, chuva e solidão. Mas ainda era Capri! Ainda havia o Penhasco de Tibério e a Gruta Azul, e a praça central continuaria a mesma, cada pedra em seu exato lugar no pavimento, ainda que não houvesse nenhum turista. Talvez decidisse ir naquele dia mesmo. Acelerou o passo, em direção ao hotel. A falta de turistas não estragara sua viagem à Côte d'Azur. Talvez pudesse ir a Capri de avião. Ouvira falar de uma pequena companhia aérea que fazia voos entre Nápoles e Capri. Se o avião não estivesse fazendo aquele trajeto em fevereiro, ele poderia alugá-lo. Para que servia o dinheiro?

— *Buon giorno! Come sta?* — saudou com um sorriso o recepcionista atrás da mesa.

— Uma carta para o senhor. *Urgentissimo* — disse o recepcionista, também sorrindo.

Era do banco em que Dickie tinha uma conta, em Nápoles. Dentro do envelope havia outro envelope, enviado pela empresa fiduciária que administrava o dinheiro de Dickie em Nova York. Tom leu primeiro a carta do banco napolitano.

10 de fevereiro de 19**

Estimadíssimo *signor*:

A Wendell Trust Company, de Nova York, acaba de nos informar que existem dúvidas quanto à autenticidade de sua assinatura no recibo da remessa de 500 dólares de janeiro passado. Repassamos a informação ao senhor com toda a urgência para que possamos adotar as medidas necessárias.

Consideramos apropriado informar a polícia imediatamente, mas aguardamos que o senhor confirme a opinião de nosso inspetor de assinaturas e do inspetor de assinaturas da Wendell Trust Company em Nova York. Qualquer informação que possa nos fornecer será imensamente apreciada e rogamos que entre em contato conosco assim que possível.

Seu criado sumamente respeitoso e obediente,
Emilio di Braganzi
Segretario Generale della Banca di Napoli

P.S.: Ainda que sua assinatura seja de fato válida, rogamos que compareça ao nosso escritório em Nápoles assim que for possível para que forneça novamente sua assinatura para nossos registros perpétuos. Anexamos uma carta enviada ao senhor pela Wendell Trust Company.

Tom rasgou o envelope da companhia fiduciária e arrancou a carta.

5 de fevereiro de 19**

Caro Sr. Greenleaf:

Nosso Departamento de Assinaturas comunicou-nos que, em sua opinião, a assinatura na remessa de janeiro, nº 8.747, é inválida. Acreditando que, por alguma razão, isso tenha lhe escapado, apressamo-nos em lhe repassar essa informação, de modo que possa corroborar a assinatura do supracitado recibo ou confirmar nossa opinião de que tal recibo foi falsificado.

Também enviamos essa informação ao Banco de Nápoles.

Anexamos um cartão para nosso arquivo permanente de assinaturas e solicitamos que o assine e o envie de volta a nós.

Por obséquio, entre em contato conosco assim que for possível.

Atenciosamente,
Edward T. Cavanach
Secretário

Tom umedeceu os lábios. Escreveria para os dois bancos dizendo que não sentira falta de nenhum dinheiro. Mas isso os faria recuar por quanto tempo? Ele havia assinado três recibos, o primeiro deles em dezembro. Será que os inspetores iriam agora revisar todas as assinaturas? Será que um especialista poderia descobrir que as três assinaturas eram falsas?

Tom subiu para o quarto e sentou-se imediatamente diante da máquina de escrever. Colocou um papel timbrado do hotel no cilindro e ficou um tempo ali, olhando a folha em branco. *Isso não os deixará satisfeitos*, pensou. Se um painel de especialistas inspecionasse as assinaturas com lentes de aumento e tudo o mais, provavelmente poderiam garantir que as três assinaturas eram falsificações. Mas Tom sabia que eram falsificações muito boas. Assinara o recibo de janeiro com certa pressa, lembrava-se disso, mas não fizera um trabalho ruim, do contrário jamais o teria enviado. Teria dito ao banco que perdera o recibo e pediria que lhe enviassem outro. Na maioria das vezes, um especialista levava meses para descobrir uma assinatura forjada. Como era possível que tivessem detectado essa falsificação em quatro semanas? Será que estavam investigando todos os aspectos de sua vida por causa do assassinato de Freddie Miles e o barco afundado em San Remo? Queriam que fosse pessoalmente ao Banco de Nápoles. Talvez alguns dos funcionários lá conhecessem Dickie de vista. Um pânico terrível e formigante se espalhou por seus ombros e suas pernas. Por um momento, ele se sentiu fraco e indefeso, fraco demais para se mexer. Viu a si mesmo confrontado por uma dúzia de policiais, italianos e americanos, perguntando-lhe onde estava Dickie Greenleaf, e ele mudo, sem conseguir imitar Dickie, nem dizer onde ele estava, nem provar sua existência. Imaginou-se tentando assinar o nome de H. Richard Greenleaf sob os olhos de uma dúzia de especialistas em caligrafia, imaginou-se desabando de repente, incapaz de escrever uma única letra. Levou as mãos ao teclado da máquina e forçou-se a começar. Dirigiu a carta à Wendell Trust Company, de Nova York.

12 de fevereiro de 19**

Prezados Senhores:

Com relação a sua carta sobre meu recibo de janeiro:

Fui eu mesmo quem assinou o recibo em questão e recebi a quantia total do dinheiro. Se eu tivesse dado pela falta dessa quantia, teria informado aos senhores imediatamente.

Segue anexo o cartão com minha assinatura para seu registro permanente, conforme solicitado.

Atenciosamente,
H. R. Greenleaf

Firmou a assinatura de Dickie várias vezes no verso do envelope da companhia fiduciária, antes de assinar a própria carta e o cartão.

Depois escreveu uma carta semelhante para o Banco de Nápoles, prometendo visitar a agência nos próximos dias e assinar seu nome outra vez para o registro permanente da instituição. Escreveu a palavra "*Urgentissimo*" no rosto dos dois envelopes, desceu à recepção, comprou selos com o porteiro do hotel e foi postar as cartas no correio.

Depois foi dar uma caminhada. A vontade de visitar Capri evaporara. Eram quatro e quinze da tarde. Tom continuou andando, sem rumo. Finalmente, deteve-se em frente à vitrine de um antiquário e ficou olhando, por vários minutos, uma lúgubre pintura a óleo representando dois santos barbudos que desciam uma colina escura ao luar. Entrou na loja e comprou o quadro pelo primeiro preço que o vendedor lhe ofereceu. A pintura não estava sequer emoldurada, e ele a carregou enrolada embaixo do braço até o hotel.

21

83 Stazione Polizia
Roma
14 de fevereiro de 19**

Estimado Signor Greenleaf,

Solicitamos urgentemente que venha a Roma para responder a algumas perguntas importantes sobre Thomas Ripley. Sua presença seria muito apreciada e aceleraria muito nossas investigações.

Caso não se apresente dentro de uma semana, seremos obrigados a tomar certas medidas que serão inconvenientes tanto para nós quanto para o senhor.

Respeitosamente,
Capitão Enrico Farrara

Então ainda estavam procurando por Tom. Mas a carta também poderia indicar que o caso Miles tomara algum novo rumo, pensou Tom. Os italianos não intimidavam um norte-americano daquele jeito, usando palavras como aquelas. O último parágrafo era uma ameaça aberta. E, àquela altura, a polícia já sabia sobre o recibo falsificado, claro.

Tom ficou paralisado, olhando ao redor, sem reação, com a carta na mão. Vislumbrou o próprio reflexo no espelho, os cantos dos lábios torcidos para baixo, os olhos aflitos e assustados. Com sua postura e expressão, parecia alguém que transmitia medo e perplexidade — e, como essa aparência era ao mesmo tempo involuntária e real, Tom ficou ainda mais apavorado. Dobrou a carta e a guardou no bolso, mas voltou a pegá-la e rasgou-a em pedaços.

Começou a fazer as malas com pressa, arrancando o roupão e os pijamas do cabide pendurado na porta do banheiro e jogando seus itens de higiene pessoal no estojo de couro que Marge dera a Dickie no Natal, com as iniciais R. G. De repente, Tom parou. Tinha de se livrar dos pertences de Dickie, todos eles. Aqui? Agora? Deveria jogá-los ao mar, no barco para Nápoles?

Ele não conseguiu responder à própria pergunta, mas de repente Tom soube o que tinha de fazer, o que iria fazer assim que voltasse à Itália. Primeiro, iria a qualquer lugar perto de Roma. Poderia ir direto a Milão ou Turim, ou talvez a algum lugar perto de Veneza, e compraria um carro usado, com quilometragem alta. Diria que estivera rodando pela Itália pelos últimos dois ou três meses. Não ouvira coisa alguma sobre a busca por Thomas Ripley. Thomas Reepley.

Continuou fazendo as malas. Este era o fim de Dickie Greenleaf, ele sabia. Odiava a ideia de voltar a ser Thomas Ripley, odiava ter de se transformar em ninguém, odiava ter de vestir suas velhas roupas e sentir que as pessoas o desprezavam e o achavam tedioso a menos que encenasse um número para elas, como se fosse um palhaço, sentindo-se incompetente e incapaz de fazer qualquer coisa consigo mesmo além de entreter as pessoas por alguns minutos de vez em quando. Odiava ter de voltar a ser ele mesmo, assim como odiaria ter de vestir um conjunto de roupas esfarrapadas, que jamais haviam sido muito boas, nem quando eram novas. Suas lágrimas tombaram sobre a camisa de Dickie, com suas listras azuis e brancas, que jazia no topo da mala, limpa e engomada e parecendo novíssima, como se tivesse acabado de ser retirada da gaveta de Dickie em Mongibello. Mas a camisa trazia as iniciais de Dickie no bolso, em pequenas letras vermelhas. Enquanto arrumava a mala, Tom começou a pensar, desafiadoramente, se poderia ficar com algumas daquelas peças e quais, por não terem as iniciais, ou por ninguém lembrar que pertenciam a Dickie, não a ele. Contudo, era possível que Marge se lembrasse de algumas daquelas coisas, como a nova agenda em couro azul, na qual Dickie havia anotado apenas alguns endereços e que provavelmente fora presente dela. Mas Tom não estava planejando revê-la.

Tom pagou sua conta no Palma, mas o barco que o levaria ao continente só sairia no dia seguinte. Reservou a passagem em nome de Greenleaf, pensando que essa seria a última vez que faria aquilo, mas talvez não fosse. Não conseguia renunciar à ideia de que as coisas se ajeitariam sozinhas. Talvez a crise passasse — talvez. E, por isso, não fazia sentido ficar desanimado. Na verdade, também não fazia sentido ficar desanimado como Tom Ripley. Ele jamais ficara realmente desanimado, embora parecesse estar assim na maioria das vezes. Por acaso não aprendera nada nos últimos meses? Se você quer ficar alegre, ou melancólico, ou tristonho, ou pensativo, ou cortês, basta *fingir* se sentir assim em cada um de seus gestos.

Ao acordar na manhã seguinte em Palermo, ocorreu-lhe uma ideia revigorante: poderia guardar todas as roupas de Dickie na agência da American Express em Veneza sob um nome diferente e retirá-las em algum momento no futuro, se desejasse ou precisasse fazê-lo, ou então deixá-las lá para sempre. Sentia-se muito melhor sabendo que as belas camisas de Dickie, sua caixa de joias cheia de abotoaduras, sua pulseira de identificação e seu relógio de pulso poderiam ser mantidos em segurança em algum lugar, em vez de sumirem no mar Tirreno ou em alguma lixeira na Sicília.

Então, após raspar as iniciais de Dickie da superfície das malas, Tom as enviou, trancadas, à agência da American Express Company em Veneza, com duas telas que ele começara a pintar em Palermo, sob o nome de Robert S. Fanshaw, com instruções de que fossem guardadas até segunda ordem. Os únicos objetos — os mais reveladores — que manteve consigo foram os anéis, enfiados no fundo de uma desengonçada malinha de couro pertencente a Thomas Ripley, que o acompanhava havia anos, em todas as suas viagens e mudanças. Ela continha sua própria coleção de artefatos interessante: abotoaduras, alfinetes de colarinho, botões, duas pontas de caneta e um carretel de fio branco com uma agulha enfiada.

Tom pegou um trem em Nápoles que cruzou Roma, Florença e Bolonha, até chegar a Verona, onde desembarcou e foi de ônibus até Trento, a cerca de sessenta e cinco quilômetros. Não queria comprar um carro em uma cidade grande como Verona. Achava que ali a polícia poderia identificar seu nome quando solicitasse o emplacamento. Em Trento, comprou um Lancia usado, de cor creme, pelo equivalente a 800 dólares. Comprou-o em nome de Thomas Ripley, como constava em seu passaporte, e alugou um quarto de hotel sob o mesmo nome, para esperar vinte e quatro horas, até que o carro estivesse emplacado. Seis horas se passaram, e nada aconteceu. Tom receava que alguém reconhecesse seu nome mesmo naquele pequeno hotel, ou que a repartição que avaliava os pedidos de emplacamento o identificasse, mas ao meio-dia do dia seguinte as placas estavam no carro e nada havia acontecido. Tampouco os jornais anunciavam qualquer coisa sobre Thomas Ripley, ou o caso Miles, ou o barco afundado em San Remo. Isso fez com que se sentisse um pouco estranho, mais ou menos seguro, mais ou menos feliz, como se talvez tudo aquilo fosse mentira. Começava a se sentir feliz mesmo no desolador papel de Thomas Ripley. Sentia prazer em interpretá-lo, quase exagerando a velha reticência de Tom Ripley diante de estranhos, a impressão de inferioridade que transmitia em cada inclinar de cabeça, em cada olhadela tristonha e oblíqua. Afinal de contas, quem,

quem acreditaria que tal personagem pudesse cometer um assassinato? E o único assassinato do qual poderia ser suspeito era o de Dickie em San Remo, e a polícia parecia não haver avançado muito no caso. Ser Tom Ripley tinha ao menos um lado bom: libertava sua mente da culpa pelo assassinato estúpido e desnecessário de Freddie Miles.

Queria ir direto para Veneza, mas achou melhor passar ao menos uma noite fazendo o que pretendia dizer que fizera por vários meses, quando falasse com a polícia: dormir no carro em uma estrada do interior. Passou a noite no banco traseiro do Lancia, infeliz e cheio de cãibras, em algum lugar nas redondezas de Brescia. Ao voltar para o banco do motorista, tinha um torcicolo tão doloroso que teve dificuldade para dirigir, sem conseguir virar a cabeça para os lados — mas isso, pensou ele, tornaria a coisa toda mais autêntica e faria com que contasse a história melhor. Comprou um guia de viagens do norte da Itália, marcou-o em diversos pontos com as datas apropriadas, dobrou os cantos das páginas, pisou em sua capa e contracapa e rompeu a lombada, de modo que o guia se partiu em dois na altura de Pisa.

Passou a noite seguinte em Veneza. De forma infantil, Tom evitara se aproximar da cidade porque temia que ela o desapontasse. Imaginara que apenas turistas norte-americanos e pessoas excessivamente sentimentais se deixassem deslumbrar por Veneza. Que, na melhor das hipóteses, era um destino agradável para casais em lua de mel, que apreciavam a inconveniência de não poderem ir de um lugar a outro se uma gôndola não os levasse a uns três quilômetros por hora. Achou Veneza muito maior do que imaginava, e cheia de italianos que pareceriam italianos em qualquer lugar do mundo. Descobriu que podia se deslocar por toda a cidade andando apenas pelas ruas e pontes estreitas, sem pôr os pés numa gôndola, e que os canais mais largos tinham um sistema de transporte por lanchas motorizadas que era tão rápido e eficiente quanto um metrô. Descobriu também que os canais não cheiravam mal. Havia uma tremenda variedade de hotéis, desde o Gritti e o Danieli, dos quais ele ouvira falar, até pequenas pensões e hotéis mesquinhos em vielas tão reclusas, tão alheias ao mundo da polícia e dos turistas norte-americanos, que Tom podia se imaginar vivendo em um deles por meses sem chamar atenção. Escolheu um hotel chamado Costanza, bem perto da ponte de Rialto, que estava a meio caminho entre o luxo dos hotéis famosos e a obscuridade das pequenas hospedarias em ruelas secundárias. Era limpo, inexpressivo e a uma distância conveniente de diversos lugares célebres. Era o hotel certo para Tom Ripley.

Tom passou umas duas horas zanzando pelo quarto, tirando, sem pressa, das malas suas velhas e conhecidas roupas, encostando-se à janela e contemplando, com ar sonhador, o crepúsculo que tombava sobre o Canale Grande. Imaginou a conversa que teria com a polícia em breve. "... Ora, não tenho a menor ideia. Eu o vi em Roma. Se vocês têm alguma dúvida quanto a isso, verifiquem a informação com a Srta. Marjorie Sherwood. Claro que sou Tom Ripley!" (Nesse ponto, soltaria uma risada.) "Não estou entendendo toda essa confusão! San Remo? Sim, eu me lembro. Devolvemos o barco após uma hora, mais ou menos. ... Sim, voltei a Roma após passar por Mongibello, mas fiquei só umas duas noites. Passei um tempo rodando pelo norte da Itália. ... Lamento, não sei mesmo por onde ele anda, mas o encontrei há cerca de três semanas..." Sorrindo, Tom se afastou do peitoril, trocou de roupa, escolhendo uma camisa e uma gravata apropriadas para a noite, e saiu em busca de um restaurante aprazível para jantar. Um bom restaurante, pensou ele. Tom Ripley podia se regalar com algo caro, pelo menos uma vez. Sua carteira estava tão estufada de notas de 10 e 20 liras que era impossível dobrá-la. Tinha descontado cheques de viagem em nome de Dickie equivalentes a mil dólares antes de deixar Palermo.

Comprou edições noturnas de dois jornais, enfiou-os sob o braço e saiu andando por uma pequena ponte em arco, depois enveredou por uma rua comprida, porém estreita, com no máximo dois metros de largura, cheia de lojas de artigos de couro e de camisas masculinas, passando por janelas cintilantes com caixas de joias que transbordavam colares e anéis, da forma como Tom imaginava que os baús de tesouro transbordassem nos contos de fadas. Agradava-lhe o fato de não haver carros em Veneza. Isso tornava a cidade mais humana. As ruas eram veias, imaginou, e as pessoas eram o sangue, circulando por todos os lados. Enveredou por outra rua, dando meia-volta, e cruzou o grande quadrilátero de San Marco pela segunda vez. Pombos por todos os lados, no ar, nas luzes das lojas — mesmo à noite havia pombos andando entre os pés das pessoas, como se também eles fossem turistas na própria cidade! As cadeiras e mesas das cafeterias se espalhavam sob a colunata e invadiam a praça, de modo que tanto as pessoas quanto os pombos tinham de procurar pequenos espaços entre as mesas para passar. Em ambas as extremidades da praça, ressoavam toca-discos estrepitosos e desarmônicos. Tom tentou imaginar a cidade no verão, sob o sol forte, uma multidão atirando sementes para cima, enquanto os pombos vinham bicá-las, pairando. Entrou em outro tunelzinho iluminado de rua. Estava cheia de restaurantes, e ele escolheu um lugar muito amplo e de aparência respeitável, com toalhas brancas e paredes de madeira castanha, o tipo de restaurante que, segundo sua experiência, concentrava-se na comida e não em turistas passageiros. Ocupou uma mesa e abriu um dos jornais.

E lá estava aquela pequena notícia na segunda página:

POLÍCIA PROCURA POR AMERICANO DESAPARECIDO

Dickie Greenleaf, amigo do assassinado Freddie Miles,
desaparece após viagem pela Sicília

Tom inclinou-se, aproximando o rosto do jornal e concentrando nele toda sua atenção, mas ainda assim consciente de certa irritação que vinha crescendo em seu peito enquanto lia. Estranhamente, parecia-lhe uma idiotice, uma idiotice da polícia, que agira de forma estúpida e ineficaz, e uma idiotice do jornal, que gastara espaço publicando aquilo. O texto afirmava que H. Richard ("Dickie") Greenleaf, amigo próximo de Freddie Miles, o norte-americano assassinado três semanas atrás em Roma, havia desaparecido após, presumivelmente, pegar um barco de Palermo para Nápoles. Tanto em Roma quanto na Sicília, a polícia estava em estado de alerta, buscando o desaparecido de modo "muito vigilante". O parágrafo final dizia que a polícia romana solicitara que Greenleaf viesse responder a certas perguntas sobre o desaparecimento de Thomas Ripley, outro amigo íntimo. Ripley estava desaparecido havia cerca de três meses, dizia o jornal.

Tom largou o jornal, inconscientemente simulando o assombro de alguém que acabava de ler uma notícia sobre o próprio desaparecimento — e simulou tão bem que não notou o garçom lhe oferecendo o menu, até o menu encostar em sua mão. *Este é o momento de ir direto à polícia*, pensou. Se não tinham nenhuma acusação contra ele — e que acusação poderiam ter contra Tom Ripley? —, decerto não se dariam ao trabalho de verificar quando comprara o carro. Para ele, aquela pequena notícia era um alívio, pois significava que não haviam identificado seu nome no departamento de trânsito em Trento.

Jantou devagar, com prazer, depois pediu um *espresso* e fumou dois cigarros enquanto folheava seu guia sobre o norte da Itália. Nesse meio-tempo, mudou de ideia. Por exemplo: por que teria avistado uma notícia tão pequena? E ela fora publicada em apenas um único jornal. Não, ele não devia se apresentar à polícia, não até encontrar duas ou três notícias daquele tamanho, ou uma manchete maior, que logicamente chamasse sua atenção. Mais cedo ou mais tarde, a imprensa publicaria uma notícia mais chamativa: se Dickie Greenleaf continuasse desaparecido, a polícia começaria a pensar, após alguns dias, que ele estava se escondendo em algum lugar, indício de que era ele o assassino de Freddie Miles e, possivelmente, de Tom Ripley também. Marge talvez tivesse dito à polícia que falara com Ripley duas semanas atrás em Roma, mas a polícia ainda não o encontrara. Folheou o guia, correndo os olhos pelos parágrafos de estatísticas e prosa sem graça, enquanto continuava pensando no assunto.

Pensou em Marge, que devia estar fechando sua casa em Mongibello e arrumando as malas para voltar aos Estados Unidos. Ela acabaria lendo alguma notícia sobre o desaparecimento de Dickie, e Tom sabia que ela colocaria a culpa nele. No mínimo, ela escreveria ao pai de Dickie dizendo que Tom Ripley era uma influência nefasta. O Sr. Greenleaf talvez fosse à Europa.

Era uma pena que ele não pudesse se apresentar como Tom Ripley e resolver uma parte do problema, para em seguida se apresentar como Dickie Greenleaf, vigoroso e enérgico, e elucidar o resto do mistério!

Talvez devesse acentuar um pouco mais os próprios trejeitos, pensou. Poderia curvar mais as costas, parecer mais tímido, até usar óculos de lentes grossas e torcer a boca num esgar ainda mais triste e desolado, para aumentar o contraste com o empertigamento de Dickie. Talvez tivesse de falar com alguns dos policiais que o haviam conhecido como Dickie Greenleaf. Como era o nome daquele oficial em Roma? Rovassini? Tom decidiu tingir os cabelos novamente, com uma solução de hena mais concentrada, para seus cabelos ficarem ainda mais escuros.

Vasculhou todos os jornais pela terceira vez em busca de alguma notícia sobre o caso Miles. Nada.

22

Na manhã seguinte, o mais importante jornal da Itália publicou um longo texto, dedicando um pequeno parágrafo à informação de que Thomas Ripley estava desaparecido, dizendo de forma bastante atrevida que Richard Greenleaf estava "expondo-se à suspeita de participação" no assassinato de Miles e que, a menos que se apresentasse à polícia, daria a impressão de estar fugindo do "problema". O jornal também mencionou os cheques falsificados. Informava que o último documento assinado por Richard Greenleaf se dirigia ao Banco de Nápoles, que afirmava não ter percebido nenhuma falsificação. Mas dois em cada três especialistas em Nápoles diziam acreditar que os recibos do Signor Greenleaf em janeiro e fevereiro eram falsificações, concordando com a opinião do banco norte-americano que administrava a conta do Signor Greenleaf e que enviara a Nápoles cópias de sua assinatura. O texto se encerrava em tom vagamente zombeteiro: "Pode alguém cometer uma falsificação contra si mesmo? Ou será que o abastado norte-americano está protegendo um de seus amigos?"

Que todos vão para o inferno, pensou Tom. A própria caligrafia de Dickie mudava com frequência: ele encontrara evidências disso em uma apólice de seguros entre os documentos de Dickie, e também vira a letra dele se alterando bem na frente de seus olhos em Mongibello. Pois bem, que a polícia desencavasse tudo o que ele havia assinado nos últimos três meses, e vamos ver aonde iriam parar! Aparentemente, não haviam notado que sua assinatura na carta de Palermo também era falsificada.

A única coisa que o interessava era saber se a polícia havia encontrado alguma coisa que, de fato, incriminasse Dickie no assassinato de Freddie Miles. E, na verdade, não podia dizer que o assunto o interessasse pessoalmente. Comprou o *Oggi* e o *Epoca* numa banca de esquina da Piazza San Marco. Eram semanários de tamanho tabloide, cheios de fotografias, cheios de tudo o que se possa imaginar, desde assassinatos até pessoas sentadas em cima de postes, qualquer coisa espetacular que estivesse acontecendo em qualquer lugar. Ainda não havia nada neles sobre o desaparecimento de Dickie Greenleaf. Talvez na próxima semana, pensou ele. Mas não publicariam nenhuma foto sua. Marge tirara fotos de Dickie em Mongibello, mas nenhuma dele.

Em seus passeios pela cidade naquela manhã, ele comprou óculos de aros grossos em uma loja que vendia brinquedos e geringonças para trotes. As lentes eram de vidro comum. Tom visitou a catedral de San Marco e olhou para todos os lados sem enxergar nada, mas não era por causa dos óculos. Achou que deveria se apresentar à polícia imediatamente. Quanto mais demorasse, pior ficaria sua situação — fossem quais fossem os próximos acontecimentos. Ao sair da catedral, perguntou a um policial onde ficava a delegacia mais próxima. Perguntou em voz triste. Sentia-se triste. Não estava com medo, mas sentia que se identificar como Thomas Phelps Ripley seria a coisa mais triste que faria em sua vida.

— *Você* é Thomas Ripley? — perguntou o capitão de polícia, sem grande interesse, como se Tom fosse um cachorro que passara um tempo perdido e agora reaparecera. — Posso ver seu passaporte?

Tom entregou o documento.

— Não sei qual é o problema, mas, quando li no jornal que eu era dado como desaparecido...

A coisa toda foi terrível, terrível e tediosa, bem como ele imaginara. Policiais de pé ao seu redor o fitavam com rostos inexpressivos.

— O que fazemos agora? — indagou Tom ao capitão.

— Vou telefonar para Roma — respondeu o oficial calmamente e puxou o telefone, que estava sobre a mesa.

Alguns minutos se passaram até que a ligação se completasse, e então, em voz impessoal, o capitão anunciou que o americano Thomas Ripley estava em Veneza. Trocaram mais algumas palavras inconsequentes, e o oficial disse a Tom:

— Eles gostariam de vê-lo em Roma. Poderia ir hoje?

Tom franziu o cenho.

— Eu não estava planejando ir a Roma.

— Vou explicar a eles — disse o capitão em tom indulgente, depois voltou a falar ao telefone.

Agora estava fazendo uma nova combinação: a polícia romana viria encontrá-lo. A cidadania norte-americana ainda impõe certos privilégios, supôs Tom.

— Em que hotel está hospedado? — perguntou o capitão.

— No Costanza.

O oficial transmitiu essa informação a Roma. Depois desligou e informou a Tom, de forma educada, que um representante da polícia romana chegaria a Veneza naquela noite, após as oito, para falar com ele.

— Obrigado — disse Tom, e deu as costas à deprimente figura do capitão debruçado sobre a mesa preenchendo um formulário. A cena toda fora muito tediosa.

Tom passou o resto do dia quieto no quarto, pensando, lendo e fazendo novas alterações em detalhes de sua aparência. Chegou à conclusão de que, muito possivelmente, a polícia enviaria o mesmo homem que falara com ele em Roma, o tenente Rovassini, ou qual fosse o nome dele. Escureceu um pouco as sobrancelhas com um lápis. Passou a tarde com seu conjunto de tweed marrom e até arrancou um botão do terno. Dickie era um sujeito asseado, então Tom Ripley seria marcadamente desarrumado, por contraste. Não almoçou — não que sentisse vontade, de qualquer forma, mas queria continuar perdendo os quilos que ganhara para o papel de Dickie Greenleaf. Ficaria ainda mais magro do que era antes, como Tom Ripley. O passaporte informava que seu peso era 70 quilos. Dickie pesava mais de 76, embora tivessem quase a mesma altura: 1,85 e 1,86.

Naquela noite, às oito e meia, o telefone tocou e a telefonista anunciou que o tenente Roverini estava na recepção.

— Pode pedir que suba ao meu quarto, por favor? — disse Tom.

Tom foi até a cadeira onde pretendia se sentar e a afastou ainda mais do círculo de luz projetado pelo abajur de chão. O quarto estava montado de forma a dar a impressão de que ele estivera lendo e matando tempo durante as últimas horas — o abajur e uma pequena lâmpada estavam acesos, a colcha estava amarfanhada, havia alguns livros abertos sobre a cama, e havia até começado a escrever uma carta sobre a mesa, para tia Dottie.

O tenente bateu na porta.

Tom a abriu com ar lânguido.

— *Buona sera.*

— *Buona sera.* Tenente Roverini *della Polizia Romana.*

Não havia qualquer sinal de surpresa ou desconfiança no rosto rústico do oficial. Atrás dele, vinha outro policial alto, jovem e silencioso — não, não era outro, Tom percebeu, mas o mesmo que acompanhara o tenente quando eles dois se encontraram pela primeira vez, no apartamento em Roma. O oficial se sentou na cadeira que Tom lhe ofereceu, sob a lâmpada.

— É amigo do Signor Richard Greenleaf? — perguntou.

— Sim.

Tom ocupou o outro assento, uma poltrona ampla, na qual podia se esparramar de forma desleixada.

— Quando e onde o viu pela última vez?

— Eu o vi brevemente em Roma, pouco antes de sua partida à Sicília.

— E ele lhe mandou notícias, enquanto estava na Sicília?

O tenente estava anotando tudo em um caderno que havia tirado de sua pasta marrom.

— Não, não recebi notícia nenhuma dele.

— Aham…

O tenente passava mais tempo olhando para os papéis do que para Tom. Finalmente, ergueu o rosto, com expressão interessada e amigável.

— Durante sua estada em Roma, não ficou sabendo que a polícia queria vê-lo?

— Não. Eu não sabia. Não consigo entender por que me deram como desaparecido.

Ele ajustou os óculos e fixou os olhos no tenente.

— Vou lhe explicar mais tarde. Quando se encontraram em Roma, o Signor Greenleaf não lhe disse que a polícia queria falar com você?

— Não.

— Estranho — observou o oficial em voz baixa, fazendo outra anotação. — O Signor Greenleaf sabia que queríamos falar com você. Ele não é muito cooperativo.

O oficial sorriu para Tom.

Tom manteve o rosto sério e atento.

— Signor Reepley, onde esteve desde o fim de novembro?

— Estive viajando. Principalmente pelo norte da Itália.

Tom se concentrava em falar um italiano desengonçado, introduzindo um erro aqui, outro ali, e com um ritmo muito diferente do italiano falado por Dickie.

— Onde?

O tenente voltou a pegar a caneta.

— Milão, Turim, Faenza... Pisa...

— Nós verificamos os hotéis em Milão e Faenza, por exemplo. Hospedou-se com amigos?

— Não, eu... dormia no carro, com frequência.

Tom pensou que devia ser evidente que ele não tinha muito dinheiro e que era o tipo de jovem que prefere viajar sem muito conforto, com um mapa e um volume de Silone ou Dante, a se hospedar num hotel caro.

— Lamento não ter renovado meu *permiso di soggiorno* — disse Tom em voz contrita. — Não imaginei que fosse um problema tão grande assim.

Mas ele sabia que os turistas na Itália quase nunca se davam ao trabalho de renovar seu *soggiorno*, sua permissão de residência, e que alguns, após declararem na chegada ao país que pretendiam ficar por apenas algumas semanas, acabavam permanecendo por meses.

— *Permesso di soggiorno* — corrigiu o tenente num tom gentil, quase paternal.

— *Grazie.*

— Posso ver seu passaporte?

Tom pegou o documento no bolso interno do casaco. O tenente examinou a fotografia minuciosamente, enquanto Tom incorporava a expressão vagamente aflita, com os lábios entreabertos, que aparecia no passaporte. Na fotografia, ele não estava usando óculos, mas seus cabelos estavam divididos do mesmo jeito e sua gravata estava atada com o mesmo nó frouxo e triangular. O tenente observou os poucos carimbos marcando entradas em países, que preenchiam apenas parcialmente as primeiras duas páginas do passaporte.

— Esteve na Itália desde 2 de outubro, exceto por uma breve viagem à França com o Signor Greenleaf?

— Sim.

O tenente sorriu, agora com um agradável sorriso italiano, e inclinou-se para a frente, apoiando-se nos joelhos.

— *Ebbene*, isso resolve uma questão importante: o mistério do barco de San Remo.

Tom franziu o cenho.

— O que é isso?

— Moradores de San Remo encontraram um barco afundado, com algumas manchas que talvez sejam de sangue. E tendo em vista que logo após sua viagem a San Remo você desapareceu, até onde sabíamos…

Ele jogou as mãos para cima e soltou uma risada.

— Achamos que talvez fosse prudente perguntar ao Signor Greenleaf o que havia lhe acontecido. E foi o que fizemos. O barco sumiu no mesmo dia em que vocês dois passaram por San Remo!

O tenente riu de novo. Tom fingiu não captar a piada.

— Mas o Signor Greenleaf chegou a lhe dizer que fui a Mongibello logo após San Remo? Estive lá para fazer — hesitou ele, procurando a palavra certa — pequenos serviços para ele.

— *Benone!* — respondeu o tenente Roverini, sorrindo.

Afrouxou o sobretudo, abrindo confortavelmente alguns de seus botões de bronze, depois passou o dedo, de um lado a outro, sobre o bigode crespo e cerrado.

— Também conhecia Freddie Mii-lis?

Tom soltou um suspiro involuntário, porque o caso do barco estava aparentemente encerrado.

— Não. Só o encontrei uma vez, quando estava saindo do ônibus em Mongibello. Nunca mais o vi.

— Aham… — disse o tenente, assimilando a informação. Ficou em silêncio por um minuto e, como se suas perguntas se houvessem esgotado, sorriu. — Ah, Mongibello! Um belo vilarejo, não é? Minha esposa é de lá.

— Ah, é mesmo! — retrucou Tom, com simpatia.

— *Sì.* Eu e minha esposa passamos a lua de mel lá.

— Um lindo vilarejo. *Grazie.*

Ele aceitou o Nazionale que o tenente lhe ofereceu. Pressentiu que isso talvez fosse um polido interlúdio italiano, um descanso entre dois rounds. Sem dúvida, a conversa se encaminharia para a vida pessoal de Dickie, os recibos falsificados e tudo o mais. Tom disse com voz séria, em seu italiano laborioso:

— Li num jornal que se o Signor Greenleaf não se apresentar, a polícia talvez o considere responsável pelo assassinato de Freddie Miles. É verdade que acham que ele pode ser culpado?

— Ah, não, não, não! — protestou o tenente. — Mas é necessário que ele se apresente! Por que está se escondendo de nós?

— Não sei. Como você disse... ele não é muito cooperativo — comentou Tom em voz solene. — Prova disso é que, quando nos encontramos em Roma, ele não se deu ao trabalho de me dizer que a polícia queria falar comigo. Mas, por outro lado... não posso acreditar que ele tenha matado Freddie Miles.

— *Mas*... veja bem, um homem disse, em Roma, que viu dois homens parados junto ao carro de Mii-lis, na calçada oposta à casa de Greenleaf, e ambos estavam bêbados ou... — fez uma pausa para criar efeito, encarando Tom — ... ou talvez um deles estivesse morto, porque o outro o segurava ao lado do carro! Claro, não temos como saber se o homem que estava sendo segurado era Mii-lis ou Greenleaf, mas, se encontrarmos Greenleaf, poderíamos ao menos perguntar se ele estava tão bêbado que Mii-lis teve de segurá-lo!

O tenente riu.

— Sim.

— É um assunto muito sério.

— Sim, eu percebi.

— Não tem nenhuma ideia sobre o possível paradeiro de Greenleaf nesse momento?

— Não. Nenhuma.

O tenente ficou pensativo por um instante.

— Sabe por acaso se Greenleaf e Mii-lis tinham algum desentendimento?

— Não, mas...

— Mas?

Tom disse devagar e do jeito certo:

— Sei que Dickie faltou a uma reunião de esquiadores, para a qual Freddie Miles o havia convidado. Lembro que fiquei surpreso ao saber que ele não tinha ido. Não me disse por quê.

— Ouvi falar da reunião de esquiadores. Em Cortina d'Ampezzo. Tem certeza de que não havia uma mulher envolvida?

Tom se sentiu tentado por seu próprio senso de humor, mas fingiu pensar cuidadosamente sobre a pergunta.

— Acho que não.

— E quanto àquela garota, Marjorie Sherwood?

— Imagino ser *possível* — disse Tom —, mas acho que não. Talvez eu não seja a pessoa mais indicada para falar sobre a vida pessoal do Signor Greenleaf.

— Ele não lhe contava sobre assuntos do coração? — quis saber o tenente, com assombro latino.

Poderia enrolá-los para sempre, pensou Tom. Se interrogassem Marge, ela teria uma reação passional a qualquer pergunta sobre Dickie, fortalecendo a ideia de que os dois tinham um caso — e a polícia italiana jamais poderia decifrar os envolvimentos emocionais do Signor Greenleaf. Ora, nem o próprio Tom resolvera aquele mistério!

— Não — disse Tom. — Não posso dizer que Dickie tenha conversado comigo sobre assuntos mais íntimos. Sei que ele gosta muito de Marjorie. Ela também conhecia Freddie Miles.

— Eram amigos próximos?

— Bem...

Tom agiu como se relutasse em dizer mais do que devia.

O tenente se inclinou em sua direção.

— Tendo em vista que passou um tempo morando com Greenleaf em Mongibello, talvez esteja na posição de nos falar sobre os relacionamentos dele em geral. É um assunto dos mais importantes.

— Por que não conversa com a Signorina Sherwood? — sugeriu Tom.

— Conversamos com ela em Roma, antes que Greenleaf desaparecesse. Combinei de falar com ela novamente, quando vier a Gênova para embarcar rumo aos Estados Unidos. No momento, ela se encontra em Munique.

Tom aguardou, em silêncio. O tenente estava esperando que ele fizesse mais alguma contribuição. Tom se sentia muito confortável naquele instante. As coisas estavam se desenrolando como ele havia esperado em seus momentos mais otimistas: a polícia não tinha qualquer evidência que o incriminasse e ele não era suspeito de nada. De súbito, Tom se sentiu inocente e forte, tão livre de culpa quanto sua velha mala de viagem, de cuja superfície ele raspara cuidadosamente o adesivo com a palavra *Deponimento*, que lhe fora grudado no bagageiro de Palermo. Disse em seu tom cauteloso, transparente, no melhor estilo Ripley:

— Lembro que, por um tempo, em Mongibello, Marjorie dizia que *não* queria ir a Cortina, e que depois mudou de ideia. Mas não sei por quê. Se isso significa alguma coisa...

— Mas ela acabou não indo a Cortina.

— Não, mas só porque Greenleaf não foi, eu acho. Quero dizer, ela gosta dele, em alguma medida, tanto que não quis fazer essa viagem sozinha, após haver planejado fazê-la com ele.

— Acha que eles tiveram uma briga, Mii-lis e Greenleaf, por causa da Signorina Sherwood?

— Não sei dizer. É possível. Sei que Miles gostava muito dela também.

— Aham.

O tenente franziu o cenho, tentando juntar todas aquelas peças. Ergueu o rosto para olhar o policial mais jovem, que estava ouvindo, mas, a julgar por seu rosto imóvel, não tinha contribuição alguma a fazer.

Tom ponderou: à luz do que acabara de dizer, Dickie parecia um amante birrento e teimoso, que impediu Marge de se divertir em Cortina, por achar que ela gostava de Freddie Miles mais do que devia. Tom sorriu com a ideia de que qualquer pessoa — especialmente Marge — pudesse trocar Dickie por aquele bovino vesgo. Transformou o sorriso em uma expressão de incompreensão.

— Acha mesmo que Dickie está fugindo de algo, ou será que esse suposto desaparecimento é apenas uma casualidade?

— Ah, não. Seria demais. Primeiro, há os cheques. Talvez tenha lido sobre isso nos jornais.

— Não entendi muito bem essa história dos cheques.

O oficial explicou. Conhecia as datas dos cheques e o número de pessoas que os consideravam falsos. Explicou que o Signor Greenleaf negara as falsificações.

— Mas então o banco solicita que ele visite uma agência para falar sobre as falsificações de seus próprios recibos. A polícia de Roma solicita que compareça à delegacia para falar sobre o assassinato de seu amigo... E aí ele desaparece do nada...

O tenente jogou as mãos para cima.

— Isso só pode significar que ele está fugindo de nós.

— Não acha que talvez *ele* tenha sido assassinado? — perguntou Tom em voz suave.

O oficial ergueu os ombros, mantendo-os pouco abaixo das orelhas por uns quinze segundos.

— Acho que não. Os fatos não apontam nessa direção. Não exatamente. *Ebbene*... Questionamos, por rádio, todos os barcos de passageiros, de qualquer tamanho, que tenham partido da Itália. Ou ele pegou um barco muito pequeno (e, nesse caso, teria de ser um barco pesqueiro, ou algo assim) ou está escondido em algum lugar da Itália. Ou, claro, em qualquer outra parte da Europa, pois não registramos os nomes das pessoas que saem do país, e Greenleaf teve vários dias para partir. Em todo caso, ele está se escondendo. Em todo caso, age como se fosse culpado. *Tem* de haver um problema.

Tom ficou quieto, olhando o oficial com gravidade.

— Alguma vez *viu* Greenleaf assinar alguma daquelas remessas? Especialmente as de janeiro e fevereiro?

— Eu o vi assinar um deles — disse Tom. — Mas receio que tenha sido em dezembro. Eu não estava com ele em janeiro ou fevereiro... Suspeita mesmo que ele tenha matado Miles? — perguntou Tom novamente, a voz incrédula.

— Ele não tem nenhum álibi verdadeiro — respondeu o oficial. — Ele diz que foi dar uma caminhada após a partida do Signor Mii-lis, mas ninguém o viu para corroborar.

De repente, apontou um dedo para Tom.

— *E* descobrimos, através de um amigo de Mii-lis, o Signor Van Houston, que Mii-lis teve dificuldades em encontrar Greenleaf em Roma, era como se ele estivesse tentando se esconder. Greenleaf talvez estivesse zangado com Mii-lis. Mas, segundo Van Houston, isso não era verdade!

— Entendo...

— *Ecco* — comentou o tenente, em entonação conclusiva.

O tenente encarava as mãos de Tom. Ou pelo menos imaginou que ele as estava encarando. Tom estava usando o próprio anel de novo, mas será que o tenente havia notado alguma semelhança? Tom estendeu a mão para o cinzeiro, audaciosamente, e apagou o cigarro.

— *Ebbene* — disse o tenente, levantando-se. — Muito obrigado por sua ajuda, Signor Reepley. É uma das pouquíssimas pessoas que podem nos revelar algo sobre a vida pessoal de Greenleaf.

Em Mongibello, as pessoas que ele conhecia são extremamente discretas. Uma característica italiana, ai de nós! Sabe como é: medo da polícia.

Soltou uma risadinha.

— Espero que possamos encontrá-lo com mais facilidade, da próxima vez que tivermos algumas perguntas. Tente passar mais tempo nas cidades grandes e menos no interior. A menos, claro, que esteja viciado em nosso interior.

— Estou! — retrucou Tom, com animação. — Na minha opinião, a Itália é o país mais belo da Europa. Mas, se preferir, posso ficar em contato com sua delegacia em Roma, e assim vocês sempre saberão onde estou. Tenho tanto interesse quanto vocês em encontrar meu amigo — disse aquilo como se sua mente ingênua já houvesse esquecido a possibilidade de que Dickie fosse um assassino.

O tenente lhe estendeu um cartão com seu nome e o endereço de sua delegacia em Roma. Fez uma mesura.

— *Grazie tante, Signor* Reepley. *Buona sera!*

— *Buona sera* — repetiu Tom.

O policial mais jovem fez uma saudação ao sair e Tom respondeu com um aceno de cabeça antes de fechar a porta.

Sentiu que poderia sair voando — como um pássaro, janela afora, com os braços abertos! Que idiotas! Deram voltas e voltas em torno da verdade, sem descobri-la! Sem descobrir que Dickie Greenleaf estava fugindo do interrogatório sobre as falsificações porque, na verdade, ele não era Dickie Greenleaf! Só foram espertos em um ponto: ao supor que Dickie poderia ter matado Freddie Miles. Mas Dickie estava morto, morto, mais morto que uma porta, e ele, Tom Ripley, estava a salvo! Ele pegou o telefone.

— Pode ligar para o Grand Hotel, por favor? — pediu, falando no italiano hesitante de Tom Ripley. — *Il ristorante, per piacere…* Pode reservar uma mesa para um, às nove e meia? Obrigado. O nome é Ripley. R-i-p-l-e-y.

Hoje ele iria jantar. E olharia pela janela para apreciar o luar sobre o Grand Canal. E contemplaria as gôndolas deslizando, preguiçosas, como sempre deslizavam ao transportar um casal em lua de mel, com os gondoleiros e seus remos recortados contra a água enluarada. De repente, Tom se sentiu esfomeado. Pediria uma ceia voluptuosa e cara — a especialidade do Grand Hotel, fosse qual fosse, peito de faisão ou *petto di pollo*, e talvez um *cannelloni* para começar, a cremosidade do molho encobrindo a delicadeza da massa, e um bom *valpolicella* para bebericar enquanto sonhasse com seu futuro e planejasse que caminho tomar dali em diante.

Enquanto trocava de roupa, teve uma ideia brilhante: ele deveria ter um envelope guardado entre seus pertences, e nele estaria escrito que só o abrissem depois de muitos meses. Dentro deveria haver um testamento assinado por Dickie, deixando seu dinheiro e sua renda para Tom Ripley. Isso sim era uma ótima ideia.

23

Veneza,
28 de fevereiro de 19**

Caro Sr. Greenleaf,

Pareceu-me que, sob as atuais circunstâncias, o senhor não levaria a mal se eu lhe enviasse uma carta contendo quaisquer informações pessoais que eu tenha sobre Richard – tendo em vista que, aparentemente, fui uma das últimas pessoas a encontrá-lo.

Foi em Roma, por volta de 2 de fevereiro, no hotel Inghilterra. Como deve saber, isso foi dois ou três dias após a morte de Freddie Miles. Achei Dickie perturbado e nervoso. Me contou que iria a Palermo assim que a polícia terminasse de interrogá-lo sobre a morte de Freddie, e ele parecia ansioso por partir, algo que me pareceu compreensível, mas o que eu desejava lhe informar é que havia uma depressão subjacente, e isso me deixou muito mais preocupado que o nervosismo evidente de Richard. Tive a impressão de que ele tentaria cometer algum ato violento – talvez contra si mesmo. À época, eu sabia que ele não desejava reencontrar sua amiga, Marjorie Sherwood, e ele disse que tentaria evitá-la caso ela viesse de Mongibello a Roma para vê-lo por causa do caso Miles. Tentei persuadi-lo a encontrá-la. Não sei se ele seguiu meu conselho. Marge tem um efeito tranquilizador sobre as pessoas, como talvez o senhor saiba.

O que estou tentando dizer é isto: sinto que Richard talvez tenha se matado. No momento em que escrevo esta carta, ele ainda não foi encontrado. Sem dúvida, espero que o encontrem antes que a carta chegue ao senhor. Desnecessário dizer que acredito que Richard não teve qualquer ligação, direta ou indireta, com a morte de Freddie, mas acho que o choque produzido pelo assassinato e pelo consecutivo interrogatório abalaram de alguma forma seu equilíbrio mental. Sei que esta é uma mensagem deprimente e lamento ter de enviá-la. Talvez tudo isso seja completamente desnecessário, talvez Dickie esteja apenas escondido, esperando que toda essa situação desagradável se dissipe (o que também seria compreensível, tendo em vista o temperamento dele). Mas, à medida que o tempo vai passando, eu próprio começo a me sentir um tanto inquieto. Achei que fosse meu dever lhe escrever esta carta, simplesmente para informá-lo...

Munique,
3 de março de 19**

Caro Tom,

Obrigado por sua carta. Foi muito gentil ao enviá-la. Respondi às perguntas da polícia, por escrito, e um agente veio me encontrar pessoalmente. Não pretendo ir a Veneza, mas obrigado pelo convite. Irei a Roma depois de amanhã para encontrar o pai de Dickie, que em breve embarcará num avião para a Europa. Sim, concordo com você, foi uma boa ideia escrever para ele.

Estou tão desnorteada com essa coisa toda que acabei ficando com algo parecido com uma febre, ou talvez aquilo que os alemães chamam de Foehn, mas com algum vírus na mistura. Literalmente incapaz de sair da cama em quatro dias, do contrário já teria ido a Roma. Então, por favor perdoe esta carta desconjuntada e provavelmente idiota, que é uma resposta tão pobre à carta cheia de gentileza que você me enviou. Mas gostaria de dizer que não concordo com sua opinião de que Dickie possa ter se matado. Ele não é o tipo de pessoa que faz isso, embora eu saiba o que todos vocês vão dizer — os suicidas jamais transparecem que estão prestes a se matar etc. Não, qualquer coisa pode ter acontecido com Dickie, menos isso. Talvez ele tenha sido assassinado em alguma viela de Nápoles — ou mesmo em Roma, pois quem pode dizer se ele voltou ou não voltou a Roma, após passar pela Sicília? Também posso imaginá-lo fugindo das obrigações a tal ponto que esteja se escondendo agora. Acho que é isso o que está fazendo.

Alegra-me saber que, para você, as supostas falsificações foram um erro. Do banco, quero dizer. Também acho. Dickie mudou tanto desde novembro que talvez até sua caligrafia tenha se alterado. Esperemos que alguma novidade já tenha vindo à tona quando você receber esta carta. Recebi um telegrama do Sr. Greenleaf sobre Roma — então preciso economizar toda a minha energia para isso.

É bom saber seu endereço, finalmente. Mais uma vez, obrigada por sua carta, seus conselhos e seus convites.

Meus melhores votos,
Marge.

P.S.: Não cheguei a lhe contar minhas boas notícias. Um editor se interessou em publicar Mongibello! Disse que ainda precisa ver o livro inteiro antes de me oferecer um contrato, mas sua reação foi muito promissora! Agora só me falta acabar o maldito romance.

M.

Tom supôs que ela decidira ficar de bem com ele. Era provável que Marge também tivesse mudado o tom de suas declarações à polícia no que dizia respeito a ele.

O desaparecimento de Dickie estava causando grande comoção na imprensa italiana. Marge, ou alguma outra pessoa, fornecera fotografias aos repórteres. O *Epoca* publicou retratos de Dickie velejando em Mongibello; o *Oggi* mostrou-o sentado na praia e também no terraço do Giorgio's, além de uma fotografia em que Dickie e Marge — "amiga d'*il sparito* Dickie e d'*il assassinato* Freddie" — apareciam sorrindo, com os braços sobre os ombros um do outro, e havia até mesmo um retrato muito formal de Herbert Greenleaf Senior. Foi nas páginas de um jornal que Tom descobriu o endereço de Marge em Munique. Pelas últimas duas semanas, o *Oggi* vinha publicando uma biografia de Dickie, descrevendo seus tempos de estudante como "rebeldes" e adornando de tal forma sua vida social nos Estados Unidos e seu exílio na Europa em nome da arte que ele parecia uma mistura de Errol Flynn e Paul Gauguin. Os semanários ilustrados sempre publicavam os mais recentes relatórios policiais, que eram praticamente nulos, forrando-os com quaisquer teorias que os redatores resolvessem inventar naquela semana. Uma teoria favorita era a de que ele tivesse fugido com outra garota — uma garota que talvez estivesse assinando os recibos das remessas — e estivesse se divertindo, incógnito, no Taiti ou na América do Sul ou no México. A polícia continuava vasculhando Roma e Nápoles e Paris, e isso era tudo. Os jornais e revistas nada falavam sobre pistas em relação ao assassino de Freddie Miles, ou sobre testemunhas que houvessem visto Dickie Greenleaf carregando Freddie Miles, ou vice-versa, em frente ao prédio de Dickie. Tom se perguntou por que os jornais estariam suprimindo esses assuntos. Talvez não houvesse modo de publicar essas notícias sem correrem o risco de Dickie mover um processo por difamação. Tom ficou encantado ao ler sua própria descrição: um "amigo leal" do desaparecido, que se oferecera para revelar tudo o que sabia sobre a personalidade e os hábitos de Dickie e que estava perplexo com seu desaparecimento. "Signor Ripley, um dos jovens e abastados norte-americanos visitando a Itália", publicou o *Oggi*, "agora vive em um *palazzo* com vista para San Marco em Veneza". Isso agradou a Tom mais que tudo. Chegou a recortar a notícia.

Tom jamais havia pensado em sua residência como um "palácio", mas era o que os italianos pensavam — um casarão de dois andares com arquitetura tradicional e com mais de duzentos anos de idade, com uma entrada principal que dava para o Grand Canal, aonde só se podia chegar de gôndola, com amplos degraus de pedra mergulhados na água e portas de ferro que tinham de ser abertas por uma chave de vinte centímetros, além das portas normais por trás das portas de ferro, que também se abriam com uma chave enorme. Tom geralmente utilizava a porta dos fundos, menos formal, que ficava na Viale San Spiridione, exceto quando queria impressionar seus hóspedes levando-os de gôndola até a entrada principal. A porta dos fundos — que tinha quatro metros de altura, como a parede de pedra que se erguia entre o casarão e a rua — levava a um jardim um tanto malcuidado, mas ainda verde, com duas oliveiras nodosas e uma estátua de aparência antiga, representando um menino pelado que segurava um vaso amplo e raso, que funcionava como banheira suspensa para os pássaros. Era o jardim apropriado a um palácio veneziano, levemente decaído, precisando de restaurações que jamais aconteceriam, mas ainda indelevelmente belo, tal era sua beleza no momento em que viera ao mundo, mais de duzentos anos antes. O interior da casa era, na opinião de Tom, o modelo ideal para o lar de um solteiro civilizado, ao menos em Veneza: no térreo, um piso de mármore xadrez preto e branco, começando no vestíbulo tradicional e se estendendo a todos os cômodos; no segundo andar, mármore branco e rosa e móveis que não pareciam móveis, mas a corporificação de alguma melodia do *Cinquecento* tocada em oboés, flautas doces e violas de gamba. Tom e seus criados — Anna e Ugo, um casal de jovens italianos que havia trabalhado para um norte-americano na cidade e, portanto, conhecia a diferença entre um bloody mary e um *crème de menthe frappé* — poliam as fachadas dos armários e os baús e as cadeiras até que os móveis parecessem vivos, com luzes turvas e tremulantes que se moviam à medida que alguém caminhava ao redor. A única coisa vagamente moderna era o banheiro. No quarto de Tom, havia uma cama gigantesca, mais larga do que longa. Tom decorou seu quarto com uma série de pinturas panorâmicas de Nápoles, de 1540 até mais ou menos 1880, que encontrara num antiquário. Por mais de uma semana, dedicara atenção total à tarefa de decorar a casa. Seu gosto tinha agora uma segurança que não havia sentido em Roma, e da qual seu apartamento romano não dava qualquer indício. Sentia-se mais seguro de si mesmo, em todos os sentidos.

Sua autoconfiança o inspirara até mesmo a escrever para tia Dottie, em um estilo calmo, afetuoso e indulgente que ele jamais desejara usar antes, ou que jamais fora capaz de adotar. Perguntara-lhe sobre sua saúde extravagante e sobre seu odioso círculo de amigos em Boston, e lhe explicara por que gostava da Europa e por que pretendia morar algum tempo aqui, e o explicou de forma tão eloquente que chegou a copiar aquela seção da carta e colocá-la dentro da escrivaninha. Escrevera aquela carta cheia de inspiração certa manhã após tomar o desjejum, na poltrona do quarto, usando o novo pijama de seda, feito sob encomenda, lançando alguns olhares lânguidos pela janela, ao Grand Canal e à Torre do Relógio na Piazza San Marco, do outro lado da água. Após terminar a carta, fizera uma pausa para preparar mais café e então usara a máquina Hermes, que pertencera a Dickie, para escrever o testamento deste, legando a si mesmo toda a renda mensal e todo o dinheiro espalhado por vários bancos, assinando em seguida o documento como Herbert Richard Greenleaf Jr. Tom achou melhor não acrescentar uma testemunha, pois nesse caso os bancos ou o Sr. Greenleaf poderiam desafiá-lo a ponto de exigir saber quem era a testemunha. Até tinha pensado em inventar um nome italiano, supostamente alguém que Dickie poderia ter chamado ao seu apartamento em Roma com o propósito de testemunhar a assinatura do testamento. Teria de arriscar, mas a máquina de escrever de Dickie era tão velha e errática que suas idiossincrasias eram reconhecíveis, como uma espécie de caligrafia pessoal, e ele ouvira falar que hológrafos não necessitavam de testemunhas. A assinatura era perfeita, exatamente a mesma assinatura esguia e emaranhada que aparecia no passaporte de Dickie. Tom praticou por meia hora, depois deixou as mãos relaxarem, assinou um pedaço de papel e, finalmente, o testamento, tudo em rápida sucessão. Era tão perfeita que desafiaria qualquer pessoa a provar que se tratava de uma falsificação. Tom colocou um envelope na máquina e o endereçou "A Quem Possa Interessar", com uma anotação determinando que a carta não fosse aberta até junho deste ano. Enfiou-a num bolso lateral da mala, como se a houvesse carregado ali por algum tempo e nem tivesse se dado ao trabalho de desfazer a mala desde que se mudara para aquela casa. Depois, colocou a Hermes no estojo, levou-o para fora e jogou-o na pequena enseada do canal, estreita demais para barcos, que se estendia do ângulo dianteiro da casa até o muro do jardim. Sentiu-se contente por se livrar da máquina de escrever, embora houvesse hesitado em se separar dela até aquele momento. Ponderou que, em algum lugar de seu subconsciente, decerto sempre soubera que iria usá-la para escrever o testamento ou outro documento de grande importância, e por isso a trouxera consigo por tanto tempo.

Tom acompanhou a cobertura dos casos Greenleaf e Miles pelos jornais italianos e pela edição parisiense do *Herald-Tribune*, com a preocupação própria de um amigo tanto de Dickie quanto de Freddie. Pelo fim de março, os jornais estavam sugerindo que Dickie talvez estivesse morto, assassinado pelo mesmo homem, ou grupo de homens, que se beneficiara da falsificação de sua assinatura. Um jornal de Roma publicou que um homem em Nápoles afirmava que a assinatura na carta enviada de Palermo, declarando que nenhuma falsificação fora cometida, também era uma falsificação. Outros, no entanto, não concordavam. Algum membro da polícia, não Roverini, achava que o criminoso, ou o grupo de criminosos, fora *íntimo* de Greenleaf, tendo acesso às cartas do banco e também a audácia de responder de próprio punho. "O mistério", dizia o oficial de polícia, segundo os jornais, "é não apenas a identidade do falsificador, mas como ele teve acesso à carta, pois o porteiro do hotel se lembra de dar a correspondência registrada do banco nas mãos de Greenleaf. O porteiro também se recorda de que ele esteve sozinho durante todo o período em Palermo...".

Continuavam zanzando ao redor da resposta sem jamais acertá-la. Mas Tom ficou abalado por vários minutos após ler aquela notícia. Só restava às autoridades mais um passo, e o que as impedia de tomá-lo hoje ou amanhã ou depois de amanhã? Ou será que já sabiam a resposta e estavam apenas esperando que ele abaixasse a guarda — o tenente Roverini chegara a lhe enviar mensagens pessoais de tempos em tempos, para mantê-lo informado sobre a busca por Dickie —, ou que, em poucos dias, a polícia cairia sobre ele, munida de todas as evidências necessárias?

A situação fazia com que ele sentisse que estava sendo seguido, especialmente quando caminhava pela rua longa e estreita que levava à porta de casa. A Viale San Spiridione nada era além de uma fenda funcional entre as paredes verticais das casas, sem uma única loja, tão penumbrosa que ele mal conseguia enxergar aonde ia, nada além de uma fileira de fachadas grudadas e portas altas, firmemente trancadas, nos típicos pórticos italianos que se sucediam ao longo dos muros. Se fosse atacado, não havia lugar para se esconder, nenhum umbral de porta onde se atirar. Tom não tinha ideia de quem o atacaria, caso fosse atacado. Não imaginava que fosse a polícia. Temia coisas sem forma e sem nome, que assombravam seu cérebro como as Fúrias. Só conseguia caminhar confortavelmente por San Spiridione após haver diluído os medos com alguns coquetéis, percorrendo a rua assobiando e com ar fanfarrão.

Tom contava com várias opções de festas, embora só tivesse ido a duas, em suas duas primeiras semanas em Veneza. Tinha um círculo de conhecidos graças a um pequeno incidente que ocorrera no mesmo dia em que começara a procurar uma casa. Um agente imobiliário, munido de três chaves enormes, levara-o para ver uma casa na comuna de San Stefano, acreditando que estaria desabitada. Contudo, a casa não apenas estava ocupada, como servia de palco para um coquetel, e a anfitriã insistiu que Tom e o agente imobiliário ficassem para tomar uns drinques, como forma de se desculpar pela inconveniência que lhes causara com seu descuido. Havia um mês, ela colocara a casa para alugar, mas depois mudara de ideia e se esquecera de informar ao corretor. Tom aceitou o convite e agiu à sua maneira característica, reservada e cortês, e assim foi apresentado a todos — supondo que eles formavam a maioria da colônia de inverno em Veneza. Além disso, estavam sequiosos de sangue novo, a julgar pelo entusiasmo com que o receberam e lhe ofereceram ajuda para encontrar uma casa. Reconheceram seu nome, claro, e o fato de conhecer Dickie Greenleaf elevou seu valor social a um nível que surpreendeu até mesmo Tom. Era óbvio que iriam convidá-lo para todos os lugares e interrogá-lo e extrair-lhe até o último detalhe de informação para temperar um pouco suas vidas tediosas. Tom se comportou de maneira reservada, mas amigável, como era apropriado a um jovem em sua posição — um rapaz sensível, desacostumado àquele tipo de notoriedade espalhafatosa, cujo principal sentimento em relação a Dickie era a angústia de saber o que lhe acontecera.

Saiu daquela festa com os endereços de três outras casas em que poderia dar uma olhada (sendo uma delas a que acabou escolhendo alugar) e convites para duas outras festas. Resolveu ir à festa cuja anfitriã tinha um título, a *contessa* Roberta (Titi) della Latta-Cacciaguerra. Tom não estava com espírito para festas. Parecia enxergar as pessoas através de um nevoeiro, e a comunicação era lenta e difícil. Com frequência, tinha de pedir às pessoas que repetissem o que haviam dito. Sentia-se entediado. Mas poderia usar essas pessoas para treinar. As perguntas ingênuas ("Dickie bebia muito?", "Mas ele *estava* apaixonado por Marge, não estava?" e "Onde você *realmente* acha que ele está?") eram um bom exercício para as perguntas mais específicas que o Sr. Greenleaf lhe faria quando o encontrasse, se é que algum dia voltariam a se encontrar. Uns dez dias após receber a carta de Marge, Tom começou a se sentir inquieto, pois o Sr. Greenleaf não lhe telefonou nem lhe enviou nenhuma carta de Roma. Às vezes, quando se deixava dominar pelo medo, imaginava a polícia contando ao Sr. Greenleaf que estavam montando uma armadilha para Tom Ripley e que, por enquanto, eles dois não poderiam se falar.

Todos os dias, abria a caixa de correio, ansioso, esperando alguma carta de Marge ou do Sr. Greenleaf. A casa estava pronta para recebê-los. As respostas para suas perguntas estavam prontas em sua cabeça. Era como esperar interminavelmente pelo início de um espetáculo, pelo erguer das cortinas. Ou talvez o Sr. Greenleaf sentisse tanto rancor por Tom (sem mencionar que poderia sentir também alguma suspeita) que decidira ignorá-lo. Talvez Marge o estivesse estimulando a agir assim. De qualquer maneira, Tom não poderia viajar antes que *algo* acontecesse. Queria fazer uma viagem, a famosa viagem à Grécia. Havia comprado um guia de viagens e já planejara seu itinerário pelas ilhas.

Então, na manhã de 4 de abril, recebeu um telefonema de Marge. Ela estava em Veneza, na estação ferroviária.

— Vou aí buscá-la! — disse Tom, com voz animada. — O Sr. Greenleaf está com você?

— Não, ele está em Roma. Vim sozinha. Não precisa vir me buscar. Trouxe só uma bagagem pequena, para passar a noite.

— Não seja boba! — retrucou Tom, ansioso por fazer alguma coisa. — Não vai conseguir achar a casa sozinha.

— Vou, sim. Fica junto à della Salute, não é? Vou pegar o *motoscafo* até San Marco e dali sigo de gôndola.

Ela sabia mesmo o caminho.

— Bem, se você insiste...

Ele acabava de pensar que talvez fosse melhor dar mais uma olhada pela casa antes que ela chegasse.

— Já almoçou? — perguntou ele.

— Não.

— Ótimo! Vamos almoçar juntos. Cuidado para não resvalar no *motoscafo*!

Desligaram. Tom caminhou pela casa devagar, sobriamente, primeiro entrando nos dois salões do segundo andar, depois descendo a escada e atravessando a sala de estar. Nada, em lugar algum, que pertencesse a Dickie. Tom esperava que a casa não parecesse chique demais. Na mesa da sala de estar, apanhou uma cigarreira prateada, que comprara dois dias antes e na qual mandara gravar suas iniciais, e guardou-a na última gaveta de um baú na sala de jantar.

Anna estava na cozinha, preparando o almoço.

— Anna, teremos uma convidada para almoçar — avisou Tom. — Uma jovem dama.

O rosto de Anna se abriu num sorriso ante a perspectiva de uma pequena recepção.

— Uma jovem dama norte-americana?

— Sim. Uma velha amiga. Quando o almoço estiver pronto, você e Ugo podem tirar uma folga pelo resto da tarde. Podemos nos servir sozinhos.

— *Va bene* — disse Anna.

Anna e Ugo chegavam geralmente às dez da manhã e ficavam até as duas da tarde. Tom não queria que estivessem na casa durante sua conversa com Marge. Ambos entendiam um pouco de inglês, não o bastante para acompanhar perfeitamente uma conversa, mas Tom sabia que os dois ficariam de orelhas em pé se ele e Marge começassem a falar sobre Dickie, e isso o irritava.

Ele preparou uma porção de martínis e dispôs os copos e uma travessa com canapés sobre uma bandeja na sala de estar. Ao ouvir a batida na porta, caminhou até ela e abriu-a de supetão.

— Marge! Que bom ver você! Entre!

Ele pegou a mala que ela estava carregando.

— Como vai, Tom? Nossa! Isso tudo é seu?

Ela olhou ao redor, depois ergueu a vista para o teto alto, decorado com caixotões.

— Eu aluguei. Por uma bagatela! — disse Tom em voz modesta. — Venha, e vamos tomar um drinque. Me conte as novidades. Tem falado com a polícia em Roma?

Ele apanhou o sobretudo e a capa de chuva transparente dela e os colocou sobre uma cadeira.

— Sim, tenho falado com a polícia. E com o Sr. Greenleaf. Ele está muito aflito, o que já era esperado.

Ela se sentou no sofá e Tom, em uma cadeira, diante dela.

— Descobriram algo novo? Há um oficial de polícia em Roma que me mantém informado, mas por enquanto não me disse nada de realmente importante.

— Bem, a polícia descobriu que Dickie sacou uma quantia superior a mil dólares, em cheques de viagem, antes de partir de Palermo. *Poucas horas antes.* Logo, deve ter ido a algum lugar, como Grécia ou África. Enfim, não é possível que tenha se matado logo após retirar 10 mil dólares.

— Não mesmo — concordou Tom. — Bem, isso parece promissor. Não vi essa notícia nos jornais.

— Acho que não a publicaram.

— Só publicam besteiras, como o que Dickie comia no café da manhã em Mongibello — comentou Tom, enquanto servia mais martínis.

— Horrível, não é mesmo? As coisas melhoraram um pouco agora, mas quando o Sr. Greenleaf chegou os jornais estavam em sua pior fase. Ah, obrigada!

Ela aceitou o martíni, sorridente.

— E como ele está?

Marge balançou a cabeça.

— Tenho pena dele. Vive dizendo que a polícia norte-americana faria um trabalho melhor, esse tipo de coisa, mas não sabe falar uma palavra em italiano, e isso deixa tudo duas vezes pior.

— O que ele está fazendo em Roma?

— Esperando. O que mais qualquer um de nós poderia fazer? Adiei mais uma vez minha passagem de navio... O Sr. Greenleaf e eu fomos a Mongibello, e interroguei todo mundo lá, mais para fazer a vontade dele, claro. Não nos disseram nada. Dickie não aparece lá desde novembro.

— Não...

Tom bebericou o martíni, pensativo. Marge estava otimista, ele podia notar. Mesmo agora, exibia aquele vigor energético que ele sempre associara a uma típica escoteira, aquele jeito transbordante, como se ocupasse muito espaço, como se estivesse prestes a derrubar alguma coisa com algum movimento desenfreado, aquela aparência de saúde rústica e de vago desleixo. De repente, Tom se sentiu irritado com ela, mas representou seu papel com grande perícia: levantou-se, deu-lhe uns tapinhas amigáveis no ombro e deu-lhe um beijinho ligeiro e afetuoso na bochecha.

— Talvez esteja agora mesmo atirado numa poltrona em Tânger ou algum outro lugar, levando a vida numa boa e esperando que a tempestade passe.

— Bem, se ele está fazendo isso, é uma grande falta de consideração! — disse Marge, rindo.

— Não era minha intenção deixar vocês preocupados, quando falei sobre a depressão de Dickie. Senti que era meu dever contar.

— Entendo. Não se preocupe, acho que você estava certo em nos dizer. Só não acho que seja verdade.

Ela sorriu seu sorriso mais amplo, as pupilas brilhando com um otimismo que, aos olhos de Tom, parecia insano.

Ele começou a lhe fazer perguntas sensatas e pragmáticas sobre as opiniões da polícia romana, sobre as pistas que as autoridades tinham encontrado (e não haviam encontrado nenhuma pista que valesse a pena mencionar) e sobre o que Marge escutara a respeito do caso Miles. Também não havia novidade sobre esse caso, mas Marge sabia que Freddie e Dickie foram vistos juntos, em frente à casa de Dickie, por volta das oito da noite. Ela acreditava que as testemunhas haviam exagerado a história.

— Talvez Freddie estivesse bêbado, ou talvez Dickie o estivesse amparando apenas com um braço. Como as testemunhas poderiam ter certeza, no escuro? Não venham me dizer que Dickie matou Freddie!

— A polícia tem alguma prova concreta, indicando que Dickie o tenha matado?

— Claro que não!

— Então por que esses fulanos não começam a fazer seu trabalho, por exemplo, descobrindo quem matou Freddie e também onde está Dickie?

— *Ecco!* — disse Marge, enfaticamente. — Seja como for, a polícia agora tem certeza de que Dickie foi de Palermo a Nápoles. Um camareiro se lembra de ter carregado sua bagagem da cabine do barco até as docas de Nápoles.

— É mesmo? — murmurou Tom.

Ele também se lembrava do camareiro, um vagabundo desajeitado que deixara cair sua mala de lona, tentando carregá-la sob o braço.

— Freddie não foi morto horas após haver saído do apartamento de Dickie? — perguntou Tom de repente.

— Não. Os médicos não conseguem afirmar isso. E parece que Dickie não tinha um álibi forte, porque estava sozinho, sem dúvida. O velho azar de Dickie, novamente.

— Eles não acham *mesmo* que Dickie o matou, acham?

— Não dizem assim, com todas as letras. Mas está no ar. Naturalmente, não podem sair fazendo afirmações impensadas sobre um cidadão norte-americano, mas enquanto continuarem sem outros suspeitos e Dickie continuar desaparecido... Além disso, a senhoria do prédio em Roma disse que Freddie lhe perguntou quem estava morando no apartamento de Dickie, ou algo assim. Ela contou que Freddie parecia zangado, como se houvessem discutido, e que ele perguntou se Dickie estava morando sozinho.

Tom franziu o cenho.

— Por que será?

— Não tenho ideia. O italiano de Freddie não é dos melhores, então talvez a senhoria tenha entendido errado. De qualquer forma, o simples fato de que Freddie estivesse zangado parece lançar alguma suspeita sobre Dickie.

Tom ergueu as sobrancelhas.

— Eu diria que lança suspeita sobre Freddie. Talvez Dickie não estivesse zangado com coisa alguma.

Tom se sentia calmo, pois notava que Marge não percebera nada em relação àquele assunto.

— Eu não me preocuparia com isso, a menos que surja algo concreto. Toda essa história me parece sem importância.

Ele encheu o copo mais uma vez.

— Por falar na África, já procuraram em Tânger? Dickie costumava dizer que gostaria de conhecer.

— Acho que as autoridades alertaram a polícia em todos os lugares possíveis. Deveriam trazer a polícia francesa para cá. Os franceses são ótimos com esse tipo de coisa. Mas, claro, não podem fazer isso. Estamos na Itália — disse ela, e pela primeira vez havia um tremor de nervosismo em sua voz.

— Que tal almoçarmos aqui? — sugeriu Tom. — A empregada sempre fica para fazer o almoço, e podemos aproveitar.

Bem quando Tom falava, Anna apareceu na sala, anunciando que o almoço estava pronto.

— Excelente! — disse Marge. — Até porque está chovendo um pouco.

— *Pronta la collazione, signore* — avisou Anna com um sorriso, encarando Marge.

Tom notou que Anna a reconheceu pelas fotos dos jornais.

— Você e Ugo já podem ir, se quiserem, Anna. Obrigado.

Anna voltou à cozinha — os criados costumavam usar uma porta que dava da cozinha para uma pequena viela, na lateral da casa —, mas Tom a ouviu perambulando ao redor da cafeteira, decerto matando tempo, à espera de entreouvir alguma coisa.

— E Ugo? Então você tem nada menos que dois criados?

— Ah, aqui em Veneza os empregados sempre vêm em duplas. Acredite se quiser, mas aluguei esta casa por 50 dólares mensais, sem contar o aquecimento.

— Não acredito! É praticamente o preço que cobram em Mongibello.

— Verdade. A calefação é fantástica, claro, mas não vou aquecer nenhum cômodo além do meu quarto.

— Mas está bem agradável aqui dentro.

— Ah, eu mandei abrir a fornalha, quando soube que você vinha — comentou Tom, sorrindo.

— O que aconteceu? Suas tias morreram e lhe deixaram uma fortuna? — perguntou Marge, ainda fingindo estar deslumbrada.

— Não, é só uma decisão que tomei. Vou desfrutar o que tenho, enquanto durar. Como lhe disse, aquela tentativa de emprego em Roma não deu certo, e então aqui estava eu, na Europa, com cerca de 2 mil dólares em meu nome, então decidi aproveitar o que pudesse e viver em grande estilo, depois voltar para casa, falido, e começar de novo.

Na última carta para Marge, Tom explicara que havia se candidatado a um posto de representante comercial para uma companhia norte-americana, e que sua tarefa seria vender aparelhos auditivos na Europa. Porém, contou que não conseguira fazer o serviço, e seu entrevistador em Roma achara que ele não tinha o perfil adequado. Tom acrescentara que o entrevistador havia aparecido no instante em que ele falava com Marge ao telefone, e por isso ele não conseguira comparecer ao compromisso no Angelo's.

— Nesse ritmo, 2 mil dólares não vão durar muito.

Tom sabia que ela o estava sondando, para descobrir se Dickie lhe dera algum dinheiro.

— Vai durar até o verão — disse Tom, pragmático. — De qualquer forma, acho que mereço. Passei a maior parte do inverno zanzando pela Itália como um cigano, quase sem dinheiro, e já estou cansado disso.

— Mas *onde* você esteve durante o inverno?

— Bem, não estive com Tom. Quero dizer, não estive com Dickie — corrigiu-se, embaraçado com o próprio lapso. — Sei que pensou isso. Mas vi Dickie tantas vezes quanto você.

— Ah, não venha com essa — disse Marge, enrolando as palavras, como se estivesse ficando bêbada.

Tom preparou mais dois ou três martínis na jarra.

— Exceto pela viagem a Cannes e aqueles dois dias em Roma, em fevereiro, não encontrei Dickie durante todo o inverno.

Isso não era exatamente verdade, pois escrevera para ela, avisando que "Tom ficaria hospedado" com ele em Roma por vários dias após a viagem a Cannes, mas, agora que estava face a face com Marge, tinha vergonha de deixá-la saber, ou mesmo supor, que ele passara tanto tempo com Dickie. Isso poderia confirmar que ele e Dickie eram culpados daquilo de que Marge, em sua própria carta, acusara Dickie. Tom mordeu a língua enquanto servia a bebida, odiando-se pela própria covardia.

— O que acha que ele sentia por *mim*? Me diga com sinceridade. Vou aguentar.

— Acho que ele se preocupava com você — disse Tom. — Acho que... Bem, é uma daquelas situações que acontecem com frequência, um homem que, para início de conversa, morre de medo de se casar...

— Mas eu nunca pedi que casasse comigo! — protestou Marge.

— Eu sei, mas... — Tom obrigou-se a continuar, embora aquele assunto fosse como vinagre em sua língua: — Digamos que ele não conseguia lidar com a responsabilidade de saber que você gostava tanto dele. Acho que ele desejava ter uma relação mais casual com você.

Isso dizia tudo e também dizia nada.

Por um momento, Marge o observou fixamente, com aquela velha expressão extraviada, mas então se recompôs com bravura e disse:

— Bem, isso é coisa do passado agora. Só me interessa o que Dickie possa ter feito consigo mesmo.

Também era coisa do passado toda aquela raiva dela ante a ideia de que Tom houvesse passado o inverno com Dickie — em parte, porque inicialmente ela não quisera acreditar naquilo; agora, porque já não precisava acreditar mesmo, pensou Tom. Ele perguntou, cautelosamente:

— Ele por acaso não lhe escreveu, quando estava em Palermo?

Marge balançou a cabeça.

— Não. Por quê?

— Eu queria saber o que você achou sobre o estado de espírito dele na época. Você lhe escreveu?

Ela hesitou.

— Sim... Para falar a verdade, escrevi, sim.

— Que tipo de carta? Só lhe pergunto isso porque uma carta agressiva poderia ter um efeito negativo sobre ele, naquele momento.

— Ah... É difícil explicar que tipo de carta. Uma carta bastante amigável. Eu lhe disse que iria voltar para os Estados Unidos.

Tom sentiu prazer olhando o rosto dela, olhando outra pessoa que se contorcia ao mentir. Aquela fora a carta asquerosa em que Marge ameaçara contar à polícia que Dickie e Tom andavam sempre juntos.

— Bem, acho que não tem importância, então — comentou Tom com doçura, recostando-se no espaldar da poltrona.

Ficaram em silêncio por alguns momentos, depois Tom lhe perguntou sobre seu livro, quem era o editor e quanto trabalho ainda havia pela frente. Marge respondeu a tudo com entusiasmo. Ele tinha a impressão de que se Dickie reaparecesse e o livro de Marge fosse publicado até o próximo inverno, ela provavelmente explodiria de felicidade, soltando um som desagradável e reverberante — *pop!* —, e isso seria o seu fim.

— Acha que eu deveria me oferecer para falar com o Sr. Greenleaf também? — perguntou Tom. — Eu adoraria ir a Roma...

Mas logo se lembrou de que não adoraria nem um pouco, pois a cidade estava cheia de pessoas que o haviam visto como Dickie Greenleaf.

— Ou acha que ele gostaria de vir até aqui? Posso hospedá-lo. Onde ele está ficando, em Roma?

— Ele está com uns amigos norte-americanos que têm um apartamento enorme. Um sujeito chamado Northup, na Via Quattro Novembre. Acho que seria gentil se lhe telefonasse. Vou anotar o endereço para você.

— Boa ideia. Ele não gosta de mim, gosta?

Marge sorriu um pouco.

— Bem, para ser honesta, não. Considerando tudo, acho que ele é um pouco injusto com você. Deve achar que você estava vivendo à custa de Dickie.

— Bem, eu não estava. Lamento que o plano de levar Dickie para casa não tenha funcionado, mas expliquei tudo a ele. Eu lhe escrevi as cartas mais sensíveis do mundo, com todas as informações que tinha sobre Dickie, ao saber que ele havia desaparecido. Ajudou em alguma coisa?

— Acho que sim, mas... Oh, me desculpe, Tom! Estraguei sua linda toalha de mesa!

Marge tinha virado o martíni. Agora estava borrando a toalha de crochê, desajeitadamente, com o guardanapo.

Tom voltou correndo da cozinha, com um pano molhado.

— Não se preocupe — disse ele, olhando a madeira na mesa branquejar apesar de seus esforços em esfregá-la.

Não se importava com a toalha, mas, sim, com a belíssima mesa.

— Me desculpe.

Tom a odiava. De repente, lembrou-se do sutiã dela, pendurado no peitoril da janela em Mongibello. Se ele a convidasse para dormir aqui, suas roupas de baixo passariam a noite penduradas nas cadeiras do quarto. A ideia o repugnava. Deliberadamente, disparou um sorriso por cima da mesa, em direção a ela.

— Espero que me conceda a honra de dormir em minha casa esta noite. Em minha casa, não em minha cama — acrescentou, rindo. — Há dois quartos no segundo andar, e pode ficar com um deles.

— Muito obrigada. Tudo bem, aceito.

Ela abriu um enorme sorriso para ele.

Tom a instalou em seu próprio quarto — a cama no outro quarto era apenas um sofá de tamanho grande, menos confortável que sua cama de casal — e, após o almoço, Marge fechou a porta para tirar um cochilo. Tom vagou inquieto pelo resto da casa, perguntando-se se havia algo no quarto que deveria remover. O passaporte de Dickie estava no forro da mala, em seu armário. Não conseguia se lembrar de mais nada. Mas mulheres têm olhos aguçados, pensou Tom — até mesmo Marge. Talvez ela bisbilhotasse. Finalmente, enquanto ela ainda dormia, Tom entrou no quarto e tirou a mala do armário. O piso rangeu, e Marge pestanejou, entreabrindo os olhos.

— Só vim pegar uma coisa — sussurrou Tom. — Desculpe.

Ele continuou andando na ponta dos pés até sair do quarto. Talvez ela não se lembrasse de nada, pois não havia acordado completamente.

Depois, levou Marge para conhecer o resto da casa, mostrando-lhe a estante com os livros encadernados em couro, na sala contígua ao quarto — livros que ele disse fazer parte da mobília da casa, embora fossem dele, comprados em Roma, Palermo e Veneza. Percebeu que, em Roma, tinha consigo cerca de dez daqueles livros, e que um dos jovens agentes que acompanhavam Roverini inclinara-se para observá-los, aparentemente estudando seus títulos. Mas não era nada com que devesse se preocupar, pensou, ainda que o mesmo policial aparecesse aqui. Mostrou a Marge a entrada principal da casa, com seus largos degraus de pedra. A maré estava baixa e quatro degraus apareciam — os dois inferiores estavam cobertos de um musgo espesso e úmido. O musgo era do tipo longo e resvalante, pendendo das bordas dos degraus como desgrenhados cabelos verde-escuros. Aos olhos de Tom, os degraus pareciam repugnantes, mas Marge os achou muito românticos. Ela se debruçou sobre eles, fitando as águas fundas do canal. Tom sentiu um impulso de empurrá-la.

— Podemos vir até a porta de gôndola, hoje à noite? — perguntou ela.

— Ah, claro.

Iriam sair para jantar, é claro. Tom se arrepiava ao pensar na longa noite italiana que os esperava, pois eles não jantariam antes das dez, e depois ela iria querer se sentar a uma mesa na Piazza San Marco bebendo *espressos* até as duas da manhã.

Tom ergueu os olhos para o nebuloso e cinzento céu veneziano, observando uma gaivota deslizar pelo espaço e pousar nos degraus de outra casa, no lado oposto do canal. Estava tentando decidir a qual de seus amigos venezianos telefonaria para perguntar se podia fazer uma visita com Marge, para tomarem uns drinques, por volta das cinco da tarde. Todos adorariam conhecê-la, é claro. Decidiu ligar para o inglês Peter Smith-Kingsley. Peter tinha um criado afegão, um piano e um bar bem abastecido. Tom achou que ele seria a melhor opção, pois nunca deixava um convidado ir embora. Poderiam ficar com ele até a hora de jantar.

24

Tom telefonou para o Sr. Greenleaf, da casa de Peter Smith-Kingsley, por volta das sete horas. O Sr. Greenleaf parecia mais amigável do que o esperado, e sua voz assumia um tom patético e sequioso sempre que Tom lhe atirava alguma migalha de informação sobre Dickie. Peter, Marge e os Franchetti — uma dupla de irmãos atraentes, vindos de Trieste, que Tom conhecera recentemente — estavam na sala contígua e decerto escutavam cada palavra que ele dizia. Tom sentiu que seu desempenho foi melhor do que seria se estivesse sozinho.

— Contei a Marge tudo o que sei — disse ele. — Então, ela vai poder lhe contar qualquer coisa que eu por acaso esqueça. Mas lamento muito não poder contribuir com alguma pista realmente importante para a polícia.

— Ah, essa polícia! — reclamou o Sr. Greenleaf. — Estou começando a achar que Richard está morto. Por algum motivo, os italianos não aceitam que isso seja possível. Agem como amadores, ou velhinhas fingindo ser detetives.

Tom se sentiu chocado pela maneira sem cerimônia com que o Sr. Greenleaf falou sobre a possibilidade de o filho estar morto.

— O *senhor* acha que Dickie se matou, Sr. Greenleaf? — perguntou Tom em voz baixa.

O homem do outro lado da linha suspirou.

— Não sei. Acho que é possível, sim. Sempre achei meu filho meio instável, Tom.

— Devo concordar com o senhor. Gostaria de falar com Marge? Ela está na sala ao lado.

— Não, não, obrigado. Quando ela volta?

— Pelo que me lembro, ela disse que volta amanhã para Roma. Se por acaso quiser vir a Veneza, Sr. Greenleaf, apenas para um breve descanso, será muito bem-vindo em minha casa.

Mas o Sr. Greenleaf declinou o convite. Não era preciso exagerar na cortesia, percebeu Tom. Era como se estivesse provocando o perigo, incontrolavelmente. O Sr. Greenleaf lhe agradeceu pelo telefonema e lhe desejou um gentilíssimo boa-noite.

Tom voltou à sala adjacente.

— Nenhuma novidade em Roma — anunciou, abatido, ao grupo de amigos.

— Oh... — Peter parecia desapontado.

— Aqui está o que lhe devo pelo telefonema, Peter — disse Tom, deixando 120 liras sobre o piano. — Muito obrigado.

— Tenho uma teoria — comentou Pietro Franchetti, em seu inglês com sotaque britânico. — Dickie Greenleaf trocou passaportes com um pescador napolitano ou talvez com algum romano que vendia cigarros na rua, para poder viver a vida que sempre quis, longe de tudo. Mas acontece que o atual portador do passaporte de Dickie não sabe falsificar assinaturas tão bem quanto imaginava, e teve de desaparecer de repente. A polícia deveria procurar algum homem que supostamente perdeu a carteira de identidade, descobrir quem ele é, depois procurar outro homem que esteja usando o nome do primeiro, e pronto, esse é Dickie Greenleaf.

Todos riram, e quem riu mais alto foi Tom.

— O problema com essa teoria — disse Tom — é que muitos conhecidos de Dickie o viram entre janeiro e fevereiro...

— *Quem?* — interrompeu Pietro com aquela irritante beligerância que os italianos às vezes demonstram no meio de uma conversa, e que é duplamente irritante em inglês.

— Bem, eu, por exemplo. De qualquer forma, como eu ia dizendo, as falsificações agora foram datadas como sendo de dezembro, de acordo com o banco.

— Mesmo assim, é uma ideia — observou Marge, sentindo-se ótima com seu terceiro drinque, esticando-se na *chaise longue* de Peter. — E essa ideia é a cara de Dickie. Eu o imagino fazendo isso logo após a viagem a Palermo, quando teve de lidar com o problema das falsificações, além de tudo o que já estava acontecendo. Nunca acreditei nessa história das falsificações. Acho que Dickie mudou tanto que até sua caligrafia se alterou.

— Também acho — concordou Tom. — Os especialistas do banco não são unânimes em dizer que as assinaturas são todas falsas. A companhia norte-americana está dividida quanto ao assunto, e Nápoles concordou. O banco napolitano jamais teria notado uma falsificação se os Estados Unidos não houvessem avisado.

— Estou curioso: o que será publicado nos jornais desta noite? — perguntou Peter, repuxando o sapato semelhante a um chinelo, que ele antes havia tirado pela metade, provavelmente porque machucava o pé. — Querem que eu saia para pegá-los?

Mas um dos Franchetti se ofereceu para buscar os jornais e, num instante, disparou para fora da sala. Lorenzo Franchetti estava usando um colete bordado cor-de-rosa, *all'inglese*, e um terno e sapatos ingleses com solas grossas, e seu irmão vestia-se de maneira muito parecida. Peter, por sua vez, vestia roupas italianas da cabeça aos pés. Tom havia reparado, em festas e no teatro, que, se um homem vestia roupas inglesas, provavelmente era italiano, e vice-versa.

Mais convidados chegaram bem no instante em que Lorenzo voltava com os jornais — dois italianos e dois norte-americanos. Os jornais passaram de mão em mão. Mais discussões, mais especulações estúpidas e tagarelas, mais agitação com as notícias do dia: a casa de Dickie em Mongibello fora vendida pelo dobro do preço inicialmente pedido. O dinheiro ficaria num banco em Nápoles até que Greenleaf o reivindicasse.

No mesmo jornal, havia um *cartoon* mostrando um homem de joelhos, espiando atrás da escrivaninha. Sua esposa perguntava: "Perdeu um botão?" E a resposta dele era: "Não, estou procurando Dickie Greenleaf."

Tom ouviu que a procura também era assunto nas casas de show em Roma.

Um dos norte-americanos que acabavam de entrar, e cujo nome era Rudy alguma coisa, convidou Tom e Marge para um coquetel na suíte onde estava hospedado, no dia seguinte. Tom fez menção de declinar, mas Marge disse que adoraria ir. Tom não havia imaginado que ela estaria em Veneza no dia seguinte, pois durante o almoço ela dissera algo sobre ir embora. O coquetel seria horrível, pensou Tom. Rudy era um grosseirão desbocado, vestido em roupas chamativas que o faziam parecer um antiquário. Tom manobrou até extrair a si mesmo e a Marge da casa, antes que ela aceitasse outros convites para datas ainda mais futuras.

Durante todos os cinco pratos do jantar, Marge se manteve num humor frívolo que causava em Tom uma irritação constante, mas, por meio de um esforço supremo, conseguiu simular uma conversa animada — como um sapo indefeso que estremece ao toque de uma agulha elétrica, pensou ele. Quando ela lhe atirava uma bola, ele a agarrava e dava alguns dribles. Tom dizia coisas como: "Talvez Dickie tenha se descoberto em sua pintura, talvez tenha fugido, como Gauguin, para alguma ilha nos mares do Sul." Aquilo lhe dava náuseas. Em seguida, Marge inventava alguma história fantasiosa sobre Dickie nos mares do Sul, fazendo gestos preguiçosos com as mãos. O pior ainda estava por vir, pensou Tom: o passeio de gôndola. Se ela roçasse a mão na água,

Tom esperava que um tubarão a mordesse. Pediu uma sobremesa, para a qual já não havia espaço em sua barriga, mas Marge a comeu.

Ela queria uma gôndola particular, claro, não o serviço regular de gôndolas coletivas que transportava dez passageiros de cada vez, da Piazza San Marco aos degraus da Basílica de Santa Maria della Salute — então, pegaram uma gôndola particular. Era uma e meia da manhã. Tom estava com um gosto marrom-escuro na boca, por causa do excesso de *espressos* tomados, e seu coração adejava como as asas de um passarinho. Ele sabia que não conseguiria dormir antes de o sol raiar. Sentindo-se exausto, recostou-se no assento da gôndola, com langor idêntico ao de Marge, tomando cuidado para não deixar que sua coxa tocasse na dela. Marge continuava com o espírito exaltado, entretendo-se agora com um monólogo sobre o alvorecer em Veneza, espetáculo que ela aparentemente presenciara em uma visita anterior. O suave balanço do barco e o rítmico golpear do remo sobre a água faziam com que Tom se sentisse um pouco enjoado. A extensão aquática entre a parada em San Marco e os degraus da casa parecia interminável.

Os degraus estavam encobertos, exceto os dois superiores, e a água lambia a borda do terceiro degrau, agitando os musgos de forma repugnante. Tom pagou ao gondoleiro mecanicamente e estava de pé em frente ao pórtico principal quando percebeu que não trouxera as chaves. Olhou ao redor, em busca de algum ponto onde pudesse escalar o muro, mas, mesmo no último degrau, não conseguia alcançar sequer o peitoril de uma janela. Antes que Tom dissesse qualquer coisa, Marge estourou de rir.

— Você não trouxe a chave! Quem iria acreditar numa coisa dessas: trancados fora de casa, cercados de águas ferozes, e sem chave!

Tom tentou sorrir. Por que teria pensado em trazer duas chaves, com cerca de trinta centímetros cada uma, tão pesadas quanto um par de revólveres? Virou-se e chamou o gondoleiro de volta, aos gritos.

— Ah! — A risadinha do gondoleiro projetou-se sobre a água. — *Mi dispiace, signor! Deb' ritornare a San Marco! Ho un appuntamento!*

O homem continuou remando.

— Estamos sem as chaves! — gritou Tom em italiano.

— *Mi dispiace, signore!* — respondeu o gondoleiro. — *Mandarò un altro gondoliere!*

Marge riu de novo.

— Ah, algum outro gondoleiro vai vir nos pegar. Que linda noite, não é? — Ela se ergueu na ponta dos pés.

Não, a noite não estava nada linda. Estava gélida, e um chuvisco gosmento começara a cair. Tom pensou em acenar para a gôndola coletiva, mas não a enxergava no canal. O único barco que avistou foi o *motoscafo* que se aproximava do píer de San Marco. As chances de que a lancha se desse ao trabalho de vir buscá-los era quase nula, mas Tom gritou mesmo assim. O *motoscafo*, cheio de luzes e passageiros, seguiu cegamente, devagar, em direção ao píer de madeira do outro lado do canal. Marge estava sentada no degrau de cima, abraçando os joelhos, sem fazer nada. Finalmente, uma lancha um tanto baixa, semelhante a um barco de pesca, começou a desacelerar, e alguém gritou em italiano:

— Trancados do lado de fora?

— Esquecemos as chaves! — explicou Marge alegremente.

Mas ela não quis entrar na lancha. Disse que preferia esperar nos degraus enquanto Tom dava a volta na casa e abria a porta lateral. Ele respondeu que isso levaria uns quinze minutos ou mais, e que ela pegaria uma gripe ali sentada, então ela embarcou. O italiano os levou ao desembarcadouro mais próximo, nos degraus da Basílica de Santa Maria della Salute. O piloto não quis aceitar nenhum pagamento pela carona, mas aceitou o resto do maço de cigarros norte-americanos que Tom lhe ofereceu. Sem saber por que, Tom se sentiu mais amedrontado aquela noite, caminhando por San Spiridione com Marge, do que teria se sentido se estivesse sozinho. Ela, claro, não foi afetada de forma alguma pela rua e falou sem parar durante todo o trajeto.

25

Na manhã seguinte, muito cedo, uma batida na porta despertou Tom. Ele vestiu o roupão e desceu a escada. Era um telegrama, e Tom teve de subir com pressa ao segundo andar para apanhar uma gorjeta para o mensageiro. Parou no meio da sala de estar fria e leu a mensagem.

> Mudei de ideia. Gostaria de ver você.
> Chego às 11h45.
> H. Greenleaf

Tom estremeceu. Bem, já estava preparado para isso, disse a si mesmo. Mas não era verdade. Não estava preparado, e sim apavorado. Ou será que era um efeito por estar tão cedo? A sala de estar estava cinzenta e horrível. E aquele "ver você" conferia ao telegrama um toque sinistro. Geralmente, os erros tipográficos dos telegramas italianos eram muito mais divertidos. E se tivessem trocado o "H" por um "R" ou um "D"? Como estaria se sentindo agora?

Ele voltou depressa ao segundo andar e se enfiou no calor da cama para tentar dormir mais um pouco. Ficou imaginando se Marge entraria no quarto para avisar que também havia escutado aquela batida na porta, mas acabou concluindo que ela permanecera adormecida o tempo todo. Imaginou-se recebendo o Sr. Greenleaf à porta, apertando sua mão com firmeza e tentando responder às perguntas do homem, mas a fadiga logo deixou sua mente nublada, causando-lhe uma sensação de medo e desconforto. Estava sonolento demais para formular perguntas e respostas específicas e tenso demais para adormecer. Queria fazer café e acordar Marge, apenas para ter alguém com quem conversar, mas não suportava a ideia de entrar naquele quarto e deparar com as calcinhas e cintas-ligas espalhadas por todos os lados — não, ele não *aguentaria* ver isso.

Foi Marge quem o acordou, dizendo-lhe que já preparara o café no andar de baixo.

— Adivinhe o que aconteceu — disse Tom com um grande sorriso. — Recebi um telegrama do Sr. Greenleaf essa manhã. Ele chega ao meio-dia.

— *Sério?* Quando recebeu o telegrama?

— Essa manhã, bem cedo. Se é que eu não estava sonhando.

Tom procurou a mensagem.

— Aqui está.

— "Gostaria de ver você" — leu ela em voz alta, rindo um pouco. — Bem, isso é ótimo. Vai ser bom para ele, eu espero. E você? Vai descer ou quer que eu traga o café?

— Vou descer, sim — respondeu Tom, vestindo o roupão.

Marge já estava vestida, usando suéter e calça de veludo cotelê preto, bem cortada e feita sob encomenda, supôs Tom, pois se amoldava à silhueta abaulada como uma cuia da dona — talvez nenhuma calça lhe servisse perfeitamente, mas aquela a vestia tão bem quanto possível. Beberam café até que Anna e Ugo apareceram às dez com leite, pão doce e as edições matutinas dos jornais. Fizeram mais café, aqueceram o leite e ficaram um tempo na sala de estar. Os jornais não publicavam mais notícias sobre Dickie ou o caso Miles. Algumas manhãs eram assim, mas à noite os jornais acabavam publicando algo sobre o assunto: mesmo quando não havia novas informações, dava-se um jeito para lembrar os leitores de que Dickie continuava desaparecido e que o assassinato de Miles continuava sem solução.

Às onze e quarenta e cinco, Marge e Tom foram à estação ferroviária encontrar o Sr. Greenleaf. Tinha voltado a chover, e o tempo estava tão ventoso e frio que a chuva parecia fiapos de neve. Abrigaram-se sob o toldo da estação, vendo as pessoas atravessarem o portão, e finalmente avistaram o Sr. Greenleaf, pálido e solene. Marge correu para beijá-lo no rosto, e ele sorriu.

— Olá, Tom! — disse ele vigorosamente, estendendo-lhe a mão. — Como está?

— Muito bem, obrigado! E o senhor?

O Sr. Greenleaf trazia apenas uma mala pequena, mas um carregador já a tinha pegado e entrou com eles no *motoscafo*, embora Tom dissesse que poderia carregar a mala sozinho. Tom sugeriu que fossem direto à sua casa, mas o Sr. Greenleaf queria se instalar no hotel primeiro. Tom insistiu.

— Apareço em sua casa assim que me registrar. Pensei em ficar no Gritti. É mais ou menos perto do seu endereço? — perguntou o Sr. Greenleaf.

— Não muito, mas pode ir andando até San Marco e pegar uma gôndola — respondeu Tom. — Se o senhor quer apenas se registrar, podemos acompanhá-lo até lá. Pensei em almoçarmos todos juntos... a menos que deseje ficar um pouco a sós com Marge.

Era o bom e velho Ripley novamente, modesto e altruísta.

— Vim principalmente para falar com você! — disse o Sr. Greenleaf.

— Tem alguma novidade? — perguntou Marge.

O Sr. Greenleaf balançou a cabeça. Lançava olhares nervosos e distraídos pela janela do *motoscafo*, como se a estranheza da cidade o obrigasse a contemplá-la, embora nenhuma imagem ficasse em sua mente. Não havia respondido à pergunta de Tom sobre o almoço.

Tom cruzou os braços, estampou no rosto uma expressão agradável e tentou ficar em silêncio. De qualquer forma, o motor da lancha fazia um estrondo. O Sr. Greenleaf e Marge estavam conversando de forma muito casual sobre pessoas que conheciam em Roma. Tom percebeu que os dois se davam muito bem, embora ela houvesse dito que só o conhecera recentemente, em Roma.

Foram a um restaurante modesto, entre o Gritti e o Rialto, especializado em frutos do mar e cujos ingredientes ficavam sempre expostos, crus, num longo balcão interno. Uma das travessas ostentava diversas variedades daquele pequeno polvo roxo de que Dickie tanto gostava, e, enquanto passavam pelo balcão, Tom fez um gesto de cabeça indicando as travessas.

— Pena que Dickie não esteja aqui para provar um desses — comentou com Marge.

Ela sorriu. Ficava sempre de ótimo humor antes de comer.

O Sr. Greenleaf falou um pouco mais durante o almoço, mas seu rosto manteve a expressão séria, e ele continuou lançando olhadelas ao redor enquanto falava, como se esperasse que Dickie fosse entrar no restaurante a qualquer momento. Não, a polícia não havia encontrado nenhuma pista de verdade, afirmou ele, acrescentando que havia acabado de contratar um detetive particular norte-americano, que viria à Itália para tentar elucidar o mistério.

Ouvindo aquilo, Tom engoliu lentamente a comida, pensativo — ele também tinha uma suspeita latente, ou talvez uma ilusão, de que os detetives norte-americanos seriam melhores que os italianos —, mas então percebeu a evidente futilidade daquele plano, assim como Marge também percebera, pois o rosto dela ficou tenso e imóvel.

— Parece uma ótima ideia — comentou Tom.

— O que acha da polícia italiana? — perguntou o Sr. Greenleaf.

— Bem, na verdade, acho os policiais daqui muito bons — respondeu Tom. — E eles também têm a vantagem de falar italiano e de poder ir a todos os lugares e investigar todos os suspeitos. Esse detetive particular também fala italiano, não fala?

— Na verdade, não sei. Não sei — disse o Sr. Greenleaf, confuso e embaraçado, como se acabasse de perceber que deveria ter averiguado aquilo, mas não o fizera. — O nome dele é McCarron. Dizem que é muito bom.

Provavelmente não fala italiano, pensou Tom.

— Quando ele chega?

— Amanhã ou depois de amanhã. Irei a Roma para encontrá-lo, se já estiver lá.

O Sr. Greenleaf terminou seu *vitello alla parmigiana*. Não havia comido muito.

— A casa do Tom é maravilhosa! — disse Marge, atacando seu babá de rum de sete camadas.

Tom quase a fulminou com o olhar, mas disfarçou com um sorriso vago.

O interrogatório, pensou Tom, ocorreria na casa, provavelmente quando ele e o Sr. Greenleaf estivessem sozinhos. Sabendo que o Sr. Greenleaf queria conversar com ele a sós, Tom propôs que tomassem café no restaurante, antes que Marge sugerisse que fossem para casa. Ela adorava o gosto da cafeteira de Tom. Mesmo após chegarem, no entanto, Marge gravitou ao redor deles por cerca de meia hora na sala de estar. *Ela não percebe que está atrapalhando*, refletiu Tom. Ele a encarou por um instante, franzindo o cenho com ar brincalhão, depois disparou uma olhadela para a escada. Marge captou a indireta, cobriu a boca com a palma da mão e anunciou que iria cochilar no andar de cima. Estava com aquele seu humor alegre e, durante toda a conversa que tivera com o Sr. Greenleaf no almoço, falara como se Dickie estivesse vivo *sem dúvida alguma*, e o Sr. Greenleaf não devia se preocupar, não, de jeito nenhum, porque isso fazia mal para a digestão. Como se ainda tivesse esperanças de um dia ser nora dele, pensou Tom.

O Sr. Greenleaf se levantou e começou a andar de um lado para outro pelo assoalho, com as mãos nos bolsos do terno, como um executivo prestes a ditar uma carta para seu estenógrafo. Não fizera qualquer comentário sobre a suntuosidade da casa, na verdade nem sequer prestara atenção em coisa alguma, percebeu Tom.

— Bem, Tom...

Ele suspirou antes de continuar:

— Estranho que as coisas tenham acabado assim, não acha?

— Assim?

— Bem, você morando na Europa e Richard...

— Por enquanto, ninguém sugeriu que ele tenha voltado para os Estados Unidos — disse Tom, em voz agradável.

— Não. Isso é impossível. As autoridades imigratórias nos Estados Unidos são eficientes demais para deixar isso passar.

O Sr. Greenleaf continuou andando de um lado para outro, sem olhar para Tom.

— Onde acha que ele pode estar? — perguntou. — Dê sua opinião verdadeira.

— Bem, senhor, ele poderia estar escondido em algum lugar da Itália. É algo fácil de se fazer, desde que se evitem hotéis onde o registro é obrigatório.

— Existem hotéis na Itália onde você pode se hospedar sem registrar o nome?

— Não, não oficialmente. Mas alguém fluente em italiano, como Dickie, poderia dar um jeito. Na verdade, se ele conseguisse subornar o dono de uma pequena pensão no sul da Itália e fazê-lo guardar segredo, Dickie poderia ficar lá, mesmo que o homem soubesse que seu nome é Richard Greenleaf.

— E essa é sua opinião sobre o paradeiro dele?

O Sr. Greenleaf o olhou de repente, e Tom deparou com aquela expressão miserável, digna de pena, que notara em seu primeiro encontro.

— Não, eu... é possível. Isso é tudo o que posso dizer sobre o assunto. — Fez uma pausa. — Lamento dizer isto, Sr. Greenleaf, mas acho possível que Dickie esteja morto.

A expressão do Sr. Greenleaf não mudou.

— Por causa daquela depressão, que você mencionou em Roma? O que ele lhe disse, exatamente?

— Era seu humor, de forma geral.

Tom franziu o cenho antes de continuar:

— O caso Miles o deixou abalado. Ele é o tipo de homem que... bem, ele odeia qualquer tipo de exposição, qualquer tipo de violência. — Tom umedeceu os lábios. A agonia que demonstrava ao tentar se expressar era genuína. — Ele disse mesmo que, se mais alguma coisa acontecesse, iria estourar os miolos... ou então não sabia mais o que fazer. Além disso, pela primeira vez, senti que ele não estava mais interessado em pintar. Talvez fosse algo temporário apenas, mas até então sempre achei que a pintura era um refúgio ao qual Dickie podia recorrer, sempre que algo lhe acontecesse.

— Ele leva a sério a pintura?

— Sim, leva — afirmou Tom, sem titubear.

O Sr. Greenleaf desviou o olhar para o teto novamente, as mãos cruzadas às costas.

— Pena não termos encontrado esse tal Di Massimo. Talvez ele saiba de algo. Pelo que entendi, ele e Dickie iriam juntos à Sicília.

— Eu não sabia — comentou Tom.

O Sr. Greenleaf recebera aquela informação de Marge, deduziu Tom.

— Di Massimo também desapareceu, se é que algum dia existiu. Tendo a achar que Richard o inventou para me convencer de que estava mesmo se dedicando à pintura. A polícia não conseguiu encontrar Di Massimo em... em seus arquivos de identidades, ou seja lá como se chame.

— Nunca o encontrei — disse Tom. — Dickie o mencionou algumas vezes. Jamais duvidei de sua identidade... ou de que existia.

E então riu um pouco.

— Como foi que você falou? "Se mais alguma coisa acontecesse"? O que havia acontecido antes?

— Bem, eu não sabia ao certo quando o encontrei em Roma, mas agora acho que sei do que ele estava falando. A polícia o interrogou sobre um barco afundado em San Remo. A polícia contou ao senhor sobre esse caso?

— Não.

— Encontraram um barco em San Remo, afundado. Parece que tinha desaparecido no mesmo dia, ou mais ou menos no mesmo dia em que Dickie e eu estávamos na cidade, e havíamos alugado um barco do mesmo tipo, uma daquelas lanchas pequenas que os moradores de San Remo alugam para turistas. Resumindo, o barco foi afundado e havia manchas em seu interior, que a polícia acreditava serem de sangue. Acontece que encontraram o barco logo após o assassinato de Miles, e, na época, a polícia não conseguiu me localizar, porque eu estava viajando pelo interior, então perguntaram a Dickie onde eu estava. Acho que, por um tempo, Dickie pensou que a polícia suspeitava de ele ter me matado!

Tom riu.

— Deus do céu!

— Só sei disso porque um inspetor de polícia me interrogou sobre o assunto em Veneza, algumas semanas atrás. Disse que já havia interrogado Dickie. E eu não sabia que estavam me procurando... Não era uma busca muito séria, mas ainda assim estavam... Até que vi a notícia num jornal em Veneza. Então fui à delegacia e me apresentei.

Tom continuava sorrindo. Dias atrás, decidira que, se encontrasse o Sr. Greenleaf, contaria tudo isso, ele já sabendo do incidente ou não. Era melhor isso do que deixar a polícia contar a história inteira ao Sr. Greenleaf, revelando que Tom estivera em Roma com Dickie, num período em que este sabia que a polícia procurava Tom. Além disso, essa versão dos fatos se encaixava ao que Tom dissera sobre o humor deprimido de Dickie.

— Não estou entendendo muito bem — confessou o Sr. Greenleaf, que estava agora sentado no sofá, escutando com atenção.

— A situação se resolveu sozinha, já que Dickie e eu aparecemos vivos. Só mencionei essa história para explicar que Dickie sabia que a polícia me procurava, pois os agentes lhe perguntaram onde eu estava. Durante o primeiro interrogatório talvez não tivesse minha localização exata, mas sabia, ao menos, que eu estava viajando pelo interior. Mas, mesmo quando vim encontrá-lo em Roma, ele não disse à polícia que havia conversado comigo. Não queria cooperar, não estava a fim. Sei disso porque, no mesmo instante em que Marge conversava comigo no hotel em Roma, Dickie estava falando com a polícia em outro lugar. E a atitude dele foi a seguinte: a polícia que encontre Tom sozinha, não vou dizer onde ele está.

O Sr. Greenleaf balançou a cabeça, uma sacudidela paternal, levemente impaciente, como que dizendo "é o tipo de coisa que Dickie faria".

— Acho que foi a mesma noite em que ele disse "se mais alguma coisa acontecer"... A situação me causou certo constrangimento quando me apresentei à delegacia em Veneza. Os policiais devem ter pensado que eu era um idiota, por não saber que estavam me procurando, mas o fato é que eu não sabia mesmo.

— Hum-um...

O Sr. Greenleaf parecia desinteressado.

Tom se ergueu para servir uma dose de conhaque.

— Não concordo com você — disse o Sr. Greenleaf. — Não acho que Dickie tenha cometido suicídio.

— É, Marge também acha que não. E eu só disse que é uma possibilidade. Também não acho que seja a explicação mais provável.

— Não acha? E qual seria?

— Que ele esteja escondido — respondeu Tom. — O senhor aceita um conhaque? Depois de estar nos Estados Unidos, imagino que esteja com um pouco de frio dentro desta casa.

— Para ser honesto, estou, sim.

O Sr. Greenleaf aceitou a bebida.

— Bem, como o senhor sabe, ele poderia estar em vários outros países além da Itália — comentou Tom. — Após sair de Nápoles, pode ter ido à Grécia ou à França ou a qualquer lugar, porque a polícia só começou a procurá-lo dias depois.

— Eu sei, eu sei — concordou o Sr. Greenleaf, com voz cansada.

26

Tom esperava que Marge esquecesse o convite que haviam recebido para o coquetel do antiquário, no Danieli, mas ela não esqueceu. Por volta das quatro, o Sr. Greenleaf voltara ao hotel para descansar, e, assim que ele saiu, Marge lembrou Tom de que a festa era às cinco.

— Quer mesmo ir? — perguntou Tom. — Não consigo sequer lembrar o nome do sujeito.

— Maloof. M-a-l-o-o-f — soletrou Marge. — Eu gostaria de ir. Não precisamos ficar muito tempo.

Então foram. O que Tom mais odiou na festa foi a sensação de que ele e Marge eram uma espécie de espetáculo, nada menos que dois personagens principais do caso Greenleaf, tão conspícuos quanto um par de acrobatas sob os holofotes de um circo. Tom sentia — sabia — que eles eram apenas dois trunfos que o Sr. Maloof queria exibir, convidados de honra que de fato apareceram na festa, como prometido, pois sem dúvida havia contado a todo mundo que Marge Sherwood e Tom Ripley viriam ao coquetel. Aquilo era indecoroso, achou Tom. E, embora Marge dissesse que não se preocupava nem um pouco com o desaparecimento de Dickie, isso não era desculpa para sua leviandade. Assim que chegaram à festa, ela começou a entornar martínis, e Tom teve a impressão de que o fazia apenas porque eram de graça — como se ela não pudesse beber tudo o que quisesse na casa dele e como se Tom não fosse lhe pagar mais uma porção de drinques à hora do jantar, quando encontrassem o Sr. Greenleaf.

Tom sorveu seu drinque devagar, tentando se manter bem longe de Marge, no lado oposto da sala. Quando alguém puxava assunto, ele confirmava ser o amigo de Dickie Greenleaf, mas acrescentava que só conhecia Marge de forma superficial.

— A Srta. Sherwood está hospedada em minha casa — dizia com um sorriso desconfortável.

— Onde está o Sr. Greenleaf? Pena que não o trouxe — comentou o Sr. Maloof, aproximando-se com a furtividade de um elefante e carregando um enorme coquetel Manhattan numa taça de champanhe.

Ele estava vestindo um conjunto espalhafatoso de tweed xadrez, o tipo de corte — supôs Tom — que alfaiates ingleses fazem com relutância, e apenas sob encomenda, para norte-americanos como Rudy Maloof.

— Acho que o Sr. Greenleaf está descansando — respondeu Tom. — Vamos encontrá-los mais tarde para jantar.

— Oh! Leu os jornais esta noite? — perguntou o Sr. Maloof. Fez essa última pergunta com voz polida e uma expressão respeitosamente solene.

— Li, sim.

O Sr. Maloof assentiu, sem dizer mais nada. Tom ficou imaginando qual notícia sem importância o antiquário lhe relataria se tivesse respondido que não lera os jornais. Os jornais noturnos diziam que o Sr. Greenleaf chegara a Veneza e estava hospedado no Gritti. Não havia qualquer menção à chegada de um detetive particular a Roma, tampouco se noticiava que algum detetive estivesse a caminho, e isso levou Tom a duvidar do que o Sr. Greenleaf lhe contara. Era como uma daquelas histórias, ou um medo imaginário, que às vezes alguém conta, que jamais se baseava na realidade e que, após algumas semanas, parecia tão absurda que a pessoa se envergonhava de sequer ter *cogitado* acreditar. Como a suspeita de que Dickie e Marge estivessem tendo um caso em Mongibello, ou que estivessem prestes a ter um caso. Ou o temor de que o caso das falsificações, em fevereiro, fosse arruiná-lo e expô-lo por completo, caso continuasse se passando por Dickie Greenleaf. Mas, no fim das contas, o caso das falsificações se resolveu sozinho. De acordo com as últimas notícias, sete em cada dez especialistas nos Estados Unidos afirmavam acreditar que as assinaturas não eram falsas. Tom poderia ter assinado outra remessa do banco norte-americano, poderia ter continuado como Dickie Greenleaf por tempo indefinido, se não houvesse permitido que os medos imaginários o dominassem. Ele apertou os dentes e firmou o maxilar. Com uma fração do cérebro, continuava escutando o Sr. Maloof, que tentava parecer inteligente, falando sobre sua expedição às ilhas de Murano e Burano naquela manhã. Tom franziu a testa, escutando, mas teimando em se concentrar na própria vida. Talvez devesse acreditar que o Sr. Greenleaf de fato chamara um detetive norte-americano à Itália, ao menos até comprovar que a história era falsa, mas não deveria permitir que isso o abalasse ou o levasse a revelar seu medo, nem sequer pela piscadela de um olho.

Tom deu uma resposta evasiva a algo que o Sr. Maloof acabava de dizer, e este riu com simulado bom humor e se afastou discretamente. Com um olhar de desprezo, Tom acompanhou o movimento de suas costas largas, então percebeu que fora rude, não apenas uma, mas várias vezes. Tinha que se controlar, pois a tarefa de ser um cavalheiro incluía se mostrar cortês até mesmo com essa corja de vendedores de quinquilharias e colecionadores de cinzeiros e bugigangas — Tom vira amostras de suas mercadorias sobre a cama, no quarto onde os convidados largaram os casacos. E percebeu que essas pessoas o lembravam excessivamente de seus antigos conhecidos, que deixara para trás em Nova York — era por isso que lhe davam nos nervos e que tinha vontade de fugir.

No fim das contas, ele estava aqui por causa de Marge, e só. Ele *a* culpava. Tom sorveu o martíni, ergueu os olhos para o teto e pensou que, em alguns meses, seus nervos e sua paciência estariam treinados o bastante para aguentar até mesmo pessoas como essas, se por acaso tivesse de se envolver de novo com esse tipo de gente. Havia melhorado desde que deixara Nova York, e melhoraria ainda mais. Fitou o teto e pensou em velejar até a Grécia, descendo o Adriático a partir de Veneza, até o mar Jônico e, depois, Creta. Era isso o que faria no próximo verão. Em junho. *Junho*. Que palavra suave e doce, tão límpida e indolente e cheia de sol! Mas seu devaneio durou apenas alguns segundos. Aquelas vozes norte-americanas, altas e estridentes, invadiram seus ouvidos de novo e se cravaram como garras nos nervos de seus ombros e suas costas. Saiu de onde estava e foi se deslocando pela sala, de forma involuntária, em direção a Marge. Só havia outras duas mulheres na sala, as esposas horrendas de dois empresários horrendos, e ele teve de admitir que Marge era mais agradável aos olhos do que qualquer uma delas — mas a voz dela é pior, concluiu Tom, igual à daquelas duas, só que pior.

Estava prestes a sugerir que fossem embora, mas, sendo impensável que um homem proponha à sua companheira deixarem uma festa, obrigou-se a ficar em silêncio, unindo-se ao grupo que a cercava e limitando-se a sorrir. Alguém preencheu seu copo. Marge estava falando sobre Mongibello e sobre seu livro a três homens de cabeças calvas, têmporas grisalhas e rostos cheios de rugas, que pareciam se extasiar com cada palavra que ela dizia.

Alguns minutos depois, quando a própria Marge propôs que fossem embora, tiveram uma dificuldade terrível em se livrar de Maloof e suas coortes, pois agora aquela gente toda estava mais bêbada do que antes e insistia para que *todos* jantassem juntos, inclusive o Sr. Greenleaf.

— É para isso que serve Veneza: diversão! — repetia o Sr. Maloof sem parar, como um idiota, aproveitando para envolver Marge com um braço e apalpá-la um pouco, enquanto tentava convencê-la a ficar.

Naquele instante, Tom se sentiu grato por não haver comido nada na festa, do contrário vomitaria tudo ali mesmo.

— Qual é o número do Sr. Greenleaf? — quis saber o Sr. Maloof. — Vamos telefonar para ele!

Ao terminar de falar, fez um gesto vago para o telefone.

— Acho melhor sairmos daqui! — grunhiu Tom em voz sombria no ouvido de Marge.

Ele agarrou o cotovelo dela, com firmeza mecânica, e a guiou em direção à porta, ambos sorrindo e dizendo adeus e fazendo mesuras com a cabeça enquanto avançavam.

— O que *aconteceu*? — perguntou Marge assim que chegaram ao corredor.

— Nada. Só achei que a festa estava saindo de controle — disse Tom, tentando atenuar a situação com um sorriso zombeteiro.

Marge estava um pouco bêbada, mas não a ponto de não reparar na perturbação dele. Tom estava suando. As gotas brotavam em sua testa, e ele teve de enxugá-las.

— Esse tipo de gente me incomoda — confessou ele. — Falando sobre Dickie o tempo todo, sendo que nós nem conhecemos essas pessoas, e eu, pelo menos, não quero conhecer. Me deixam enjoado.

— Estranho. Ninguém falou comigo sobre Dickie, ninguém sequer mencionou o nome dele. Achei as pessoas muito mais discretas do que as de ontem, na casa de Peter.

Tom ergueu a cabeça enquanto caminhavam e não disse nada. O que ele desprezava era a classe daquelas pessoas, e por que diria isso a Marge, que pertencia à mesma classe?

Ligaram para o Sr. Greenleaf no hotel. Ainda estava muito cedo para jantar, então ficaram tomando aperitivos numa cafeteria a algumas quadras do Gritti. Tentando compensar seu descontrole no coquetel, Tom foi simpático e conversador durante o jantar. O Sr. Greenleaf estava de bom humor, pois a esposa havia acabado de lhe dizer, ao telefone, que estava otimista e se sentia muito melhor.

Durante os últimos dez dias, contou o Sr. Greenleaf, o médico estivera experimentando um novo tratamento com injeções, e ela parecia estar reagindo melhor do que a todos os tratamentos anteriores.

Foi um jantar tranquilo. Tom contou uma piada sem duplo sentido e vagamente engraçada, e Marge riu alto. O Sr. Greenleaf insistiu em pagar o jantar e disse que voltaria ao hotel, porque já não estava se sentindo muito bem. Tom recordou que o Sr. Greenleaf escolhera sua massa com cuidado e não pedira salada. E então deduziu que ele estava sofrendo do mal típico dos turistas. Pensou em lhe sugerir um excelente remédio, que podia ser encontrado em qualquer farmácia — mas o Sr. Greenleaf não era o tipo de pessoa a quem se possa dizer uma coisa dessas, ainda que se esteja a sós com ele.

O Sr. Greenleaf disse que voltaria a Roma no dia seguinte, e Tom prometeu lhe telefonar por volta das nove da manhã seguinte para saber qual trem ele escolhera. Marge iria junto e aceitava qualquer horário. Caminharam de volta até o Gritti — o Sr. Greenleaf, com sua face retesada de industrial, sob o chapéu cinzento em estilo Homburg, parecia um fragmento da Madison Avenue caminhando pelo zigue-zague de ruas estreitas — e então trocaram boas-noites.

— Lamento muito não ter passado mais tempo com o senhor — disse Tom.

— Eu também, meu rapaz. Fica para a próxima vez — retrucou o Sr. Greenleaf, e lhe deu um tapinha no ombro.

Caminhando com Marge de volta para casa, Tom se sentia deslizar numa aura de plenitude serena. Deu tudo certo, pensou. Enquanto andavam, Marge tagarelava e soltava risadinhas, explicando que a alça do sutiã havia arrebentado e por isso tinha de segurá-lo com a mão. Tom estava pensando na carta de Bob Delancey, que recebera naquela mesma tarde — a primeira notícia de Bob, exceto por um cartão-postal enviado tempos atrás. Na carta, Bob lhe contava que a polícia viera interrogar todo mundo em sua casa por causa de uma fraude no imposto de renda, ocorrida havia alguns meses.

O fraudador aparentemente fornecera o endereço de Bob para o envio dos cheques e, na hora de apanhá-los, puxava as cartas que o carteiro enfiava no canto da caixa de correio. O carteiro também fora interrogado, contou Bob, e lembrara-se de ter lido o nome "George McAlpin" nos envelopes. Bob parecia achar o assunto muito engraçado. Descreveu a reação de algumas pessoas em sua casa ao serem interrogadas pela polícia. O mistério permanecia: quem pegara as cartas endereçadas a George McAlpin? Aquilo tranquilizou Tom. A história do imposto de renda andava rondando sua cabeça havia algum tempo, pois ele sabia que em algum momento haveria uma investigação. Sentiu-se contente ao saber que a investigação avançara até aquele ponto e dali não passara. Não imaginava como a polícia poderia algum dia ligar Tom Ripley a George McAlpin. Além disso, como Bob observou, o fraudador nem sequer tentara descontar os cheques.

Em casa, sentou-se na sala de estar para reler a carta. Marge subira para fazer as malas e se deitar. Tom estava cansado também, mas a perspectiva da liberdade que desfrutaria amanhã, quando o Sr. Greenleaf e Marge houvessem partido, era algo tão delicioso que ele não se importaria em passar a noite acordado. Tirou os sapatos para pôr os pés sobre o sofá, recostou-se numa almofada e voltou a ler a carta de Bob. "A polícia acha que o culpado é alguém de fora que vinha de vez em quando pegar as cartas, porque nenhum dos babacas dessa casa tem jeito de bandido..." Era estranho ler sobre seus conhecidos em Nova York, como Ed e Lorraine, a menina com cérebro de lagartixa que tentara se esconder na cabine dele, no dia em que zarpara de Nova York. Era estranho e nem um pouco agradável. Que vida pavorosa aquela gente levava, rastejando em Nova York, entrando e saindo de metrôs, matando tempo em algum bar imundo na Third Avenue, vendo televisão, e, mesmo se tivessem dinheiro para ir de vez em quando a um bom restaurante ou a um bar na Madison Avenue... Como tudo aquilo era tedioso em comparação à pior e mais mesquinha *trattoria* de Veneza, com suas saladas verdes, travessas de queijos maravilhosos e seus amigáveis garçons sempre prontos a trazer os melhores vinhos do mundo! "É claro que invejo você, acomodado aí em Veneza, num velho *palazzo*!", escrevia Bob. "Costuma andar muito de gôndola? Como são as garotas por aí? E você, por acaso está ficando tão culto que vai esnobar os velhos amigos quando voltar? Aliás, por mais quanto tempo vai ficar na Itália?"

Para sempre, pensou Tom. Talvez jamais voltasse aos Estados Unidos. O que o fazia ter essa certeza não era tanto a Europa em si mesma, mas as noites que passara sozinho, em Veneza e Roma. Noites inteiras sozinho, apenas olhando mapas ou folheando guias de viagem no sofá. Noites inteiras olhando suas roupas — suas e de Dickie — e apalpando os anéis de Dickie e correndo os dedos sobre a mala de couro de antílope que havia comprado na Gucci. Ele poliu a mala com um creme especial produzido na Inglaterra — a mala não precisava de polimento algum, pois Tom sempre cuidava muito bem dela, apenas para protegê-la. Adorava posses — não precisava de uma infinidade de coisas, mas apenas de algumas, dos quais nunca se separava. Eram essas coisas que alimentavam o autorrespeito de um homem. Não se tratava de ostentação, mas de qualidade, e a amorosa apreciação dessa qualidade. Suas posses o lembravam de que ele existia e o faziam desfrutar a própria existência. Simples assim. E isso por acaso não era algo precioso? Ele existia. Poucas pessoas no mundo sabiam aproveitar a existência, mesmo que tivessem dinheiro. Na verdade, não era preciso uma infinidade de dinheiro, apenas certa segurança. Isso era o que ele sempre buscara, e havia avançado lentamente em direção a seu objetivo, mesmo na época em que estava com Marc Priminger. Sempre apreciara as posses de Marc, fora isso o que o atraíra àquela casa, mas aquelas coisas não lhe pertenciam, e não tinha como adquirir seus próprios bens ganhando 40 dólares por semana. Para comprar todas as coisas que desejava, teria de passar os melhores anos de sua vida economizando com extremo rigor. O dinheiro de Dickie apenas lhe proporcionara um impulso suplementar na estrada que já vinha trilhando. Aquele dinheiro lhe dera a tranquilidade necessária para conhecer a Grécia e colecionar cerâmica etrusca, se desejasse (recentemente, lera um livro interessante sobre o assunto, escrito por um norte-americano que vivia em Roma), ou para se inscrever em associações artísticas e lhes fazer doações. Dera-lhe também a tranquilidade necessária para ler seu Malraux até tarde, hoje à noite, porque não tinha de trabalhar na manhã seguinte. Acabara de comprar uma edição em dois volumes da *Psychologie de l'Art*, de Malraux, que agora estava lendo com grande prazer e com a ajuda de um dicionário. Pensou em cochilar um pouco e voltar a ler mais tarde, a qualquer hora. Sentia-se confortável e sonolento, apesar dos *espressos*. A curva do sofá aninhava seus ombros como o braço de uma pessoa — ou, pensando bem, aninhava-os melhor que o braço de uma pessoa. Decidiu passar a noite ali. Era mais confortável que o sofá do andar superior. Em alguns minutos, talvez subisse para pegar um cobertor.

— Tom?

Ele abriu os olhos. Marge estava descendo a escada, os pés descalços. Tom se sentou. Ela trazia nas mãos sua caixa de couro marrom.

— Encontrei os anéis de Dickie aqui dentro — disse ela, quase sem fôlego.

— Ah. Eles os deu para mim. Para eu guardar.

Tom se levantou.

— Quando?

— Em Roma, eu acho.

Ele deu um passo para trás, tropeçou em um dos sapatos e o pegou do chão, como uma tentativa de parecer calmo.

— O que ele ia fazer? Por que deu os anéis a você?

Ela estava procurando uma linha para costurar o sutiã, deduziu Tom. Por que ele não colocara aqueles anéis em outro lugar, como no forro da mala?

— Não sei — disse Tom. — Um capricho, acho. Sabe como ele é. Disse que, se algo por acaso lhe acontecesse, queria que eu ficasse com os anéis.

Marge parecia perplexa.

— Aonde ele estava indo?

— Para Palermo. Sicília.

Ele estava segurando o sapato em ambas as mãos, de tal forma que poderia usá-lo como arma. Imaginou o que deveria fazer em seguida: acertá-la com o sapato, arrastá-la pela porta principal e atirá-la no canal. Depois diria que ela escorregou no musgo e caiu na água. E, como era uma excelente nadadora, ele imaginou que fosse conseguir se manter à tona.

Marge baixou os olhos e fitou a caixa.

— Então, ele ia *mesmo* se matar.

— Sim... se você encarar as coisas desse jeito, os anéis... Isso torna mais provável o suicídio.

— Por que não falou sobre isso antes?

— Acho que esqueci. Guardei os anéis para que não se perdessem e não voltei a pensar neles desde o dia em que Dickie me deu.

— Ou ele se matou ou mudou de identidade... não é?

— Sim — concordou Tom, com firmeza e triste.

— Você deveria contar isso ao Sr. Greenleaf.

— Sim. Vou contar. Ao Sr. Greenleaf e à polícia.

— Isso praticamente *encerra* o caso — comentou Marge.

Agora Tom estava apertando o sapato nas mãos, como um par de luvas, mas sempre o mantendo a postos, pois Marge o olhava de um jeito estranho. Ela ainda estava pensando. Será que o estava enganando? Será que já sabia de tudo?

Marge disse com voz sincera:

— Não consigo imaginar Dickie sem seus anéis.

Tom soube que ela não havia descoberto, que a cabeça dela estava a milhares de quilômetros da verdade, numa estrada diferente.

Então ele relaxou, amoleceu, desabou no sofá e fingiu estar ocupado calçando os sapatos.

— Nem eu — concordou automaticamente. — Se não fosse tão tarde, eu telefonaria para o Sr. Greenleaf agora mesmo. Ele deve estar deitado e sei que vai passar a noite em claro se eu lhe contar.

Tom tentou enfiar o outro pé no sapato. Até seus dedos estavam moles, sem força. Espremeu o cérebro em busca de algo sensível para dizer.

— Lamento não ter lhe contado antes — pronunciou em voz grave. — É uma dessas coisas que...

— Sim, agora a ideia de trazer um detetive parece meio idiota, não é? — ironizou Marge, com a voz trêmula.

Tom a observou. Ela estava prestes a chorar. Ele percebeu que, pela primeiríssima vez, Marge admitia a possibilidade, ou a probabilidade, de que Dickie estivesse morto. Tom se aproximou devagar.

— Sinto muito, Marge. Lamento não ter lhe falado antes sobre os anéis.

Ele a envolveu em um braço. Na verdade, quase foi obrigado a fazê-lo, pois ela inclinara o corpo e se apoiara nele. Tom sentiu seu perfume. O Stradivari, provavelmente.

— É uma das razões pelas quais tinha certeza de que ele havia se matado... ou que poderia ter se matado.

— Sim — disse ela com voz infeliz e lamuriosa.

Não estava chorando, na verdade, apenas apoiava-se em Tom, com a cabeça encurvada. Como alguém que acaba de saber da morte de uma pessoa amada, pensou Tom. E foi isso mesmo o que aconteceu.

— Quer um conhaque? — perguntou ele afetuosamente.

— Não.

— Venha sentar no sofá.

Ele a levou naquela direção. Marge se sentou, enquanto ele cruzava a sala para pegar a garrafa de conhaque e servia duas doses. Quando voltou, ela tinha desaparecido. Tom teve tempo de ver apenas a borda de seu roupão e seus pés desnudos sumindo no alto da escada.

Ela prefere ficar sozinha, avaliou. Dirigiu-se à escada, pensando em lhe levar o conhaque, mas desistiu. Àquela altura, nenhum conhaque poderia ajudá-la. Ele sabia como ela estava se sentindo. Solenemente, levou as doses de conhaque de volta ao armário de bebidas. Pretendia despejar apenas um dos copos de volta à garrafa, mas desistiu de beber e despejou ambos. Então colocou a garrafa em seu lugar na prateleira.

Afundou no sofá novamente, uma perna esticada, o pé balançando, exausto demais até mesmo para tirar os sapatos. Exaustão semelhante à que sentira após matar Freddie Miles, pensou de repente, ou Dickie em San Remo. E ele estivera tão perto de matar Marge! Recordava a própria frieza ao se imaginar golpeando-a com o sapato até fazê-la desmaiar, mas não tão forte que lhe rasgasse a pele, depois arrastando-a pelo vestíbulo principal e pelas portas, com as luzes apagadas para que ninguém os visse, e a história inventada: sem dúvida, ela escorregou nos degraus, e ele achou que ela conseguiria nadar de volta, por isso não pulara na água para ajudá-la nem gritara por ajuda, até que... De certa maneira, imaginara até mesmo as palavras exatas que ele e o Sr. Greenleaf diriam um ao outro mais tarde, o Sr. Greenleaf perplexo e incrédulo e Tom aparentando idêntica perplexidade, mas apenas aparentando. Por dentro, estaria tão calmo e seguro quanto estivera após o assassinato de Freddie, pois sua história seria irrefutável. Como sua história sobre San Remo. Suas histórias eram boas porque as imaginava com tanta intensidade que acabava acreditando nelas.

Por um instante, ouviu sua própria voz dizendo: "... Fiquei ali nos degraus chamando por ela, achando que a qualquer momento ela viria à tona, ou mesmo que estivesse me pregando uma peça... Mas eu não tinha *certeza* de que ela estava ferida, e um momento antes ela estivera ali toda alegre..." Empertigou-se. Era como uma gravação fonográfica passando em sua cabeça, um pequeno drama desenrolando-se bem no meio da sala de estar, uma peça que ele era incapaz de interromper. Enxergava a si mesmo junto às portas grandes que davam para o cômodo, com os policiais italianos e o Sr. Greenleaf. Enxergava e escutava a si mesmo, falando com seriedade. E todos acreditavam nele.

Mas o que parecia aterrorizá-lo não eram os diálogos nem sua crença alucinatória na realidade do crime (ele sabia que não a matara), mas a memória daquele momento em que estivera de pé diante de Marge, com o sapato na mão, imaginando tudo isso de forma fria e metódica. E o fato de que já fizera isso duas vezes antes. Aquelas duas ocasiões anteriores eram *fatos*, não fantasias. Podia dizer a si mesmo que não queria matá-los, mas os matara. Não queria ser um assassino. Percebeu que, às vezes, conseguia esquecer que cometera dois assassinatos. Mas algumas vezes — como agora — não conseguia. Conseguiu esquecer seus crimes por um tempo, no início da noite, quando estivera pensando sobre o significado de suas posses e por que gostava de viver na Europa.

Virou-se para o lado, os pés em cima do sofá. Estava suando e tremendo. O que estava acontecendo com ele? O que era aquilo? Amanhã, quando encontrasse o Sr. Greenleaf, será que começaria a falar um monte de coisas descontroladas e sem sentido? Será que lhe diria, numa confusão de palavras, que Marge havia caído no canal e que ele começara a gritar por ajuda e se atirara na água e não conseguira encontrá-la? Mesmo com Marge ali a seu lado, será que ele perderia as estribeiras e vomitaria toda aquela história, revelando que era louco?

Amanhã ele teria de encarar o Sr. Greenleaf e dar uma explicação sobre os anéis. Teria de repetir a história que havia contado a Marge. Teria de acrescentar detalhes a fim de aprimorá-la. Começou a inventar. Sua mente se acalmou. Estava imaginando um quarto de hotel em Roma, Dickie e ele conversando no cômodo, Dickie tirando os anéis e entregando-os a ele. E Dickie disse:

— É melhor não falar a ninguém sobre isso…

27

Marge telefonou para o Sr. Greenleaf às oito e meia da manhã seguinte. Antes de ligar, dissera a Tom que queria apenas perguntar a que horas poderiam encontrá-lo no hotel. Mas o Sr. Greenleaf deve ter notado que ela estava nervosa. Tom, que entreouvia a conversa, percebeu quando ela começou a contar a história dos anéis. Marge usou as mesmas palavras de Tom — evidentemente, acreditara nele —, mas Tom não podia adivinhar a reação do outro. Temia que essa última informação servisse para juntar todas as peças soltas e que, quando chegassem ao hotel, o Sr. Greenleaf estaria acompanhado de um policial, pronto para dar voz de prisão a Tom Ripley. Essa possibilidade anulava a vantagem de não estar presente no instante em que o Sr. Greenleaf fosse informado sobre os anéis.

— O que ele disse? — perguntou Tom, após Marge desligar.

Marge se sentou numa cadeira, do outro lado da sala, cansada.

— Parece ter a mesma opinião que eu. Ele mesmo disse. Parece que Dickie planejava se matar.

Mas o Sr. Greenleaf teria tempo para pensar no assunto antes que chegassem ao hotel.

— A que horas devemos encontrá-lo? — quis saber Tom.

— Combinei por volta das nove e meia, ou antes. Assim que tomarmos café. Aliás, vou preparar o café.

Marge se levantou e foi à cozinha. Já estava vestida. Usava as mesmas roupas de viagem que vestia ao chegar a Veneza.

Tom se sentou na beirada do sofá, indeciso, e afrouxou a gravata. Havia adormecido no sofá, e Marge o acordara ao descer a escada, alguns minutos atrás. Ele não sabia como pudera passar a noite toda naquela sala gelada. Estava com um pouco de vergonha. Marge ficara surpresa ao encontrá-lo ali. E agora ele sentia uma cãibra no pescoço, nas costas e no ombro direito. Sentia-se miserável. De repente, se levantou.

— Vou lá em cima, me lavar — gritou para Marge.

Tom deu uma olhada no próprio quarto e viu que Marge arrumara a mala, posicionada no meio do assoalho, fechada. Tom esperava que ela e o Sr. Greenleaf não desistissem de embarcar em um dos trens que partiriam nessa manhã. Provavelmente embarcariam, pois o Sr. Greenleaf deveria encontrar o detetive norte-americano em Roma ainda hoje.

Tom se despiu no quarto contíguo ao de Marge, depois entrou no banheiro e ligou o chuveiro. Após uma olhadela no espelho, decidiu se barbear antes e voltou ao quarto para buscar o barbeador elétrico que havia tirado do banheiro, sem nenhuma razão específica, quando Marge foi para ali. No caminho de volta, ouviu o telefone tocando. Marge atendeu. Tom se debruçou na escada para ouvir.

— Ah, tudo bem — disse ela. — Não, não tem problema... Sim, vou dizer a ele... Tudo bem, vamos assim que pudermos. Tom está no banho... Ah, menos de uma hora. Até mais.

Tom a ouviu caminhando em direção à escada e recuou, porque estava nu.

— Tom? — chamou ela, olhando para cima. — O detetive norte-americano acaba de chegar! Telefonou para o Sr. Greenleaf do aeroporto e está indo para o hotel!

— Ótimo! — gritou Tom em resposta, depois entrou furioso no banheiro.

Desligou o chuveiro e conectou o barbeador à tomada na parede. E se ele estivesse no banho? Marge teria gritado de qualquer forma, supondo que ele poderia ouvi-la. Ele ficaria muito feliz por ela ir embora e esperava que isso acontecesse esta manhã. A menos que ela e o Sr. Greenleaf decidissem ficar em Veneza para ver o que o detetive faria com Tom. Ele sabia que o detetive viera a Veneza apenas para vê-lo — do contrário, teria esperado o Sr. Greenleaf em Roma. Tom se perguntou se Marge também havia notado isso. Talvez não. Era necessário ter um mínimo de capacidade dedutiva.

Tom vestiu um terno discreto, pôs uma gravata e desceu para tomar café com Marge. Tomara um banho muito quente, tão quente quanto podia aguentar, e agora se sentia bem melhor. Ela falou pouco, comentando apenas que a história dos anéis faria grande diferença para o Sr. Greenleaf e o detetive, e com isso queria dizer que o detetive também acharia que Dickie havia se matado. Tom esperava que ela estivesse certa. Tudo dependia de duas coisas: que tipo de homem era aquele detetive e que impressão inicial Tom causaria nele.

Era mais um dia cinzento e úmido: não estava exatamente chovendo às nove da manhã, mas já havia chovido e choveria de novo, talvez ao meio-dia. Tom e Marge pegaram uma gôndola nos degraus da igreja até San Marco, e dali caminharam ao Gritti. Da recepção, ligaram para o quarto do Sr. Greenleaf, que contou que o Sr. McCarron estava lá e pediu que subissem.

O Sr. Greenleaf abriu a porta para eles.

— Bom dia — disse ele.

Apertou o braço de Marge, num gesto paternal.

— Tom...

Marge entrou e Tom a seguiu. O detetive estava de pé junto à janela, um homem baixo e entroncado, com uns 35 anos. Seu rosto parecia amigável e alerta. Moderadamente inteligente, mas apenas moderadamente: essa foi a primeira impressão de Tom.

— Este é Alvin McCarron — disse o Sr. Greenleaf. — Srta. Sherwood e Sr. Ripley.

Todos disseram "Como vai?" quase que ao mesmo tempo.

Tom percebeu que havia uma nova pasta sobre a cama, com alguns papéis e fotografias ao redor. McCarron o examinava com o olhar.

— Pelo que entendi você é amigo de Richard. Certo? — perguntou.

— Nós dois somos — afirmou Tom.

A conversa foi interrompida por um instante, pois o Sr. Greenleaf insistiu que todos se sentassem. Era um quarto espaçoso, com vasta mobília e janelas que davam para o canal. Tom se sentou numa cadeira sem braços, estofada de vermelho. McCarron se sentara na cama e estava examinando um maço de papéis. Havia algumas cópias impressas, Tom percebeu, que pareciam representações de recibos de Dickie. Também havia muitas fotografias avulsas do próprio Dickie.

— Trouxeram os anéis? — perguntou McCarron, olhando de Tom para Marge.

— Sim — respondeu Marge, e se levantou.

Ela tirou os anéis da bolsa e os entregou a McCarron.

Segurando-os na palma da mão, McCarron os mostrou ao Sr. Greenleaf.

— Estes anéis são dele? — perguntou, e o Sr. Greenleaf assentiu após uma breve olhadela, enquanto Marge assumia uma expressão levemente ofendida, como se estivesse prestes a dizer: "*Eu* conheço esses anéis tão bem quanto o Sr. Greenleaf, e talvez até melhor."

McCarron se virou para Tom e perguntou:

— Quando ele deu os anéis para você?

— Em Roma. Acho que por volta de 3 de fevereiro, poucos dias após o assassinato de Freddie Miles — respondeu Tom.

O detetive o estudava com um olhar inquiridor, os olhos suavemente castanhos. As sobrancelhas erguidas criavam um par de rugas na pele aparentemente grossa de sua testa. Tinha cabelos castanhos ondulados, cortados bem curtos nas têmporas, formando um caracol no alto da testa, num estilo vagamente infantil e colegial. Era impossível ler qualquer coisa naquele rosto, pensou Tom. Era um rosto treinado.

— O que ele disse quando lhe entregou os anéis?

— Pediu que eu os guardasse, se algo acontecesse com ele. Perguntei o que achava que iria acontecer com ele. Ele respondeu que não sabia, mas que talvez acontecesse algo. — Tom fez uma pausa deliberada. — Naquele momento, ele não parecia mais deprimido do que em outras ocasiões em que conversamos, por isso não me passou pela cabeça que estivesse prestes a se matar. Eu sabia que ele pretendia viajar, e mais nada.

— Viajar para onde? — perguntou o detetive.

— Para Palermo, ele disse.

Tom olhou para Marge e continuou:

— Ele deve ter me dado os anéis no dia em que você me encontrou em Roma, no Inghilterra. Naquele dia, ou no dia anterior. Lembra a data?

— Dois de fevereiro — disse Marge em voz baixa.

McCarron estava tomando notas.

— E o que mais? A que horas isso aconteceu? Ele tinha estado bebendo?

— Não. Ele bebe muito pouco. Acho que foi no início da tarde. Ele disse que seria melhor se eu não falasse sobre os anéis a ninguém, e concordei, claro. Guardei e os esqueci, como já disse à Srta. Sherwood... Acho que botei na cabeça que não devia falar a ninguém sobre o assunto e, por isso, acabei esquecendo.

Tom falava sem rodeios, descuidadamente, gaguejando um pouco, como qualquer pessoa gaguejaria naquelas circunstâncias, pensou.

— O que fez com os anéis?

— Guardei-os numa velha caixa minha… Uma caixa velha onde guardo botões soltos.

McCarron o encarou por um momento em silêncio, e Tom se preparou para o pior. Qualquer coisa poderia vir daquele rosto irlandês, tão plácido, mas também tão alerta: uma pergunta desafiadora, uma acusação direta de que estava mentindo. Tom se agarrou mentalmente a seus próprios fatos, determinado a defendê-los até a morte. No silêncio, quase escutava a respiração de Marge, e uma tosse do Sr. Greenleaf o sobressaltou. O Sr. Greenleaf parecia calmo, quase entediado. Tom imaginou se ele e o detetive haveriam armado alguma armadilha com base na história dos anéis.

— Ele era o tipo de pessoa que lhe emprestaria os anéis da sorte por um tempo? Já havia feito algo assim antes? — perguntou McCarron.

— Não — disse Marge, antes que Tom pudesse responder.

Tom começou a respirar com mais facilidade. Percebia que McCarron ainda não chegara a nenhuma conclusão. O detetive estava esperando que ele respondesse.

— Ele já tinha me emprestado algumas coisas antes — comentou Tom. — Disse que, de vez em quando, eu podia usar suas camisas e gravatas. Mas o assunto dos anéis é diferente, claro. — Ele se sentira compelido a dizer aquilo, pois Marge sem dúvida sabia que Dickie o encontrara vestindo suas roupas.

— Não consigo imaginar Dickie sem seus anéis — argumentou Marge a McCarron. — Ele tirava o anel verde quando ia nadar, mas o punha de volta assim que saía da água. Eram como partes de suas roupas. Por isso, acho que ele pretendia se matar ou mudar de identidade.

McCarron assentiu.

— Sabe se ele tinha inimigos?

— Nenhum — respondeu Tom. — Já pensei sobre isso.

— Sabe de alguma razão para que ele desejasse se disfarçar ou assumir outra identidade?

Tom respondeu com cuidado, massageando o pescoço dolorido:

— *Talvez*... Mas isso é quase impossível na Europa. Ele precisaria de outro passaporte. Precisaria de um passaporte em qualquer país onde entrasse. Precisaria de um passaporte até mesmo para se hospedar num hotel.

— Você me disse que talvez ele não precisasse de um passaporte — disse o Sr. Greenleaf.

— Sim, mas eu falava de pequenos hotéis na Itália. É uma possibilidade remota, é claro. Mas, depois de todo esse barulho na imprensa sobre o desaparecimento dele, não vejo como ele poderia permanecer escondido — disse Tom. — A esta altura, alguém o teria identificado.

— Bem, ele partiu com o passaporte, obviamente — observou McCarron —, pois foi à Sicília e se registrou num hotel grande.

— Sim — concordou Tom.

McCarron tomou algumas notas, depois ergueu os olhos para Tom.

— Bem, o que acha de tudo isso, Sr. Ripley?

McCarron estava apenas começando, pensou Tom. Pediria para falar a sós com Tom mais tarde.

— Lamento dizer, mas concordo com a Srta. Sherwood. Parece que ele planejava se matar, e parece que planejava havia um bom tempo. Já disse isso ao Sr. Greenleaf.

McCarron olhou para o Sr. Greenleaf, que não disse nada, limitando-se a fitar o detetive com uma expressão de expectativa. Tom teve a sensação de que McCarron também começava a achar que Dickie estava morto, e que sua vinda à Itália era um desperdício de tempo e dinheiro.

— Só quero confirmar alguns fatos outra vez — comentou McCarron, voltando a pegar os papéis, com ares de quem avança com dificuldade. — Richard foi visto pela última vez em 15 de fevereiro, quando desceu do barco em Nápoles, voltando de Palermo.

— Isso mesmo — disse o Sr. Greenleaf. — Um carregador se lembra de tê-lo visto.

— Mas depois disso não há sinal dele em nenhum hotel. E ele também não entrou em contato com ninguém.

Os olhos de McCarron desviaram-se do Sr. Greenleaf para Tom.

— Comigo não — afirmou Tom.

McCarron olhou para Marge.

— Nem comigo — disse Marge.

— E quando foi a última vez que o viu, Srta. Sherwood?

— Em 23 de novembro, quando Dickie foi para San Remo — respondeu Marge prontamente.

— Você estava em Mongibello? — indagou McCarron, pronunciando "Monguibello", como se não soubesse nada de italiano, ou, ao menos, como se desconhecesse a língua falada.

— Sim — retrucou Marge. — Por pouco não o encontrei em Roma em fevereiro, mas a última vez que nos vimos foi em Mongibello.

A boa e velha Marge! Tom sentia quase uma espécie de afeto por ela — por baixo de todas as outras camadas de sentimento. Começara a sentir aquele afeto durante a manhã, embora estivesse irritado com ela.

— Ele estava tentando evitar todo mundo em Roma — acrescentou Tom. — E é por isso que, ao receber os anéis dele, achei que Dickie estivesse decidido a se afastar de todos os conhecidos, morar em outra cidade, desaparecer por um tempo.

— Por que ele faria isso? Tem alguma ideia?

Tom deu uma explicação elaborada, mencionando o assassinato de Freddie Miles e o efeito daquele incidente sobre Dickie.

— Acha que Richard sabia quem matou Freddie Miles?

— Não, não acho.

McCarron esperou pela opinião de Marge.

— Não — concordou ela, balançando a cabeça.

— Pense um pouco — pediu McCarron a Tom. — Acha que isso talvez explique seu comportamento? Acha que ele está se escondendo para evitar as perguntas da polícia?

Tom pensou um pouco.

— Ele não me deu nenhum indício nesse sentido.

— Acha que Dickie está com medo de alguma coisa?

— Não consigo imaginar o que lhe daria medo — retrucou Tom.

McCarron fez então várias perguntas a Tom: se Dickie e Freddie Miles eram muito próximos, se Tom conhecia alguém que os conhecesse, se havia alguma dívida entre eles, se havia alguma mulher envolvida com os dois.

— Que eu saiba, apenas Marge — respondeu Tom.

Marge protestou, dizendo que era apenas *amiga* de Freddie, portanto não poderia haver qualquer *rivalidade* por causa dela. McCarron indagou se ele, Tom, considerava-se o melhor amigo de Dickie na Europa.

— Eu não diria isso — disse Tom. — Acho que Marge Sherwood é a pessoa mais próxima de Dickie. Quanto aos seus outros amigos na Europa, eu mal os conheci.

McCarron estudou o rosto de Tom novamente.

— Qual é a sua opinião sobre essas falsificações?

— São mesmo falsificações? Achei que não houvesse certeza.

— Não acho que sejam — comentou Marge.

— As opiniões parecem divididas — constatou McCarron. — Os peritos acham que a carta enviada ao banco em Nápoles é autêntica, e isso só pode significar uma coisa: se alguma falsificação foi mesmo cometida, então Richard está tentando proteger alguém. Supondo que houve uma falsificação, vocês sabem de alguém que ele poderia estar protegendo?

Tom hesitou por um momento, e Marge disse:

— Conhecendo-o como o conheço, não consigo imaginá-lo protegendo um criminoso. Por que faria isso?

McCarron passou a encarar Tom, mas era impossível determinar se o detetive estava avaliando sua honestidade ou ponderando sobre tudo o que acabava de escutar. Ele parecia um típico vendedor de carros norte-americano, ou qualquer outro tipo de vendedor, pensou Tom — alegre, asseado, de intelecto médio, capaz de falar sobre beisebol com outro homem ou fazer um elogio idiota a uma mulher. Tom não achava aquele detetive grande coisa, mas, por outro lado, não era sábio subestimar um oponente. Enquanto Tom o observava, a boca pequena e suave de McCarron abriu-se e ele disse:

— Importa-se em me acompanhar por alguns minutos ao térreo, Sr. Ripley, se ainda tiver alguns minutos livres?

— Claro — concordou Tom, levantando-se.

— Não vamos demorar — disse McCarron ao Sr. Greenleaf e a Marge.

Ao chegar à porta, Tom olhou para trás, porque o Sr. Greenleaf havia se levantado e começara a dizer alguma coisa, mas Tom não escutou. De repente, Tom percebeu que estava chovendo, que golpes de chuva fina e cinzenta batiam contra as vidraças da janela. Era como um último vislumbre, nebuloso e breve — a figura de Marge, pequena e encolhida, do outro lado da sala grande, o Sr. Greenleaf avançando trêmulo como um velho e falando algo em tom de protesto. Mas aquele quarto confortável, com sua vista da rua além do canal, onde se encontrava sua casa — invisível agora, por causa da chuva —, era algo que ele talvez estivesse vendo pela última vez.

O Sr. Greenleaf estava perguntando:

— Vocês... vocês vão voltar logo?

— Ah, claro — respondeu McCarron com a firmeza impessoal de um verdugo.

Caminharam em direção ao elevador. Era assim que se faziam essas coisas?, perguntou-se Tom. Uma conversa tranquila no saguão. Ele seria entregue à polícia italiana, então McCarron voltaria ao quarto, como havia prometido. McCarron trouxera consigo dois papéis tirados da pasta. Tom fitava um friso vertical junto ao painel do elevador: um ornamento oval emoldurado por quatro pontos em alto-relevo, padrão que se repetia de alto a baixo. *Pense em algum comentário simples e sensível para fazer sobre o Sr. Greenleaf, por exemplo*, disse Tom a si mesmo. Comprimiu os dentes. Torcia para que o corpo não começasse a suar. Por enquanto, não estava suando, mas talvez o suor brotasse de repente, escorrendo por seu rosto, assim que chegassem ao saguão. A cabeça de McCarron mal alcançava seu ombro. Tom se virou no mesmo instante em que o elevador parou, e disse em tom lúgubre, mostrando os dentes num sorriso:

— É sua primeira vez em Veneza?

— Sim — disse McCarron. Estava cruzando o saguão. — Que tal nos sentarmos um pouco?

Apontou a cafeteria. Seu tom era cortês.

— Tudo bem — concordou Tom, com a voz simpática.

A cafeteria não estava lotada, mas, fosse qual fosse a mesa que escolhessem, a conversa poderia ser ouvida de qualquer mesa vizinha. Será que McCarron o acusaria desse jeito, em público, depondo sobre a mesa um fato após outro, calmamente? Tom ocupou a cadeira que McCarron puxara para ele. O detetive se sentou de costas para a parede.

Um garçom apareceu.

— *Signori?*

— Café — pediu McCarron.

— Cappuccino — completou Tom. — O senhor gostaria de um cappuccino ou de um *espresso*, Sr. McCarron?

— Qual deles leva leite? O cappuccino? — indagou McCarron.

— Sim.

— Quero esse.

Tom fez o pedido.

McCarron o fitou. Com sua boca pequena, sorria de lado. Tom imaginou três ou quatro inícios diferentes. "Você matou Richard, não matou? Essa história dos anéis é um pouco demais, não acha?" Ou: "Conte-me sobre o barco de San Remo, Sr. Ripley, em detalhes." Ou talvez algo mais simples, para preparar o terreno com discrição: "Onde estava em 15 de fevereiro, quando Richard desembarcou em… Nápoles? Muito bem, mas onde estava morando nessa época? Onde estava morando em janeiro, por exemplo? Pode provar?"

Mas McCarron não falou nada, apenas olhava para as próprias mãos gorduchas e sorria de forma vaga. Como se decifrar o enigma fosse tão absurdamente fácil, pensou Tom, que o detetive desprezasse o trabalho de colocá-lo em palavras.

Numa mesa contígua, quatro italianos tagarelavam como loucos num hospício, soltando gargalhadas desvairadas e ululantes. Tom teve vontade de arrastar um pouco a cadeira para se afastar deles. Permaneceu sentado, imóvel.

Ele havia se preparado para um confronto, empertigando o corpo até sentir a carne se transformar em ferro, até sentir que a simples tensão física criava uma energia desafiadora. Ouviu a si mesmo perguntando, com uma voz incrivelmente calma:

— Conseguiu falar com o tenente Roverini, quando passou por Roma?

No instante em que falou, percebeu seu objetivo ao fazer aquela pergunta: descobrir se McCarron ouvira falar sobre o barco afundado em San Remo.

— Não, não consegui. O Sr. Greenleaf me enviou uma mensagem dizendo que me encontraria em Roma ainda hoje, mas cheguei lá tão cedo que decidi pegar outro avião para encontrá-lo em Veneza… e também para conversar com você.

McCarron baixou os olhos para os documentos que trazia.

— Que tipo de homem Richard era? Como descreveria a personalidade dele?

Então, era assim que McCarron pretendia preparar o terreno? Captando mais algumas pistas pequenas, a partir das palavras que Tom escolhesse para descrever Dickie? Ou será que buscava apenas uma opinião objetiva, coisa que não podia obter dos pais dele?

— Ele queria ser pintor — começou Tom —, mas sabia que jamais seria um bom pintor. Tentava agir como se não se importasse com isso, e como se estivesse feliz, levando a vida que queria levar aqui na Europa.

Tom passou a língua pelos lábios.

— Mas acho que a vida estava começando a decepcioná-lo. Seu pai desaprovava seu interesse artístico, como o senhor deve saber. E Dickie estava numa situação embaraçosa em relação a Marge.

— Como assim?

— Marge estava apaixonada por ele e ele não estava apaixonado por ela, mas, como os dois andavam sempre juntos em Mongibello, ela manteve as esperanças...

Tom começava a se sentir mais seguro, mas simulava dificuldade em se expressar.

— Ele jamais falou sobre esse assunto comigo. Sempre a elogiava muito. Gostava muito dela, mas era evidente para todos, inclusive para Marge, que ele jamais se casaria com ela. Mas Marge nunca desistiu. Acho que essa foi a principal razão para Dickie sair de Mongibello.

McCarron escutava com uma expressão que, aos olhos de Tom, parecia compreensiva e paciente.

— Como assim, nunca desistiu? O que ela fez?

Tom esperou que o garçom terminasse de dispor sobre a mesa as xícaras espumantes de cappuccino, enfiando a conta sob o açucareiro.

— Ela continuou mandando cartas, pedindo para vê-lo, mas, ao mesmo tempo, tenho certeza de que foi muito cuidadosa e evitou se intrometer quando ele decidiu ficar sozinho. Ele me contou tudo isso em Roma, quando nos encontramos. Disse que, após o assassinato de Miles, não sentia vontade de encontrá-la e receava que ela fosse a Roma procurá-lo, ao saber da confusão em que ele estava metido.

— Por que acha que Richard ficou tão nervoso após o assassinato de Miles?

McCarron sorveu um gole de café e pestanejou, por achar o cappuccino ou muito quente ou muito amargo, depois o mexeu com uma colher.

Tom explicou. Dickie e Freddie eram muito amigos, e Freddie fora assassinado alguns minutos após sair do apartamento de Dickie.

— Acha que Dickie pode ter matado o amigo? — perguntou McCarron, sem ênfase.

— Não, não acho.

— Por quê?

— Porque não tinha razão alguma para matá-lo... Pelo menos, nenhuma razão que eu saiba.

— As pessoas costumam dizem: porque fulano ou sicrano não seria capaz de matar alguém. Acha que Richard seria capaz?

Tom hesitou, procurando sinceramente a verdade.

— Nunca pensei sobre isso. Não sei que tipo de pessoa seria capaz de matar alguém. Já o vi zangado...

— Quando?

Tom descreveu os dois dias em Roma, dizendo que Dickie estava zangado e frustrado por causa do interrogatório policial e que inclusive se mudara do apartamento para evitar telefonemas de amigos e estranhos. Tom vinculou tudo isso à crescente frustração de Dickie por não estar evoluindo como desejava em sua atividade artística. Ele o pintou como um jovem orgulhoso e teimoso, que vivia atemorizado pela figura paterna e, por isso, resolvera desafiar os desejos do pai. Sob a narrativa de Tom, Dickie era um homem um tanto errático, generoso com os estranhos e com os amigos, mas sujeito a súbitas mudanças de humor: num momento parecia sociável, mas em seguida mergulhava num retraimento soturno. Resumiu o assunto dizendo que Dickie era um jovem comum, mas que gostava de pensar em si mesmo como alguém extraordinário.

— Se ele cometeu mesmo suicídio — disse Tom —, acho que o fez após perceber certos defeitos em si mesmo, certas imperfeições. Para mim, é muito mais fácil imaginá-lo como suicida do que assassino.

— Mas não tenho tanta certeza de que ele não matou Freddie Miles. E você?

McCarron estava sendo sincero. Disso, Tom tinha certeza. Agora o detetive estava até mesmo esperando que Tom defendesse Dickie, já que eram amigos. Tom sentiu parte de seu terror se desfazer, mas só uma parte, como um grande bloco derretendo muito devagar dentro de seu peito.

— Não tenho certeza — confessou Tom —, mas não acredito que ele tenha feito isso.

— Também não tenho certeza. Mas isso explicaria tudo, não acha?

— Sim. Tudo.

— Bem, este é apenas meu primeiro dia de trabalho — disse McCarron com um sorriso otimista. — Nem cheguei a ler o relatório feito em Roma. Devo falar com você novamente, depois que for a Roma.

Tom o encarou. Aparentemente, o interrogatório acabara.

— Você fala italiano?

— Não, não muito bem, mas leio. Sou melhor em francês, mas consigo me virar — respondeu McCarron, como se aquilo não tivesse muita importância.

Tem muita importância, sim, pensou Tom. Achava impossível que McCarron conseguisse extrair todas as informações de Roverini sobre o caso Greenleaf se tivesse de usar um intérprete. Sem falar italiano, McCarron tampouco poderia sair falando com as pessoas, como a senhoria do apartamento em Roma. Sim, tinha muita importância.

— Conversei com Roverini aqui em Veneza algumas semanas atrás — comentou Tom. — Mande lembranças.

— Farei isso.

McCarron terminou o café.

— Pelo que conhece de Dickie, onde acha que ele iria, se quisesse se esconder? — perguntou o detetive.

Tom se encolheu um pouco na cadeira. As perguntas começavam a ficar meio forçadas, pensou.

— Bem, acho que ele prefere a Itália. Acho difícil que tenha ido para a França. Ele também gosta da Grécia. Falou sobre ir a Majorca em algum momento. A Espanha inteira é uma possibilidade, eu imagino.

— Entendo — disse McCarron, com um suspiro.

— Vai para Roma hoje?

McCarron ergueu as sobrancelhas.

— Acho que sim, se conseguir dormir por algumas horas aqui. Há dois dias não me deito numa cama.

Ele aguentava muito bem, pensou Tom.

— Acho que o Sr. Greenleaf queria saber os horários dos trens. Dois partem hoje de manhã e, provavelmente, mais alguns à tarde. Ele planejava partir hoje.

— Podemos partir hoje.

McCarron pegou a conta.

— Muito obrigado por sua ajuda, Sr. Ripley. Tenho seu número e seu endereço, caso precise conversar de novo.

Levantaram-se.

— O senhor se importa se eu subir para me despedir de Marge e do Sr. Greenleaf?

McCarron não se importava. Novamente, entraram juntos no elevador. Tom teve de se controlar para não assoviar. *Papa non vuole* estava ressoando em sua cabeça.

Ao entrarem, Tom observou Marge com atenção, buscando sinais de hostilidade. Mas ela só tinha um ar meio trágico, pensou ele. Como se acabasse de enviuvar.

— Também gostaria de lhe fazer algumas perguntas sozinho, Srta. Sherwood — disse McCarron, acrescentando ao se virar para o Sr. Greenleaf: — Se não se importa.

— De forma alguma. Eu estava mesmo indo ao saguão comprar jornais — disse o Sr. Greenleaf.

McCarron continuaria trabalhando. Tom se despediu de Marge e do Sr. Greenleaf, pois talvez não voltassem a se encontrar, se os dois resolvessem partir naquele dia para Roma. Disse a McCarron:

— Será um prazer ir a Roma, a qualquer momento, se eu puder ajudar em mais alguma coisa. Devo ir até o fim de maio.

— Antes disso, já teremos descoberto alguma coisa — garantiu McCarron com seu confiante sorriso irlandês.

Tom acompanhou o Sr. Greenleaf até o saguão.

— Ele me fez as mesmas perguntas de novo — contou Tom. — E também pediu minha opinião sobre a personalidade de Richard.

— Bem, e qual é sua opinião? — perguntou o Sr. Greenleaf, em tom desesperançado.

Cometer suicídio ou fugir para um esconderijo seriam condutas igualmente repreensíveis aos olhos do Sr. Greenleaf, Tom sabia.

— Disse-lhe o que acho ser a verdade. Que Richard seria capaz de fugir e também de cometer suicídio.

O Sr. Greenleaf não fez comentário nenhum, apenas deu um tapinha no braço de Tom.

— Adeus, Tom.

— Adeus. Mande notícias.

Estava tudo bem em relação ao Sr. Greenleaf, pensou Tom. E, em breve, tudo ficaria bem entre ele e Marge. Tom sabia que ela havia engolido a história do suicídio e, de agora em diante, sua mente seguiria naquela direção.

Tom passou a tarde em casa, esperando um telefonema, um único telefonema de McCarron, pelo menos, nem que fosse para falar de algo sem importância, mas o detetive não ligou. O único telefonema que recebeu foi de Titi, a condessa residente, convidando-o para tomar uns coquetéis à tarde. Ele aceitou.

Marge não trará nenhum problema, pensou Tom. Ela nunca trouxe. A ideia do suicídio fora plantada na cabeça dela, e sua imaginação débil se encarregaria de encaixar todas as peças naquela explicação.

28

No dia seguinte, McCarron telefonou para Tom, de Roma, pedindo os nomes de todas as pessoas que Dickie conhecera em Mongibello. Aparentemente, essa era a única coisa que McCarron desejava saber, pois anotou os nomes sem pressa, conferindo-os na lista que Marge lhe dera. Ela fornecera quase todos os nomes, mas Tom os citou um por um, incluindo a complexa localização das residências — Giorgio, é claro; o barqueiro Pietro; a tia de Fausto, Maria, de cujo sobrenome ele não se recordava, mas cujo endereço indicou por meio de uma explicação complicada; Aldo, o merceeiro; os Cecchis; e até o velho Stevenson, um pintor que morava nos arrabaldes do vilarejo e que Tom jamais encontrara. Tom levou vários minutos para elencá-los, e McCarron levaria dias para verificar nome por nome. Mencionou todo mundo, exceto o Signor Pucci, que havia se encarregado de vender a casa e o veleiro de Dickie, e que sem dúvida contaria a McCarron que Tom fora a Mongibello gerenciar os negócios de Dickie — se é que Marge já não informara o detetive sobre isso. Quanto a pessoas como Aldo e Stevenson, McCarron podia interrogá-los quanto quisesse — não sabiam nada de relevante.

— Algum conhecido em Nápoles? — perguntou McCarron.

— Não que eu saiba.

— Roma?

— Lamento, mas nunca o vi com amigos em Roma.

— Não conhece esse tal pintor... hum... Di Massimo?

— Não. Eu o vi certa vez, mas não chegamos a conversar.

— Qual a aparência dele?

— Bem, eu o vi numa esquina, de longe. Dickie e eu nos despedimos quando ele ia encontrar Di Massimo, por isso não o vi de perto. Parecia ter um metro e oitenta, uns 50 anos, cabelo preto-acinzentado... e isso é tudo que lembro, eu acho. Parecia um sujeito bastante forte. Recordo que estava usando um terno cinza-claro.

— Humm... certo — disse McCarron em voz abstraída, como se estivesse anotando tudo. — Bem, acho que é isso. Muito obrigado, Sr. Ripley.

— Não há de quê. Boa sorte.

Depois disso, Tom ficou em casa por dias, aguardando discretamente, como qualquer pessoa normal faria ao saber que a busca por um amigo desaparecido chegava ao ápice. Declinou três ou quatro convites para festas. A presença de um detetive norte-americano na Itália, contratado pelo pai do jovem desaparecido, reacendeu o interesse dos jornais no caso. Quando fotógrafos do *Europeo* e do *Oggi* vieram fotografá-lo em sua casa, Tom pediu com seriedade que parassem, e chegou a pegar um jovem e insistente repórter pelo cotovelo, arrastando-o pela sala de estar em direção à porta. Mas, por cinco dias, nada de importante aconteceu — nenhum telefonema, nenhuma carta, nem mesmo do tenente Roverini. Às vezes, Tom imaginava o pior, especialmente ao anoitecer — quando se sentia mais deprimido do que em qualquer outro horário. Imaginava Roverini e McCarron reunidos, elaborando a teoria de que Dickie poderia ter desaparecido em novembro, o detetive americano checando quando Tom comprou o carro, farejando uma pista ao descobrir que Dickie não reaparecera em Mongibello após a viagem a San Remo e que Tom Ripley fora lá para vender as coisas do amigo. Tom avaliou e reavaliou a despedida cansada e indiferente do Sr. Greenleaf naquela última manhã em Veneza, interpretou-a como um gesto hostil, e imaginou o Sr. Greenleaf recebendo a notícia de que a trabalhosa busca por Dickie não dera resultados, mergulhando num surto de fúria, voltando de Roma e exigindo uma investigação completa sobre Tom Ripley, o patife que embolsara seu dinheiro com a missão de vir à Europa resgatar seu filho.

Mas, ao amanhecer, Tom se sentia otimista novamente. Entre os motivos para isso, estava o fato de Marge acreditar piamente que Dickie passara todos aqueles meses isolado em Roma, e sem dúvida ela guardara todas as cartas que recebera dele, e as mostraria a McCarron se ele pedisse. Aliás, eram ótimas cartas. Tom se orgulhava de ter dedicado tanta energia mental para escrevê-las. Agora, Marge era um trunfo, em vez de um risco. Ainda bem que não precisou usar o sapato naquela noite, quando ela achou os anéis.

Todos os dias, ele olhava o amanhecer pela janela do quarto, o sol erguendo-se pelas névoas do inverno, galgando custosamente o céu sobre a cidade pacífica, até conseguir rasgar a nebulosidade, propiciando uma ou duas horas de verdadeira luz solar antes do meio-dia — e cada sereno alvorecer era como uma promessa de paz futura. Os dias estavam ficando menos frios. Havia mais luz e menos chuva. A primavera estava quase chegando, e, num belo dia, um dia mais belo do que estes, ele deixaria a casa para trás e embarcaria num navio em direção à Grécia.

No entardecer do sexto dia após a partida do Sr. Greenleaf e McCarron, Tom telefonou para o hotel do Sr. Greenleaf em Roma para saber se havia novidades, mas esperava que não houvesse. Marge voltara para os Estados Unidos. Enquanto o Sr. Greenleaf estivesse na Itália, pensou Tom, os jornais continuariam publicando algo sobre o caso, todos os dias. Mas até eles estavam ficando sem notícias sensacionais sobre o caso Greenleaf.

— E como está sua esposa? — perguntou Tom.

— Bem. Mas acho que os efeitos da tensão começaram a aparecer. Falei com ela ontem à noite.

— Sinto muito — disse Tom.

Deveria escrever uma carta gentil para ela, pensou Tom, apenas algumas palavras amigáveis para alegrar sua solidão enquanto o Sr. Greenleaf estivesse longe. Desejou ter pensado nisso antes.

O Sr. Greenleaf disse que iria partir no fim da semana, via Paris, onde buscas também estavam sendo feitas, pela polícia francesa. McCarron iria com ele e, se nada acontecesse lá, ambos voltariam para os Estados Unidos.

— Está óbvio para mim e para qualquer pessoa que Richard ou está morto, ou está se escondendo deliberadamente — confessou o Sr. Greenleaf. — Não há um único pedaço do mundo onde os jornais não tenham noticiado a busca por ele. Exceto a Rússia, talvez. Meu Deus, ele nunca demonstrou simpatia por aquele país, certo?

— Rússia? Não que eu saiba.

Aparentemente, a opinião do Sr. Greenleaf era de que Dickie estava morto e, se não estivesse, que fosse para o inferno. Durante aquele telefonema, parecia tender mais para a segunda opção.

Naquela mesma noite, Tom foi visitar Peter Smith-Kingsley, que estava com alguns jornais ingleses enviados por uns amigos, e num deles havia uma foto de Tom botando o repórter do *Oggi* porta afora. Tom vira a mesma imagem nos jornais italianos. Fotografias dele nas ruas de Veneza e fotografias de sua casa também chegaram aos Estados Unidos. Bob e Cleo haviam lhe remetido fotografias e recortes de tabloides nova-iorquinos. Achavam aquilo tudo muito excitante.

— Estou cansado disso tudo — disse Tom. — Só continuo na Itália por uma questão de educação e para ajudar, se puder. Se mais algum repórter tentar invadir minha casa, vão dar de cara com um cano de espingarda assim que cruzarem a porta.

Estava realmente irritado e enojado, e isso se traduzia em sua voz.

— Entendo perfeitamente — comentou Peter. — Não sei se contei, mas vou voltar para casa no fim de maio. Se quiser passar um tempo na minha casa na Irlanda, terei o maior prazer em recebê-lo. Eu garanto que é um lugar mortalmente calmo.

Tom o olhou de repente. Peter lhe contara sobre seu castelo irlandês, inclusive lhe mostrara fotografias do local. Recordações imprecisas de sua relação com Dickie lhe cruzaram a mente como a memória de um pesadelo ou um fantasma pálido e maligno. Era porque a mesma coisa poderia acontecer com Peter, pensou Tom. Peter, um rapaz justo e sem desconfianças, um sujeito generoso e ingênuo — contudo, Tom não se parecia muito com Peter, ao menos não o suficiente. Mas certa noite, para divertir Peter, incorporara o sotaque britânico e imitara os trejeitos de Peter, seu gesto de ladear a cabeça enquanto falava, e o rapaz achara aquilo incrivelmente engraçado. Não deveria ter feito isso. Sentia-se amargamente envergonhado pela sua atuação naquela noite, e por haver pensado, ainda que por um breve instante, que a mesma coisa que acontecera com Dickie poderia acontecer com Peter.

— Obrigado — disse Tom. — Acho melhor ficar sozinho por mais um tempo. Sabe, sinto falta de Dickie. Muita falta.

De repente, começou a chorar. Lembrou-se dos sorrisos de Dickie naquele dia distante, quando começaram a ficar amigos, após Tom lhe contar que o Sr. Greenleaf o enviara à Europa. Lembrou-se de sua primeira e tresloucada viagem a Roma. Recordou com afeição até mesmo a meia hora que passaram no Carlton em Cannes, quando Dickie se mostrara tão entediado e silencioso, mas, afinal de contas, ele tinha motivos para estar de mau humor: Tom o arrastara até ali, e Dickie não gostava da Côte d'Azur. Agora Tom se recriminava, dizendo a si mesmo que deveria ter feito o passeio sozinho, que não deveria ter sido tão apressado e ganancioso, nem ter tirado conclusões tão apressadas e estúpidas sobre o relacionamento de Dickie e Marge — ou, então, que deveria ter esperado que os dois se separassem por vontade própria, e então nada disso teria acontecido, e ele *teria* passado o resto da vida com Dickie, viajando e vivendo e aproveitando a vida para sempre. Se ele não tivesse vestido as roupas de Dickie naquele dia...

— Entendo, Tom, meu garoto. Entendo mesmo — disse Peter, dando um tapinha em seu ombro.

Tom ergueu o rosto e o fitou, através das lágrimas que lhe distorciam a visão. Estava se imaginando na companhia de Dickie, viajando para os Estados Unidos num cruzeiro para passar as festas de fim de ano, e imaginou o Sr. e a Sra. Greenleaf tratando-o afetuosamente como se ele e Dickie fossem irmãos.

— Obrigado — tentou responder Tom, mas só conseguiu pronunciar um balbucio infantil.

— Eu até acharia que há algo errado se não o visse chorar nenhuma vez — disse Peter em voz afável e compreensiva.

29

Veneza
3 de junho de 19**

Caro Sr. Greenleaf,

Hoje, enquanto arrumava as malas, encontrei um envelope que Richard me deu em Roma e que, por razões inexplicáveis, eu havia esquecido até agora. No envelope, está escrito "Só abrir em junho", e, por acaso, é junho. O envelope contém o testamento de Richard, deixando sua renda e suas posses para mim. Estou tão perplexo quanto o senhor, mas, a julgar pelos termos usados no testamento (que está datilografado), ele parece tê-lo escrito com o juízo perfeito.

Lamento muitíssimo não haver me lembrado do envelope, pois assim teríamos levado muito menos tempo para concluir que Dickie planejava tirar a própria vida. Eu o coloquei no bolso da mala e o esqueci lá. Dickie o deu a mim em nosso último encontro, em Roma, na mesma ocasião em que o achei tão deprimido.

Pensando melhor, vou anexar uma cópia do testamento para que possa examiná-lo por si mesmo. Este é o primeiro testamento que vejo na vida, e sou totalmente ignorante quanto ao procedimento correto. O que devo fazer?

Por favor, envie minhas afetuosas lembranças à Sra. Greenleaf e saiba que me solidarizo profundamente com vocês dois, além de lamentar a necessidade de escrever esta carta. Por favor, me mande notícias assim que possível. Meu endereço, pelos próximos meses, será:

A/C American Express
Atenas, Grécia.

Atenciosamente,
Tom Ripley

Tom sabia que, em certo sentido, estava brincando com o perigo. Aquela carta poderia desencadear uma nova investigação sobre as assinaturas, tanto no testamento quanto nos recibos, uma daquelas investigações implacáveis que as companhias de seguros e provavelmente as companhias fiduciárias faziam quando tinham de desembolsar o próprio dinheiro. Mas estava com vontade de se arriscar. Na metade de maio, havia comprado sua passagem para a Grécia, e os dias estavam se tornando cada vez mais bonitos, o que o deixava cada vez mais inquieto. Tirara seu carro da garagem da Fiat em Veneza e fora dirigindo até Salzburgo e Munique, após cruzar o Brenner, seguindo até Trieste e Bolzano, e o tempo estivera ótimo durante todo o trajeto, exceto por um chuvisco dos mais suaves e primaveris, que caíra em Munique, enquanto ele caminhava pelo Englischer Garten, e Tom nem sequer tentara se abrigar, mas seguira caminhando, empolgado como uma criança, pois esta era a primeira chuva alemã a molhar seu corpo. Agora tinha apenas 2 mil dólares no próprio nome — parte dessa quantia fora transferida da conta de Dickie, parte vinha da remessa, mas ele não se atrevera a descontar mais dinheiro, pois apenas três meses haviam se passado desde a última vez. Tentar abocanhar toda a fortuna de Dickie era um plano cheio de incerteza e perigo — e era isso o que o tornava irresistível. Tom estava entediado após passar várias semanas monótonas em Veneza: cada dia lá parecia confirmar a segurança de sua pessoa e enfatizar o tédio de sua existência. Roverini havia parado de lhe escrever. Alvin McCarron voltara para os Estados Unidos (após lhe fazer apenas mais um telefonema inconsequente, de Roma), e Tom acreditava que o detetive e o Sr. Greenleaf haviam chegado à conclusão de que Dickie estava morto ou escondido por vontade própria, e que seria inútil continuar a procurá-lo. Os jornais haviam parado de publicar notícias sobre Dickie, porque não havia mais notícias. Tom experimentara uma sensação de ócio e vacuidade que quase o enlouquecera, cessando apenas quando começara sua viagem de carro a Munique. Quando voltou a Veneza para fazer as malas, preparando-se para ir à Grécia, a sensação voltou com mais força: estava prestes a visitar aquelas ilhas antigas e heroicas, como o pequenino Tom Ripley, tímido e manso, com uma pífia quantia de 2 mil dólares no banco, de modo que deveria pensar duas vezes antes de comprar um mero livrinho sobre arte grega. Era intolerável.

Em Veneza, havia decidido transformar sua viagem à Grécia em uma empreitada heroica. Quando as ilhas gregas dançassem pela primeira vez diante de seus olhos, ele as contemplaria como um indivíduo vivo, pleno, corajoso — não como um zé-ninguém encolhido de Boston. Mesmo se a polícia o prendesse no Pireu, logo após o desembarque, ele ao menos levaria na memória os dias anteriores, sua própria imagem à proa do navio, empertigado contra o vento, cruzando o mar cor de vinho, como Jasão rumo à Cólquida, ou Ulisses voltando a Ítaca. Assim, escrevera aquela carta ao Sr. Greenleaf e a remetera três dias antes de zarpar de Veneza. O Sr. Greenleaf só a receberia dali a quatro ou cinco dias, portanto não teria tempo para lhe enviar um telegrama, detendo-o em Veneza e fazendo-o perder o navio. Além disso, parecia mais sensato, de qualquer ponto de vista, agir de forma descuidada em relação ao testamento, sumindo por algumas semanas até chegar à Grécia, como se estivesse tão desinteressado em receber aquele dinheiro que nem sequer cogitasse adiar a viagem.

Dois dias antes do embarque, ele foi tomar chá na casa da condessa Titi della Latta-Cacciaguerra, que conhecera no mesmo dia em que começara a procurar uma casa em Veneza. A criada o conduziu até a sala de estar, e Titi o saudou com aquela frase que ele não escutava em muitas semanas:

— Ah, *ciao*, Tomaso! Leu o jornal da tarde? Encontraram as malas de Dickie! E suas pinturas! Logo aqui, na American Express de Veneza! — Seus brincos dourados estremeciam de excitação.

— *O quê?*

Tom não lera os jornais. Passara a tarde ocupado, arrumando as malas.

— Leia! Aqui está! Todas as roupas dele estão guardadas lá desde fevereiro! Foram enviadas de Nápoles. Talvez ele esteja aqui em Veneza!

Tom estava lendo a notícia. O cordão que prendia as telas se desatara, dizia o jornal, e, ao enrolá-las novamente, um funcionário descobrira a assinatura "R. Greenleaf" nas pinturas. As mãos de Tom começaram a tremer tanto que ele teve de cerrar os punhos nas laterais do jornal para que não sacudissem. O jornal acrescentava que a polícia agora estava examinando todos os objetos com cuidado, em busca de impressões digitais.

— Talvez ele esteja vivo! — gritou Titi.

— Acho que não... não vejo por que isso provaria que ele está vivo. Pode ter sido assassinado, ou cometido suicídio, após remeter as malas. O fato de que esteja sob outro nome... Fanshaw...

Teve a sensação de que a condessa, que se sentava rígida no sofá, encarando-o, estava surpresa com seu nervosismo. Então, recompôs-se de forma abrupta e reuniu toda sua coragem para dizer:

— Olhe só... Estão procurando impressões digitais por todos os lados. Não estariam fazendo isso se soubessem que foi Dickie quem enviou as malas. Por que ele teria depositado essas coisas sob o nome de Fanshaw, se esperava buscá-las pessoalmente? Até o passaporte dele está aqui. Ele guardou o passaporte na mala.

— Talvez ele esteja se escondendo, sob o nome de Fanshaw! Oh, *caro mio*, precisa tomar um chá!

Titi se levantou.

— Giustina! *Il tè, per piacere, subitissimo!*

Tom afundou lentamente no sofá, ainda segurando o jornal diante dos olhos. E o cabo que amarrava o corpo de Dickie no fundo do mar? Só faltava aquele nó se desatar também.

— Ah, *carissimo*, você é tão pessimista — disse Titi, dando tapinhas em seu joelho. — Essas notícias são boas! Digamos que todas as impressões digitais sejam dele. Isso não o deixaria feliz? Talvez amanhã, caminhando por alguma ruazinha de Veneza, você depare com Dickie Greenleaf, também conhecido como Signor Fanshaw!

Soltou seu riso estridente e agradável, que soava tão natural quanto sua respiração.

— Aqui diz que as malas continham todos os objetos dele... aparelhos de barbear, escova de dentes, sapatos, sobretudo, toda a sua equipagem... — disse Tom, escondendo seu terror numa expressão lúgubre. — Não pode estar vivo, se deixou tudo isso para trás. O assassino deve ter desnudado o cadáver, depois mandou as roupas para um depósito, porque era a maneira mais fácil de se livrar delas.

O argumento era tão bom que fez a condessa titubear. Após um instante, ela disse:

— Não fique tão abatido, pelo menos até saber de quem são as impressões digitais! Afinal de contas, você vai começar uma viagem de prazer. *Ecco il tè!*

Depois de amanhã, pensou Tom. *Tempo de sobra para que Roverini tire suas digitais e as compare com as encontradas nas telas e malas.* Tom tentou se recordar de quaisquer superfícies lisas nas molduras das telas e em objetos guardados nas malas, nos quais suas impressões pudessem ser achadas. Não havia muita coisa, exceto pelos equipamentos de barbear, mas, se a polícia tentasse, poderia encontrar fragmentos e manchas, depois ir juntando as peças até formar dez impressões perfeitas. Havia um único motivo para otimismo: a polícia ainda não pegara suas impressões digitais, e talvez nem chegasse a solicitá-las, pois ele não era suspeito. Mas e se já tivessem as impressões de Dickie, coletadas em algum outro lugar? O Sr. Greenleaf, ao ler a notícia, talvez enviasse imediatamente as digitais de Dickie, para serem comparadas. Além disso, havia diversos lugares onde elas poderiam ser encontradas: nos objetos que deixara nos Estados Unidos, em sua casa em Mongibello...

— Tomaso! Tome seu chá! — disse Titi, com outro apertão sutil e gentil no joelho dele.

— Obrigado.

— Você vai ver. Isso, pelo menos, é um passo em direção à verdade, à descoberta do que *realmente* aconteceu. Mas agora vamos falar de outra coisa, se o assunto o deixa tão triste! Aonde planeja ir, depois de Atenas?

Tentou desviar seus pensamentos para a Grécia. Para Tom, era um lugar tingido de ouro, não apenas pelos raios daquele sol tão célebre, mas também pelo brilho das armaduras dos guerreiros. Imaginou estátuas de pedra com rostos calmos e fortes, como as mulheres no pórtico do Erecteu. Não queria ir à Grécia assombrado pela ameaça daquelas digitais encontradas em Veneza. Seria degradante. Iria se sentir tão abjeto quanto o mais desprezível dos ratos que correm nos esgotos de Atenas, mais abjeto que o mais sujo dos mendigos que o assediassem em Tessalonica. Tom cobriu o rosto com as mãos e começou a chorar. Sua viagem à Grécia estava acabada, como um balão dourado que estoura no ar.

Titi o envolveu com seu braço firme e gorducho.

— Tomaso, se alegre! Espere até que tenha um motivo de verdade para ficar triste!

— Não entendo como não percebe que isto é um mau sinal! — disse Tom, desesperado. — Não entendo mesmo!

30

O pior sinal de todos era outro: Roverini, cujas mensagens até então sempre foram tão amigáveis e explícitas, nada lhe enviou a respeito da descoberta das malas e das telas em Veneza. Tom passou uma noite insone e um dia inquieto, perambulando pela casa enquanto tentava completar uma série interminável de pequenas tarefas referentes a sua partida, além de pagar a Anna e a Ugo e vários comerciantes. Ele esperava que a polícia batesse em sua porta a qualquer momento do dia ou da noite. Sentia-se dilacerado pelo contraste entre sua atual aflição e a tranquila autoconfiança de alguns dias atrás. Não conseguia dormir, nem comer, nem ficar sentado quieto. O compadecimento que Anna e Ugo demonstravam diante de seu sofrimento, os telefonemas de amigos, perguntando sua opinião sobre o futuro das investigações após a descoberta das malas — tudo isso tinha para ele o sabor de uma ironia insuportável. Também era irônico que ele pudesse alardear sua dor, seu pessimismo, até seu desespero, sem que ninguém achasse estranho. Todos consideravam aquilo muito normal, pois Dickie, afinal de contas, podia ter sido assassinado: todos acharam muito significativo os objetos pessoais estarem nas malas em Veneza em sua totalidade, até os equipamentos de barbear e o pente.

E, ainda por cima, havia a questão do testamento. O Sr. Greenleaf receberia a carta depois de amanhã. Até lá, a polícia talvez soubesse que as impressões digitais não eram de Dickie. A polícia poderia ter interceptado o *Hellenes* e tirado as digitais de Tom. Se, além disso, as autoridades descobrissem que o testamento era falso, haveriam de tratá-lo sem qualquer misericórdia. Ambos os assassinatos viriam à tona naturalmente.

Ao embarcar no *Hellenes*, Tom já se sentia um fantasma ambulante. Estava insone, mal alimentado, entupido de café, movido apenas pelo repuxar dos nervos. Teve vontade de perguntar se havia um rádio a bordo, mas era óbvio que sim. Este era um navio de tamanho considerável, com três deques e quarenta e oito passageiros. Cerca de cinco minutos após os carregadores trazerem sua bagagem à cabine, Tom desabou. Mais tarde, recordou haver passado um longo tempo de bruços no beliche, um braço dobrado sob o corpo, cansado demais para mudar de posição — e, quando acordou, o navio já estava em movimento, balançando com firme suavidade, num ritmo agradável que sugeria uma tremenda reserva de poder e prometia um avanço constante e desimpedido que varreria qualquer obstáculo em seu caminho. Tom estava se sentindo melhor, exceto pelo braço, que ficara dormente e agora pendia feito membro morto e mole, batendo em seu corpo enquanto andava pelo corredor, de modo que se viu obrigado a agarrá-lo com a outra mão para contê-lo. Seu relógio marcava quinze para as dez, e lá fora a escuridão era total.

Havia uma extensão de terra muito longe, à esquerda, provavelmente parte da Iugoslávia, cinco ou seis luzes brancas e fracas, e mais nada, apenas o mar e o céu pretos, tão escuros que quase não havia traço de horizonte, e dava para imaginar que estavam navegando contra uma tela preta, exceto pelo fato de que ele não sentia resistência alguma ao avanço firme do navio que sulcava as águas, enquanto o vento soprava livremente em sua fronte como se viesse de um espaço infinito. Não havia mais ninguém no convés. Estavam todos lá embaixo, jantando, ele supôs. Sentia-se feliz por estar sozinho.

O braço estava despertando. Tom agarrou a proa, bem na ponta, onde formava um V, e respirou fundo. Crescia dentro dele uma coragem desafiadora. E se o operador de rádio estivesse recebendo, neste exato minuto, a ordem para prender Tom Ripley? Ele se manteria altivo e empertigado como estava agora. Era possível pular da amurada do navio — e, para ele, isso seria um ato supremo de coragem, além de uma fuga definitiva. Bem, e se tudo isso acontecesse mesmo? Mesmo naquele momento, ele escutava um tênue *bip-bip-bip* vindo da sala do rádio, no alto da superestrutura. Não sentia medo. Sentia-se como devia se sentir. Era esse o sentimento que imaginara ao planejar sua navegação pela Grécia. Contemplar as águas que o cercavam e não sentir medo — isso era quase tão bom quanto ver as ilhas gregas surgindo no horizonte. Na suave escuridão de junho, que o esperava lá na frente, sua imaginação ia erguendo as ilhotas, as colinas de Atenas, pontilhadas de construções, e a Acrópole.

A bordo havia uma velha senhora inglesa viajando com a filha — que, por sua vez, era uma mulher de 40 anos, solteira, e tão nervosa e irrequieta que não conseguia passar quinze minutos tomando sol no convés sem que de repente pulasse anunciando em voz alta que ia "dar uma volta". Sua mãe, ao contrário, era calma e vagarosa, tinha uma paralisia na perna direita, que era mais curta que a outra, o que a obrigava a usar um salto mais alto no sapato direito e a caminhar sempre de bengala — o tipo de pessoa que daria nos nervos de Tom em Nova York, com sua lentidão e sua monótona polidez, mas agora ele se sentia inspirado a passar horas com ela nos assentos do convés, conversando e ouvindo-a falar de sua vida na Inglaterra e de sua última viagem à Grécia, em 1926. Ele a conduzia em lentos passeios pelo convés, ela apoiada no braço dele e constantemente desculpando-se pelo trabalho que lhe dava, mas era evidente que adorava ganhar aquela atenção. E a filha estava satisfeita por ter alguém que a desobrigasse de andar sempre com a mãe.

Talvez a Sra. Cartwright tivesse sido uma megera na juventude, pensou Tom. Talvez fosse responsável por todas as neuroses da filha, talvez a tivesse sufocado de tal forma que a impedira de levar uma vida normal e se casar, e talvez merecesse ser chutada para dentro d'água em vez de acompanhada pelo convés e entretida com uma agradável conversa — mas e daí? O mundo por acaso é justo ao pagar méritos e deméritos? O mundo acaso fora justo com ele? Tom se considerava sortudo por ter escapado após cometer dois assassinatos — uma sorte que durava desde o momento em que assumira a identidade de Dickie até agora. Na primeira parte da vida, o destino fora grosseiramente injusto com ele, pensou Tom, mas o tempo que passara com Dickie e o período posterior compensavam todo aquele sofrimento. No entanto, algo iria acontecer na Grécia, ele pressentiu, e não seria nada de bom. Sua sorte tinha durado demais. Supondo que o pegassem por causa das impressões digitais, por causa do testamento, e o mandassem à cadeira elétrica — seria possível dizer que a morte na cadeira elétrica era tão dolorosa, ou que a morte precoce, aos 25 anos, era tão trágica que todos os meses vividos de novembro até agora não valeram a pena? Não, ele não poderia dizer isso.

A única coisa que o amargurava era ainda não ter conhecido o mundo inteiro. Queria conhecer a Austrália. E a Índia. Queria conhecer o Japão. Depois, havia a América do Sul. Simplesmente contemplar a arte daqueles países seria o suficiente para encher uma vida inteira de forma plena e agradável, pensou. Aprendera muito sobre pintura, inclusive quando tentara copiar os quadros medíocres de Dickie. Nas galerias de arte de Paris e Roma, descobrira um gosto pela pintura que jamais percebera antes, ou que talvez antes lhe faltasse. Não queria virar pintor, mas, se tivesse dinheiro, o maior prazer de sua vida seria colecionar pinturas que o agradassem e ajudar jovens pintores talentosos e necessitados de dinheiro.

Assim devaneava a mente de Tom enquanto ele conduzia a Sra. Cartwright pelo convés ou escutava seus monólogos nem sempre interessantes. Ela o achava charmoso. Alguns dias antes de chegarem à Grécia, disse diversas vezes que a viagem jamais seria tão agradável se não fosse pela companhia dele, e ambos planejaram se reencontrar em 2 de julho, num hotel em Creta, pois lá era o único lugar onde seus itinerários se cruzariam. Ela iria viajar de ônibus, numa excursão guiada. Tom concordou com todas as sugestões dela, embora estivesse certo de que jamais voltaria a vê-la após o desembarque. Imaginou que a polícia o prenderia assim que chegasse à Grécia, depois o colocaria em outro barco, ou talvez num avião, e ele seria mandado de volta à Itália. O rádio não recebera nenhuma mensagem a seu respeito — ao menos, não que ele soubesse —, mas será que a tripulação o avisaria, se alguma mensagem chegasse? O jornal interno do navio, uma pequena publicação mimeografada de uma página, que aparecia todas as noites nas mesas de jantares, um exemplar para cada passageiro, ocupava-se com notícias internacionais, e não noticiaria nada sobre o caso Greenleaf, mesmo que houvesse algum acontecimento importante. Durante os dez dias da viagem, Tom viveu numa atmosfera peculiar que mesclava melancolia a uma coragem heroica e abnegada. Imaginava coisas estranhas: a filha da Sra. Cartwright caindo pela amurada e ele atirando-se no mar para salvá-la. Ou via-se enfrentando as águas que jorravam de uma antepara rompida até fechar a brecha com o próprio corpo. Sentia-se possuído por uma força e um destemor sobrenaturais.

Enquanto o navio se aproximava da Grécia continental, Tom estava de pé junto à amurada com a Sra. Cartwright. Ela estava lhe explicando como o porto do Pireu havia mudado desde a última vez que o vira, mas ele não estava interessado naquilo. O Pireu existia, e isso era tudo o que lhe importava. Não era uma miragem, era uma sólida colina onde ele poderia caminhar, com prédios que poderia tocar com as próprias mãos — se conseguisse chegar até lá.

A polícia estava esperando nas docas. Tom viu quatro policiais, de pé, com os braços cruzados, olhando para o navio. Ele acompanhou a Sra. Cartwright até o último momento, ajudando-a gentilmente a subir o meio-fio no fim da prancha de desembarque, e deu um sorridente adeus à sua filha. Para a retirada das bagagens, ele tinha de aguardar sob a letra R e elas, sob a letra C — depois, mãe e filha partiriam para Atenas no ônibus da excursão.

Sentindo ainda na bochecha o calor e a tênue umidade do beijo da Sra. Cartwright, Tom virou-se e andou devagar na direção dos policiais. Nada de confusão, pensou: simplesmente lhes diria quem era, por conta própria. Havia uma grande banca de revistas atrás dos policiais, e ele pensou em comprar um jornal. Talvez não o impedissem. Os policiais o encararam, ainda de braços cruzados, quando ele se aproximou. Usavam uniformes pretos com quepes guarnecidos de viseiras. Tom sorriu para eles. Um dos policiais tocou no quepe e deu um passo para o lado. Mas os outros não ocuparam o espaço vago. Tom estava praticamente entre dois deles, bem na frente da banca, e os policiais novamente olhavam adiante, sem lhe prestar atenção alguma.

Ele examinou a abundância de papéis à sua frente, sentindo-se pasmado e estonteado. Sua mão se moveu automaticamente para pegar um jornal romano que lhe era familiar. Fora publicado três dias antes. Puxou umas liras do bolso, percebeu de repente que não tinha moeda grega, mas o vendedor aceitou as liras prontamente, como se estivessem na Itália, e lhe deu o troco também em liras.

— Vou levar estes aqui, também — avisou Tom em italiano, escolhendo mais três jornais italianos e o *Herald-Tribune* de Paris.

Lançou uma olhadela aos policiais. Não estavam olhando para ele.

Então caminhou de volta ao galpão nas docas, onde os passageiros esperavam suas bagagens. Ao passar, ouviu um animado "oi" lançado pela Sra. Cartwright, mas fingiu não ter escutado. Parou sob a letra R e abriu o mais antigo dos jornais italianos, publicado quatro dias antes.

Na segunda página, estava escrito o seguinte cabeçalho:

NINGUÉM DE NOME ROBERT S. FANSHAW DESCOBERTO COMO RESPONSÁVEL PELA BAGAGEM DE GREENLEAF

Tom leu a longa coluna, mas apenas o quinto parágrafo o interessava:

A polícia garantiu, alguns dias atrás, que as impressões digitais nas malas e nas pinturas são as mesmas impressões encontradas no apartamento abandonado de Greenleaf em Roma. Por isso, deduziu-se que o próprio Greenleaf depositou as malas e as pinturas...

Tom abriu sofregamente outro jornal. E lá estava a mesma notícia:

[...] Tendo em vista que as impressões digitais nos objetos contidos nas malas são idênticas às encontradas no apartamento do Signor Greenleaf em Roma, a polícia concluiu que ele arrumou essas malas e as remeteu a Veneza, e especula-se que tenha cometido suicídio, talvez atirando-se na água, num estado de nudez completa. Outra hipótese é que esteja vivo sob o pseudônimo de Robert S. Fanshaw, ou outro pseudônimo. Outra possibilidade é que tenha sido assassinado após fechar as malas, ou que o assassino o tenha obrigado a arrumar a própria bagagem — talvez com o propósito específico de confundir as investigações da polícia no que se refere às impressões digitais...

De qualquer forma, seria inútil dar prosseguimento à busca por "Richard Greenleaf", pois, ainda que esteja vivo, já não está com o passaporte com esse nome [...]

Tom estava trêmulo e tonto. Seus olhos doíam ao clarão do sol que entrava sob a borda do telhado. Seguiu automaticamente o carregador, que levou sua bagagem ao balcão da alfândega, e, então, com os olhos fixos na mala aberta, que o inspetor ia examinando com pressa, tentou entender o que as notícias significavam. Significavam que não havia acusação alguma contra ele. Significavam que as impressões digitais, na verdade, haviam confirmado sua inocência. Significavam que ele não iria para a cadeia, que não iria morrer, e não apenas isso: significavam também que ele não era suspeito de nada. Estava livre. Exceto pelo testamento.

Tom embarcou no ônibus para Atenas. Sentado próximo estava um dos passageiros que partilhara sua mesa no navio, mas Tom não fez nenhum gesto de saudação — nem sequer conseguiria responder se o homem lhe dirigisse a palavra. Na American Express de Atenas, haveria uma carta sobre o testamento, disso Tom tinha certeza. O Sr. Greenleaf tivera tempo de sobra para responder. Talvez houvesse acionado seus advogados imediatamente, e talvez a carta em Atenas contivesse apenas uma polida resposta negativa, redigida por um advogado, ou talvez a próxima mensagem fosse assinada por um oficial da polícia norte-americana, dizendo que ele era culpado de falsificação. Talvez ambas as mensagens estivessem esperando por ele na American Express. O testamento poderia arruiná-lo. Pela janela, Tom contemplava a paisagem seca e primitiva. Nenhuma imagem se fixava em seu cérebro. Talvez a polícia grega já estivesse esperando por ele na American Express. Talvez os quatro homens que ele vira no porto não fossem policiais, mas algum tipo de soldados.

O ônibus parou. Tom desceu, ajeitou a bagagem num círculo ao seu redor e acenou para um táxi.

— Poderia parar na American Express, por favor? — pediu ele em italiano, mas o taxista entendeu ao menos as palavras "American Express" e saiu dirigindo.

Tom lembrou-se da vez que dissera as mesmas palavras ao taxista em Roma, a caminho do porto, onde embarcaria rumo a Palermo. Como se sentira confiante naquele dia, logo após escapulir de Marge no Inghilterra!

Ao avistar o letreiro da American Express, empertigou-se no assento e olhou ao redor, em busca de policiais. Talvez a polícia estivesse na agência. Em italiano, pediu que o taxista esperasse, e este pareceu compreender de novo, tocando de leve no boné. Uma calma enganadora pairava no ar, como o silêncio que antecede a explosão de uma bomba. Tom espiou o saguão da American Express. Tudo normal. Talvez, no instante em que pronunciasse o próprio nome…

— Vocês têm cartas para Thomas Ripley? — perguntou em inglês, com a voz baixa.

— Reepley? Soletre, por gentileza.

Ele soletrou.

A atendente se virou e tirou algumas cartas de um escaninho.

Nada estava acontecendo.

— Três cartas — avisou ela em inglês, sorrindo.

Uma do Sr. Greenleaf. Uma de Titi, enviada de Veneza. Uma de Cleo, reencaminhada. Ele abriu a carta do Sr. Greenleaf.

9 de junho de 19**

Querido Tom,

Sua carta de 3 de junho foi recebida ontem.

Minha esposa e eu não ficamos tão surpresos quanto você talvez tenha imaginado. Nós dois sabíamos do grande afeto que Richard sentia por você, embora ele jamais tenha se dado ao trabalho de nos dizer isso em nenhuma de suas cartas. Como observou, esse testamento parece indicar, infelizmente, que Richard tirou a própria vida. É uma conclusão que nós aqui ao menos conseguimos aceitar – já que a única alternativa é que Richard tenha assumido outro nome e tenha decidido, por razões íntimas, voltar as costas à própria família.

Minha esposa concorda comigo quanto ao procedimento adequado: independentemente do que Richard tenha feito a si mesmo, devemos respeitar suas preferências e o espírito de seu testamento. Portanto, no que diz respeito ao assunto, você tem todo o meu apoio. Enviei a cópia aos meus advogados, que irão mantê-lo informado sobre o andamento do processo, enquanto transferem ao seu nome as propriedades e as economias de Richard.

Mais uma vez, obrigado por seu auxílio quando estive na Europa. Nos mande notícias.

Meus melhores votos,
Herbert Greenleaf

Seria uma piada? O papel timbrado da Burke-Greenleaf em sua mão parecia autêntico — espesso, levemente granulado, com o timbre em baixo-relevo — e, além do mais, o Sr. Greenleaf jamais faria uma piada sobre tal assunto, nem por um decreto. Tom caminhou até o táxi que o esperava. Não era uma piada. Era tudo dele! O dinheiro de Dickie e sua liberdade. E a liberdade, como todo o resto, parecia uma mescla: sua liberdade e a liberdade de Dickie, juntas. Ele poderia ter uma casa na Europa e uma nos Estados Unidos, se quisesse. O dinheiro da casa em Mongibello ainda estava à espera de quem o reclamasse, pensou Tom subitamente — e concluiu que deveria enviar a quantia aos Greenleaf, já que Dickie vendera a casa antes de escrever o testamento. Sorriu, pensando na Sra. Cartwright. Quando a encontrasse em Creta, deveria levar uma grande caixa de orquídeas, se é que havia orquídeas lá.

Tentou se imaginar desembarcando em Creta — a ilha longa e coroada pelas bordas secas e denteadas das crateras, o pequeno alvoroço no píer enquanto o navio se aproximava do porto, os menininhos ávidos por carregar sua bagagem e ganhar suas gorjetas, e ele teria muito dinheiro para gorjetas, teria dinheiro para tudo e para todos. Viu quatro figuras imóveis no píer imaginário, os vultos de quatro policiais cretenses, esperando-o, esperando-o pacientemente, de braços cruzados. Ficou subitamente tenso e sua visão se esvaneceu. Será que veria policiais à sua espera em todos os portos de que se aproximasse? Em Alexandria? Em Istambul? Em Bombaim? No Rio de Janeiro? De nada adiantava pensar nisso. Aprumou a postura. De nada adiantava estragar a viagem pensando em policiais imaginários. Mesmo se *estivessem* no píer, isso não significaria, necessariamente, que...

— *A donda, a donda?* — perguntava o taxista, tentando falar em italiano.

— Para um hotel, por favor — pediu Tom. — *Il meglio albergo. Il meglio, il meglio!*

intrinseca.com.br

@intrinseca

editoraintrinseca

@intrinseca

@editoraintrinseca

intrinsecaeditora

1ª edição	MARÇO DE 2025
reimpressão	NOVEMBRO DE 2025
impressão	IMPRENSA DA FÉ
papel de miolo	IVORY BULK 65G/M²
papel de capa	CARTÃO SUPREMO ALTA ALVURA 250G/M²
tipografia	ADOBE GARAMOND PRO